Ingo Schulze

Simple Storys

Ein Roman
aus der ostdeutschen Provinz

Deutscher Taschenbuch Verlag

Von Ingo Schulze
ist im Deutschen Taschenbuch Verlag erschienen:
33 Augenblicke des Glücks (12354)

Ungekürzte Ausgabe
Oktober 2001
Deutscher Taschenbuch Verlag GmbH & Co. KG,
München
www.dtv.de

Umschlagkonzept: Balk & Brumshagen
Umschlagfoto: © Günter Schneider
Satz: Fotosatz Reinhard Amann, Aichstetten
Gesetzt aus der Stempel Garamond 10/12' (QuarkXPress)
Druck und Bindung: Druckerei C. H. Beck,
Nördlingen
Gedruckt auf säurefreiem, chlorfrei gebleichtem Papier
Printed in Germany · ISBN 3-423-08569-X

Für Jette

Inhalt

Kapitel 1 – Zeus

Renate Meurer erzählt von einer Busreise im Februar 90. Am zwanzigsten Hochzeitstag ist das Ehepaar Meurer zum ersten Mal im Westen, zum ersten Mal in Italien. Den mitreisenden Dieter Schubert treibt eine Buspanne vor Assisi zu einer verzweifelten Tat. Austausch von Erinnerungen und Proviant.

Es war einfach nicht die Zeit dafür. Fünf Tage mit dem Bus: Venedig, Florenz, Assisi. Für mich klang das alles wie Honolulu. Ich fragte Martin und Pit, wie sie denn *darauf* gekommen seien und woher überhaupt das Geld stamme und wie sie sich das vorstellten, eine illegale Reise zum zwanzigsten Hochzeitstag.

Ich hatte mich darauf verlassen, daß Ernst nicht mitmacht. Für ihn waren ja diese Monate die Hölle. Wir hatten wirklich anderes im Kopf als Italien. Aber er schwieg. Und Mitte Januar fragte er, ob wir nichts vorbereiten müßten – am 16. Februar, einem Freitag in den Schulferien, sollte es losgehen – und wie wir mit unseren DDR-Papieren über die italienische Grenze kämen und über die österreichische. Als ich ihm sagte, was ich von den Kindern wußte, daß wir von dem Reisebüro in München westdeutsche Ausweise erhalten würden, gefälschte wahrscheinlich, spätestens da dachte ich, jetzt ist Schluß, nicht mit Ernst Meurer. Aber er fragte nur, ob die beiden Paßbilder dafür gewesen seien. »Ja«, antwortete ich, »zwei Paßbilder, Geburtsdatum, Größe und Augenfarbe – mehr brauchen die nicht.«

Es war wie immer. In den dunkelgrünen Koffer packten

wir unsere Sachen, in die schwarzrot karierte Tasche Besteck, Geschirr und Proviant: Wurst- und Fischkonserven, Brot, Eier, Butter, Käse, Salz, Pfeffer, Zwieback, Äpfel, Apfelsinen und je eine Thermoskanne Tee und Kaffee. Pit fuhr uns nach Bayreuth. An der Grenze fragten sie, wohin wir wollten, und Pit sagte Shopping.

Der Zug hielt in jedem Nest. Außer Schnee, beleuchteten Straßen, Autos und Bahnhöfen sah ich nicht viel. Wir saßen zwischen Männern, die zur Arbeit fuhren. Als Ernst eine Apfelsine schälte, dachte ich zum ersten Mal wirklich an Italien.

Auf dem Münchner Bahnhof werden Ernst und er sich erkannt haben. Ich bekam davon nichts mit. Woher sollte ich wissen, wie er aussieht? Nicht mal seinen richtigen Namen hätte ich angeben können.

Ab Venedig erinnere ich mich an ihn. Ein mittelgroßer Mann mit hastigen Bewegungen und einem schlechtsitzenden Glasauge ohne Lidschlag. Er schleppte so einen Wälzer mit sich herum, einen Finger zwischen den Seiten, um immer, wenn Gabriela, unsere italienische Reiseleiterin, etwas erklärte, seinen Senf dazugeben zu können. Ein richtiger Besserwisser eben. Andauernd strich er sein schwarzgraues Haar zurück, das ihm im nächsten Augenblick wieder über Stirn und Augenbrauen fiel.

Den Dogenpalast und die Säule mit dem Löwen kannte ich aus dem Fernsehen. Die Venezianerinnen – selbst die in meinem Alter – trugen kurze Röcke und schöne, altertümliche Käppchen. Wir waren viel zu dick angezogen.

Um unabhängig zu sein, nahmen wir tagsüber in der Provianttasche ein paar Konserven, Brot und Äpfel mit. Abends aßen wir auf dem Zimmer. Ernst und ich sprachen nicht viel, aber immerhin mehr als in den letzten Monaten. »Una gondola, per favore«, rief er mal morgens beim Waschen. Überhaupt machte Ernst den Eindruck, als ob ihm Italien gefiel. Einmal griff er sogar nach meiner Hand und hielt sie fest.

Ihn hat er mit keinem Wort erwähnt. Bis zuletzt nicht. Das heißt, in Florenz, als wir darauf warteten, daß alle vom Glockenturm herunterkämen, fragte Ernst: »Wo ist denn unser Bergsteiger?« Ich achtete nicht darauf oder glaubte, die beiden hätten sich irgendwann mal unterhalten – Ernst ging ja immer vor mir zum Frühstück. Er sagte noch etwas von Klimmzügen am Türrahmen. Vorher, in Padua, wollte der Bergsteiger unbedingt, daß wir anhielten, um eine Kapelle zu besichtigen oder eine Arena, was gar nicht im Programm stand. Ich drehte mich nach ihm um – er saß ganz hinten. Sein Blick ließ sich von nichts irritieren und ging geradewegs zur Frontscheibe hinaus, als wären wir alle nur dafür da, den Herrn endlich an sein Ziel zu bringen. Vielleicht bin ich ungerecht, vielleicht wäre er mir ohne das spätere Spektakel gar nicht in Erinnerung geblieben, vielleicht werfe ich auch die Reihenfolge durcheinander, aber ich erfinde nichts.

Sie müssen mal versuchen, sich das vorzustellen. Plötzlich ist man in Italien und hat einen westdeutschen Paß. Ich hieß Ursula und Ernst Bodo, Wohnort: Straubing. Unsere Nachnamen habe ich vergessen. Man befindet sich auf der anderen Seite der Welt und wundert sich, daß man wie zu Hause trinkt und ißt und einen Fuß vor den anderen setzt, als wäre das alles selbstverständlich. Wenn ich mich beim Zähneputzen im Spiegel sah, konnte ich noch viel weniger glauben, in Italien zu sein.

Bevor wir Florenz in Richtung Assisi verließen, es war unser letzter Tag, hielt der Bus auf einem Parkplatz, von dem aus wir über die Stadt blicken konnten. Der Himmel war bedeckt. Ernst kaufte einen Teller mit der Darstellung Dantes und schenkte ihn mir – zum Hochzeitstag.

Dann fuhren wir durch Regen, und allmählich wurde es so neblig, daß ich außer Leitplanken nichts sah und einschlief.

Als Ernst mich weckte, stiegen die ersten schon aus. Wir standen bei einer Tankstelle. Irgendwas war mit dem Motor oder dem Auspuff. Es schneite auf die Schirme, und die Autos fuhren mit Licht, richtiges Pannenwetter. Unser Fahrer suchte ein Telefon. Ich weiß noch genau, wie er dann die Unterarme bewegte, so über Kreuz, hin und her. Gabriela verkündete, daß wir auf den Werkstattservice warten müßten. Sie schlug vor, Perugia und seine Sehenswürdigkeiten zu besichtigen.

Wir holten unsere Mäntel heraus und liefen im Gänsemarsch zur Altstadt hinauf, Gabriela und der Bergsteiger vorneweg. Der war aufgebracht und bestand darauf, nach Assisi gefahren zu werden, das bei gutem Wetter angeblich von hier aus zu sehen sei. »Zum Greifen nah«, hat er immer wieder gesagt. Dabei war es ein Mordsglück, daß wir nicht irgendwo auf der Autobahn oder der Landstraße herumirren mußten.

Auf dem Fußweg blieb der Schnee inzwischen liegen. Kunstmuseum und Kirchen waren geschlossen, Mittagspause. Gabriela führte uns um den Maggiore-Brunnen, sagte einiges zum Rathaus und zur Kathedrale, die riesig wirkte, weil ihre Mauern im Nebel verschwanden. Seit über 500 Jahren stehe die Fassade unverkleidet da, worauf eine Frau aus Plauen meinte, daran gemessen schneide die DDR gar nicht schlecht ab. So spottete sie ständig. Ernst reagierte nie. Er überhörte das einfach.

Am Marktplatz verteilte sich die Gruppe auf verschiedene Lokale. Unseres hieß »Victoria«.

Bisher hatten wir nur für den Dante-Teller und ein paar Tassen Kaffee Geld ausgegeben. Deshalb beschlossen wir, uns etwas zu bestellen. Der Kellner schlängelte sich in seiner langen weißen Schürze um die wenigen Tische, die nun auf einen Schlag besetzt waren. Manchmal erstarrte er mitten in der Bewegung und reckte seinen Oberkörper einem Rufer entgegen. Nur vor dem Fernseher, wo er die Zieleinfahrt eines Skifahrers abwartete, war er plötzlich taub. Mit uns saßen zwei Männer aus Dresden am Tisch, ein Kinderarzt und ein Bühnenbildner, die beide etwas Italienisch konnten und uns die Speisekarte erklärten. Ernst versuchte, den Kellner heranzuwinken, während ich darauf achtete, daß sein Finger nicht von der Zeile mit »Pizza con funghi« rutschte.

Auf einmal erhob sich der Kinderarzt. Weil er zum Fenster starrte, drehte ich mich um. Von der gegenüberliegenden Seite stürmten sie über den Platz – wie Kinder zu einer Schneeballschlacht, Gabriela mit Fäustlingen, die anderen hinter ihr her, ein keilförmiger, schreiender Schwarm.

Um uns herum schurrten die Stühle. Ein richtiges Getrappel entstand, als alle, am Kellner vorbei, zum Ausgang wollten. Wir folgten ihnen zur Kathedrale, wo sich auf der Treppe vor dem Seiteneingang schon ein kleiner Pulk versammelt hatte.

In vier, fünf Meter Höhe stand der Bergsteiger auf einem der horizontalen Mauervorsprünge, die Arme seitlich ausgestreckt, die Schultern an die Wand gedrückt. Seltsam war die Stille, als wäre der da oben ein Schlafwandler, der beim ersten Geräusch erwachen und abstürzen könnte. Gabriela blinzelte durch den Schnee hinauf. Andere schirmten ihre Augen mit den Händen ab. Seine halbhohen Schuhe lagen genau unter ihm.

Er reckte den Kopf vor und blickte wie ein Vogel mit einem Auge auf uns nieder. Beide Strümpfe hingen an den Zehen ein Stück herab. Mit etwas Übung schien der Aufstieg kein Problem zu sein. Wahrscheinlich hatte er von den Quadern des Portals aus die kleine Kanzel daneben erreicht, sich auf deren Brüstung gestellt und dann an hervorstehenden Steinen und in Gerüstlöchern Halt gefunden.

»Nicht runterschauen«, rief ein Mann. Daraufhin löste der Bergsteiger den linken Arm, drehte sich mit einem steifen Schritt herum und schmiegte sich sofort wieder der Mauer an. Seine Finger umkrallten den nächsten Vorsprung. Die Füße tasteten die Wand ab. Froschartig bewegte er die Beine und klomm höher. Dann konnte er sich an dem kleinen Vordach über dem Fenster abstützen.

Ernst zog mich am Ellbogen. »Komm weg hier!« flüsterte er. Der Sonneberger, ein rothaariger Riese, begann als erster zu fotografieren. Gabriela schimpfte. »Wenn der runterspringt!« Sie irrte zwischen uns umher, raffte mit einer Hand den aufgestellten Kragen ihrer Jacke zusammen und eilte dann die Stufen hinab auf eine Polizistin zu, deren hoher weißer Helm mir wie Karnevalsschmuck erschien. Von hinten war Gabrielas aufragender, gezwirbelter Zopf das einzige, was von ihrem Kopf zu sehen war. Die Polizistin sprach in ihr Funkgerät.

Die Frau aus Plauen meinte, daß es jetzt ernst werde. »Heh, Herbert«, rief sie, »steig runter, Herbert! Na los, du!« Der Sonneberger unterbrach sie. Wir könnten ihn nicht Herbert nennen. Herbert sei doch nur der Name vom Straubinger Ausweis. Danach blieb es still, oder es wurde nur geflüstert.

Mich ärgerte, wie Ernst mit mir umging, sein Gezerre. Ich wollte ein paar Schritte von ihm weg, als er mich am Arm packte: »Dem passiert nichts!« zischte er. »Das ist Zeus. Komm!«

»Nein!« entfuhr es mir. Diesen Namen hatte ich vor zehn, fünfzehn Jahren zum letzten Mal gehört. »*Der* Zeus?«

Gabriela drehte sich um. »Heißt er so, Zeus?«

Auf einmal sahen uns alle an.

»Heißt er Zeus?«

»Der fällt da nicht runter«, sagte Ernst.

»Zeus?« fragte jemand laut. Und schon riefen alle »Zeus, Zeus«, als sei endlich das Stichwort gefallen, auf das sie so sehnsüchtig gewartet hatten, um ihr Schweigen zu brechen. Wie befreit schrien sie um uns herum: »Zeus, Zeus!«

Das hörte erst auf, als ihn Nebelschwaden verhüllten. Einige streckten die Arme aus, um den anderen zu zeigen, wo sie Zeus zuletzt erspäht hatten. Die Fotoapparate mit Teleobjektiv wurden als Fernrohre benutzt und herumgereicht. Eine Socke fiel aus dem Nebel in den Halbkreis, den wir um seine Schuhe gebildet hatten. Kurz darauf folgte die zweite. Beidemal erschrak ich.

Plötzlich erschien Zeus spukartig wieder. Er beugte sich vor, so weit, daß einige aufschrien und zurückdrängten. Panik hätte ausbrechen können. Unglaublich, wie er da oben Halt fand. Zwischen seine Lippen schob sich Spucke, die wie eine Spinne am Faden hing, sich löste und lautlos in den Schnee fiel. Mit verkrümmtem Körper, den Mund verzerrt – er erinnerte mich an die Wasserspeier in Naumburg oder Prag –, begann er seine Rede.

Natürlich wußte keiner, wer gemeint war, als er vom »roten Meurer« sprach. Die Italiener verstanden ihn sowieso nicht. Er nannte Ernst den »Bonzen in dem grünen Anorak« und wies mit ausgestrecktem Arm auf uns. Keiner begriff, was er wollte. Vor allem wunderte ich mich, woher er die Kraft nahm zu schreien, so aufgebracht zu schreien. Die Geschichte lag weit zurück. Und gern hat es Ernst damals nicht gemacht, das weiß ich. Zu Hause hatte er ihn immer nur »Zeus« genannt, bei seinem Spitznamen eben. Eigentlich heißt er ja Schubert, Dieter Schubert.

Wer nicht genau hinsah, hörte nur das dumme Geschrei. Ich dachte, daß Zeus jeden Moment abstürzen und vor uns aufschlagen könnte. Ich stellte mir vor, wie jeder versuchen würde, sich vorzudrängen, um ihn zu sehen. Und keiner brächte den Mut auf, ihn zu berühren. Sein Körper sähe unversehrt aus, wie manchmal der von toten Tieren am Straßenrand, wo nur das Blut, das unter ihnen hervorsickert, ahnen läßt, was passiert ist. Gabriela führte mit gesenktem Kopf Selbstgespräche.

Es dauerte lange, bis Zeus verstummte, als hätte ihn endlich der Schnee erstickt. Dann schob er sich zentimeterweise nach links zur Dachrinne. Viel vorsichtiger und zögernder waren seine Bewegungen geworden, als wäre der Schlafwandler erwacht.

»Jetzt ist es vorbei«, sagte ich zu Ernst und hakte mich bei ihm ein. Ich meinte natürlich das Geschrei. Ernst behielt die Hände in den Taschen und starrte auf Gabrielas aufragenden Zopf.

Zeus hangelte am Blitzableiter herunter. Carabinieri nahmen ihn in Empfang und schirmten ihn ab, während er seine Socken und die verschneiten Schuhe anzog. Ein Feuerwehrwagen mit Blaulicht rollte an. Gabriela bekreuzigte sich. Sie gab die Uhrzeit bekannt, zu der wir uns am Bus einfinden sollten, und ging mit Zeus und den Carabinieri davon. Unsere Reisegruppe teilte sich wieder auf. Der Kellner in seiner langen Schürze eilte voran ins »Victoria«.

Ernst und ich blieben noch eine Weile stehen. Aus den zu langen Ärmeln des neuen Anoraks sahen nur seine Fingerkuppen hervor. Ich begann zu frieren, und wir machten uns auf den Weg zum Bus.

Plötzlich fragte Ernst: »Riechst du das?«

»Ja«, sagte ich und dachte, er meint das Benzin. Hier roch ja alles anders.

»Erdbeeren!« rief er. »Es duftet nach Erdbeeren!« Wir hatten in unserem Garten fast nur Erdbeeren und bestimmten die Jahre danach, wie viele Torten ich von ihnen machen konnte. Das Kaffeetrinken wurde richtig feierlich, wenn es hieß: Das ist die letzte Torte. Zum letzten Mal Erdbeeren in diesem Jahr. Ich sah unseren Garten vor mir und die Klause »Zum Fuchsbau«. Und da sagte ich: »Die leeren Biergläser. Riechst du das, die vielen leeren Biergläser auf dem Abstelltisch in der Sonne?«

»Ja«, sagte Ernst, »ein ganzes Tablett voll.«

Ich bin sicher, daß wir eine Weile genau dasselbe vor Augen hatten, das abgewetzte Tablett und die Gläser mit dem roten Punkt am Boden. Und unsere Erdbeeren.

Der Fahrer öffnete die Tür. Ich lud ihn ein, mit uns zu essen. Seine Hemdsärmel waren hochgekrempelt. Er wischte sich die verschmierten Hände an einem Lappen ab und langte ordentlich zu. Denn obwohl wir bis auf das mickrige Hotelfrühstück die Mahlzeiten von unserem Proviant bestritten hatten, war von allem noch reichlich da, selbst Äpfel. Auch wir waren ziemlich hungrig. Wir aßen noch, als es sich der Fahrer wieder in seinem Sitz bequem gemacht hatte, um vor der Rückfahrt ein bißchen zu schlafen. Der Schnee war bereits weggetaut.

Warum ich das erzähle? Weil man so schnell vergißt. Dabei ist es gar nicht lange her, daß Ernst und ich noch an dasselbe gedacht und in einer schwarzrot karierten Tasche Konserven mit uns herumgeschleppt haben.

Kapitel 2 – Neues Geld

Conni Schubert erzählt eine alte Geschichte: Ein Mann kommt in die Stadt, macht Geschäfte, nimmt sich ein Mädchen und verschwindet. Blauäugigkeit und Voraussicht.

Harry Nelson kam im Mai 90, eine Woche nach meinem neunzehnten Geburtstag, aus Frankfurt nach Altenburg. Er suchte nach Häusern, vor allem aber nach Bauland an den Zufahrtsstraßen zur Stadt. Es ging um Tankstellen. Harry war mittelgroß, brünett und Nichtraucher. Er wohnte im einzigen Hotel, dem »Wenzel«, in der ersten Etage. Überall, wo er auftauchte, selbst beim Frühstück oder Abendbrot, sah man ihn mit seinem ledernen Aktenkoffer, der zwei Zahlenschlösser hatte.

Ich arbeitete seit September 89 als Kellnerin im »Wenzel«. Etwas Besseres gab es im Kreis nicht. Ich hätte nach Leipzig fahren müssen oder nach Gera oder Karl-Marx-Stadt. Meine Chefin, Erika Pannert, ich kannte sie aus meiner Lehrzeit, sagte mal, daß sie früher genauso gewesen sei wie ich, genauso schlank und hübsch. Natürlich weiß ich, daß mein Mund ein bißchen zu klein ist. Und wenn ich schnell laufe, zittern mir bei jedem Schritt ganz leicht die Wangen.

Ich mochte Harry, vor allem die Art, wie er hereinkam, uns zunickte, sich setzte, die Beine übereinanderschlug und dabei seine Hose am Knie ein Stück nach oben zog, wie er Wein probierte und die Serviette auseinanderfaltete. Ich mochte sein Parfüm und daß er abends schon unrasiert aussah, daß er unsere Geldscheine verwechselte und daß er wußte, wie wir heißen, ohne auf das Namensschild starren zu müssen, das jede von uns trug. Doch am meisten liebte ich seinen Adamsapfel. Ich sah Harry zu, wenn er trank. Das passierte ganz automatisch, gegen meinen Willen. Auf dem Heimweg versuchte ich, mich möglichst genau an ihn zu erinnern.

Der »Wenzel« war ausgebucht, und wer übers Wochenende nach Hause fuhr, zahlte lieber weiter, als daß er sein Zimmer räumte. Für Harry stand abends ein Sechsertisch bereit, weil er immer Gäste hatte. Erika flüsterte mir ihre Namen zu, und bei manchen wedelte sie mit der Hand, als hätte sie sich verbrannt. »Die haben nie vergessen, was ihnen gehört«, sagte sie.

Harry stellte nur Fragen. Waren die Leute erst einmal beim Erzählen, wurde es spät. Ich fand nichts dabei, lange zu arbeiten. Außerdem glaube ich noch heute, daß es einfacher ist zu kellnern, als morgens mit dem Aktenkoffer aus dem Haus zu müssen, um Verträge abzuschließen.

Außer Harry blieben nur wenige übers Wochenende. Ich erinnere mich an den dicken Czisla aus Köln, der mehrere Stände mit Kassetten und Schallplatten von Markt zu Markt ziehen ließ und seine Verkäufer in den »Wenzel« bestellte, junge Kerle aus der Gegend, die Ahnung von Musik hatten. Sie tranken und aßen oft hier, weil Czisla sie warten ließ, bis die Abrechnung stimmte. Erika kümmerte sich um Peter Schmuck von der Commerzbank, einen dürren jungen Mann mit großen Händen und einem lautlosen Lachen, der so lange sitzen blieb, bis sie Zeit hatte und ihm zuhörte. Es war auch noch einer von der Allianz da, den wir Mister Wella nannten, und einer, der bei uns Schuhshine hieß. Die Woche über sprachen sie kaum miteinander. Nur sonntags, wenn man aus dem Frühstücksraum die Menschenschlange schräg gegenüber vor dem Bahnhof sehen konnte, die auf die ›Bildzeitung‹ wartete – die Leute kauften oft gleich mehrere Exemplare –, witzelten sie darüber und rückten um einen Tisch zusammen.

Mitte Juni erschienen in der ›Volkszeitung‹ und im ›Wochenblatt‹ Fotos, die Harry und den neuen Bürgermeister beim Handschlag zeigten. Noch 1990 sollte eine Tankstelle gebaut werden, ich glaube, von BP.

Plötzlich hieß es, Herr Nelson reise ab. Dann hörte ich, er habe eine Wohnung und ziehe aus. Dann, Harry Nelson fahre für eine Woche weg, komme jedoch zurück. Ich wollte ihm ein Päckchen für unterwegs machen, fürchtete aber, die anderen könnten es merken oder er empfände es als aufdringlich.

Ich nahm eine Woche Urlaub und schlief mich aus. Zu Hause sprachen meine Eltern viel von dem neuen Geld, das es ab nächsten Montag geben sollte. Mein Vater, der nach seinem mißglückten Assisitrip in die DSU eingetreten war, meinte, daß ich es goldrichtig mache: Den Japanern reichten schließlich auch fünf Tage Urlaub. Jetzt müsse man sich ins Zeug legen. Selbst meine Mutter sagte, daß sich nun die Spreu vom Weizen trenne, wir seien schon mittendrin. In der Badewanne überkam mich einmal die Vorstellung, ich küßte Harrys Adamsapfel.

Am Montag, dem 2. Juli, begann meine Schicht mittags. Niemand saß im Restaurant. Mindestens drei, vier Wochen würde es dauern, meinte Erika, bis auch unsere Leute bereit wären, für ein Schnitzel Westgeld auszugeben.

Gegen eins kam ein dunkelhäutiges Paar, Pakistanis, wie Erika sie nannte, die mit Teppichen handelten. Beim Kassieren fühlte ich mich wie zu Beginn der Lehrzeit, als wir untereinander servieren geübt und mit Spielgeld bezahlt hatten.

Harry erschien am Abend. Als er mit seinem Aktenkoffer das Restaurant betrat, sagte er: »Hal-loh!« und setzte sich ans Fenster, dahin, wo immer für ihn reserviert gewesen war. Endlich sah ich wieder seine kleinen Ohren, die breiten Fingernägel, den Adamsapfel. Harry trug ein kurzärmeliges Hemd, Leinenhosen und Sandalen ohne Socken. Erika sagte, daß Harry gekündigt habe, aber hierbleibe. »Einer wie der«, flüsterte sie, »braucht immer was Neues, immer weiter, weiter, weiter.«

Nachdem die Pakistani sämtliche Teppiche aus einem VW-Bus in ihr Zimmer im zweiten Stock getragen hatten, bestellten sie Suppe. Harry blätterte, während er aß, die Zeitungen der letzten Woche durch, und ich brachte ihm einen Schoppen Wein nach dem anderen.

Czisla, der ausgezogen war und nur noch ein paar Sachen abholte, setzte sich später zu ihm. »Na, auf dein Spezielles«, sagte er. »Auf daß der Laden läuft«, sagte Harry. Und Czisla erwiderte: »Auf uns!« Das hab ich behalten, obwohl es völlig belanglos war. Da die Hausbar montags nicht öffnete, brachen sie gegen zehn auf. Ich sah die beiden am Fenster vorbeigehen, Richtung Zentrum. Czisla hatte einen Arm um Harrys Schulter gelegt, gestikulierte mit dem anderen und blickte zu Boden. Ich blieb allein mit den Pakistani. Die Frau sprach leise zu dem Mann, der etwas in seinen Taschenrechner tippte und ihn dann zu ihr herumdrehte. Ich sagte, daß ich kassieren müsse. Sie bezahlten und verzogen sich.

Ich deckte den hinteren Teil des Saales für das Frühstück ein. Nachdem das erledigt war, setzte ich mich an den Tisch neben der Tür und faltete Servietten. Die Küchenleute machten Schluß. Bis auf das Radio an der Rezeption war es still.

Als ich kurz nach halb zwölf den Gitterrost am Eingang scheppern hörte, wußte ich, daß Harry zurückkommt. Ich brauchte nicht mal aufzuschauen. Er blieb hinter meinem Stuhl stehen und beugte sich langsam über meine Schulter. Ich drehte den Kopf und streifte dabei seine Wange. »Connie«, sagte er, und im selben Moment spürte ich seine Hände. Er berührte das Namensschild und tastete gleich nach meiner Brust.

»Nicht«, sagte ich. Harry preßte mich an die Lehne. Er küßte meinen Hals, meine Wangen und, als ich den Kopf zurücklegte, meinen Mund. Dann streckte er die Arme aus und griff nach meinen Knien. Ich drehte mich unter ihm schnell zur Seite und stand auf.

Er war um einiges größer als ich, tiefrotes Gesicht, das Haar verstrubbelt. Sein Blick ging hinab zu meinen weißen, halbhohen Stoffschuhen. Ich sah den Haarwirbel auf seinem Kopf. Harry hatte jetzt etwas Verwegenes, etwas, was ich bisher an ihm nicht bemerkt hatte.

»Komm«, sagte er, »drehn wir eine Runde.«

Ich hatte Angst, etwas falsch zu machen. Ich holte meine Strickjacke, verschloß das Restaurant und gab den Schlüssel an der Rezeption ab. Draußen schlang Harry den Arm um meine Hüfte. Ich wollte gern außer Sichtweite sein, doch alle paar Schritte blieben wir stehen und küßten uns. Wir haben also einander gefunden, einfach so, ohne große Worte, dachte ich.

An der Kreuzung, hinter der die Straße anstieg und es rechts zum Waggonbau ging, zog er mich auf das kleine Rasenstück. »Harry«, sagte ich und hoffte, das würde genügen. Seine Hände rutschten von meiner Hüfte zum Po, gingen tiefer zu den Beinen und kamen unter meinem Rock zurück. »Harry«, sagte ich. Ich küßte seine Stirn, er fuhr mit beiden Händen in meinen Schlüpfer und streifte ihn nach unten. Harry hielt mich fest, eine Hand drängte sich zwischen meine Beine, und dann spürte ich seine Finger, erst einen und dann mehrere.

Harry schien glücklich. Er lachte. »Warum nicht«, sagte er. »Warum denn nicht?« Ich sah seine Haare, seinen Nacken. Er sprach weiter. Ich konnte nicht alles verstehen, weil er so viel lachte. Weder er noch seine Hand hörten auf mich. Dann folgte ein Schmerz, der von der Schulter den Rücken hinablief. »Die Arme hoch«, rief jemand, »Arme hoch!« Für einen Moment wußte ich nicht, wo ich war und was sich auf mich geschoben hatte. Meine Bluse wurde hochgezerrt. Und immer wieder, jede Silbe betonend: »Die Ar-me hoch!«

Harry klang nicht mehr glücklich. Er stemmte sich kurz auf meine Handgelenke, dann sah ich nichts mehr. Ich hörte ihn nur noch und spürte, wie er leckte und biß. Ich versuchte, gleichmäßig zu atmen. Darauf konzentrierte ich mich. Egal, was passierte – wichtig war, daß ich atmete. Daran kann ich mich erinnern.

Harry war auf mir liegengeblieben. Zuerst bekam ich einen Arm aus der Bluse. Ich versuchte, mich zu drehen und ihn wegzuschieben. Der Himmel war schwarz und die Laterne eine große Pusteblume. Harry rollte auf den Rücken, den Mund offen. Sein Hemd war hochgerutscht. Der weiße Bauch war ein Dreieck, der Nabel als Spitze. Das Glied hing seitlich herab, direkt auf dem Saum der Unterhose.

»Harry«, sagte ich. »Du kannst hier nicht liegenbleiben.« Er schluckte. Ich wollte reden. Die ganze Zeit, während ich nach meinem Schlüpfer suchte, redete ich. Ich verhielt mich genauso, wie im Film Leute nach einem Unfall dargestellt werden. Ich versuchte, meine Strickjacke unter ihm vorzuziehen, schaffte es nicht und lief los.

Ich dachte, wie oft in letzter Zeit auf dem Heimweg, daß ich ja nur schlafen muß, um ihn morgen wiederzusehen, meinen zukünftigen Mann, den Vater meiner vielen Kinder, der mit niemandem vergleichbar war, der mir die Welt zeigen und alles verstehen, der mich beschützen – und rächen würde.

Was danach kam, weiß ich nur aus Briefen und Telefonaten. Meine Stelle wurde nicht mehr besetzt, und im Herbst schloß der »Wenzel«. Erika wurde von einem Italiener eingestellt, der sein Glück mit einer Pizzeria in der Fabrikstraße versuchte. Im April 91 mußte er schließen. Erika fand andere Gaststätten. Doch kaum war eröffnet, kaum waren einige Monate vergangen, machten sie wieder dicht. Viermal passierte ihr das. Schließlich stand sie in dem Ruf, ein Unglücksengel zu sein. Aber auch nicht lange, denn man sah ja, wie es insgesamt lief.

Zu dieser Zeit hatte Harry Nelson mit seinem Aktenkoffer die Stadt schon wieder verlassen. Es heißt, ihm würden noch einige Häuser gehören, aber gesehen hat ihn niemand mehr.

Ich habe erst in Lübeck, dann, zwei Jahre später, auf einem englischen Kreuzfahrtschiff Arbeit gefunden. Meine Eltern erzählen das gern. Ich rufe sie oft an oder schicke Ansichtskarten.

Obwohl ich so naiv und blauäugig gewesen wäre, sagen sie, hätte ich bereits sehr früh – als sich die andern noch Illusionen hingaben –, bereits da hätte ich gewußt, wie alles hier kommen würde. Und damit haben sie ja auch irgendwie recht.

Kapitel 3 – Mal eine wirklich gute Story

Danny erzählt von Krokodilsaugen. Sie schreibt zuwenig für Anzeigenkunden und zuviel über Schlägereien. Christian Beyer, ihr Chef, ist unzufrieden. Peter Bertrams Geschichte. Zum Schluß muß sich Danny etwas ausdenken.

Es ist Februar 91. Ich arbeite bei einer Wochenzeitung. Überall wartet man auf den großen Aufschwung. Supermärkte und Tankstellen werden gebaut, Restaurants eröffnet und die ersten Häuser saniert. Sonst gibt es aber nur Entlassungen und Schlägereien zwischen Faschos und Punks, Skins und Redskins, Punks und Skins. An den Wochenenden rückt Verstärkung an, aus Gera, Halle oder Leipzig-Connewitz, und wer in der Überzahl ist, jagt die anderen. Es geht immer um Vergeltung. Die Stadtverordneten und der Kreistag fordern Polizei und Justiz zu energischen Schritten auf.

Anfang Januar schrieb ich eine ganze Seite über das, was sich regelmäßig freitags auf dem Bahnhof abspielt. Von Patrick stammten die Fotos. Eine Woche später sorgte ein anderer Artikel von mir für Wirbel. Nach Zeugenaussagen berichtete ich, daß Unbekannte nachts in Altenburg-Nord eine Wohnungstür aufgebrochen und den fünfzehnjährigen Punk Mike P. fast erschlagen hatten. Nach zwei Tagen war er aus dem Koma erwacht. Sein jüngerer Bruder lag auf derselben Station mit einer Gehirnerschütterung. Den Vater hatten sie mit Reizgas betäubt, die Mutter war auf einem Lehrgang gewesen.

Beyer, unser Chef, untersagte mir, die Beiträge zu unterzeichnen. Auch Patricks Name durfte nicht erscheinen. Ihm war das ganz recht, weil seine Freundin gerade zu ihm ziehen wollte. Beyer erwog ernsthaft, einen Schäferhund für die Redaktion anzuschaffen. »Gegen Vandalismus«, sagte er, »versichert einen niemand.«

Mehr Angst habe ich vor dem Alten, der eine Etage über den Redaktionsräumen wohnt. Erst steckten Zettel unterm Scheibenwischer – ich wurde ultimativ aufgefordert, ihm sein Geld zurückzugeben –, dann zerstach er die Vorderreifen von meinem alten Plymouth. Die versichert mir auch niemand. Zweimal hat er das gemacht. Abends wartet er stundenlang auf der dunklen Treppe neben unserem Eingang. Ich bemerke ihn immer erst, wenn er röhrt: »Mein Geld will ich!« Ich hab versucht, mit ihm zu reden und bei ihm geklingelt. Vier Wochen zuvor haben wir uns noch ganz normal unterhalten. Einmal hab ich ihm sogar den Kohleneimer hinaufgetragen.

Ich bin völlig überarbeitet und lebe, seit sich Edgar von mir getrennt hat, keusch wie eine Nonne. Ich kann Edgar verstehen. Ich habe ja nicht mal Zeit, für meinen dreijährigen Neffen ein Geburtstagsgeschenk zu kaufen.

Außerdem werde ich mal wieder in Beyers Zimmer zitiert, weil ich den Artikel über Nelson-Immobilien noch nicht fertig habe. Harry Nelson ist Anzeigenkunde, wöchentliche Schaltung, dreispaltig, hundert Millimeter, trotz zwanzig Prozent Rabatt immer noch DM 336,- plus Mehrwertsteuer, ergibt im Jahr DM 17472,- plus Mehrwertsteuer. »Haben oder nicht haben«, sagt Beyer. Die Scholz, die mit zwei Kaffeetassen hereinkommt, gießt mir Milch ein, was sie sonst nur für Beyer macht.

Ich sage, daß ein Foto mit Bildunterschrift besser ist als ein Artikel und daß ich zwar vier solcher Unternehmerporträts auf eine Seite bringe, aber nicht weiß, wann ich sie schreiben soll, und wir endlich lernen müssen, auch mal nein zu sagen. Beyer beginnt abermals mit den DM 17472,- und endet mit der Feststellung: »Vielleicht reden wir hier über Ihr Gehalt, Danny.«

Ich sehe auf die Holzfolie seines Stasi-Tisches – das Mobiliar der örtlichen Staatssicherheit war der »Lebenshilfe e.V.« übergeben worden, und die hatten, was sie nicht brauchten, weiterverkauft – alles billiger Krempel. Die Maserung der Tischplatte erinnert mich wieder an Beyers Frage im Bewerbungsgespräch, ob ich schwanger sei oder »ein Kind in Planung« hätte. Er müsse da nachhaken, und es klang, als wolle er das noch begründen. Erst hatte ich ihn, dann nur noch den Tisch angestarrt und »nein« gesagt.

Jedesmal nehme ich mir vor, mit den anderen über diese amöbenartige Maserung zu sprechen. Wir alle müssen doch dauernd auf diese Linien und Rundungen schauen, die links außen einem Krokodilsauge gleichen. Aber niemand spricht davon, und ich vergesse es auch immer wieder wie einen bösen Traum.

Ich erkläre Beyer, der in unangenehmen Situationen den Zeigefinger unter Mittel- oder Ringfinger klemmt, daß es nicht gut ist, wenn eine Zeitung vor ihren Kunden buckelt. Im Gegenteil. Wir sollten uns mehr um Inhalte kümmern, um Gestaltung und interne Organisation und im übrigen die Haltung vertreten: Man *darf* bei uns Kunde sein. So rum wird ein Schuh draus!

»Langsam, langsam«, sagt er. »Langsam, Danny!«

Beyer ist kaum älter als ich, und das »Sie« wirkt meistens komisch, aber daß er mich Danny nennt, ist plump. Er will Kumpel sein, er will fair sein und läßt uns immer eine Zeitlang reden. Aber wann hätte er je auf uns gehört? Er denkt nicht mal über unsere Vorschläge nach. Er hat keine Ahnung vom Geschäft und glaubt, wenn er sich ums Geld kümmert, schaffen wirs. Er sagt, daß ich den Artikel über Harry Nelson mit zwei Fotos bringen soll – Nelson hat zwei Häuser sanieren lassen. Außerdem bittet mich Beyer, in den nächsten Ausgaben »die Bandenkriege außen vor zu lassen«, wie er sich ausdrückt, und anderen Hinweisen nachzugehen. Mal wieder was über den Teersee in Rositz oder über ehemaliges jüdisches Eigentum am Marktplatz, eine kritische Diskussion über den Grundsatz: Rückgabe statt Entschädigung.

Wir sind uns einig, daß man niemandem absagen darf, der uns anruft oder aufsucht, und daß man viele hören muß, um eine gute Story zu bekommen, weil man nie weiß, ob an den Informationen was dran ist, und wenn ja, was. Er will keine Beschwerden mehr, oder nicht so viele, keinesfalls aber einen 52er dreispaltig hundert – also Nelson – verlieren. Beyer verabschiedet mich mit Handschlag. »Bis gleich«, sagt er, »19.00 Uhr, Kfz-Innung. Danach können wir ja noch ein Bier zusammen trinken.«

Ich frage mich, wann ich die Amöben und das Krokodilsauge wohl wiedersehe und ob sich dann mein Leben schon verändert haben wird.

Als ich an der Scholz vorbeigehe, hält sie mir das Fahrtenbuch hin, auf dem die Renaultschlüssel und ein Zettel liegen: 17.00 Uhr Bertram – Adresse, Telefon und zwei Ausrufezeichen.

»Er weiß, daß es später wird«, sagt sie. »Er wartet.«

Ich erinnere mich an seinen Anruf. Er hat leise und fahrig gesprochen, aber keine dieser kaputten Stimmen, die über die Familie neben ihrer Schlafzimmerwand oder die Garagenverwaltung herziehen. Unsere Zeitung sei die einzige, der er traue.

Bertram wohnt in Nord, Schumannstraße, gegenüber den Russenwohnungen. Genau vor seiner Haustür finde ich eine Parklücke. Ich muß in die vierte Etage.

Er öffnet schnell und gibt mir die Hand. Ich sage ihm, daß ich nur eine Stunde Zeit habe. Er sagt, daß wir zumindest anfangen können, und schenkt aus der Thermoskanne Kaffee ein. Auf meinem Teller liegen, wie auf seinem, ein Stück Bienenstich und ein Stück Eierschecke. Bertram stellt noch einen zweiten Aschenbecher auf den runden Couchtisch und zündet eine rote Kerze an. »Oder wollen Sie Tee?« fragt er und setzt sich mir gegenüber in den Sessel. Hinter ihm steht ein Aquarium ohne Grünpflanzen. Auch Fische sehe ich nicht.

In mehrere kleine Stapel sortiert, liegen unsere Zeitungen auf der Couch. Ich lese die Überschrift: »Von Südafrika über Australien bis nach Kanada: Ansprüche im Kreis Altenburg«, Donnerstag, 25. Oktober 1990. Vor den Skin- und Punkerschlachten fiel unsere Auflage öfter unter die zwölftausend.

»Ich beneide Sie um Ihre Arbeit«, beginnt er. »Wenn man schreibt, sieht man aufmerksamer in die Welt. Aber Sie müssen mutiger werden...« Statt weiterzusprechen, nimmt er sich ein Stück Bienenstich. »Bitte«, sagt er. Beim Abbeißen verzerren sich seine Lippen, und die Augen blicken irgendwie erschrocken. Die Falte zwischen den Augenbrauen vertieft sich. Mit vollem Mund kaut er übertrieben gründlich. Über dem Sofa, auf weißer, silbergemusterter Tapete, hängt van Goghs ›Nächtliches Café‹.

Ich packe das Aufnahmegerät aus, schlage den Ringblock auf, schraube die Kappe vom Füller, schreibe »Bertram« und ziehe darunter einen Strich.

»Um ehrlich zu sein«, sagt er, »ich habe es noch niemandem erzählt.« Er kaut schneller und schluckt. »Ich will Sie auch erst fragen, ob Sie wollen, daß ich davon berichte. Es ist ziemlich schrecklich. Sie sind die erste, überhaupt der erste Mensch, der es erfährt.« Über dem Teller streicht er sich die Krümel von den Handflächen und lehnt sich zurück.

Ich frage ihn, ob ich das Aufnahmegerät einschalten darf.

»Natürlich, selbstverständlich«, sagt Bertram. Sein rechter Arm hängt am Sessel herab. »Es geschah am Donnerstag vor vierzehn Tagen. Donnerstags besucht meine Frau regelmäßig eine ehemalige Arbeitskollegin. Sie machen einander die Haare und auch Pediküre. Das kostet nichts, und ihnen bleibt genug Zeit, um all das zu bereden, was Frauen wohl nur Frauen anvertrauen, da sind wir Männer draußen, ob wir wollen oder nicht. Was gäbe Daniela darum, Ihre Haare zu haben!«

Es klopft mehrmals hintereinander. Ich merke nicht gleich, daß es Bertram ist, der gegen den Sessel schlägt.

»Wie immer verließ Daniela gegen 19.30 Uhr unsere Wohnung«, sagt er. »Ich hatte unserem Sohn Eric erlaubt – Eric ist zwölf, wirkt aber älter –, daß er bis neun fernsehen darf oder am Computer spielen. Ich genoß die Ruhe und arbeitete hier im Wohnzimmer – dazu vielleicht später noch ausführlicher, ich will Ihre Zeit nicht verschwenden –, so weit, so gut. Als es neun war, rief ich Eric zu, daß er seinen Freund verabschieden und ins Bett gehen soll. Und Eric rief: ›Mach ich, Paps, mach ich sofort.‹ Ich arbeitete weiter und hörte nach zehn Minuten, wie unsere Wohnungstür geschlossen wurde. Ich war froh, Eric nicht noch einmal ermahnen zu müssen. Ich feilte gerade an einer ziemlich kniffligen Stelle.«

»Woran feilten Sie?«

»Ich schreibe«, sagt er. »Da ist mir die geringste Störung, das kleinste Geräusch zuviel. Und hier, das wissen Sie ja, hört man eine heulende Frau durch drei Etagen. Trotzdem wartete ich nolens volens, daß Eric zu mir käme. Ich hörte die Klospülung und wie er im Bad hantierte. Als es ruhig blieb, glaubte ich, Eric wäre einfach ins Bett gegangen. In letzter Zeit hat er viele solcher Marotten – Pubertät eben. Ich überlegte noch, ob es ihm überhaupt recht wäre, daß ich zu ihm gehe, um gute Nacht zu sagen. Ich bin dann doch hin. Und da ... Ich machte also die Tür auf ...« Bertram verstummt. Als ich den Kopf hebe, begegne ich seinem Blick. Obwohl er entspannt wirkt, bleibt die senkrechte Falte auf seiner Stirn.

»Stellen Sie sich vor: Da sitzen drei Kerle.« Seine rechte Hand vollführt eine Geste, als risse sie etwas aus der Luft. »Stellen Sie sich das einmal vor. Drei Kerle, alle in Erics Alter, höchstens dreizehn, vierzehn, höchstens. Sitzen da und tuscheln miteinander, ohne weiter von mir Notiz zu nehmen. Ich weiß natürlich nicht, was sie tuscheln. Ich weiß nur, daß da drei wildfremde Kerle abends halb zehn in meiner Wohnung sitzen. Sie stehen auf, geben mir nacheinander die Hand, sagen irgendwelche Vor- und Nachnamen und – setzen sich wieder. ›Wo ist Eric?‹ frage ich, und da sie nicht antworten, frage ich noch mal und sehe plötzlich, daß Eric unter seiner glattgestrichenen Decke liegt, wie eine Leiche – nur die Haare sind ein bißchen zu sehen. ›Eric‹, rufe ich. ›Eric, was soll denn das?‹ Da legen die drei Jungs mahnend einen Finger auf die Lippen. ›Psch‹, zischen sie.«

Bertram macht es mir vor und wiederholt: »Psch, psch.« Ich male lange Kringel von links nach rechts über die Seite. Bertrams Kopf ist rot vor Erregung.

»›Wecken Sie ihn nicht auf‹, sagt der Längste von ihnen, ›er muß doch schlafen.‹ Er zieht dabei an der Bettdecke, bis Erics Kopf zu sehen ist, und hält eine Rasierklinge hoch. ›Schöne kleine Ohren‹, sagt er, ›schönes kleines Näschen‹, und bewegt die Rasierklinge hin und her, damit ich sie auch ja gut sehe, so, wie Zauberkünstler etwas vorzeigen. ›Sie haben sowieso keine Chance‹, sagt ein anderer. ›Also machen Sie keinen Blödsinn, sonst fehlt Klein Eric nicht nur ein Ohr.‹ – ›Wer seid ihr?‹ frage ich. ›Belasten Sie sich nicht damit‹, antworten sie. Ich muß mich setzen, und sie fesseln mich an Erics Schreibtischstuhl. Einen Augenblick lang erwacht in mir der Wille zu kämpfen: Die schaffst du, du bist stärker als diese Kinder, rede ich mir ein, während sie mich fesseln. Aber sie sind mit Rasierklingen bewaffnet, und bis ich bei Eric bin, ist er verstümmelt oder tot. So, wie die das durchziehn, ist es nicht ihr erstes Ding, die haben Übung, das sind Profis.«

Ich male immer noch Schlangenlinien um den Namen Bertram. Er spricht nicht weiter. Ich probiere von der Eierschecke und lege sie zurück auf meinen Teller. Bertram sieht mir zu. »Dieser Tropfen könnte Ihr Aquarium retten«, lese ich in einer Anzeige auf der obersten Zeitung und berechne automatisch den Preis: zweispaltig, sechzig Millimeter hoch, Plus 50 Prozent für die letzte Seite.

»Es klingelt kurz«, sagt er und räuspert sich. »In meiner Hilflosigkeit schreie ich, wie ein Verrückter schreie ich um Hilfe, bis mir einer von ihnen seine feuchte dreckige Hand auf den Mund preßt. Noch zwei Kerle kommen herein und haben nichts Eiligeres zu tun, als mich anzuspucken. Alle fünf spucken mich an, jeder von ihnen mindestens dreimal. Danach knebeln sie mich mit Danielas Waschlappen und einem Handtuch. Gott sei Dank habe ich fast nie Schnupfen. Ob ich dabei ersticke oder nicht, das kümmert die einen Dreck. Da höre ich auch schon den Schlüssel in der Wohnungstür. Plötzlich sind sie mucksmäuschenstill. Einer ruft in den Korridor: ›Guten Abend, Frau Bertram, Ihrem Eric geht es nicht gut, kommen Sie bitte, schnell, so kommen Sie doch!‹ Ich werde fast wahnsinnig bei dem Gedanken, welcher Schock das für Daniela sein muß, da wird sie ihr Leben lang dran zu kauen haben. Aber ich bin gefesselt und kann ihr nicht helfen. Nichts kann ich mehr tun. Sie schließen sofort hinter Daniela die Tür, und der Kerl, der auf Erics Bett sitzt, sagt: ›Aber legen Sie doch ab, Frau Bertram, hier ist es schön warm‹, und alle fünf lachen.«

Bertrams Stimme wird flacher. Er spricht hastig, als laufe ihm die Zeit weg. Die Jungs öffnen ihre Hosen, und es kommt, wie es kommen muß. Bertram läßt nichts aus und hat dabei den Waschlappen in seinem Mund längst vergessen.

»Das wird jetzt aber unlogisch«, sage ich und schalte das Aufnahmegerät aus. Ich sage, daß ich die letzten fünf Minuten gern dazu nutzen würde, ihm auch eine Geschichte zu erzählen, eine, die ich erlebt habe und die im Gegensatz zu seiner wahr ist, wahr bis ins letzte Detail.

Schon letzten Monat sei ich so blöd gewesen, sage ich, in die Wohnung eines Mannes zu gehen, in die des verrückten

Alten über unserer Redaktion. Und als ich dann in seiner kalten Wohnung stehe, weil ich glaubte, ihm den Spuk noch ausreden zu können, führt er mich ins Schlafzimmer und brüllt, daß ich eine Meisterdiebin bin, eine, für die selbst ein Westschloß, ein neues Westsicherheitsschloß, kein Hindernis ist. Zwei Monatsrenten hätte ich ihm geklaut, außerdem die neue Hose und seine braunen Sandalen. Und damit nicht genug, auch Kerzenstummel hätte ich in sein Rasierzeug geworfen und das Beil hinterm Schrank versteckt. Und zum Beweis zieht er es hinterm Schrank hervor und sagt, daß ich ihm folgen soll, das wäre längst nicht alles. Er schlurft an mir vorbei, macht das Licht aus – absolute Finsternis. Nirgendwo sonst in der Wohnung brennt Licht, nicht mal im Flur. Ich steh wie angewurzelt da, höre auf seine Schritte. Ein Hieb genügt, und ich... Da geht eine Lampe an. Ich begreife endlich, daß ich bei einem verwirrten Alten im Schlafzimmer bin. Mit dem Rücken zu mir, das Beil zwischen den Knien, schließt er eine Tür auf, brabbelt was vom Meisterdieb vor sich hin. Gott sei Dank steckt der Wohnungsschlüssel. Ich dreh ihn herum, der Riegel klemmt... Ich reiß die Tür auf, der Alte faßt mich am Arm, schreit, das Beil fällt zu Boden, die Tür ist offen, und davor steht die Scholz, die dicke Scholz, und stößt ihn zurück, mit beiden Händen stößt sie ihn zurück.

»Das ist mal eine wirklich gute Story«, sage ich und ziehe den Reißverschluß meiner Handtasche zu. »Verglichen mit Ihrer ist sie geradezu glänzend!«

Bertram sieht gelangweilt vor sich hin. Ich sage, daß ich bis oben hin voll bin mit solchem Zeugs, wie er es gerade erzählt hat, und mache dabei eine Geste, als schnitte ich mir den Hals durch. »Bis oben hin voll!« rufe ich, und daß ich überhaupt nicht begreife, warum ich mir jeden Tag das Geschwafel wildfremder Leute anhöre. Diese Erkenntnis überrascht mich selbst, und ich muß lachen.

»Damit werden Sie es aber nicht weit bringen«, sagt Bertram, der im Sitzen beginnt, das Geschirr zusammenzuräumen. Er nimmt meinen Teller samt Bienenstich und der angebissenen Eierschecke, meine halbvolle Tasse, stellt alles auf seinen Teller und bläst die Kerze aus.

Ich sage, daß er wahrscheinlich recht hat, und starre auf die Maserung der Holzfolie, die ich jetzt anstelle des Tellers und der Untertasse vor mir habe. Da ist es wieder – das Krokodilsauge, das mich unter seinem schwerhängenden Lid hervor anglotzt, von Tischen, Tapeten, Schränken, Dielenbrettern, von überall her – die Welt ist voller Krokodilsaugen.

Ich empfehle Bertram, wenn ihm schon solche Geschichten durch den Kopf gehen, sich eine Pistole zu kaufen, eine mit Reizgas, oder ein Spray, das in jede Handtasche paßt, oder sich eine Hure zu leisten oder eine Kontaktanzeige aufzugeben. Beim Sprechen fixiere ich seine Stirnfalte, die ich kurz für eine Narbe gehalten habe. Ich erteile Ratschläge, aber ich denke daran, wie viele Astaugen, Amöben und Krokodile um mich herum sind, und ahne, daß dies nur der Anfang ist, daß ein Ding nach dem anderen beginnen wird, mich zu verfolgen, daß es bald nicht einen einzigen Gedanken mehr gibt, der nicht vergiftet ist, der mich nicht an etwas Gemeines erinnert, der mich nicht ekelt.

Bertram schließt die Tür hinter mir. Ich taste nach dem Lichtschalter und höre das Relais, das Klicken, mit dem bei Bertram das Flurlicht ausgeht.

Die Reifen des Renaults sind in Ordnung. Aber daneben hat jemand einen Opel so dicht eingeparkt, daß ich durch die Beifahrertür einsteigen muß.

Bis sieben ist noch Zeit. Die Geschäfte haben schon geschlossen. Ich weiß nicht, was ich so lange machen soll. Ich nehme mir erst mal vor, rückwärts zu fahren, dann zu wenden, um heil zwischen den Autos, die auf beiden Seiten an den Müllcontainern parken, hindurchzukommen. Dabei denke ich, welche Freude mein Verschwinden auslösen wird –

jetzt noch eine Lücke zu finden und vielleicht sogar vor der eigenen Haustür! Ich sehe mich im Rückspiegel lachen. Es ist nicht gut, denke ich, wenn man allein lebt. Nicht nur, daß alles schwieriger wird, es ist auch unnatürlich. Trotzdem gehe ich nicht mit Beyer aus, auch nicht auf ein Bier. Das werde ich ihm gleich sagen. Irgendwas fällt mir immer ein.

Kapitel 4 – Panik

Martin Meurer erzählt von seinem Werdegang und einer Reise ohne Auto. Seine Frau fährt Rad. Erlebnisse mit einer Touristin und einem Taxifahrer in Halberstadt.

Als meine Assistentenstelle an der Leipziger Uni nicht verlängert wurde und ich von einem Tag auf den anderen ohne Einkommen war, hatte Andrea schon eine Umschulung zur Buchhalterin hinter sich und lernte vormittags, wenn Tino im Kindergarten war, Französisch und Maschineschreiben. Wir beantragten Wohngeld, nahmen uns vor, weniger zu rauchen, und zogen Andreas Anmeldung bei der Fahrschule zurück. Ich gab mein Zimmer in Leipzig auf, bewarb mich um Stipendien, Reiseleiterstellen, Projektarbeit, Anzeigenakquisition und schließlich bei VTLT Natursteinkonservierung GmbH & Co. KG um einen Außendienstjob mit garantierten Tausendachthundert netto.

Die sagten mir dann, noch bevor ich richtig saß, daß sie einen Chemiker, Geologen, Physiker oder eben Artverwandtes suchten, keinesfalls einen Kunsthistoriker. Ich rutschte auf dem Stahlrohrstuhl zurück, bis ich die Lehne berührte, und begann über mittelalterliche Architektur, Umweltbelastung und Stadtsanierung zu sprechen. Dabei sah ich diesem Hartmann unentwegt in die eulenhaften Augen, etwas, was mir nur gelingt, wenn ich beim Sprechen nicht nachdenken muß.

Eine Woche später kamen in zwei Briefumschlägen die Einladung zur zehntägigen Schulung und die Zusage für das

Probehalbjahr, das ich allerdings nicht in Sachsen und Thüringen, sondern im Absatzbereich Sachsen-Anhalt und Brandenburg absolvieren sollte.

Es lief weder gut noch schlecht. Nach drei Monaten lag ich knapp unter dem von VTLT geforderten Soll. Wir kamen gerade so durch. Andreas Eltern schickten uns hin und wieder zweihundert Mark für Tino. Meine Mutter schenkte uns Kindersachen, und wenn Ernst, mein Stiefvater, auf den Kleinen aufpaßte, ging er mit ihm einkaufen und bezahlte alles. Und außerdem hatten wir noch Danny, Andreas Schwester.

Bevor die große Nachfaß-Aktion für UNIL 290 anlief, genehmigte ich mir im Juli eine freie Woche. Wir fuhren mit unserem Opel Kadett nach Ahlbeck an die Ostsee. Denke ich heute daran, kommen mir diese Tage so vor, als seien es die letzten glücklichen gewesen. Wir suchten Muscheln und Bernstein, bauten Tröpfelburgen, paddelten zu dritt auf unserer alten Luftmatratze bis zu den Bojen, und ich kaufte im Sonderangebot ein Flaschenschiff für Andrea. Abends, wenn Tino schlief, gingen wir in die Bar des Kurhotels, tranken Prärieauster, rauchten oder tanzten, sobald sie etwas Langsames spielten.

Ende der Woche schluckte der Automat meine EC-Karte. Noch am selben Tag fuhren wir ab. Andrea fragte mich, was aus unserem Lottoabonnement werden würde.

Am Mittwoch darauf, ich war bereits zum Abendbrot zurück, rief sie mich ins Schlafzimmer und gab mir ein zusammengefaltetes Schreiben. Sie lächelte, und ich dachte, sie hätte einen Termin für ein Bewerbungsgespräch.

Ich sollte 433,50 Mark Strafe zahlen und die Fahrerlaubnis per Einschreiben für einen Monat an die Zentrale Bußgeldstelle schicken, weil ich statt 80 km/h 146 gefahren war. Dazu vier Punkte gemäß dem Mehrfachtäter-Punktsystem. Ich sah, wie Andrea, noch während sie lächelte, anfing zu weinen, sich dann aufs Bett warf und mit der Linken das Kopfkissen gegen ihr Gesicht preßte. Sie zog die Knie an, und ich starrte die ganze Zeit auf die fleckenlosen Sohlen ihrer Hausschuhe. An diesem Abend gerieten wir zum ersten Mal in Panik.

Am nächsten Morgen war das Schlimmste überstanden. Ich schickte die Fahrerlaubnis ein und plante die anstehenden Termine mit dem Zug. Irgendwie versetzte mich dieser Entschluß sogar in gute Stimmung. Schlimmstenfalls müßten wir bei Danny oder unseren Eltern Geld borgen. VTLT würde nichts merken, und ich hätte den Job. »Du schaffst das«, sagte Andrea.

Sie packte alles zusammen, legte die Kataloge mit dem Referenzobjekt Burg Abenberg, Mittelfranken, verfestigt mit UNIL-Sandsteinverfestiger OH und hydrophobiert mit UNIL 290, nach unten in die beiden Reisetaschen, wickelte die Probeflaschen (200 ml) erst in Zeitungspapier und dann in meine Unterwäsche, Socken und Hemden. In die Mitte der Schulterriemen hatte sie ein kleines Lederpolster genäht.

Den Tag verbrachte ich bei der Denkmalpflege in Magdeburg, besuchte außerdem Maculan und Schuster, ohne die örtlichen Chefs oder ihre Stellvertreter zu erreichen, hinterließ unsere Kataloge und vereinbarte für Donnerstag nachmittag und Freitag morgen jeweils eine halbe Stunde Präsentation. Abends fuhr ich nach Halberstadt, wo für den nächsten Tag fünf Termine anstanden.

Es war gerade noch so hell, daß ich bei meiner Ankunft die Türme vom Dom, von der Martini- und der Liebfrauenkirche aus dem Zugfenster erkannte.

Die Taxis schalteten ihre Scheinwerfer ein. Ich lief über den Bahnhofsvorplatz zu zwei Telefonzellen und setzte meine Taschen neben der rechten mit dem Kartentelefon ab. Den Hörer schon in der Hand, stemmte ich mit der Hüfte die Tür wieder auf und zog mein Gepäck näher heran.

Als Andrea »Hallo?« sagte, wandelte sich in der Anzeige die 45 nach dem Komma in eine 26, und Andrea fragte wieder »Hallo?«.

Ich erzählte, daß Dr. Sidelius, der Geologe bei der Denkmalpflege, sich alles angehört und mir zum Schluß die Hand gegeben und viel Glück gewünscht habe.

Ein Taxi nach dem anderen fuhr los, und als keins mehr dastand, sagte ich, daß nun alle Taxis weg seien.

»Bestimmt kommt bald wieder eins«, antwortete sie und sagte, daß es unmittelbar vor unserem Eingang – wir wohnten in der Brockhausstraße am Lerchenberg – einen Unfall gegeben habe, was sie aber nicht von ihrem Entschluß habe abbringen können, mit dem Fahrrad hinauf zur Tip-Kaufhalle am Steinweg zu fahren. Sie sprach noch immer von Kaufhalle. Andrea meinte, daß das Radfahren keine Schwierigkeit mehr sei und daß sie das nun immer machen werde. Sie frage sich sogar, warum sie das nicht schon früher gemacht habe. Außerdem könne sie so am besten für nächste Woche üben. Da wolle sie gemeinsam mit Tino und Danny – die sich extra für ihn ein Fahrrad mit Kindersitz besorgt hatte – eine kleine Radtour unternehmen, das hätten sie heute nachmittag beschlossen.

Aus 2.88 wurden 2.69 und dann 2.50. Ein Taxi kam und hielt, sein Scheinwerferlicht ging aus. Sogar einen breiten Radständer habe die Tip-Kaufhalle, sagte Andrea, mit Reklame drauf. Ich solle raten, welcher. Aber da platzte sie schon heraus: »Prince Denmark, meine Marke.«

»Vor einer Woche hättest du dich das nicht getraut«, sagte ich. »Ja! Wenn sie jetzt noch Radwege bauen«, sagte Andrea und ließ ein paar französische Worte folgen, die ich nicht verstand. Ich lachte. Sie solle mir für morgen Glück wünschen, sagte ich, damit ich das Zeugs losbekäme.

»Red nicht immer von Zeugs, Martin. Es ist so wichtig!« rief sie. »Die ganze Kunstgeschichte ist nichts nütze, wenn alle schönen Gebäude zerbröckeln. Bei dem Dreck in der Luft, Martin, das zerbröckelt doch alles!« Wieder kam ein Taxi, und diesmal sagte ich es ihr.

»Leg schnell auf!«

»Laß nur«, antwortete ich, erschrak und drehte mich zur Seite. Die Taschen standen noch da. »Ich lieb dich«, sagte ich und fügte hinzu, daß ich das nicht deshalb sage, weil ich hier allein sei und ohne Auto. »Das ist schön«, antwortete Andrea.

Erst dachte ich, bei 1.17 würden wir Schluß machen, aber dann wurden es 0.98 und dann 0.79, und nach ihrem »Tschüß« sprang es auf 60 Pfennig, und ich rief: »Liebste«, aber da hatte sie schon aufgelegt. Ich hängte ein und nahm die Telefonkarte. Jetzt waren es drei Taxis. Der Fahrer des ersten lehnte mit verschränkten Armen auf der offenen Tür. Vor ihm stand eine Frau in einem kurzärmeligen roten Overall. Er schüttelte den Kopf, während sie einen Zettel hochhielt und sich nach mir umdrehte: eine Japanerin mit großen Augen, weißem Gesicht und gewelltem Haar. Sie wandte sich wieder an den Fahrer, aber ich fragte: »What do you want?« Worauf sie mir den Zettel gab: »To Magdeburg.« Und dann, während ich eine Reisetasche auf meinem Fuß abstellte und die andere dem Fahrer gab: »To Frankfurt.«

»Nicht in den Kofferraum!« rief ich und hob selbst die zweite Tasche auf den Rücksitz. Nur meinen Aktenkoffer behielt ich und ging mit der Japanerin, die für eine Asiatin ziemlich groß war, durch die blaue Schwingtür zurück in den Bahnhof.

Es gab keinen Zug mehr nach Magdeburg und auch keinen nach Frankfurt, nur einen nach Göttingen, in zehn Minuten. Ich sagte ihr, daß es meines Wissens von Göttingen nicht mehr weit sei bis Frankfurt. Sie nickte, behielt aber ihren ängstlichen Blick. Auch die Fältchen auf der Stirn verschwanden nicht. Außerdem fiel mir nicht das Wort für Bahnsteig ein, aber da sie aufhörte zu nicken, als ich sagte: »From number three«, ging ich mit ihr noch in die Unterführung und zeigte zum zweiten Aufgang: »Number three«, wiederholte ich. Auf dem einen Schild standen aber nur eine »4« und eine

»5« und auf dem anderen »1« und »2«. Deshalb begleitete ich sie zum Bahnsteig, wo gerade eine Diesellok mit zwei Anhängern einfuhr. Hier hing ein Fahrplan, auf dem es die Verbindung nach Göttingen nicht gab und auch keine nach Magdeburg. Die Japanerin fragte, was sie denn nun tun solle, sah mich verzweifelt an und drückte ihre Handtasche an sich.

Ich lief der Schaffnerin nach, die aus dem angekommenen Zug gestiegen war. Sie legte ihre schwarze Mappe auf eine Bank und blätterte darin. Erst hörte ich die Absätze der Japanerin, dann spürte ich ihre Hand an meinem Arm. Ich sah an den Knöpfen ihres Overalls hinab auf den Dünndruckfahrplan, in dem die Schaffnerin die Seiten hin und her schlug und dazu den Kopf schüttelte. Der kleine Busen der Japanerin hob und senkte sich, und auch ihr Bauch zeichnete sich unter dem Stoff ab. Wenn der Taxifahrer die Uhr laufen ließ, war ich der Dumme.

»Sie fährt mit mir«, sagte die Schaffnerin, »zweiundzwanzig siebzehn bis Oschersleben, steigt für sechzig Mark in ein Taxi und ist halb zwölf in Magdeburg.« Ich übersetzte. »And to Frankfurt?« Die Schaffnerin schloß einen Moment die Augen, schlug die schwarze Mappe zu, lief zu den beiden Wagen zurück und setzte einen Fuß auf den unteren Rost des Einstiegs.

»Nun?« Ihre Hose spannte über den kurzen Schenkeln. Ich fragte die Japanerin, ob sie mitwolle. Für sechzig Mark fände sich hier wahrscheinlich auch ein Hotelzimmer. Sie nickte. Ich bedankte mich bei der Schaffnerin, die nun die Stange neben der Tür ergriff, den linken Fuß nachzog und mit vorgebeugtem Oberkörper hinaufstieg. In der Uniformhose schien sich ihr Hintern zu vergrößern.

Ich ging mit der Japanerin die Treppe zur Unterführung hinunter und fragte, woher sie komme.

»From Korea.«

»Goslar«, entfuhr es mir, als wir an dem Fahrplan in der Bahnhofshalle vorbeikamen. »The timetable of Goslar!«

»Thank you very much«, sagte sie.

Es sei wonderful, versuchte ich ein Gespräch zu beginnen, daß sie sich so allein auf den Weg gemacht habe. Sie nickte. Ich erzählte ihr, daß ich Kunsthistoriker sei und über die ungewöhnlichen Figuren von Eva und Adam im Halberstädter Dom meine Dissertation schreibe, und fragte, ob sie schon einmal etwas von Dresden gehört habe.

»Of course, Dresden.« Ihre geschminkten Lippen blieben leicht geöffnet. Sie sah mich an und nickte, und ich hielt ihr die Schwingtür auf.

Als ich den Taxifahrer fragte: »Wollen Sie die Dame ins Hotel fahren oder mich zur Pension Schneider?« zog er nur die Nase hoch und setzte sich hinters Lenkrad. Die Pension Schneider lag etwas abseits am anderen Ende der Stadt, das Hotel aber nur ein paar hundert Meter weiter im Zentrum. Ich ging mit der Japanerin zum nächsten Taxi. Der Fahrer, ziemlich jung, braungebrannt, in kurzen Hosen, blieb wie zuvor sein Kollege mit verschränkten Armen hinter der Tür stehen und sagte nur, Hotelzimmer seien knapp und schlecht, und unter hundert Mark spiele sich da sowieso nichts ab. Mit hundert Mark komme man ziemlich weit, zum Beispiel nach Magdeburg. Ich übersetzte. Mein Taxifahrer rief, daß er seine Zeit nicht geschenkt bekomme. Die Japanerin sagte: »To Magdeburg.« Da verschwand der Fahrer im Taxi und stieß die Beifahrertür von innen auf. Die Japanerin drehte sich noch einmal um, rief: »Thank you very much« und stieg ein.

»Nach Magdeburg!« schrie mein Fahrer. Er war aus seinem Wagen gesprungen. »Nach Magdeburg!« Seine Spucke spritzte wie bei einem Schauspieler. »Ich träum wohl!« Wieder sprühte es unter dem Lichtkegel der Laterne.

Ich riß die hintere Tür des Taxis auf, streifte den Bauch des Fahrers, quetschte mich neben meine Reisetaschen, den Aktenkoffer auf dem Schoß. Gleichzeitig schlugen unsere Türen zu. »Zwei Tage!« brüllte er gegen die Frontscheibe, daß es im Wagen schallte, startete und griff in das Fell, das um sein Lenkrad gewickelt war. »Der hundert, ich fünfzehn!«

Ich wollte mich entschuldigen, öffnete aber nicht einmal den Mund, weil sein Radio plötzlich losdröhnte. Der kleine Ventilator auf dem Armaturenbrett zitterte. Im nächsten Augenblick sah ich: Das war nicht der Weg zur Pension Schneider. Mit den Straßen kannte ich mich aus.

Wir wurden noch schneller, die Reifen platterten über Kopfsteinpflaster. Dann riß er den Wagen nach rechts, mein Kopf schlug ans Fenster. Es gab keine Straßenlampen mehr. Ich rutschte tiefer, die Schenkel gespreizt, die Knie an seine Lehne gepreßt. Gleich darauf setzte der Wagen auf und dann noch einmal, ein Feldweg.

Mir fiel ein, daß ich die Japanerin nach Goslar oder Braunschweig hätte schicken sollen, das wäre billiger gewesen als nach Magdeburg und eine bessere Verbindung. Oder in der Pension anrufen und fragen, ob sie nicht was Preiswertes für eine Japanerin hätten. Überhaupt: Ich war ein Idiot. Ich hatte den Taxifahrer um den Verdienst von zwei Tagen gebracht, bei der Polizei keinen Widerspruch eingelegt, es nicht einmal versucht, und meine Fahrerlaubnis abgegeben. Ich schleppte unsere Urlaubstaschen durchs Land und verkaufte Wunderwasser, während meine Frau Radfahren übte, um einkaufen zu können, und veraltete Französischlehrbücher aus der Bibliothek entlieh. Mit dem für Tino bestimmten Geld ihrer Eltern bezahlten wir unser Lottoabonnement. Dabei würde ich Andrea jederzeit mit einer Japanerin betrügen. Wer weiß, was ich in den nächsten Stunden, Tagen oder Jahren noch alles anrichten würde.

Ich ahnte, was der Fahrer plante. Aber ich wollte mich nicht verteidigen. Er hatte doch recht! Er hatte tausendmal recht, mich und die Flaschen in den nächsten Graben zu werfen.

Plötzlich hielten wir. Im Scheinwerferlicht las ich: »Pension Schneider«. Die Musik verstummte, über meinem Kopf ging ein Lämpchen an.

»Zwölf-zwanzig«, sagte er. »Dreizehn«, sagte ich.

Er hielt das lange Kellner-Portemonnaie, in dem die Scheine nicht geknickt wurden, ins Licht und meinen Hunderter in der Rechten.

»Sind die Straßenlampen kaputt?« fragte ich. Draußen war es stockdunkel. Er reichte eine Menge Scheine nach hinten und zählte mir sieben Markstücke in die Hand.

»Danke«, sagte ich und stopfte alles in die Brusttasche. Er beobachtete mich im Rückspiegel. Ich deutete auf das Farbfoto, das vor der Lüftung hing. »Ist das Ihre Frau, die im Bikini?« Der Rahmen war eine Laubsägearbeit.

»Hörn Sie«, sagte er. »Sie haben bezahlt. Sie sollten jetzt aussteigen.«

Ich zog die beiden Taschen heraus. Mit dem Knie drückte ich die Tür zu, lief Schritt um Schritt vor dem Wagen her zum Haus, trat zur Seite – wegen meines Schattens sah ich das Klingelschild nicht – und setzte die Taschen vorsichtig ab. Das Scheinwerferlicht glitt die Haustür hinunter, hielt auf der Schwelle inne, drehte ab und leuchtete die Straße entlang. Für einen Moment hörte ich noch einmal das Radio.

Ich tastete nach der Klingel und stolperte dabei über die Taschen. Es klang furchtbar. Aber ich fiel nicht. Ich hielt mich aufrecht, fast reglos, den Oberkörper nur leicht vorgebeugt. Neben mir raschelte es in kurzen Abständen. Eine Maus wahrscheinlich oder ein Vogel. Die Pension Schneider hatte sich im Dunkel aufgelöst. Nicht einmal gegen den Himmel zeichneten sich ihre Konturen ab. Bewegte ich mich, stießen klirrend die UNIL-290-Proben aneinander. Ich mußte nur einen Zeh rühren oder die Ferse ein wenig anheben, ja, es reichte, das Gewicht von einem Bein auf das andere zu verlagern oder auch nur ein Knie zu beugen – schon hörte ich sie wieder.

Kapitel 5 – Zugvögel

Lydia erzählt von Dr. Barbara Holitzschek, die behauptet, einen Dachs überfahren zu haben. Ein langes Gespräch über Tiere. Die Unfallstelle. Rätselhaftes Ende ohne Dachs.

Heute ist Montag, eigentlich Ruhetag. Halb elf soll ich eine Siebente durchs Museum führen. Schulklassen sind das schlimmste. Ich bin müde. Hanni, meine Chefin, kommt herein, hält die Tür auf. »Frau Dr. Holitzschek hat einen Dachs überfahren«, sagt sie. Eine kleine Frau Anfang Dreißig, mit langen Haaren, marineblauem Rock und grauem Rollkragenpullover erscheint, bleibt im Türrahmen stehen und klopft mit einem Finger dagegen.

»Holitzschek«, sagt sie, ohne mich anzusehen. »Ich habe einen Dachs überfahren.«

»Lydia Schumacher«, Hanni deutet auf mich, »unsere Präparatorin.«

»Hallo«, sage ich und stehe auf. Ihre Hand ist kalt. »Haben Sie ihn dabei?«

Frau Dr. Holitzschek schüttelt den Kopf, zupft ein Tempotaschentuch aus der Packung und schneuzt sich zur Seite gedreht. »Ich habe ihn nicht mit«, sagt sie.

»Ein ausgewachsener?«

»Ja«, antwortet sie und nickt. »Er hat stark gerochen, nach Wild. Und seine Vorderläufe waren so.« Sie drückt die Handrücken gegen die Wangen, ihre Finger bewegen sich, als würden sie etwas zur Seite schaufeln.

»Das soll ein Dachs sein?« frage ich. Hanni, die halb auf meinem Tisch sitzt und mit eingeknicktem Zeigefinger meiner Dorngrasmücke über den Kopf streicht, verdreht die Augen.

»Er hat noch gezuckt«, sagt Dr. Holitzschek.

»Wir brauchen doch einen Dachs, oder nicht?« ruft Hanni.

»Na sicher«, antworte ich. »Einen Dachs bräuchten wir.«

»Und vor Borna liegt einer. Frau Dr. Holitzschek hat es eilig. Vielleicht schaust du ihn dir an und nimmst ihn mit, falls er okay ist?«

»Und die Führung?«

»Da gibts wohl nicht viele Möglichkeiten«, sagt Hanni und sieht mich wieder mit ihrem vielsagenden Blick an, während sie weiter die Dorngrasmücke streichelt. Frau Dr. Holitzschek schneuzt sich noch mal und versucht zu lächeln. Sie sagt: »Dann wars nicht ganz umsonst« und wirft ihr Haar über die Schulter zurück.

In ihrem Auto, einem dreitürigen dunkelblauen Golf, stoße ich mit dem Knie ans Handschuhfach. Sie lehnt sich herüber, sucht nach dem Hebel unter dem Sitz und berührt meine Fersen. »Schieben«, kommandiert sie. Am Rückspiegel hängt ein roter Duftbaum. Sie dreht den Zündschlüssel mit einiger Anstrengung.

»Hanni hat mir von dem letzten Dachs erzählt. Wie kann man denn den Stecker einer Kühltruhe rausziehen! Wer macht denn so was? So blöd kann ja gar keiner sein!«

»Wahrscheinlich brauchten sie den Anschluß für ihren Staubsauger«, sage ich.

»Und wie sah der Dachs aus? Wie haben Sie den überhaupt da rausgeholt?«

»Ich hab die Kühltruhe wieder angeschlossen«, sage ich, »gelüftet und nach einer Woche geöffnet. Hatte Schlimmeres erwartet.«

»Das wäre was für mich gewesen!«

Wir biegen auf die Straße und unterhalten uns über die Leute, die bei Reinigungsfirmen und Sicherheitsdiensten beschäftigt werden. Ihr Wagen scheint neu zu sein. Kein Dreck, nirgendwo Staub. Ich frage, was für ein Doktor sie ist.

»Ich arbeite in Dösen. Ich war auf dem Weg – da ist er mir...«

Ich weiß nicht, was Dösen bedeutet.

»Psychiatrie«, sagt sie. »Eigentlich bin ich Neurologin. Sie sind nicht von hier?«

Ich erzähle, daß ich erst seit zwei Jahren in Altenburg wohne. Durch den Tod von Dr. Görne war eine Präparatorenstelle frei geworden, und ich wollte etwas Festes, egal, wo.

»Es gibt eben Stadtmenschen und Landeier, und außerdem gibts noch Kleinstadtmenschen«, sagt sie.

»Vielleicht bin ich Stadtmensch«, sage ich, »oder Landei.«

An der Ampel vor der Spielkartenfabrik würgt Dr. Holitzschek den Wagen ab. Danach rasen wir die Leipziger hinauf. »Machen Sie das schon immer? Ich wollte auch mal was mit Tieren werden.«

»Und?« frage ich.

»Meine Eltern hatten einen Skoda mit Schonbezügen, hellbraunes Fell, synthetisch, natürlich. Unser Sanitätskasten war draufgefallen, und die Sonne prasselte durch die Scheiben. Die Plaste wurde weich, und als wir ins Auto stiegen, riß meine Mutter den Kasten vom Rücksitz. Wenn ich mich gruseln will, brauche ich nur daran zu denken, an das verformte graue Ding mit den Fellfetzen. Ich war vierzehn und konnte mich einfach nicht beruhigen. Meine Mutter glaubte, ich veranstalte das nur, um vorn, neben meinem Vater, sitzen zu dürfen. Ich sollte ihr nie wieder damit kommen, daß ich was mit Tieren machen möchte.« Beim Reden schaut sie zu mir statt nach vorn.

»Ich versteh nicht«, sage ich.

»Wer sich so schnell ekelt... Außerdem habe ich Angst vor Hunden. Vögel finde ich gut, Crimson Rosella oder Kookaburra oder Wren. Kennen Sie die?«

»Alles australische«, sage ich.

Sie nickt. »Haben Sie Haustiere?«

»Nein«, sage ich und erzähle ihr, daß meine Mutter sich immer wieder Katzen andrehen läßt, die spätestens nach zwei Jahren sterben. »Entweder Rattengift oder die Nieren oder überfahren. Dann ruft sie mich eine Woche lang täglich an und verspricht mir, jetzt wirklich hart zu bleiben und keine mehr aufzunehmen. Spätestens aber bei ihrer Feststellung, daß ja die Katzen auch nicht gefragt wurden, ob sie auf die Welt wollen, weiß ich, daß alles Reden sinnlos ist.«

»Unser Nachbar hat eine Möwe mit gebrochenem Flügel gefunden und zum Tierarzt gebracht«, sagt Dr. Holitzschek. »Der hat gleich amputiert, ohne zu fragen. Was soll ein Vogel denn mit einem Flügel? Der Inselzoo nimmt keine verstümmelten Tiere. Jetzt hopst die Möwe bei ihm im Vorgarten rum, bekommt die Erde umgegraben und frißt alles – wie ein Schwein. Wenn sie den Flügel abspreizt, und auf der anderen Seite ist nichts – jedesmal denk ich, die kippt um. Daß die alles frißt! Riesenechsen fressen nicht nur alles, die verdauen sogar Hufe. Nur Kalk bleibt zurück, nichts weiter, purer Kalk. Verrückt, nicht? Riesenechsen haben Sie nicht?«

»Nein«, sage ich.

»Man sollte die Tiere nicht einsperren«, sagt sie. »Wenn schon Delphine anfangen zu beißen ... alles wegen Streß. Die sind wie Menschen, die Tiere, das heißt, man muß sie wie Menschen behandeln. Die kann man genauso enttäuschen. Und untereinander sind sie auch so, egoistisch und rücksichtslos. Haben Sie das von den Tempelpavianen gelesen? Was da los ist? Die Affenweibchen bekommen Frühgeburten, weil der Herdenpascha ihr Kleines sowieso totbeißt, wenns nicht von ihm ist. Er will seine Gene durchsetzen. Das ist alles. Alles ist Egoismus«, sagt Dr. Holitzschek.

»Überrascht Sie das?« frage ich.

»Immerhin stand es im ›Spiegel‹«, sagt sie. Ihre Hand auf

dem Schaltknüppel zittert. Wir warten an einer Baustellenampel vor Treben. Es ist windig. Ein Licht wie am späten Nachmittag. Dr. Holitzschek niest. »Entschuldigung«, sagt sie und niest wieder. An der Frontscheibe bleiben ein paar winzige Tröpfchen. Oder es ist von außen, Steinschlag oder Insekten. Sie tastet nach ihrer Handtasche auf dem Rücksitz. Das Auto vor uns fährt los. Sie braucht ein Taschentuch.

»Was war das, der kleine Vogel auf Ihrem Tisch?«

»Eine Dorngrasmücke«, sage ich und sehe auf die Uhr. Die Schulklasse müßte gerade ins Museum trampeln.

»Eine Dorngrasmücke?« Dr. Holitzscheck hat zu sehr beschleunigt und bremst. »Ist das der Vogel, der seinen Darm beim Fliegen verfeuert? Da gibt es ein heimliches Konditionswunder. Der frißt sich 80 Prozent vom Körpergewicht drauf, und das verliert er dann. Dorngrasmücke – ich glaube, das ist er.« Wir fahren als erste einer ganzen Schlange hinter einem leeren Viehtransporter. »Was ich gern mal wissen würde, was das ist: ›ineinandergreifende Orientierungssysteme‹? Wie finden die den Strauch vom letzten Mal wieder? Küstenseeschwalben fliegen im Jahr vierzigtausend Kilometer. Und der Goldregenpfeifer braucht 48 Stunden von Alaska nach Hawaii, nur ein Wochenende!«

Danach spricht Dr. Holitzschek von der Erderwärmung, dem steigenden Meeresspiegel, der Versteppung von Rastplätzen, von schwindendem Futter und der Verschiebung der Jahreszeiten.

»Die milden Herbste haben die inneren Uhren der Vögel verstellt. Die fliegen 10 bis 14 Tage später in ihre Winterquartiere. Das heißt: An ihren Rastplätzen ist bereits alles weggefressen. Bei manchen allerdings«, sagt sie und streckt wieder die Hand nach ihrer Tasche aus, »dauert es nur wenige Generationen, bis sie neue Quartiere und Flugrouten im Erbgut gespeichert haben. Manche überwintern schon in Südengland statt in Portugal oder Spanien. Bei den meisten

Amseln zum Beispiel ist die Zugunruhe schon völlig erloschen.«

Dr. Holitzschek wäre die einzige, die das »LONG VEHICLE« vor uns überholen könnte.

»Was wirklich schlimm ist«, sagt sie, »wenn die Nachtigall oder der Pirol in ihr Brutrevier kommen, sind die besten Plätze längst von Allerweltsvögeln besetzt. Die sind aggressiver und ausgeruhter als die richtigen Zugvögel.«

Der Wagen vor uns stoppt hinter Serbitz. Dr. Holitzschek beginnt über Kreuzungsversuche von Stand- und Zugvögeln zu sprechen. Ich öffne das Fenster. Die Autos hinter uns schalten nacheinander die Motoren ab. Der Gegenverkehr fließt an uns vorbei. Wenn die Sonne zwischen den Wolken durchkommt, blendet sie.

Als es weitergeht, steht ein Blaulichtwagen auf unserer Spur. Polizisten winken uns durch. »Es hat wieder gekracht«, sage ich. Im Vorbeifahren ist aber nur ein Krankenwagen zu sehen, keine Unfallautos. Dr. Holitzschek sagt: »Dabei stehen schon 70 Prozent der einheimischen Brutvögel auf der Liste der bedrohten Tiere.«

Ohne zu blinken oder abzubremsen, biegt sie nach links in einen Feldweg und hält. Nun ist von Falterschwärmen die Rede, die pro Generation nur einmal zu beobachten sind. Ich unterbreche sie und frage nach dem Dachs. Dr. Holitzschek schneuzt sich, löst den Gurt, zieht den Schlüssel ab, steigt aus und läuft los. Ich folge ihr in Richtung des Polizeiwagens, den blauen Plastesack zusammengefaltet in der Jackentasche. Im Gehen streife ich die Gummihandschuhe über.

Dr. Holitzschek wendet sich bei jeder Windböe zur Seite und neigt ihren Kopf, als würde sie an den Haaren gezogen. Sie überquert die Straße, trippelt zwischen zwei anfahrenden Wagen hindurch und läuft auf der anderen Seite weiter. Ich habe zu lange gezögert und versuche wenigstens, auf ihrer Höhe zu bleiben.

Ein Polizist kommt ihr entgegen. Er breitet die Arme aus. Kurz voreinander stoppen sie ab, das heißt, Dr. Holitzschek will ihm ausweichen. Sie sprechen gleichzeitig.

Ein Containerwagen rollt langsam vorbei. Ich setze die blauen Buchstaben auf weißem Grund zusammen: »Plus« und darunter: »Prima leben und sparen«. Ich stehe mitten im Auspuffdunst.

Dr. Holitzschek verschränkt die Arme. Der Polizist blickt auf ihren Busen. Sie reden und sehen plötzlich zu mir herüber.

Wieder kommt ein Containerwagen mit Anhänger.

Der Polizist steht allein da und kaut auf seiner Unterlippe. Er beobachtet, wie ich meine Handschuhe ausziehe. Dann schlendert er zurück zu dem Blaulichtwagen, ohne sich noch einmal umzudrehen.

Dr. Holitzschek ist mir wieder voraus, den Wind jetzt im Rücken. Sie umklammert ihre Ellbogen. Ich rufe. Sie reagiert nicht und verschwindet hinter einem Bus.

Als sie herüberkommt, humpelt sie. Ihr rechtes Knie ist aufgeschlagen. Sie bleibt vor mir stehen, legt die Hände über Augen und Stirn und streicht die Haarsträhnen zurück.

»Er behauptet, hier liege nichts. Ich habe ihm gesagt, daß er mich durchlassen soll. Er sagt, sie hätten den ganzen Straßengraben und die Böschung abgesucht, und wenn da ein Dachs wäre, hätten sie ihn gefunden. Er war tot, verstehen Sie, er hat gezuckt, aber dann war er tot.«

Ich frage nach ihrem Knie.

»Er war tot«, sagt sie. »Die lassen niemanden hin, niemanden. Und wenn sie was finden, rufen sie im Museum an. Bestimmt rufen die an. Wenn nicht, müssen wir abends noch mal her oder nachmittags, wenn das hier vorbei ist, wenn sie das – weggeräumt haben.«

»Was denn?« frage ich.

»Die sagen einem nichts, absolut nichts.«

»Lassen Sie mich jetzt mal lieber fahren«, sage ich und winkle meinen linken Arm an, damit sie sich einhängen kann. Es hupt zweimal. Wir sehen nicht hin.

»Wetten, daß die schon angerufen haben, wenn wir ins Museum kommen?« Der gelbe Schlüsselanhänger sieht aus wie ein Verkehrsschild: »Koalas next 15 km«. Ich öffne ihr die Beifahrertür. »Die rufen in den nächsten Minuten an, da gehe ich jede Wette ein, und Hanni wird sich wundern, was wir machen, und denken, wir sind irgendwo eingekehrt und lassen es uns gutgehen, statt nach dem Dachs zu suchen. Sie werden sehen, Sie bekommen noch Schwierigkeiten mit ihr. Das werde ich klären. Das gibt es doch nicht, daß die einen wegschicken. Das sind immer noch dieselben!« Dr. Holitzschek niest und wischt mit dem Handrücken unter der Nase hin und her. »Nur weil der so ein Sturkopf ist, bekommen Sie vielleicht noch Schwierigkeiten. Die sind doch froh, wenn sie einem was nachweisen können, wenn man ihnen eine Handhabe liefert.«

Ich drehe die Lehne weiter zurück und lasse den Motor an. Dr. Holitzschek greift nach dem Hebel unter ihrem Sitz und verharrt in dieser Haltung. Ihr Knie blutet.

»Das Armband«, sagt sie. »Es hakt. Könnten Sie mal?«

Sie rührt sich nicht. Sie hockt da, nach vorn gebeugt, eine Hand unter dem Sitz. Ich berühre ihren Handballen mit den Fingern. Ich spüre ihren Puls, und mit dem Handrücken stoße ich an ihre Wade. Ich habe keine Ahnung, wie ich ihre Hand, ihren Unterarm bewegen soll, damit sie loskommt. Ich taste nach dem Haken. Sie verläßt sich völlig auf mich. Ich drehe ihren Arm. Die Strumpfhose kann sie sowieso wegschmeißen. Ich beuge mich tiefer, mein Kopf liegt fast auf ihrem Schenkel. Dabei blicke ich von unten über das Armaturenbrett durch die Scheibe. Die Autos sind unter meinem Horizont verschwunden. Ich sehe nur die Dächer von Lastern, darüber den Wolkenhimmel.

Plötzlich ist ihre Hand frei. Ich setze mich auf. Ein Krankenwagen fährt langsam vorbei, ohne Blaulicht.

Während der Rückfahrt achte ich darauf, weder dem Rand- noch dem Mittelstreifen zu nahe zu kommen. Meine Hände halten das Lenkrad, wie man es in der Fahrschule lernt: »Zehn vor zwei«, also rechts und links etwas oberhalb der Mitte.

Vor der ersten Ampelkreuzung halte ich, weil sie mir nicht antwortet. Ich weiß nicht, wohin ich fahren soll. Zögernd nennt sie mir schließlich Straßennamen und Hausnummer.

»Ist das am Kanal?« frage ich.

Ich kann vor ihrem Eingang parken. »Da sind wir!« sage ich und schalte den Motor ab. Ich hantiere ein bißchen herum, rutsche mit dem Sitz nach vorn, stelle den Rückspiegel neu ein, ziehe den Schlüssel ab.

Ich frage, ob ihr schlecht ist. Ich sehe zwei Jungen mit Schultaschen im Rückspiegel und höre ihre Schritte auf dem Asphalt. Der eine geht rechts, der andere links am Wagen vorbei. Als sie wieder nebeneinander laufen, drehen sie sich, ohne stehenzubleiben, nach uns um. Ich sitze noch eine Weile da. Dann sage ich, daß ich jetzt gehe. Ich steige aus, warte einen Moment und werfe die Tür schließlich zu.

Vor dem Museum lärmt die siebente Klasse. Der Lehrer und Hanni unterhalten sich an der Kasse. »Sie kennen sich?« fragt Hanni und sieht zwischen ihm und mir hin und her. »Bertram«, sagt er. Wir geben uns nur kurz die Hand. Die Kinder haben das Laub bis in die Ausstellungsräume geschleppt. Vor der Vitrine mit dem Rattenkönig liegt ein angebissener Apfel. Auf der Treppe höre ich das Telefon in meinem Zimmer. Als es nicht mehr läutet, ziehe ich den Stecker heraus und setze mich an den Präpariertisch vor die Dorngrasmücke.

Hanni kommt herein und bleibt hinter meinem Rücken stehen. Sie ist die einzige, die nicht anklopft. Sie streift mir die Jacke von der Schulter und beginnt, meinen Nacken zu massieren. Sie erwartet, daß ich mich bedanke, weil sie wieder mal meine Führung übernommen hat.

»Immer noch Kopfschmerzen?« fragt Hanni. Ihre Daumen rutschen an der Wirbelsäule tiefer, wandern wieder nach oben und auf der Schulter nach außen. Dabei sehe ich das entzündete Nagelbett an ihrem rechten Zeigefinger.

»Kannst du dir keine Maniküre leisten?« frage ich. Es ist komisch, daß eine Frau wie Hanni sich regelmäßig die Finger verhunzt. Sie atmet tief aus, um zu zeigen, wie sehr ich sie quäle und wie schwer es ihr fällt, mich vor die Tür setzen zu müssen – dieses Jahr oder nächstes Jahr, in zwei Jahren. Sie ist nicht nur die Chefin, sondern auch länger dabei und hat ein Kind, eine Tochter.

»Wo hast du den Dachs?« fragt sie. Ich höre ihre Absätze auf den Fliesen.

»Ich wußte nicht, daß ihr euch kennt«, sage ich.

»Ich dachte, ich tu dir einen Gefallen? Hat sie sich an dich rangemacht?« Ihre Hand bewegt sich in der Kitteltasche. Die Knöchel, an denen sie manchmal überprüft, wieviele Tage der Monat hat, zeichnen sich unter dem Stoff ab. Das Geschrei der Schulklasse entfernt sich. »Hier kennt eben jeder jeden. Das ist hier nun mal so. Außerdem ruft dein Patrick ständig an.« Sie macht ein paar Schritte auf die Tür zu. »Du hast das ganze Wochenende nicht geschlafen?«

»Sehnst du dich auch manchmal nach früher?« frage ich.

»Was soll denn das jetzt? Du hast doch damit nichts am Hut gehabt!« sagt sie ziemlich ruhig. »Mein Gott, Lydia«, ruft sie wütend, als ich antworten will. »Von dir wird nichts weiter verlangt, als ein paar Tiere auszustopfen. Das Schlimmste, was dir passieren kann, ist doch, daß du eine Schulklasse führen mußt oder daß der Strom ausfällt oder jemand den Stecker aus der Kühltruhe zieht. Du brauchst dich nicht mal um ein Kind zu kümmern, nicht mal das!« Hanni steckt sich, mit dem Rücken zu mir, eine Zigarette an und bläst den Rauch gegen die Decke. »Was ist mit dem Dachs?«

Ich spüre den Autoschlüssel in meiner Jackentasche. »Den hab ich vergessen«, sage ich und halte den Schlüssel an dem gelben Koala-Anhänger hoch, als könnte ich damit etwas beweisen.

Hanni sieht nicht zu mir, sie dreht sich nicht mal um. Sie geht hinaus und die Treppe hinunter. Bei jedem Schritt schlägt ihre Hand auf das Holzgeländer. Hanni schimpft. Ich verstehe nicht, was sie sagt, obwohl sie die Tür offengelassen hat. Ich ziehe meine Jacke wieder über die Schultern, lege den Autoschlüssel auf den Tisch neben die Dorngrasmücke, rücke näher heran und arbeite weiter.

Kapitel 6 – So viel Zeit in einer Nacht

Patrick erzählt von den Schwierigkeiten, im Dunkeln ein Haus zu finden. Geburtstagsfeier auf dem Land. Rückfahrt mit Verfolgungsjagd und Tankstellenparty.

Es ist Dienstag, der 7. April. Tom feiert seinen fünfunddreißigsten Geburtstag. Vor zwei Jahren hat er eine Erbschaft gemacht und Billi, seine Frau, eine noch größere bald darauf. Jetzt wohnen sie in einem Vierseitgehöft bei Leisnig. Billi kümmert sich um die Zwillinge und den Garten und gibt Flötenunterricht. Tom fertigt weiter seine Holzskulpturen – riesige Köpfe mit riesigen Nasen –, die er jetzt nicht mehr verkaufen muß. Lydia kennt die beiden aus Berlin, als sie noch Pädagogikstudenten waren.

Ich treffe Tom und Billi regelmäßig, wenn ich in Leipzig oder Chemnitz Vernissagen fotografieren muß. Jedesmal sagt Billi: »Kommt doch mal vorbei!« Und Tom sagt: »Das müßt ihr euch anschauen!«

Als ich kurz vor acht anrufe, um nach dem kürzesten Weg zu fragen, ist Billi am Apparat. Sie sagt, daß sie uns früher erwartet hat, viel früher, und daß sie als Beifahrerin nie auf den Weg achtet. Es klingt, als würde sie nebenbei Gäste begrüßen oder gestikulierend die Sitzordnung festlegen. »Tom baut im Atelier seine neue Tischtennisplatte auf«, sagt Billi zum Schluß.

Lydias Haar ist neu getönt. Sie trägt zum ersten Mal die Silberkette, die ich ihr zum Geburtstag geschenkt habe. Auf dem Schoß hält sie den 90er ADAC-Atlas, dessen Rücken sich gelöst hat und als Lesezeichen dient. Lydia und ich unterhalten uns darüber, was wir mit einer Erbschaft – eine Million etwa – machen würden. Außer einer Weltreise fällt uns nichts ein, und selbst das ist keine gute Idee, weil wir danach unsere Jobs los wären. Wir bräuchten also wesentlich mehr Geld.

Lydia fragt, ob ich jemanden kenne, der, wie wir, nichts erbt. »Denke schon«, sage ich, werde jedoch unsicher. Irgendwann stellt sich immer heraus, daß die Schwiegereltern einen Bungalow am Wasser besitzen oder ein großmütterlicher Grundbesitz von fünf Hektar existiert, zufällig zwischen Berlin und Potsdam. Lydia weiß von einer alleinstehenden Frau, die wegen der neuen Autobahnauffahrt bei Schmölln angeblich zwei Millionen für ein Stück Kartoffelacker bekommen hat. Wir verstehen beide nicht, warum Lottomillionäre unglücklich sein sollen. Lydia sagt, daß sie es vielleicht schon vorher gewesen sind. Ich halte ihr meine Hand hin, und sie drückt sie kurz. In Rochlitz nehme ich die falsche Ausfahrt und muß nach ein paar Kilometern umkehren. Wieder an der Kreuzung, werde ich unsicher. Lydia meint, wir müßten dem Schild »Alle anderen Richtungen« folgen. Ich habe das Gefühl, in einem großen Bogen zurückzufahren.

Als Lydia sagt, daß es ihr peinlich ist, so spät zu kommen, sind wir eine Stunde unterwegs. Sie will, daß ich umkehre, weil wir ein Schild übersehen hätten. Meine Raserei helfe jetzt auch nichts mehr.

»Na endlich!« sage ich, als wir die Gabelung erreichen, an der wir uns rechts halten sollen. Lydia klappt den Atlas zu und kämmt sich. Ich fahre langsam, mit Fernlicht. Nach einer Ewigkeit erreichen wir das nächste Dorf. »Bei der Gabelung rechts halten« ist alles, was ich weiß. Zehn Minuten später stehen wir wieder an der Gabelung, direkt neben den Schildern. Ich wende. »Da muß es sein«, sage ich und blende auf und ab. »Genau vor uns!«

»Was soll denn das!« sagt Lydia. Ich schalte die Scheinwerfer aus. Auf ihrer Seite glaube ich tatsächlich ein Licht zu erkennen. Allerdings müßte das Gehöft links sein. Trotzdem suchen wir nach der Zufahrt.

In tiefen Spurrinnen zuckeln wir vorwärts. An der Bodenwanne wischen Grasbüschel entlang.

»Billi und Tom fahren doch Jeep?« fragt sie.

Ich nicke.

»Anders geht das gar nicht«, sagt sie.

Bald erkennen wir die Silhouette des Häuschens, von einer einzelnen Lampe erleuchtet, eine Trafostation oder so etwas, von Maschendraht umzäunt. Wir können das Schild mit der Aufschrift »Lebensgefahr« lesen.

»Mitten auf dem Feld«, sagt Lydia.

Ich würge den Motor ab. Rückwärts kann ich nicht wegen des Auspuffs. Lydia schweigt. Sie müßte aussteigen und mich dirigieren, doch mit ihren Schuhen ist das natürlich Unsinn.

Wie durch ein Wunder gelingt es mir zu wenden. Einen Moment lang bin ich froh, als wären wir schon angekommen.

»Vielleicht kannst du irgendwo klingeln«, sagt sie.

»Wo denn?« frage ich. »Außerdem schlafen die Bauern längst!« Ich nehme jetzt die andere Abzweigung.

»Das ist doch Quatsch«, sagt Lydia.

Ich umkurve eine ausgestreckte tote Katze. Etwas weiter klebt auf der linken Spur eine Krähe am Asphalt. Nur ein Flügel steht senkrecht ab und bewegt sich im Wind.

»Hast du wieder Kopfschmerzen?« frage ich.

»Ich denk, du hast es dir erklären lassen?«

»An der Gabelung rechts«, sage ich. »Ich klingle. Wenn ich irgendwo Licht sehe, klingle ich.«

»Tom hat doch mal eine Skizze gemacht«, sagt sie. »Kehr endlich um!«

Sie kramt im Handschuhfach. Wir kommen wieder an der Krähe vorbei und an der Katze. Lydia hört mitten in der Wühlerei auf und lehnt sich zurück. Zum ersten Mal fällt mir das Lämpchen im Handschuhfach auf. An der herabhängenden Klappe hat sie sich zu Weihnachten die Strumpfhose zerrissen. Ich sage, daß nun alles nichts mehr hilft und wir ein Telefon brauchen, und frage, ob sie noch weiß, wo sie zuletzt eins gesehen hat. Lydia schüttelt nicht mal den Kopf.

Nach ein paar Kilometern halten wir an einer Baustellenampel, vor uns ein weißer Ford. Ich stelle den Motor ab und lese den Aufkleber: »Gott ist dir näher als du meiner Stoßstange.«

»Schwachsinn!« sage ich. »Was die sich so ausdenken!«

»Wir machen es immer falsch«, sagt Lydia nach einer Weile. »Alles machen wir falsch.« Sie blickt geradeaus. Eine Hand liegt über der Sitzkante, nach oben gedreht und halb geschlossen. Man könnte etwas hineinlegen.

»Es ist grün«, schreit Lydia, »grün!« und wirft, mit einem Schlag gegen die Klappe, das Handschuhfach zu.

Der Hof ist mit Autos vollgestellt, die ich nicht kenne, darunter zwei Wiesbadener Nummern. Billi und Lydia umarmen sich lange und schaukeln dabei hin und her. Ich halte die Geschenke: für die Zwillinge zwei kleine Legokästen, die seit Tagen aufwendig verpackt an unserer Garderobe lagen, für Tom den Bildband ›Skulptur der Renaissance. Donatello und seine Welt‹.

Billi sagt, daß Tom mit ihr geschimpft hat. Lydia und Billi umarmen sich noch einmal. »Ach du«, sagt Billi. Noch im Vorraum erzählt sie, daß Enrico hier ist, Enrico Friedrich vom Theater. »Der ist mit dem Bus gekommen, hat sich volllaufen lassen und schläft jetzt in meinem Bett, zusammengekauert wie ein Embryo.« Ich sage, daß wir ihn mit zurücknehmen können.

»Jetzt seid ihr erst mal da!« sagt Billi, faßt Lydia am Handgelenk und geht voran in die Küche.

Dort sitzen nur Frauen – keine, die uns bekannt wäre. Wir gehen um den Tisch und geben jeder die Hand. Als wir damit fertig sind, stehen zwei Teller mit Kartoffelsalat, kleinen warmen Buletten und Brühgurken für uns bereit. Billi sagt mehrmals, daß wir in Ruhe essen sollen. Alle anderen sitzen zurückgelehnt da und schauen uns zu.

Dann erscheinen die Männer. Wir stehen auf und gratulieren Tom, der auch heute Zimmermannshose und -weste trägt. Er sagt, daß er angerufen, aber niemanden mehr erreicht hat und daß wir beide jetzt ein Spielchen machen sollten. Einige Paare verabschieden sich.

Vom Atelier aus hören wir die abfahrenden Autos. Ich muß mich erst an die Aluplatte gewöhnen und verliere fast jeden Ball. Tom fragt, ob ich Lydia nicht bald heiraten will, wie wir über Kinder denken und wann es mal eine Ausstellung mit meinen Arbeiten gibt. Ab und zu lobt er einen Ball von mir. Ebenbürtige Sparringspartner würde er auch bezahlen, sagt er. Ich frage nach Enrico.

Tom feixt. »Der erzählt jedem, daß er Magenkrebs hat und in zwei Wochen als Entwicklungshelfer nach Brasilien geht – so unter dem Motto: Wir sehen uns zum letzten Mal. Glaub ihm bloß nichts! Außerdem war der gar nicht eingeladen.«

Billi kommt die Treppe herauf. Tom soll jemanden verabschieden. Ich warte eine Weile im Atelier zwischen den Holzköpfen. Dann gehe ich zurück in die Küche. Lydia spricht laut und aufgekratzt mit den Wiesbadenern.

Die werden hier übernachten. Enrico schläft. Die anderen sind gegangen. Wir sollen bleiben, sagt Billi, und den Zwillingen die Geschenke selbst überreichen. Lydia sieht sehr elegant aus, geradezu unwirklich in dieser Küche.

Einer der Wiesbadener ist Weingroßhändler. Er nickt in Richtung der beiden Frauen, denen Billi nachschenkt, und sagt, daß sie Schwestern sind. Er schätze Toms Arbeiten schon lange. Die farbigen hätten ihm erst nicht gefallen, doch mittlerweile könne er sie sich gar nicht mehr anders vorstellen. Dann reden wir alle über Toms Entwicklung. Billi sagt, daß Farbe für Tom immer wichtiger wird. Es entsteht eine Pause. Der Weinhändler wiederholt seine Bemerkung von vorhin und fügt hinzu, daß er das gerade schon mal gesagt hat. Wir nicken uns zu. Lydia fragt, ob wir nicht Enrico wecken sollen.

»Ich bin doch kein Babysitter«, sagt Tom und packt sich den Teller voll Kartoffelsalat. Wir setzen uns alle an den Tisch. Lydia schwärmt von früher, über das, was sie neuerdings ihr Berliner Leben nennt. Kauend und schluckend erzählt Tom die Geschichte, wie damals bei einer Vernissage erst das Licht ausging und dann die Gespräche von der Decke widerhallten. Billi und Lydia prusten los. Tom erklärt, daß das eine Wanze war, die falsch funktionierte, verkehrt herum, als Verstärker sozusagen. Jetzt lachen auch die Wiesbadener.

Billi setzt sich neben mich und fragt, den Mund an meinem Ohr, ob Danny – wir arbeiten bei derselben Zeitung – ihren Neffen vorübergehend oder für immer zu sich genommen hat. »Die Mutter des Jungen, Dannys Schwester, ist doch beim Radfahren verunglückt?«

»Ich wußte gar nicht«, antworte ich, »daß du Danny kennst.« Billi erinnert sich noch an andere Fälle von Fahrerflucht und spricht über den Schock, den so ein Unfall auslöst, und daß der Fahrer eigentlich mildernde Umstände bekommen müßte. Ich bin dagegen, weil sich sonst jeder Schweinehund darauf herausreden kann. »Stimmt«, sagt Billi. »Aber im Einzelfall muß man den Schock berücksichtigen.«

»Was habt ihr denn für ein Thema«, ruft Tom. Er lädt Lydia und mich für ein ganzes Wochenende ein, im Mai oder im Juni oder wenn Billi mit ihren Schülern ein Konzert gibt. »Den Weg kennt ihr ja nun«, sagt Billi. Unser Geschenk liegt noch unausgepackt auf einem Hocker.

Zum Abschied umarmt sie auch mich. Es dauert lange, bis sich Lydia ins Auto setzt. Wir winken aus den Fenstern und lächeln, obwohl es niemand sehen kann.

»Halb zwei«, sagt Lydia. Sie öffnet ihre Handtasche und fächert die Visitenkarten auf. »Wir sind an die Nordsee eingeladen, nach Zittau und nach Wiesbaden.« Sie streckt die Beine aus und legt sie an den Knöcheln übereinander. Ich sage, daß sie die Lehne zurückdrehen und schlafen soll.

»Hab ich zuviel geredet?« fragt sie.

»Nein«, sage ich, »überhaupt nicht.«

Als ich an der Baustellenampel halte, ist Lydia schon eingeschlafen. Die neu beschichtete Spur führt schnurgerade und hell erleuchtet durch den ausgestorbenen Ort. Ich fahre bei Rot. Plötzlich haben wir einen Wagen hinter uns, der auf- und abblendet. Nach der Baustelle werde ich langsamer. An der nächsten Kreuzung biegen wir nach links. Sie folgen. Das Auf- und Abblenden geht weiter. Ich überprüfe Licht, Handbremse, Temperatur, Benzin, Blinker. Wären die Rücklichter kaputt, hätte Tom uns nachgerufen.

Ich klappe den Rückspiegel nach oben, blinke nach rechts. Überholen wollen sie auch nicht. Ihre Stoßstange bleibt auf Höhe unserer Hinterachse.

Am letzten Haus endet die Straßenbeleuchtung, zu beiden Seiten freies Feld, darüber die Mondsichel. Ich gebe Gas, blende auf, halte den Wagen in der Mitte, die Markierung zwischen den Rädern. Mit hundertzwanzig rasen wir auf ein Waldstück zu. Sie treiben uns vor sich her, Rumänen, Russen, Polen, was weiß ich... Vielleicht liegt ein Baum quer. Ich überlege, warum wir Enrico nicht mitgenommen haben.

Ich muß ruhig bleiben und darf nicht nur Reflexe zeigen. Der Tank ist viertelvoll. Das macht den Wagen leicht. Wir sind in einem bevölkerungsreichen Land und nicht in Sibirien. Meine Knie kribbeln, doch an den Füßen spüre ich nichts. Auf der nächsten Geraden lehne ich mich hinüber und versuche, den Knopf an Lydias Tür nach unten zu drücken, reiche aber nicht heran. Ich taste nach meinem Knopf.

Wenn sie uns rammen, fliegen wir von der Straße. Wir haben kein ABS, keine Airbags, nicht mal auf meiner Seite. Angeschnallt sind wir. Seitenaufprallschutz, denke ich, vielleicht haben wir den.

Wieder Feld, keine Häuser, Baustelle, die Fahrspur wird eng. Im Außenspiegel sehe ich, wie ihre Scheinwerfer verglimmen.

Am Bahnübergang vor Geithain blinkt das Warnsignal, die Schranken sind bereits unten. Ich lehne mich über Lydia hinweg und sichere ihre Tür. Die Scheinwerfer hinter uns gehen an.

»Geithain«, sage ich zu Lydia, die die Augen öffnet. »Du hast ja eiskalte Hände«, sagt sie.

»Hinter uns sind Verrückte«, sage ich.

»Wer?« fragt sie und dreht sich um.

Sie fahren so dicht auf, daß es nicht mehr blendet. Ich erkenne ein flächiges Kindergesicht.

»Ein Verrückter«, sage ich. Er sitzt vorgebeugt, wie ein Baggerfahrer, das Kinn überm Lenkrad. Er reckt den Hals. Seine Stirn stößt gegen die Scheibe. Es gibt einen Ruck.

»Was will der?« Lydia klappt ihre Blende herunter.

»Er hat unsere Stoßstange ...« Ich muß schlucken, »die Stoßstange geküßt.«

»Was will ...?«

Der Zug kommt. Die Schienen federn unter den Getreidewaggons. Das rechte Knie durchgedrückt, rutscht mein Fuß übers Bremspedal, bis zur Sohlenmitte.

Der nächste Stoß läßt den Wagen schaukeln. Ich halte das Lenkrad fest. Nur der Zug ist zu hören. Ich konzentriere mich auf den Abstand zwischen Kühlerhaube und der Unterkante der Schranke. Die Fahrbahn ist trocken. Der Zug nimmt kein Ende.

Dann warte ich, bis die Schranken ganz oben sind und die Warnlampen aufhören zu blinken.

»Irgendwie zieht er nicht«, sage ich und schlage auf das Lenkrad.

Lydia rutscht etwas höher, den Kopf an der Stütze. Ich nehme die Straßenmarkierung wieder zwischen die Räder. Auch nach den Kurven ist er dichtauf.

»Er wird uns ja nicht ewig folgen«, sage ich.

Plötzlich sagt Lydia: »Ein Ufo.« Sie klingt überhaupt nicht aufgeregt. Hinter einem Hügel, mitten auf dem Feld, ist es hell geworden.

»Miami«, sage ich. Die Straße macht einen Bogen auf das Licht zu, das blau wird, leuchtend blau, Aral. Ich blinke.

»Langsamer!« schreit sie, »langsamer!« Der Verrückte schießt an uns vorbei. Ich bremse in der mittleren Gasse der Tankstelle.

»Die feiern hier ne Party«, sagt Lydia. Ich steige aus und öffne den Tankverschluß. Ein paar Frauen und Männer prosten uns aus dem Innenraum zu. Sie lehnen an zwei zusammengeschobenen runden Imbißtischen vor dem Kühlregal. Ein Mann mit Bürstenschnitt ergreift den Arm seiner Nachbarin und winkt, daß wir kommen sollen. Er zeigt auf mich und auf Lydia, die aussteigt und sich neben mich stellt.

»Surprise, surprise«, schreien sie, als wir eintreten. Eine rothaarige Frau ruft: »Uweee, Uweee!« – »Surprise, surprise«, antworten die anderen im Chor. Alle sind älter als wir.

Der Tankwart reißt einen Sechserpack Becks auf, nickt mir zu und öffnet die Flaschen. In jeder Hand drei, trägt er sie zum Tisch. »Uweee, Uweee!« schreien sie wieder. Lydia wird reihum begrüßt.

»Die warten auf ihr Taxi«, sagt der Tankwart, als ich bezahle. »Ich kann sie ja nicht draußen stehen lassen. Wolln Sie auch was?«

Ich nehme zwei Ginger Ale für Lydia und mich. Meine Hände sind immer noch kalt. Deshalb will ich niemandem die Hand geben. Lydia sagt, daß sechs Buchhalter vor uns stünden, die alle Steuerberater werden wollen. Sie nicken ernst. Dann aber ruft der neben mir: »Surprise, surprise« und verschluckt sich vor Lachen. Eine große Flasche Jim Beam geht herum.

Der Frau mir gegenüber wird etwas ins Ohr geflüstert. »Nöö«, ruft sie und mustert mich. »Nöö«, ruft sie noch mal und läßt sich umarmen. Lydia setzt die Flasche an und trinkt. Jemand haut mir auf den Rücken.

»Außerdem, Kumpel ... siehst du hier ein Taxi?« Ich weiß nicht, was er meint. Sie brüllen los, und Lydia wischt sich über den Mund. Der Tankwart streift mit der Etikettiermaschine über Quarkbecher. Ich trinke auch das zweite Ginger Ale auf einen Zug aus und behalte die Flasche in den Händen.

»Uwee, Uwee, Nachschuub!«

Lydia zeigt zu der aufgeblasenen Kuh über der Kasse, einer Kuh als Schwimmring. »Die gehört mir«, ruft sie und erhält Applaus, weil es das einzige Exemplar ist und von der Decke abgenommen werden muß. Außerdem verlangt sie eine Karte für die Waschanlage.

»Erst ab sechs wieder«, sagt der Tankwart. Lydia bleibt dabei. »Es ist wirklich schön hier«, sagt sie, »und ich will sicher sein, daß wir wiederkommen.« Sie beginnt einzukaufen. Ganz ladylike macht sie das, die Henkel des blauen Plastekorbs in der Armbeuge. Sie studiert jede Verpackung. Zwei Milchtüten, einen Sechserpack Landeier, Mozzarella, Vollkornbrot in Scheiben. Obenauf liegen »Varta Alkaline long life«-Batterien. »Nur Müsli haben sie nicht«, sagt sie.

Während ich den Kuhschwimmring auf die Rückbank bugsiere, verabschiedet sich Lydia von den anderen. Sie steigen paarweise ins Taxi. Lydia sammelt wieder Visitenkarten ein, auch von den Frauen.

Als sie mir zuwinken, hebe ich nur einen Finger vom Lenkrad. Ich weiß, daß sie mich längst für einen Stinker und

Spielverderber halten. Ich stelle mir vor, Lydia würde mit ihnen fahren. Der Tankwart kommt. »Das hat sie liegenlassen«, sagt er, gibt mir die rechteckige rote Waschkarte und eingeschweißte Putztücher. Er hebt die Hand und winkt dem Taxi nach. Lydia hält den Jim Beam wie einen Pokal über den Kopf.

»Du hast dich überhaupt nicht um mich gekümmert, als er an uns drangebumst ist«, sagt Lydia. Sie hat ihre Tür nur angelehnt, als wollte sie gleich wieder aussteigen, und umklammert die Flasche auf ihrem Schoß. »Du hättest mir wenigstens deine Hand geben können oder sagen, daß ich keine Angst haben muß, daß du mich beschützt, irgend so was.«

»Ich wollte kein Drama draus machen«, sage ich endlich. »Das war ein dummer Junge.«

»Du verstehst nicht«, sagt sie. »Jeder war für sich. Du saßt da, und ich saß da, schrecklich!«

»Das stimmt nicht«, sage ich.

»Natürlich stimmt es.« Sie schraubt den Jim Beam auf. »Du willst es nur nicht wahrhaben, du biegst dir das immer hin.« Mit einer Hand um den Flaschenhals trinkt sie.

Mir ist schlecht. Ich möchte, daß Lydia aufhört zu trinken, sich anschnallt und ihre Tür schließt.

Ich steige aus und gehe zur Staubsaugeranlage. Dahinter pinkle ich. Die kalte Luft tut gut. Mein Urin dampft. Ich bleibe noch eine Weile mit offener Hose stehen. Dann gebe ich dem Luftdruckbehälter einen Tritt. Er schaukelt auf der Düse hin und her und zischt.

Der Tankwart hat ein Regal mit Feuerzeugen, Stofftieren und Schokoladenriegeln hinter die Eingangstür gerollt.

Lydia schminkt sich. Der Geruch im Wagen ist mir vertraut und lieb, als hätte er mich schon immer begleitet. Dabei haben wir den Fiesta erst letzten Herbst gekauft.

»Man hat ja nicht mal nen Schraubenzieher parat, um sich zu wehren«, sagt sie. In der rechten Hand hält sie den Lippenstift, in der linken die Kappe dazu. »Das Wunder ist doch«, sagt sie, »daß nicht ständig einer über den andern herfällt.«

Ihre Tür ist zu. Ich lasse den Wagen an und fahre bis zur Straße vor. Ich richte den Rückspiegel.

»Wenn ich eine Lebensversicherung abschließe, soll ich da deinen Namen einsetzen?« fragt Lydia. Plötzlich lehnt sie sich herüber, schlingt ihre Arme um mich und beginnt, mein rechtes Ohr zu küssen. Das andere streift sie mit dem Lippen-Stift. Ihr Mund wandert meinen Hals hinab. Ich spüre die Waschkarte in der Brusttasche, auf die ihr Ellbogen drückt, während sie über meiner linken Schulter die Kappe auf den Stift steckt.

Ich lege einen Arm um Lydia. Ich sehe den Jim Beam zwischen ihren Füßen und im Rückspiegel die aufgeblasene Kuh. Das Kleid ist Lydia über die Knie gerutscht. Dann schaue ich in den Außenspiegel, und als er dunkel bleibt, fahren wir los.

Kapitel 7 – Sommerfrische

Wie Renate und Ernst Meurer ein verlassenes Wochenendhaus herrichten. Die kaputte Scheibe. Meurer bleibt allein zurück und unternimmt einen Spaziergang. In der Nacht hört er Gesang.

»Behauptet ja keiner, daß wir nicht Glück hatten! Ist nur eben ne Menge Arbeit so ein Haus, eins wie das hier.« Meurer wischte sich mit dem Taschentuch über die Lippen, stellte seinen Teller auf das Holzbrettchen, setzte es aufs Tablett und folgte seiner Frau mit den leeren Flaschen Vita-Malz und den Gläsern. »Und das mit der Scheibe hat er dir auch nicht gesagt!«

Sie fuhr herum. »Nöl doch nicht dauernd! Woher soll er das wissen? Woher denn?«

Meurer blieb stehen. Aus der Küche kam das Rumpeln, mit dem sich der Kühlschrank abschaltete. Die Flaschen darauf schepperten.

»Einem geschenkten Gaul und so weiter«, sagte sie in die Stille. »Von wegen ...« Meurer schniefte, sprach aber nicht weiter.

»Er hat es *dir* angeboten, nicht *mir*. Klar ist was zu machen. Denkst du, sonst hätte er ... Du kennst doch Neugebauer!« Sie hielt das Tablett höher, als wollte sie es ihm geben. »Schließlich bist du ein Mann!« sagte sie und wandte sich ab.

In der Küche stellte Meurer Gläser und Flaschen auf den Spülenrand. Er schüttelte das Geschirrtuch auf, griff sich das Brotmesser und stach damit in die Luft. »Wenn die Rumänen kommen«, sagte er.

»Solche Dreckskerle!« sagte sie. Mit einer langen Holzbürste scheuerte sie die Gabelzinken von beiden Seiten.

Meurer zog die Schublade auf und ließ das Messer neben den Besteckkasten gleiten. »Wenigstens haben sie ihnen sonst nichts getan«, sagte er und nahm ihr ein Glas ab.

»Du hast Ideen! Dich möcht ich mal sehn, wenn sie dir – wie du das dann findest.« Sie zog den Stöpsel heraus und scheuerte das Becken. Sie füllte die Pfanne zur Hälfte mit Wasser, stellte sie auf den Herd und ging ins Schlafzimmer.

»Die Zeitungen übertreiben immer«, rief Meurer. »Wir müssen.« Er hängte das Geschirrtuch über den Handtuchhalter und streifte die Hemdsärmel runter. Das Küchenfenster ließ er offen. Seit zwei Tagen nahmen sie den Durchzug in Kauf, doch es roch weiter nach Schimmel und unlackiertem Holz, von dem mit einem feuchten Lappen die Staubschicht gewischt worden war. Als sie mit der Reisetasche herauskam, sah er, daß sie ihre Bluse mit nassen Händen zugeknöpft hatte. »Wir müssen«, sagte sie.

Zum ersten Mal gingen sie die Straße in dieser Richtung entlang. Meurer versuchte sich vorzustellen, wie alles aussähe, wenn es ihm erst mal vertraut wäre: die Pflasterung, die Holzzäune vor den schmalen Gärten, das Quellwasser aus dem Eisenrohr mit dem algigen Gitter darunter, die gemauerten Bögen der Einfahrten. In dem Spalt unter einem Hoftor erschien eine schwarzweiße Hundeschnauze, die, auf die Seite gelegt, losbellte. Vielleicht würde er sogar mal jemanden grüßen.

Meurer trug die Tasche mit den Gardinen, die seine Frau zum Waschen mitnahm. Spätestens am Freitag käme er wieder hier vorbei, um sie vom Bus abzuholen. Am Abend würde er dann die Leiter halten und nach und nach die Gardine zu Renate hinaufreichen. Er würde ihr sagen, daß, wenn noch eine Wanze im Haus gewesen wäre, man fünf Tage und Nächte lang so gut wie nichts von ihm gehört hätte, außer Schnarchen.

Ihre Waden waren von einem fast durchsichtigen Weiß. Unter den Sandalenriemen schimmerte rötlich der Ansatz der Fersen. Im Bett hatte er versucht, seine Füße zwischen ihre zu schieben, und dabei gespürt, daß sie ihre Hornhaut wieder abgeraspelt hatte. Weil die Matratzen länger waren als die Laken, bedeckten an den Fußenden Handtücher den Schaumgummi.

Später war er aufgewacht. Er wollte das Fenster schließen, merkte aber schon, als er sich aufsetzte, daß die Laute nicht von draußen, sondern von seiner Frau kamen.

Seit sie im Bus gegen die Scheibe getippt und gesagt hatte: »Das zweite von links«, ekelte er sich vor Neugebauers Haus. Die weiße Tünche war abgewaschen. Darunter erschien dunkelgrauer Putz, der unten, nahe am Boden, schon schwarz von Feuchtigkeit war. »Wie bei Russens«, hatte Meurer geschimpft. Auf einem Weg aus zerbrochenen Dachziegeln waren sie von der Gartenpforte zur Haustür gelangt. Und schließlich die eingeschmissene Scheibe. Er hatte den Stein unterm Tisch gefunden, ihn mit dem Taschentuch angefaßt, auf die Kommode zwischen Neugebauers Hochzeitsfoto und das Barometer gelegt und das Taschentuch wieder zusammengefaltet. Sonst tat er nichts, lief nur hinter seiner Frau her, sah über ihre Schulter hinweg ins Bad, ins Klo und in die Küche und beobachtete, wie sie sich gegen die klemmende Hintertür stemmte. Die Pumpe im verwilderten Garten funktionierte. Zwischen zwei Obstbäumen baumelte eine Hängematte. Das Dach schien dicht – für die beiden Kammern oben gab es keine Schlüssel.

Meurer hatte unmittelbar am Haus ein Stück umgegraben und seine Frau nicht ans Mittagessen erinnert. Zu energisch war sie auf den Knien herumgerutscht, dabei die Arie des Papageno summend, wobei sie die Zeile »stets lustig, heißa, hopsasa« laut sang. Ohne Scheu berührte sie alles, putzte das Klobecken und die Duschkabine, wischte mit der bloßen Hand verstaubte Spinnweben aus den Ecken, zerriß einen alten Kissenbezug und heftete ihn mit Reißzwecken vor die kaputte Scheibe an den Fensterrahmen. Meurer mußte sich sogar überwinden, wenn er eine Türklinke herunterdrückte, und auch gegen das Pflaster aus dem Sanitätskasten hatte er sich gesträubt, das sie ihm am Nachmittag über die Blase am Handteller geklebt hatte. Nur weil sie bereit gewesen war, das fremde Geschirr noch einmal abzuwaschen, hatte er ihr beim Kaffeetrinken die Tasse hingehalten und nach dem Umrühren sogar den Löffel abgeleckt.

Sie liefen jetzt auf der Landstraße zwischen Randstreifen und Graben. In dem langen, an den Boden gedrückten Gras lagen Büchsen und Flaschen wie eingewachsen. Meurer hatte öfter den Wunsch, all diesen Unrat aufzusammeln. Wenn dabei noch andere mitmachen würden ... Eine gutorganisierte landesweite Initiative zur Säuberung der Straßenränder und Gleisbereiche – das wäre eine schöne Arbeit für ihn.

An der Haltestelle wartete ein Mann in seinem Alter vor dem Fahrplan. Meurer nickte ihm zu, und als der seinen Gruß nicht erwiderte, sagte er »n Tag« und wandte sich ab.

Es war noch sehr warm, und der Luftzug von den vorbeifahrenden Wagen kühlte kaum. Sie legte jedesmal die Hände an die Schenkel, damit ihr Rock nicht hochflog. Seine Sommerhose flatterte.

»Eigentlich eine Zumutung«, sagte Meurer leise, ohne seine Frau anzusehen, und zeigte auf die Straßenmarkierung, deren Weiß an den Rändern ausfranste. »Was die hier Haltestelle nennen.«

Vor einem Jahr hatte sie sich noch die verschiedenen Autotypen erklären lassen. Falls er sich einmal einen Wagen zulegte, wollte er einen deutschen kaufen, zumindest einen, hinter dem eine deutsche Firma stand. Ihm fiel Seat ein und Skoda. Doch selbst wenn man die beiden nicht mitzählte, hatten die Deutschen sechs verschiedene Marken, die Italiener samt Ferrari vier und die Franzosen nur drei, trotz Renault. »Ihr Importeur Nummer 1 in Deutschland!« schrieben die über jede Heckscheibe. Dafür war der Golf die Nummer 1 in Europa. Die Japaner besaßen fünf verschiedene Marken. Bei den Amerikanern blickte keiner durch. Solche Schiffe waren auch nichts für unsere Straßen.

Als der Bus kam, versuchte Meurer, seine Frau auf den Mund zu küssen.

»Ruf an, morgen«, sagte sie. »Nicht vor acht, hörst du?«

Meurer reichte ihr die Tasche hinauf, die er, während sie zahlte, von unten abstützte. »Und denk an den Glaser«, sagte sie, hob mit beiden Händen ihr Gepäck vor die Knie und ging in dem schmalen Gang nach hinten. Er lief draußen auf gleicher Höhe mit und winkte. In dem Moment, als der Bus anfuhr, setzte sie sich. Er hielt die Luft an. Ihm fiel Subaru ein und dann Isuzu, und das verstimmte ihn irgendwie.

Als Meurer wieder Luft holte, roch er die Abgase. Er überquerte die Straße. Auf der anderen Seite begann ein Plattenweg. »Neubauten«, las er auf einem verbogenen Schild. Der zweistöckige Block dahinter schien im Parterre unbewohnt zu sein.

Auch die Siedlungshäuser zur Linken, ähnlich dem Neugebauers mit hohem Satteldach, wollte er schnell hinter sich lassen. In einem Zwinger bellte tief und kehlig ein Bernhardiner. Meurer konnte sich nicht erinnern, wann er zum letzten Mal allein an einem fremden Ort gewesen war. Die Sonne schien ihm auf den Rücken, und unter seinem Hemd glaubte er eine abgestandene Wärme zu riechen. Zu laufen, ohne zu wissen, wo und wann er wieder umkehren müßte, gefiel ihm. Er wollte auch niemandem begegnen und schon gar nicht gefragt werden, wer er sei und was er hier mache, selbst wenn sie ihn im Dorf für einen Freund oder Verwandten Neugebauers hielten. Der wagte sich schon wieder so weit hervor, daß er Steuertips in der Ratgeberecke der ›Volkszeitung‹ gab. Aber davon wußten sie hier wahrscheinlich nichts. Vielleicht war er für die Leute im Dorf immer nur jemand gewesen, der einen Wartburg fuhr, sich im Garten zu schaffen machte und sächselte und jetzt, aus irgendwelchen Gründen, verschwunden war und sein Haus vergammeln ließ.

Meurer überlegte, ob er das Hemd ausziehen sollte. Aber sich halbnackt zu bewegen widerstrebte ihm. Hohe Brennesselbarrieren säumten den Weg auf beiden Seiten.

Nach zehn Minuten kam Meurer zu einer ziegelsteinernen Scheune, deren Dachrinne und Abflußrohre aus verschiedenfarbigen Plasteteilen zusammengebastelt waren und sich an vielen Stellen aus den Halterungen gelöst hatten. Vor dem Tor überwucherte Unkraut ein verrostetes Gerät, von dem er nicht wußte, wofür es gebraucht worden war.

Die Getreidefelder erstreckten sich über Bodenwellen hinweg bis zu einer Anhöhe, wo der Plattenweg nur als dunkler Streifen erschien. Von da kam ihm ein Wagen entgegen.

Meurer hörte entferntes Flugzeugbrummen. Wenn sie wollten, könnten sie sich einen ordentlichen Urlaub leisten und einen Golf anzahlen, ohne sich völlig zu verausgaben. Immerhin waren nach dem Umtausch noch zwölftausend D-Mark übriggeblieben. Drei Monate zuvor hatte man ihn in der Zeitung ausgeschmiert, wie seine Frau das nannte.

Meurer trat zur Seite, damit das Auto nicht von dem Plattenweg abkam. Der weiße Fiesta wurde langsamer, und der Fahrer, jünger als er, jedoch mit Halbglatze, grüßte.

Die Meurers bezahlten die Miete von seiner Arbeitslosenhilfe und sparten den kleinen Rest. Ihr Gehalt als Sekretärin in Neugebauers Buchhaltungs- und Steuerberatungsbüro reichte für alle anderen Ausgaben. Sie hatten sich einen Stereo-Farbfernseher angeschafft, eine Anlage mit CD-Player, einen Entsafter und einen neuen Fön. Im Februar 90 waren sie mit dem Bus nach Venedig, Florenz und bis kurz vor Assisi gereist. Im Herbst wollten sie eine Woche ins Burgenland.

Bevor der Weg anstieg, führte er durch eine schilfbewachsene Senke. Hier war es kühler. Meurer bückte sich und beobachtete, wie ein großer schwarzglänzender Käfer die Löcher im Beton umkrabbelte. Unter Umständen ließe sich hier etwas über die Natur lernen. »Mistkäfer«, sagte er. Er kannte noch Mai-, Marien- und Kartoffelkäfer. Aber vielleicht war es auch kein Mistkäfer.

Natürlich war Meurer nicht der einzige, der viel über Neugebauer wußte. Bisher jedoch hatten alle stillgehalten, selbst die Zeitungen. Mit dem Angebot des »Häuschens« für den Sommer war Meurer klargeworden, daß Neugebauer immer noch Angst hatte. Oder er brauchte einen unbezahlten Hausmeister. Oder er schickte ihn, Meurer, einfach vor, falls die Leute hier von seiner, Neugebauers alter Position Wind bekommen hatten.

Ein kleiner Traktor näherte sich, hinter dem ein Anhänger mit vier oder fünf Männern auf- und niederwippte. Meurer trat wieder auf den schmalen Erdstreifen neben dem Beton. Sie hatten ihn eher gesehen als er sie. Das erste Mal grüßte er, als sie gut zehn Meter entfernt waren. Während sie vorüberfuhren, nickte er ihnen mehrmals zu. Der Traktor kam von den Platten ab. Staub wirbelte auf. Einer der Männer schrie Meurer etwas zu, etwas wegen einer Tute oder Tube, und in der Dreckwolke sah er den Mann aufgerichtet und mit einem erhobenen Arm im Anhänger stehen. Die anderen stützten ihn dabei. Meurer hielt wieder die Luft an.

Nach einer dreiviertel Stunde erreichte er eine Kreuzung. Rechts führte ein Feldweg auf den Wald zu, in dem er wie in einer Höhle zu enden schien. Meurer wandte sich nach links.

Die Luft wurde wärmer. Er dachte an seinen Lieblingsurlaub, die Auszeichnungsreise nach Mittelasien, September 86, als sie im Dunkeln durch die Gassen von Buchara gegangen waren und seine Frau gesagt hatte: wie in einem Backofen.

Auf beiden Seiten waren die Felder bereits abgeerntet. Zwischen den Stoppeln lag etwas Rundes, Silbriges, etwa dreißig, vierzig Zentimeter im Durchmesser. Meurer ging darauf zu. Er hielt es für einen Motor, einen kleinen Elektromotor, oder für eine Mine oder ein winziges Ufo. Ein paar Schritte davor machte er wieder kehrt und sammelte einige Steinchen auf. Vom Weg aus beschoß er die geriffelte, mattsilberne Radkappe mit dem Opelsignet in der Mitte. Als er traf, gab es nur ein kurzes »back«, klanglos wie randvolle Sektgläser. Meurer verschoß die restlichen Steine und wanderte weiter. Ohne das Opelzeichen hätte er noch näher herantreten müssen, um es als Radkappe ausmachen zu können. An Ufos glaubte er nicht, obwohl die Amerikaner auf Pro 7 nicht den Eindruck von Lügnern gemacht hatten. Keinesfalls wollte er die Existenz von Ufos ausschließen, sich aber erst dann ernsthaft mit ihnen beschäftigen, sollte er in der Tagesschau davon erfahren. Ohne daß es seine Absicht gewesen war, hatte er den höchsten Punkt weit und breit angesteuert. So etwas passierte einfach. Vielleicht war es ein natürliches Bedürfnis, also in den Genen angelegt, daß der Mensch danach strebt, Gipfel zu erobern. Im Darwinschen Kampf der Arten konnte das von Vorteil sein.

Meurer überblickte die Ebene bis weit nach Norden. Vor dem Horizont ragten zwei Kraftwerke auf. Unter ihm, am Hang, befand sich ein Dorf mit einem Kirchturm aus Feldsteinen. Meurer versuchte, die Entfernung bis dorthin und dann weiter bis zu den Kraftwerken zu schätzen. Er hatte sich Neugebauers Haus, überhaupt das ganze Harzvorland, anders gedacht, gepflegter und freundlicher. Für einen Moment stand ihm sein Phantasiebild wieder so deutlich vor Augen, als könnte er von seinem Spaziergang dahin zurückkehren. Er lauschte, das Kinn emporgereckt. Aber außer Lerchen war da nichts.

Zu Hause, in der Parterre-Wohnung in Altenburg-Nord, überfielen ihn immer wieder innerhalb weniger Minuten Kopfschmerzen. Der alte VdN-Schmidt kehrte täglich den

Fußweg. Dreimal, viermal fegte er über jede Platte. Fürchterlich, wenn er mit dem Besen gegen die Wand stieß. Und dazu sein Räuspern. Sobald Meurer ihn im Treppenhaus hörte, verzog er sich ins Schlafzimmer oder ging einkaufen. Meurer war gern effektiv und verband das eine mit dem anderen, auch wenn er dann nur herumsaß. Wer Zeit hatte, palaverte mit dem alten Schmidt über Gott und die Welt. Mittags kamen dann Kinder, die bis zum Abend ihren Fußball gegen die Hauswand bolzten. Einmal hatten sie das Kellerfenster von Meurers zerschossen. Seither glaubte er, jedem Schuß folge das Geräusch einer splitternden Scheibe. Natürlich war er überempfindlich, doch diese Einsicht änderte ja nichts.

Wenn er den Müll hinausbrachte, erwartete er, aus einem der Fenster werde gleich sein Name geschrien, und dann würden sie ihn so lange beschimpfen, bis er die Flucht ergriff. Vorige Woche hatte seine Frau den Kleiderschrank durchgesehen, er sollte die aussortierten Sachen zur Volkssolidarität bringen. Meurer hatte sich in der Hausnummer geirrt und ratlos immer wieder das Klingelbrett des Feierabendheims studiert, bis eine Frauenstimme über ihm gefragt hatte, was er denn da treibe. Als noch mehr Köpfe erschienen waren, hatte er gemacht, daß er mit dem vollgestopften Plastesack wieder nach Hause kam. Letzten Donnerstag, er wollte zur Kaufhalle, war er im Hausflur einem Handwerker begegnet. Meurer hatte, als müsse er seine Anwesenheit hier legitimieren, die Zeitung aus dem Briefkasten genommen, unter den Arm geklemmt und vergessen. Erst an der Kasse hatte er sie wieder bemerkt und die feuchte Wärme seiner Achselhöhle am Papier gespürt. Er legte die Zeitung zu den Einkäufen aufs Kassenband und bezahlte. Meurer war weitergelaufen auf dem Weg, der vom Dorf über den Hügelrücken führte und vor einer Baracke endete. Dahinter ragten Betonpfeiler auf. Er wußte nicht, ob hier gebaut oder abgerissen wurde, bis er das Schild »Schutt abladen verboten« sah.

Meurer mußte sich mit dem Rückweg beeilen und lief am Rand eines Getreidefeldes entlang, die Abendsonne im Gesicht. Er dachte an die Restlöcher der stillgelegten Tagebaue, über die er gelesen hatte, daß dort Leben wie vor Millionen von Jahren wieder entstehen könnte, wenn man nur alles in Ruhe ließ, wenn man sich nicht einmischte. Und vielleicht tat ja gerade er das Richtige, nämlich so gut wie nichts. Meurer zuckte zusammen. Er starrte auf die Ähren.

Gleich neben ihm bewegte sich etwas. Große Körper mußten es sein – Wildschweine vielleicht. Keine fünf Meter weiter sprang eine Hirschkuh empor und gleich dahinter ihr Junges und dann wieder die Hirschkuh. Einmal noch stiegen beide wie Zielscheiben auf, danach blieben sie verdeckt und hinterließen nur das Geräusch, mit dem sie durchs Getreide brachen. Es war schon fast dunkel, als er über die »Straße der Werktätigen« am Löschteich vorbei auf die Dorfstraße bog. Vor der Kirche stand zwischen zwei Linden der Gedenkstein für die im Ersten Weltkrieg Gefallenen. Die Erde ringsherum war von Unkraut gereinigt und im Zickzack geharkt. Der sie umgebende Holzzaun – die Latten sahen hell und neu aus – hatte ein Türchen, dessen Riegel man zur Seite schieben mußte, wollte man über die weiße Kiesbahn näher treten.

Meurer beschloß, den Stein morgen zu besichtigen, um die Namen zu zählen und sich einige davon zu merken. Sicher hatten die meisten von ihnen, als sie in den Krieg zogen, diese Gegend zum ersten Mal verlassen. Vielleicht war das Reisen überhaupt unnatürlich, zumindest überflüssig, im Zeitalter des Fernsehens.

Nur Neugebauers Haus hatte keine Satellitenschüssel. Über das Namensschild an der Pforte war Heftpflaster geklebt. »R. Neugebauer/E. Meurer«, las er in der Schrift seiner Frau. Er schloß auf und rief nach ihr.

Im Schlafzimmer hing der Kissenbezug vom Fensterbrett

herab. Zwei Reißzwecken steckten noch im Holz. Das Loch in der Scheibe glich in den Umrissen einem Oberkörper samt Kopf und einer seitlich nach oben zeigenden Schirmmütze. »Du Tunte«, sagte Meurer. Das hatte der Mann auf dem Anhänger gerufen. Endlich verstand er ihn. »Du Tunte«, hörte er ganz deutlich den Kerl schreien.

Meurer machte kein Licht, ging durch die Hintertür in den Garten, hielt den Kopf unter die Pumpe und trocknete sich mit seinem Taschentuch ab. Er krempelte die Hosenbeine auf, bewegte abwechselnd seine Füße unterm Wasserstrahl, schlurfte zurück und versuchte sich an der klemmenden Hintertür vorbeizuschieben, ohne sie zu berühren. Er zog sich bis auf die Unterhose aus, blieb einen Moment lang vor dem Bett stehen, tastete nach seiner Pyjamajacke und drückte sie an die Nase – der Duft von Weichspüler und Bügeleisen erinnerte Meurer an zu Hause. In der Küche betrachtete er lange die Pfanne, die zur Hälfte mit Wasser gefüllt auf dem Herd stand. Er spritzte Fit hinein. Dann nahm er sich das Brotmesser aus dem Besteckfach.

Unter der Decke fuhr er aus der Unterhose und stopfte sie unters Kissen. Er roch seine Sandalen, deren Fußbett beim Laufen schmierig geworden war. An den Fersenriemen schleifte er sie einzeln, so weit sein Arm reichte, unters Bett. Eine Fliege oder etwas Größeres prallte ständig gegen Wand und Decke. Es gab noch andere Geräusche: die Wagen auf der Straße, der Kühlschrank, die Therme, das Tropfen des Wasserhahns. Er lauschte so angestrengt, daß er den Atem anhielt und dann nach Luft rang.

Meurer wußte nicht, wie lange er geschlafen hatte. Er saß mit angezogenen Beinen im Bett, die Pyjamajacke bis zu den Knöcheln hinabgezogen, den Rücken gegen die Eisenstangen am Kopfende gedrückt, und starrte auf die Umrisse der Figur mit der Schirmmütze, unter der der Kissenbezug gegen die Wand schlappte. Erneut hörte er das Geklirr von splitterndem Glas, das ihn geweckt hatte. Er konnte es immer und immer wieder hören, dieses Geräusch, das anschwoll und alle anderen Laute in sich einsaugte, in dem alles Rascheln, Klopfen, Scheppern und Knirschen kulminierte und das wie ein Vogel oder eine Wolke durch die Luft streifte, bis es auf ein Fenster traf. Unausweichlich. Ohne den Blick von der Scheibe zu wenden, berührte er mit der Nase die Knie. Erst da merkte Meurer, daß seine Frau schon die ganze Zeit die Papageno-Arie sang.

Kapitel 8 – Der Atem an meinem Hals

Dr. Barbara Holitzschek erzählt von einem nächtlichen Anruf. Hanni legt im Spiel ein Geständnis ab und erkundigt sich nach dem Leben mit einem berühmten Mann. Die Tochter, die Katze und die Schildkröte.

»Ja, natürlich, eine Ewigkeit nicht«, sage ich, klemme den Hörer an die Schulter, halte das Telefon fest und zerre mit der anderen Hand die Spiralschnur auseinander.

»Hab ich dich geweckt?« fragt Hanni.

»Wie spät ist es denn?«

»Oh, son Mist«, ruft Hanni. »Ich hab dich geweckt! Entschuldige, Babs! Aber ich dacht, bei euch gehts immer lang. Sonst hätt ich nicht angerufen!«

Das Leder des Stahlrohrstuhls ist kalt. Ich versuche, mir Franks Hemd zu angeln. Für einen Moment muß ich den Hörer vom Ohr nehmen. »... gelesen, und die fragten«, sagt Hanni, »wann er am besten arbeiten könne, und da sagte er, nachts, wegen der Ruhe, draußen und drin. Auf dem Foto hab ich ihn fast nicht erkannt.« Während sie weiterredet, streife ich Franks Hemd über. »Wie lebt es sich denn mit nem berühmten Mann?«

»Ach Hanni«, sage ich. »Wie spät ist es?«

»Gleich zwölf«, sagt sie und spricht mit jemandem. »Babs?« ruft sie.

»Ja«, sage ich. »Wo steckst du?«

»Wir feiern Geburtstag.« Die Leute hinter ihr reden durcheinander, und ein Mann lacht auf.

»Ist was passiert?« frage ich.

»Nein, wieso? Alles in Ordnung, Babs«, sagt Hanni. »Wir machen ein Spiel, und dazu gehört, daß man es sagt. Und nun stehen sie hier, damit ich es sage, hörst du? Es ist ein Spiel. Ich sage es jetzt!«

»Was für ein Spiel?«

»Wenn man verliert, muß man jemanden anrufen, den man mal geliebt, aber es nie gestanden hat«, sagt sie hastig. »Ein Spiel eben. Bist du sauer?«

»Willst du Frank sprechen?«

»Dich, Babs, natürlich dich. Bist du sauer?«

»Du hast mich geliebt?« frage ich.

»Na ja doch! Hörst du das, den Applaus? Das ist für uns, Babs!« ruft sie. »Als ich den Bericht über dich und Frank gelesen habe, in der Sonnabendausgabe – bekam ich richtig Sehnsucht. Ich hab meine alten Tagebücher rausgeholt. Ich wollt dich mal wieder sprechen. Und jetzt hab ich verloren. Findest du das lächerlich?«

»Nein«, sage ich.

»Männer machen sich immer über Frauen lustig, die ihnen so was gestehn. Die können nicht damit umgehn. Ich hab dich immer bewundert. Wenn du nett zu mir warst, war ich glücklich. Aber du warst zu allen nett. Ich wollte, daß du meine Freundin bist, nur meine.«

Ich warte, daß sie weiterspricht, und sage ihr dann, daß ich im Grunde schüchtern bin.

»Das glaub ich nicht«, sagt Hanni. »Understatement, deshalb sprichst du so. Das geht schon in Ordnung, daß dir der beste Mann hier gehört. Schon daran siehst du, daß du was Besondres bist.«

»Wie gehts deiner Familie?« frage ich.

»Meiner Tochter?«

»Ja«, sage ich, »Rebecca.«

»Sarah meinst du. Sonst gibts nur Peggy und Fridolin.«

Hanni scheint zu rauchen. »Fridolin ist leider nur ne Schildkröte. Wenn ich mal so alt bin wie der, also Rentnerin – falls ich das überhaupt schaffe –, dann lebt Fridolin immer noch, und ich muß jemanden finden, der ihn übernimmt. Ist das nicht irre?«

»Ja«, sage ich. »Kaum vorstellbar.«

»Einen so treuen Mann ... Peggy hat der Umzug aus der Bahn geworfen. Die ist total von der Rolle.«

»Peggy?«

»Unsere Katze. Ich sollte ne Praxis aufmachen, Tierpsychiater. Das liebe Vieh ist genauso wie wir, total daneben.«

»Ich les deine Artikel«, sage ich.

»Artikel ist gut, Babs, Anzeigenblatt, Ratgeberecke. Aber zu was anderm komm ich nicht mehr. Leute wie Frank wolln doch immer, daß wir Anträge schreiben, unsere Volksvertreter. Ich schreib nur noch Anträge und ärgere mich mit den Bauleuten rum. Und wenn nicht, mache ich den Bankern schöne Augen und halte bei den Rotariern Vorträge, weil die uns nen neuen Diaprojektor versprochen haben. Arbeitest du denn noch?«

»Wieso nicht?« frage ich.

»Na, wenn Franks Leute gewinnen, bist du doch Frau Minister, mindestens, denk ich mal. Ich hab mal grün gewählt, aber ich kann ja nich am Ast sägen ... Dann gibts noch weniger Geld für die Museen ... Weißt du, daß wir uns schon achtzehn Jahre kennen?«

»Seit der neunten«, sage ich.

»Da wird mir immer ganz schlecht, bei so ner Zahl.«

»Bei welcher?«

»Siehst du, ich wußte, daß es dir nicht so geht. Du hast was draus gemacht. Aber ich krieg die Krise, echt Panik. Mit fünfunddreißig sind zwei Drittel rum.«

»Hanni«, sage ich, »die Hälfte höchstens.«

»Nein«, sagt sie scharf. »Nicht für uns. Männer haben ne

andre Halbwertszeit. Wir nicht. Ich mach mir nichts mehr vor. Du bist verheiratet, Babs ...« Hanni zieht an ihrer Zigarette.

Im Flur geht das Licht an.

»Und das schlimmste ist, daß alles, was war, weg ist, die Leute, sie sind weg.«

Frank bleibt im Türrahmen stehen, lehnt sich dagegen, den Kopf nach vorn geneigt, als wolle er mithören. »Hanni«, flüstere ich ihm zu. Er schneidet eine Grimasse. An der Hüfte hat er einen grünblauen Fleck.

»... und weiß auch, warum«, sagt Hanni, »weil ich nicht allein sein kann. Das heißt, ich kann schon allein sein. Aber irgendwie denke ich, daß man unter Leute gehört und sich verlieben muß. Die Verheirateten lassen mich sowieso nirgendwo mehr ran. Die haben alle Angst.«

»Findest du?« frage ich. Frank kniet plötzlich zwischen meinen Beinen.

»Ob ich was finde?«

»Ob du das so meinst, wie du das sagst.« Frank zieht das Hemd zur Seite und küßt meine Brüste.

»Natürlich«, sagt Hanni. »Was soll ich denn meinen? Ich sehs doch. Die Gescheiten machen sich dünn hier, wer bleibt, spielt solche Spielchen. Heut ist mein Geburtstag, Babs, mein Geburtstag!« Ich muß den Hörer heben, weil Frank sich an mich drückt. Er ist ganz warm.

Hanni redet weiter. »... vorgestern, am Sonntag, ich schlief noch. Plötzlich ist mörderischer Krach im Haus. Klingeln und Türenschlagen, und alles rennt durcheinander. Ich bekomme das nur halb mit. Und dann klingelts. Bis ich an der Tür bin, ist absolute Ruhe. Und ich denke, wenn sie was wollen, werden sie schon noch mal klingeln. Ist doch so, nich?«

Frank beißt mich in die Schulter.

»Wenn sie was wollen, kommen sie wieder. Ich geh zurück ins Bett, früh halb sechs, noch alles finster. Und dann höre ich die Frauen wieder. Kaum liege ich im Bett, höre ich sie wieder.

Weißt du, was sie machen? Sie verabreden sich zum Frühstück. Ich stehe an meiner Wohnungstür und kann das alles hören. Sie verabreden sich zum Frühstück, weil sie jetzt sowieso nicht mehr schlafen können. Ich auch nicht. Wenn ich mal wach bin, bin ich wach, das hab ich von meiner Mutter. Aber ich kann die Tür ja jetzt nicht mehr aufmachen. Jetzt nicht mehr. Und ich denke... Ach, lassen wir das. Wasserrohrbruch wars. Und gestern früh im Bus saß mir eine gegenüber, spindeldürr, frißt aber einen Muffin nach dem anderen. Sie piepelte das Papier mit den Fingernägeln weg, und dann drückte sie den Muffin in den Mund. Das bröselte nur so. Und der Beutel, wo die Tüte mit den Muffins drin war, der rutschte ihr immer von den Knien. Sie fraß und fraß, und zwischendurch fiel ihr immer wieder der Beutel runter.«

»Du mußtest ja nicht hinsehen«, sage ich. Frank ist aufgestanden und geht ins Bad.

»Die drehn doch alle an der Uhr. Ich weiß nicht, was ich hier noch soll? Das ist wie früher. Alle gehen weg. Sarah will jetzt zu ihrem Vater, mit sechzehn. Ich sehe sie sowieso nicht mehr, so gut wie nicht. Da kann sie auch zu ihm, muß ich mir keine Sorgen mehr machen. Jetzt steht er toll da, jetzt hat er sie, der Papa, und kann mit seiner Tochter prahlen. Als ich jede Nacht mit ihr zum Notarzt bin, wegen der Asthmaanfälle, da gabs weit und breit keinen Papa. Und gezahlt hat er nur, was er mußte. Da war er ganz klein und still. Und jetzt ruft das Kerlchen an. Sarah hat ne Woche geheult, und plötzlich will sie zu ihm und raucht wien Schlot. Ich dachte schon, du willst auch nichts mehr von mir wissen.«

»Weil ich verheiratet bin?«

»Ich hab einfach alles auf eine Karte gesetzt und angerufen. Du warst so komisch beim letzten Mal. Und dann hast du nie wieder was von dir hören lassen. Wenn ich niemanden anrufe – mich ruft sowieso niemand an. So einfach ist das.«

»Da gings mir wirklich nicht gut«, sage ich.

»Wegen dem Dachs?«

»Ja«, sage ich, »wegen dem Dachs.«

Dann sagt Hanni nichts mehr. Zum ersten Mal entsteht eine Pause, ein Alptraum von Pause. Ich kann Hannis Atem hören. »Habt ihr jetzt einen Dachs?« frage ich. Meine Stimme klingt ganz normal.

»Nein«, sagt Hanni. »Mir tuts nur leid, daß wir damals nicht zusammen gefahren sind. Aber Lydia, die Präparatorin, weißt du, wenn die ne Führung machen soll, allein ne Führung, da ist alles zu spät. Die ist völlig chaotisch. Eigentlich ein Fall für dich.«

»Kein Problem«, sage ich. Frank kommt aus dem Bad. Er läßt das Licht im Flur an.

»Ich würd dich gern wiedersehn, Babs, einfach so, und dann machen wir uns einen schönen Abend, zu dritt, zu zweit, einfach so, und quatschen über alles. Findest du das blöd?«

»Nein«, sage ich, »gar nicht.«

»Einfach mal jemand sehn, von früher. Verstehst du das?«

»Ja«, sage ich und verspreche, sie anzurufen und es auch nicht auf die lange Bank zu schieben.

»Babs«, sagt Hanni zum Schluß, »ich lieb dich wirklich, einfach so. Glaubst du mir das?«

Als ich auflege, verdreht sich die Spiralschnur und hakt an einigen Stellen wie ein Reißverschluß zusammen. Ich nehme den Apparat in die Hände und lege den Hörer auf den Boden. Die Strippe dehnt sich. Ich halte das Gerät höher, bis der Hörer knapp über dem Teppich seine Pirouetten dreht. Er braucht mindestens eine Minute, bis er entwirrt hin- und herbaumelt. Ich stelle den Apparat auf den Tisch und lege den Hörer auf.

»Is was passiert?« fragt Frank.

»Nein«, sage ich, ziehe sein Hemd aus und werfe es in die

Richtung, wo ich die Stuhllehne vermute. »Sie war ziemlich betrunken«, sage ich und stoße mit dem Schienbein ans Bett. »Sie dachte, du bist berühmt und hast deshalb jeden Abend große Gesellschaft, und ich spiele First Lady.«

Frank schiebt seinen Kopf auf meine Schulter und sein rechtes angewinkeltes Bein über meine Knie. Allmählich erkenne ich wieder die Umrisse vom Schrank und den Kleiderständer mit den Bügeln und die Bilderrahmen, die beiden Lampen und den Spiegel, an dem meine Ketten hängen, und den Stuhl.

Ich spüre Franks Atem an meinem Hals, warm und gleichmäßig. Abends sind wir beide immer völlig erschöpft. Ich weiß, daß ich jetzt nicht einschlafen werde. Dieses Gefühl kenne ich genau. Bis halb sieben bleiben sechs Stunden.

Das klügste wäre, ich würde aufstehen und ein paar Sachen erledigen. Ich muß meiner Mutter schreiben und sie fragen, was sie zu Weihnachten vorhat. Wir wollen nach Teneriffa, bis zur zweiten Januarwoche. Früher war das nie ein Problem mit meiner Mutter. Aber seit unserem letzten Besuch – ich band mir im Vorraum die Schuhe zu und am Schnürsenkel hing eine riesige Staubfluse samt Haaren. Ich dachte, daß die Fluse von allein wieder abfällt. Sie geriet unter den Knoten. Ich mußte den Knoten lösen, trug den Dreck zum Mülleimer und wusch mir die Hände. Meine Mutter beobachtete mich und fand nichts dabei. Zumindest sagte sie nichts. Im Februar wird sie achtundsechzig. Ich hatte mich bisher nur gewundert, daß sie so lieblos einkauft, abgepackte Wurst oder Käse aus dem Regal, kaum mal was Frisches und nur Nescafé, auch wenn sie sagt, daß der ihr besser schmeckt, Nescafé Gold. Die schönen blauweißen Becher stehen hinter dem Schmortopf, jahrelang ungenutzt. Wir trinken bei ihr aus tschechischen Senfgläsern, die mal einen Goldrand hatten. Das Geschirr nimmt sie direkt aus der Spülmaschine und stellt es dorthin zurück. Ich hatte überhaupt noch nicht zur Kenntnis genommen, daß meine Mutter eine alte Frau geworden ist, um die ich mich vielleicht bald kümmern muß.

Franks Bein zuckt. Sein Atem ist heiß und trifft immer dieselbe Stelle am Hals. Ich ziehe die Beine etwas an. An der Bettdecke spüre ich meine Fußnägel.

Ich habe Hanni nicht mal zum Geburtstag gratuliert. Ich weiß nicht, was ich ihr wünschen soll. »Frank«, sage ich. Die Stelle an der Schulter, wo er mich gebissen hat, tut noch weh. Durch eine geknickte Lamelle in der Jalousie kommt Licht. Ich kann die Unebenheiten auf der Tapete erkennen. Ich stelle mir die Pirouetten des Telefonhörers vor, um müde zu werden. Sein Atem ist unerträglich heiß. »Frank«, sage ich leise. Sein Unterarm drückt mir auf die Rippen, seine Finger berühren meine Wirbelsäule. »Frank«, flüstere ich, »ich habe jemanden umgebracht.« Ich drehe mich zu ihm, auf die Seite. Mein Herzschlag wiegt uns, das ganze Bett schaukelt davon.

Manchmal reicht ein bißchen Schlaf am Morgen, um so eine Nacht zu vergessen. Dann schmelzen die Stunden, die man wach gelegen hat, auf einen Augenblick zusammen und zerfallen wie ein Traum, als wäre nichts gewesen.

Ich sollte aufstehen und etwas Nützliches tun. Aber ich weiß nicht, wo anfangen. Ich rechne mein Alter um in Katzenjahre. Katzenjahre ergeben sich aus der Multiplikation mit sieben. Bei Schildkröten müßte man dividieren. Aber Schildkrötenjahre gibt es nicht.

Kapitel 9 – Dispatcher

Warum sich Taxiunternehmer Raffael keinen Arbeitsplatz aus den Rippen schneiden kann und Orlando als Fahrer ungeeignet ist. Gewollte und ungewollte Verwirrung. Für die Jahreszeit zu warm.

Raffael sitzt im Büro. Seine Zeigefinger wandern über die Tastatur. Sein Blick wechselt regelmäßig vom Bildschirm in ein Buch und zurück. Am Schreibtischrand liegt eine leere Schachtel Toffifee. Immer wieder wischt er sich die Handflächen an den Oberschenkeln ab.

Raffael hört Schritte im Treppenhaus. Er sieht zur Tür und zuckt zusammen, als es klingelt.

»Raffael?« Die Klinke bewegt sich. Es klingelt noch mal. »Raffael, was ist? Ich bin es, ich!« Eine Schuhspitze stößt gegen die Stahltür, die nach einem kurzen Summen aufspringt.

»Du schreist ja das ganze Haus zusammen.« Raffael schließt im Aufstehen den obersten Hosenknopf. »Mach erst mal richtig zu.«

Orlando setzt den Koffer ab, drückt mit dem Knie gegen die Tür und rüttelt an der Klinke. »Zu«, sagt er.

Raffael kommt ihm entgegen. »Na, wie gehts? Bist du größer geworden?« Vor Orlando hebt er die Hände. »Ich steck dich sonst an. Willst du ne Trachtengruppe gründen?«

»Das ist ein Janker«, sagt Orlando, knöpft ihn auf und wickelt den Schal vom Hals. »Ich kann anfangen.«

»Wann bist du raus? Du hast neue Schuhe.«

»Heute.«

»Gleich hierher, mit Sack und Pack?«

Orlando nickt.

»Nicht krank geschrieben?«

»Ich kann fahren, ohne Probleme, wirklich.«

Raffael ist zu seinem Sessel gegangen und läßt sich hineinfallen. »Du hast zugenommen, Orlando.«

»Bin auch ordentlich gefüttert worden.«

»Seit ich nicht mehr rauche ...« Raffael tätschelt die Innenseite seiner Schenkel. »Winterspeck. Hier merk ichs immer zuerst.«

»Gib mir einen Wagen, bitte.«

Raffael hebt wieder die Hände und läßt sie auf die Armlehnen fallen.

»Ich bin gut gefahren.«

»Ich weiß doch, Orlando.« Raffael rutscht im Sessel nach vorn und blättert in seinem Taschenkalender.

»Ich bin wirklich gut gefahren! Hast du selbst gesagt.«

»Fünf Wochen, Orlando, fünf Wochen.« Raffael schlägt Seite für Seite um. »Vier Wochen und fünf Tage, wenn mans genau nimmt.«

»Sechs Tage in der Woche, sieben Tage, zwölf Stunden, dreizehn Stunden.«

»Weißt du, wie lange *ich* hier hocke? Hast du darüber mal nachgedacht? Ich hab nicht mal Zeit, mir ne Aspirin zu holen. Ich gehör ins Bett, ich hab Fieber. Willst du mal anfassen?« Raffael legt die flache Hand auf die Stirn.

»Ich bin Taxifahrer.«

»Heute ist jeder Taxifahrer, Orlando. Jeder denkt, er kann Taxi fahren. Jedes Arschloch glaubt, Taxifahrer zu sein! Mach es mir doch nicht so schwer!«

»Ich mach alles, was du willst.«

»Das war ein Versuch, Orlando. Bitte, ich habe es versucht, und es ist schiefgegangen. Es ist sehr, sehr schiefgegangen.«

»Der war betrunken.«

Raffael stößt einen Laut aus, fast tonlos, wie ein plötzliches Ausatmen. »Was du nicht sagst!« Er schließt den Kalender und steht auf. »Das letzte Heimspiel heute.«

»Der war betrunken, und jetzt sitzt er im Knast, Raffael!«

»Für wen bist *du* eigentlich? Setz dich doch mal. Kann ich dir Tee machen? Trinkst du einen mit?« Raffael geht zum Kühlschrank, auf dem eine Kaffeemaschine, Geschirr, Knäckebrot und zwei Marmeladengläser stehen. »Letztes Jahr hat uns nur das Dreckwetter gerettet, uns und den Brennstoffhandel. Und wenn es nicht bald wieder anfängt, dann... Sel-le-rie, so ist nun mal das Leben. Früher haben wir immer gehofft, daß der Winter spät kommt und schnell vorbeigeht. Trotzdem hab ich mich immer freiwillig als Fahrer gemeldet, in Hausbereitschaft für den ersten Schnee, wenn ich nicht selbst Schicht hatte. Wenns das erste Mal richtig schneite, bin ich mit dem Räumwagen raus, meistens nachts, wenn noch keine Spuren auf der Straße sind, und du fährst allein, und vor dir nichts als unberührter Schnee, herrlich!«

»Er sitzt im Knast, Raffael. Noch mal passiert das nicht!«

»›Noch mal passiert das nicht.‹ Du kannst vielleicht nach Berlin gehen, nach Hamburg oder von mir aus nach Leipzig. Aber nicht hier! Kapierst du das nicht? ›Noch mal passiert das nicht.‹ Das nächste Mal bekommst du das Messer vielleicht nicht in den Rücken...« Raffael leert den Kaffeesatz in den Papierkorb, spült die Glaskanne aus und füllt Wasser in die Maschine. »Okay, Orlando. Selbst wenn ich übertreibe. Ich habe trotzdem keinen Wagen übrig.«

»Du hast gesagt...«

»Ich habe gesagt, daß ich dir helfe. Das habe ich gesagt. Aber ich habe nicht gesagt, daß ich mir eine Arbeit aus den Rippen schneiden kann.« Er wischt die Hände an der Hose ab. »Laß deine Fingernägel in Ruh. Du merkst das schon gar nicht mehr. Geh zu diesem Holitzschek, diesem Landtagsmenschen. Stand doch in der Zeitung, daß der dir helfen will.

Warum gehst du nicht morgen zu ihm, bedankst dich für seinen Besuch und die Blumen und fragst, wie er sich seine Hilfe für Andersfarbige vorgestellt hat.« Raffael schaltet die Kaffeemaschine ein. »Jetzt schaust du mich groß an. Kannst du mir sagen, wofür es Krankenkassen gibt, wenn der Betrieb sechs Wochen lang blecht? Ich zahl das Fünffache für die Autoversicherung, aber Benzin gibts nicht billiger. Dafür streicht die Stadtverwaltung die Stellplätze am Teich, und für die Politessen ist Auto gleich Auto. Und schließlich, mein Herr«, Raffael wird plötzlich ruhig, »schließlich sind Sie Maschinenbauer, mit Diplom aus Havanna und noch einem von der TU Dresden, deine Umschulungen nicht mitgerechnet. Außerdem weißt du zehnmal mehr über Computer als alle diese Affen zusammen, die mir das Ding hier installiert haben. Aber du bist kein Taxifahrer, Dottore. Bekommst du nicht wieder volles Geld vom Amt?«

»Nein.« Orlando zieht die Nase hoch. Er wendet sich ab. Raffael hält ihn an der Schulter fest.

»Trotzdem«, sagt Raffael. »Schau mich mal an. Du bist kein Taxifahrer, Dottore, kein Taxifahrer, verstanden? Ich kann es auch nicht schneien lassen oder Palmen herzaubern! Alle wollen Hilfe. Alle haben Ärger, alle!« Raffael drückt sich den abgespreizten Zeigefinger an die Schläfe. »So siehts aus! Und paff...« Sein Daumen knickt ein. »Paff! Ich kann nicht die ganze Welt retten. Was ich retten kann, sind viereinhalb Arbeitsplätze. Da muß man sich konzentrieren, Orlando! Ich will keine Aufregung, keine Verwirrung mehr, verstehst du das nicht? Und laß endlich deine Fingernägel in Frieden.« Raffael ist zum Kühlschrank zurückgegangen und öffnet die Tür. »Weißt du, wann ich mit Petra ... wann ich sie zuletzt angefaßt habe? Zu Ostern! David sehe ich am Wochenende, manchmal. Und am Monatsende wird in die Hand geschissen. Die Raten für die Wagen, die Miete hier, Telefon, Gehälter, Versicherungen ... Dafür reichts dann noch. Wie spät ist es eigentlich?«

»Neun.«

»Zweite Halbzeit. Hast du dich mal gefragt, warum ich für Dortmund bin?«

»Wegen Sammer?«

»Nein.«

»Wegen Andy ... wegen Möller?«

»Willst dus wissen? Wenn die Borussia Meister wird, wenn sies dieses Jahr schaffen, dann schaff ichs auch. Das weiß ich. Wenn nicht, gehn wir in Konkurs. Dann werf ich das Handtuch. Dann kannst du alle meine Wagen haben! Was gibts da zu grinsen. Irgendwann muß Schluß sein, so oder so. Petra zahlt alles, die Wohnung, das Essen, die Sachen für David, die Weihnachtsgeschenke. Und ich wollte der erste sein, der seine Familie aus Nord rausbringt!« Raffael gibt der Kaffeemaschine einen Klaps. »Die braucht Entkalker. Was für Tee willst du? Mate, Grüner, Pfefferminz, Earl Grey, Wildkirsche, English Breakfast? Weihnachtstee hab ich auch.«

»Es hat immer mal einer genug oder zieht weg! Hast du selbst gesagt, Raffael.«

Raffael poliert die Glastassen, hängt in jede einen Teebeutel und wirft zwei Korkuntersetzer auf den Schreibtisch. »Ich kann dich von Weihnachten bis Neujahr reinnehmen. Setz dich jetzt endlich.« Er klaubt Würfelzucker aus dem Karton.

»Nein«, sagt Orlando.

»Du willst dich nicht setzen?«

»Nicht als Aushilfe, Raffael.«

»Die Zitronen sind alle.« Er stellt eine Milchtüte zwischen die Gläser, setzt sich und nimmt zwei Telefonhörer gleichzeitig ab. »Ich denk immer, jemand sabotiert mich. Kannst du mir sagen, warum hier keiner anruft? In dieser Stadt gibts achtundvierzigtausend Ärsche! Laß es siebenundvierzig sein oder fünfundvierzig – wir waren mal über fünfzigtausend, Orlando, fünfzigtausend Ärsche! Warum will sich keiner von denen in ein Taxi setzen? Warum klingelts hier nicht ständig? Du kannst meinen Job haben. Ich würd gern tauschen, liebend gern. Arbeitslos, aber ohne Schulden. Du bist frei! Du kannst machen, was du willst.« Er knallt die Hörer hin.

»Reisewetter«, sagt Orlando. »Kein Taxiwetter.« Er steckt sich eine Zigarette zwischen die Lippen und legt die Schachtel auf den Tisch.

»Wenn die Leute nichts in den Taschen haben, kanns Kuhkacke regnen! So ist das! Kapier das doch mal. Und rauch hier nicht, Orlando.« Raffael pult in der Öffnung der Milchtüte. »Warum gehst du nicht weg? Was hält dich in dem Kaff, hm?« Raffael leckt die Milch vom Daumen. »Heut früh hab ich einen getroffen, aus der Schulzeit. Ich geh auch noch auf ihn zu. Der glubscht mich an und sagt nichts.« Raffael streckt den Kopf vor und hält beide Hände wie ein Fernglas vor die Augen. »So hier. Ich frag nicht, ob er Arbeit hat. Selbst wenn er welche hat, glaubt er garantiert, daß er zuwenig verdient. Mich halten hier alle für den großen Macker, du wahrscheinlich auch. Also frag ich nach seiner Familie, nach Kindern und so. Das wars dann!« Raffael verbirgt sein Gesicht in den Händen, als sei alles gesagt, und reibt sich die Stirn. »Du ahnst es nicht! Kollert der los! Daß ich doch bestens Bescheid wissen müßte, hätte es schließlich vor ihm erfahren! Ich versteh überhaupt nicht, was mit dem los ist, was den so auf die Palme bringt. Sein Baby-Doppelkinn wackelt wie bei nem Truthahn. ›Das kann doch nicht die Norm sein‹, brüllt der auf offener Straße. Und weißt du was? Ich soll vor ihm gewußt haben, daß seine Frau ne Tochter zur Welt gebracht hat. Ich kann mich überhaupt nicht dran erinnern, nicht mal jetzt kann ich das! Ich kenne doch seine Frau gar nicht! Woher denn, frag ich. Wer soll mir denn das gesagt haben? Er schreit nur, daß das ja nicht die Norm sein kann. Das soll vor sechs Jahren gewesen sein, Orlando, überleg dir das mal, sechs Jahre! Der hat mich wohl verwechselt. Aber selbst wenn ich der wäre, für den er mich hält ... verstehst du das?«

»Nein«, sagt Orlando leise. Die Kaffeemaschine zischt. Dampf steigt auf. In der Glaskanne steht das Wasser unter dem ersten Strich.

»Wenn einer sechs Jahre so ne Wut im Bauch rumträgt, Orlando ... Weißt du, was das bedeutet? Das bedeutet, daß ich mit Lackschäden und zerstochenen Reifen noch gut bedient bin! Am besten ich geh hier gar nicht mehr raus. Das Telefon reicht vollkommen. Alles andere bringt nur Knatsch und Verwirrung.«

»Ich kann wirklich gleich anfangen. Es tut nicht mehr weh. Willst du mal sehn?« Orlando zieht den Janker und den Pullover aus. Er knöpft das Hemd bis zum Gürtel auf und fährt aus dem linken Ärmel. Mit dem Rücken zu Raffael, lehnt er sich gegen den Schreibtisch und streift das Unterhemd von der linken Schulter.

»Ohne Pflaster?« Raffael steht auf und beugt sich über den Schreibtisch.

»Es soll Luft ran. Dann heilts besser, haben sie mir geraten.«

»Wie man sich so was vorstellt.« Raffael streckt den Arm aus und umfährt mit den Fingerspitzen die Narbe. »Und die Fäden? Tut das weh?«

Orlando schüttelt den Kopf. »Kitzelt«, sagt er.

Raffael streichelt ihm die Schulter. Seine Hand gleitet an Orlandos Arm hinab. Er zieht ihm den Träger des Unterhemds nach oben. Bei der nächsten Berührung stößt sich Orlando von der Tischkante ab.

»Tut also doch weh«, sagt Raffael und setzt sich wieder.

Nachdem er die Tür hinter Orlando geschlossen hat, reißt Raffael die Drähte aus der Klingel. Er geht zum Fenster und kippt das Oberlicht an. Er beobachtet Orlando, wie er den Koffer auf den Rücksitz des Taxis hebt und von der anderen Seite einsteigt. Dann fährt der Wagen ab.

Raffael blickt hinüber zu seinem alten Büro. Die beiden Fenster am Busbahnhof sind dunkel.

»Dispatcher«, sagt Raffael. »Dispatcher, Dispatcher«, wiederholt er, »Dispatcher, Dispatcher.« Immer schneller spricht er, damit sich die Silben voneinander lösen, bis sie auch für ihn fremd und sinnlos klingen, wie für die meisten, denen Raffael auf die Frage nach seinem früheren Beruf mit »Dispatcher« antwortet. »Dispatcher für den Personennahverkehr der Kreise Altenburg, Borna, Geithain und Schmölln, Dispatcherdispatcherdispatcher...« Je länger er redet, desto mehr unerwartete Laute entstehen. Raffael genießt diese Verwirrung, die er selbst anrichtet. Sie gelingt ihm nicht immer. Oft bleibt das Wort eindeutig und verständlich, egal, was er damit anstellt.

Früher hatte er geglaubt, »Dispatcher« sei eine der wenigen Berufsbezeichnungen, die auf der ganzen Welt gebraucht wurden. Zumindest die Westdeutschen mußten es verstehen. Es war doch englisch. »Dispatcherdispatcher.«

Raffael steht sofort neben dem Telefon und greift nach dem Hörer. Einen Moment hält er inne. Dann nimmt er ab und sagt ruhig. »Taxi-Günther, guten Abend.«

»Ich bins.«

»Schon?« fragt Raffael.

»Wieso schon?«

»Hat er dir den Koffer hochgetragen?«

»Ich bin gesund, Raffael.«

»Wenn du meinst.«

»Rufen dich siebenundvierzigtausend Altenburger an?«

»Wer?«

»Klingelts wieder?«

»Oh, ja. Weihnachtsfeier, paarmal.«

»Und Dortmund?«

»Was?«

»Gewonnen?«
»Ja?«
»Ich frage ...«
»Hoffentlich, ich hoffe ja.«
»Hab nur noch den Wetterbericht gehört. Bleibt über null. Was nächste Woche wird, wissen die auch nicht.«
»Tun aber immer so. Das regt mich am meisten auf.«
»Stimmt.«
»Nächste Woche kann schon alles anders sein.«
»Klar.«
»Orlando?«
»Ja?«
»Entschuldige ... Ich hab Fieber. Ich wollte nicht ... Schaust dir morgen den Computer an?«
»Mach ich.«
»An dem Ding funktioniert gar nichts mehr.«
»Schau ich mir an, klar.«
»Wär schön, wär wirklich schön.«
»Du bleibst bis elf?«
»Bis elf, ja.«
»Hast genügend Schokolade?«
»Schokolade?«
»Du solltest Raffaelo heißen, statt Raffael, Raffaelo Ferrero.«
»Hängt nur mit dem Maler zusammen. Das weiß aber keiner mehr.«
»Raffael?«
»Genau.«
»Was hast du mit dem?«
»Nichts. Erzähl ich dir mal.«
»Du malst?«
»Ich erzähls dir, nicht jetzt.«
»Ich wollt dir was vorschlagen, Raffael – hörst du?«
»Ja.«

»Ich könnte doch fahren, bis alles wieder drin ist. Als ich hier ankam, fiel mir das ein. Du sagst mir, wieviel das gekostet hat, das Krankengeld und die Reparatur und ...«

»Wie?«

»Ich könnte fahren, bis alles wieder rein ist, Krankengeld, die Reparatur des Wagens ...«

»Erzähl keinen Quatsch, Orlando.«

»Ich komme morgen. Ansonsten weißt du ja, wo du mich findest.«

»Hm.«

»Na dann, Raffael.«

»Hm.«

»Du bist dran.«

»Was?«

»Immer der, der angerufen wird, der ist dran.«

»Also ich.«

»Du kannst bis drei zählen, wenn du willst.«

»Ich muß jetzt Schluß machen.«

»Du bist dran.«

»Ja«, antwortet Raffael und legt auf.

»Dispatcher«, sagt er laut und schaut zu den beiden Drähten über dem Türrahmen. Wie Fühler stehen die blanken Enden ab. Sein Hemd klebt unter den Armen und am Rücken. Raffael krempelt die Ärmel hoch. Er geht zum Fenster, öffnet beide Flügel, duckt sich unter das Fensterkreuz und beugt sich hinaus. »Dispatcher«, sagt er, »Dispatcher, Dispatcher.« Er spricht weiter, laut und schnell. Raffael glaubt, seinen Atem als Rauchfähnchen zu sehen und für einen Augenblick sogar den verschneiten Busbahnhof. Aber er friert nicht. Nicht einmal ein Frösteln oder Schaudern. Es ist wirklich noch viel zu warm.

Kapitel 10 – Lächeln

Martin Meurer erzählt, wie er seinen leiblichen Vater nach vierundzwanzig Jahren wiedersieht. Eine unerwartete Beichte. Gläubige werden seltener krank und leben länger. Die Apostelgeschichte und Topflappen.

Die Begegnung mit meinem Vater so wiederzugeben, wie ich sie damals erlebt habe, also zu berichten, welchen Eindruck er und seine Geschichte auf mich machten, fällt mir schwer. Nicht etwa, weil meine Erinnerung schlecht wäre – es liegt ja kaum ein Jahr zurück –, sondern weil ich heute mehr weiß. Ich würde sogar sagen, ich bin ein anderer Mensch geworden.

An einem Morgen im März 1969 kam unsere Mutter zu Pit und mir ins Zimmer und sagte: Euer Vater ist abgehauen. Sie zog die Vorhänge zurück, öffnete das Fenster und ging wieder hinaus. Ich war sieben und Pit fünf. »Egal, wer dich in der Schule fragt, du hast nichts zu verbergen, überhaupt nichts«, ermahnte sie mich, bevor sie mit meinem Bruder zum Kindergarten ging. Mehr hörten wir erst mal nicht von ihr darüber.

Nach Tinos Geburt am 13. Februar 88 schickte ich meinem Vater ein Foto von uns dreien. In seiner Glückwunschkarte lagen hundert Westmark. Im Oktober 91 verunglückte Andrea, meine Frau. Auch das schrieb ich ihm. Mit der Beileidskarte kamen wieder hundert Mark. Später erhielt ich noch einen Gruß von einem Tagesausflug nach Murnau.

Kurz vor seinem fünften Geburtstag war Tino, unser Sohn, zu Danny, meiner Schwägerin, gezogen. Sie kam einfach besser mit dem Jungen zurecht. Ein paar Wochen danach rief mich Thomas Steuber an, unser früherer Nachbar, und fragte, ob ich ihm einen Jahreswagen, einen 5er BMW, in Gröbenzell bei München abholen könnte. Er bot mir zweihundertfünfzig Mark dafür, plus Spesen, plus Fahrtkosten. Er mußte gehört haben, daß ich arbeitslos war. Ich sagte sofort zu.

Vermutlich wußte ich selbst nicht, warum ich mir von der Auskunft die Nummer meines Vaters geben ließ. Vielleicht geschah es einfach aus Neugier oder weil ich hoffte, von ihm ein bißchen Geld zu bekommen. Schließlich war er mal Oberarzt gewesen.

Am Telefon schien er unsicher und nannte mich »mein Junge«. Ich schrieb mir Namen und Adresse eines Cafés auf, in dem er wochentags ab 16.00 Uhr anzutreffen sei. Am nächsten Abend rief mein Vater zurück. Ich wisse ja wohl, wie es ihm körperlich gehe. Ich solle nicht überrascht sein. Wir hatten uns 24 Jahre nicht gesehen.

Im Autohaus in Gröbenzell mußte ich nicht lange warten. Ich überlegte nur, wann ich das letzte Mal selbst am Steuer gesessen hatte. Von da fuhr ich in einer Stunde zum Englischen Garten und fand auch eine Parklücke, in die ich ohne Rückwärtsgang hineinkam. Das letzte Stück lief ich zu Fuß.

Auf dem breiten Bürgersteig, dicht am Café, waren runde Tische aufgestellt, zu denen je zwei Stühle gehörten. Sobald jemand zahlte, blieben Passanten stehen, warteten und zwängten sich, noch während der Kellner abräumte, auf die freien Plätze. Ich setzte mich zu einer Frau, die ihre getönte Brille ins Haar geschoben hatte und sich sonnte. Der Kaffee wurde mit Rechnung serviert und einem Keks auf der Untertasse.

Ich blickte hin und her wie ein Zuschauer beim Tennis. Auch langsam fahrende Taxis beobachtete ich. Zwischendurch tunkte ich den Keks in den heißen Kaffee, goß Kondensmilch in die Tasse, bis sie randvoll war, und steckte mir eine Zigarette an. Immer wenn ich an meinen Vater dachte, hatte ich das Hochzeitsfoto vor Augen, das wir mal im Kinderzimmer versteckt hatten. Ich stellte mir gerade vor, wie ich im nächsten Augenblick schon die Zigarette wegwerfen und mich zwischen den Stühlen hindurchdrängen würde, als ein schmächtiger Mann direkt auf mich zulief. Bei jedem Schritt schien sich der lange Mantel zwischen seinen Knien zu verheddern. Kurz vor mir stoppte er, kam im Halbkreis an den Tisch heran, streckte die rechte Hand aus dem Ärmel und klaubte lautlos mit seinen langen schmutzigen Fingern Würfelzucker aus der Dose. Die Frau, plötzlich im Schatten, öffnete die Augen. Gleich darauf sahen wir seine Mantelschöße über den Fersen flattern, und weg war er.

Um vier stand ich am Bordstein, dem Eingang gegenüber. Ein paarmal glaubte ich, sein Gesicht zu sehen.

Dann erkannte ich ihn sofort. Er kam, ein Bein nachziehend, aber ohne Stock, sehr langsam voran. Ich stellte mich ihm in den Weg.

»Hallo Vater«, sagte ich. Ich hatte nie Vater gesagt.

»Tag, mein Junge.« Sein Kopf wandte sich etwas ab. »Ich seh nur noch links.«

Mein Vater hakte sich bei mir ein, und wir betraten, Schritt für Schritt, das Café. Er war kleiner als ich.

»Dein Vater ist ein ziemliches Wrack«, sagte er, »äußerlich zumindest. Findest du nicht?«

»Nein«, sagte ich, »wieso denn?«

Die Kellnerinnen trugen hellbraune Kleidung und weiße, umhäkelte Schürzen. Eine drückte sich mit dem Rücken gegen das gläserne, mit Torten, Kuchen und Gebäck gefüllte Büffet, damit wir nebeneinander vorbeikamen. »Der Doktor Reinhardt, Grüß Gott«, sagte sie. Mein Vater blieb stehen, drehte den Kopf und gab ihr die linke Hand. »Mein Junge«, sagte er. Sie zog die Augenbrauen hoch. »Freut mich, Herr

Reinhardt! Schön, daß Sie mal hier sind. Grüß Gott.« Auch wir gaben uns die Hand. Dann spürte ich wieder den Arm meines Vaters. Ein paar Gäste sahen uns an und lächelten. Die Kellnerinnen, die uns entgegenkamen oder überholten, grüßten laut.

»Heißt du immer noch Meurer?« fragte er.

»Ja«, sagte ich und half ihm, den Mantel auszuziehen. Ohne uns zu berühren, liefen wir die wenigen Schritte zu dem runden Tisch in der Ecke, auf den er gezeigt hatte. Das Café war gut besucht, viele Frauen ab sechzig, meist zu zweit oder zu dritt, Paare seltener.

Eine sehr junge Kellnerin schrieb etwas auf ihren Block, bevor sie herantrat, »Grüß Gott« sagte und das »Reserviert«-Schild in ihre Schürzentasche steckte. Wir bestellten zwei Tassen Kaffee.

»Im Sommer mußt du kommen, wenn die Biergärten auf sind. Dann mußt du kommen.« Er lachte wie auf dem Foto, nur daß dabei keine Bäckchen mehr entstanden. Jetzt sah er mich gut.

»Früher dachte ich, du würdest mal fett werden. Du hast für drei gegessen, und wo was übrigblieb, hast dus weggeputzt, unglaublich – 14 Semmelklöße plus Kompott. Wir fragten uns immer, von wem du das hast. Die meisten Vielfraße werden fett und sterben früh.« Mit der linken Hand hob er den rechten Arm auf den Tisch. »Da siehst dus«, sagte er, »mein Pfötchen.« Ich suchte in seinem Gesicht nach den Spuren der Lähmung, fand aber nichts. Er sah gut aus, sein Haar war noch dicht, ein attraktiver Mann Mitte Sechzig. Seine Fingerspitzen kontrollierten den Sitz der Krawatte.

Er erzählte, wie er damals am Morgen aufgestanden war, um zur Toilette zu gehen, und als er ins Zimmer zurückkam, lag da ein umgekippter Stuhl. Er stellte ihn auf. Und dabei fiel die Vase vom Tisch.

»So hat es begonnen«, sagte er. »Ich stieß Dinge um, ohne

es zu merken. Und dann – ein Blitz. Es war nicht *wie* ein Blitz, sondern es *war* ein Blitz, durch und durch, kein Infarkt, wie alle dachten. Ich spürte keinen Schmerz. Einfach ein Blitz, und du bist gelähmt.«

Mein Vater wandte sich der Kellnerin zu, die uns die Tassen brachte, und lächelte, bis sie wieder ging.

»Ich habe von vorn angefangen, wieder ganz von vorn. Aber bis ich überhaupt anfing! Ich dachte, das muß mal aufhören, als wär mir ein Bein eingeschlafen.«

Ich beobachtete, wie er die Tasse an den Mund führte. Er trank schnell. Ohne zu zittern, stellte er sie zurück.

»Hast du Zucker?«

Ich griff nach der Dose.

»Ach Junge, ob *du* Zucker hast. Ich hab nämlich welchen.« Er trank noch einen Schluck und blickte auf das Plätzchen, neben dem seine eingeknickte Hand lag. »Von ganz vorn hab ich angefangen, mal wieder von vorn«, sagte er. »Denn damals, als ich herkam – das war auch von vorn.«

»Ich fange auch immer wieder an«, sagte ich, »halte mich aber nie lange.«

»Das hat alles einen Sinn, Martin, alles«, sagte er, faßte die rechte Hand und rückte sie ein Stück weg von der Untertasse. »Auch wenn wir den Sinn nicht erkennen oder nicht gleich.«

Obwohl ich nichts sagte, wurde er lebhaft. »Ich weiß, was du denkst. Trotzdem, es ist die Erkenntnis all der Jahre.« Er zog ein gefaltetes Taschentuch hervor und fuhr sich über den Mund.

Ich überlegte, was ich antworten sollte, und trank, während wir schwiegen, meinen Kaffee. Ich war davon überzeugt, daß er sich Satz um Satz zurechtgelegt hatte, daß er für mich präpariert war wie für einen Vortrag. Und daß er jetzt schwieg, gehörte vermutlich auch zu seiner Rhetorik.

Ich erzählte von dem Mann, der sich den Würfelzucker aus

der Dose geholt hatte. »Und schwups«, sagte ich, »war er wieder weg.«

»Und?« fragte mein Vater. Wir schwiegen.

»Hast du schon was Neues?«

»Nein«, sagte ich.

»Keine Freundin?«

»Ach so«, sagte ich, »nein.«

»Wie lange ist es her, der Unfall deiner Frau. Ein Jahr?«

»Anderthalb.«

»Und den Fahrer? Haben sie den ...?«

»Den gibts gar nicht«, sagte ich. »Zumindest haben sie keine Spuren gefunden. Vielleicht hat jemand zu dicht überholt, oder irgendwas anderes hat sie erschreckt. Sie ist ganz dumm gestürzt ... hinter Serbitz.«

Ich sagte, daß ich mich an Andreas Tod schuldig fühlte, weil ich die Fahrerlaubnis verloren und behauptet hatte, daß wir gar kein Auto bräuchten. »Deshalb übte Andrea mit dem Fahrrad. Sie war schrecklich unsicher.«

In dieser Art hatte ich schon oft über ihren Tod gesprochen. Plötzlich aber sagte ich: »Ich hab mir gewünscht, daß Andrea stirbt, und dann ist es passiert.«

Ich starrte in meine Tasse und war fassungslos, wie ich etwas Derartiges von mir geben konnte, noch dazu ihm gegenüber, der uns verlassen hatte und glaubte, für jede Gelegenheit die passende Karte zu besitzen.

»Wahrscheinlich hast du sie nicht richtig geliebt oder nicht lang genug. Das kann man ja vorher nie wissen.« Mein Vater stellte die Tasse auf den Tisch und schob mir die Untertasse samt Keks zu. »Willst du den?« Ich steckte ihn in den Mund, bekam ihn auch irgendwie runter und fragte, ob es ihn störe, wenn ich rauchte. Er winkte ab.

»Und du?« fragte er nach einer Weile.

»Wer braucht schon einen Kunsthistoriker«, sagte ich, »und ohne Dissertation.«

»Das hätte ich dir gleich sagen können.«

Ich begann von böhmischer Tafelmalerei zu erzählen, von der Uni, den Demonstrationen. »Keiner ist fertig geworden«, sagte ich. »Wir haben alles mögliche gemacht, nur nicht an der Dissertation gearbeitet. Und dann, mit einem Mal, zack, neuer Prof, neue Assistenten, zack.«

Er sah mich unentwegt an. »Sie haben dich rausgeworfen?« fragte er.

»Ja«, sagte ich und verglich wieder sein linkes Auge mit dem rechten, konnte aber keinen Unterschied feststellen.

»Bist du in der Partei gewesen?«

»Wie kommst du denn darauf?«

»Entschuldige«, sagte er, »aber bei diesem Meurer. Der rote Meurer! So nannten ihn doch alle.« Mein Vater kniff die Augen zusammen. »Ihm zu vergeben war das schwerste. Diesen Mann habe ich gehaßt. Aber ich habe ihm vergeben.«

»Was hast du vergeben?«

»Ach Junge! Wenn die eigenen Kinder plötzlich in die Hände so eines Mannes fallen ... Ich wollte nicht, daß ihr dort versauert. Was hab ich auf eure Mutter eingeredet, daß wir alle zusammen gehen. Aber sie war stur, einfach stur, durch und durch stur.«

»Wir wollten auch nicht weg«, sagte ich.

»Ihr wart Kinder, Martin. Du siehst ja, was es gebracht hat.«

»Ich hab einfach Pech, nichts weiter«, sagte ich. »Es fehlt nur noch, daß ich zu saufen anfange und aus der Wohnung fliege.« Ich wollte weitersprechen, doch es ging nicht. Ich dachte an Andrea. Mein trockener Hals schmerzte. Ich spürte die Tränen kommen und war kurz davor, in warmes Selbstmitleid einzutauchen.

Aber mein Vater entzog mir seine Aufmerksamkeit, indem er wieder zu erzählen begann. Einmal habe Mutter die Polizei benachrichtigt, weil er viel zu spät von einem Spaziergang zurückgekehrt sei. »Sie schlief, und ihr habt vor dem Fernseher gehockt. Ihr wolltet nie an die frische Luft. Zuerst hat sie den Förster alarmiert. Sie dachte, ich liege da irgendwo, vom Wildschwein gestreift.« Vor Lachen kniff er die Augen zusammen. Seine Stirn glänzte. »Daran mußte ich immer denken«, sagte er und sah auf die Uhr.

»Mein Junge«, begann er dann und richtete sich im Sitzen auf »Daß ich mich hier von Renate scheiden ließ und Nora heiratete ...« Er strich sich über die Schläfe. »Nora und ich waren fast zwanzig Jahre verheiratet. Wenn ich morgens die Augen aufschlug, war sie neben mir, und ich spürte ihre Hand noch, wenn ich einschlief. Und das auch nach zwei Jahren Krüppelpflege ... Natürlich dachte ich: Nora ist mir das Liebste auf der Welt, ohne Nora ... Dann – ich möchte es dir erzählen –, dann forderte ich mein Schicksal heraus. Es hat mich heimgesucht und alle Trugbilder ausgelöscht, die ich in meiner Borniertheit und in meinem beschränkten Glück nicht als solche erkannt hatte.« Er verschob erneut seine Hand. »Regelmäßig klingelte so ein ›Heilsengel‹, wie ich das damals nannte, bei uns. Ich war nicht gut auf diese Leute zu sprechen, aber irgendwann hat Nora ihn hereingelassen. Wir hatten ja kaum noch jemanden, der uns besuchte. Ich konnte nicht mehr laufen und hatte auch nicht die leiseste Hoffnung, es je wieder zu können. Dieser Heilsengel hat sich hingesetzt, und wir haben ihn angehört und uns über ihn lustig gemacht. Er saß geduldig da, wehrte sich nicht und – betete auf einmal. Ich sehe ihn deutlich vor mir, die Knie zusammengepreßt, seine gefalteten Hände darauf, den Kopf gesenkt, eine Falte zwischen den Augenbrauen, als hätte er Schmerzen.«

Mein Vater fuhr sich wieder mit dem Taschentuch über den Mund. Wenn er erzählt, dachte ich, muß ich nicht reden.

»Möchtest du nichts essen?« fragte er und steckte das Taschentuch ein. »Nora und ich saßen neben dem betenden Engel und warteten, bis er fertig war. Er verabschiedete sich, als wär nichts gewesen, stand aber nach zwei Tagen wieder da – diesmal mit Blumen. Dreimal, viermal wöchentlich besuchte er uns. Ich dachte, wenn er nicht so spinnert wäre –«, sagte mein Vater barsch. »Ach – ich kanns auch abkürzen. Als er sich mit Nora auf und davon machte, merkte ich, mit wem ich zusammengelebt hatte. Weißt du, was sie die ganze Zeit bei mir gehalten hat? Erstens mein Sparbuch, zweitens meine Versicherung, drittens meine zukünftige Pension – Geld, Geld, Geld. Als Nora mich wissen ließ, sie fliege morgen mit Boris, diesem Prediger, nach Portugal, sagte sie noch: ›Jetzt mußt du dein Geld vor niemandem mehr verstecken.‹ Meine Nora, mein Leben! Alles, was wir brauchten, hatten wir doch immer im Überfluß.«

Mein Vater machte eine Pause. Mir schien, als müsse er sich erst wieder in den Griff bekommen. Doch sprach er mit fester Stimme weiter.

»Das also ist das Ende, dachte ich damals. Aber es ging noch tiefer hinab. Ich spürte sogar eine Art Erleichterung. So sind sie, dachte ich. Das steckt hinter der Frömmelei. So simpel ist die Welt. Ich war ein leidenschaftlicher Masochist. Aber –«, sagte mein Vater und kniff die Augen zusammen, als lache er im voraus über einen Witz, »weißt du was, mein Junge? Da erst begann mein Leben. Allein? Eben nicht! Nie zuvor war mir Jesus Christus so nah wie in diesem Moment! Wer sind wir denn, daß wir uns an den Menschen stören, die uns die Botschaft überbringen? Wer sind wir denn?«

Das traf mich damals wie aus heiterem Himmel. Ich war ja nicht mal getauft. Ich dachte nur, daß Gläubige länger leben und seltener krank werden. Das hatte ich ein paar Tage zuvor in der Zeitschrift ›Psychologie heute‹ gelesen, die in unserer Bibliothek ausliegt. Der Tonfall meines Vaters, seine Stimme hatte sich plötzlich geändert.

»Täglich kamen nun Brüder und Schwestern, die mir halfen und mir beistanden, mit denen ich Gottes Wort lesen, mit denen ich beten durfte«, verkündete er, ohne den Blick von mir zu lassen. »Du siehst ja, ich versorge mich selbst. Ich gehe aufrecht in die Pensionierung.« Er versuchte, meine Hand zu erreichen. »Wenn du einsam und verzweifelt bist«, sagte er, »ist Jesus Christus dir am nächsten. Du mußt nur ›Ja‹ sagen, Martin, einfach ›Ja‹.«

»Ich bin nicht einsam«, antwortete ich.

»Natürlich nicht!« Seine Fingerspitzen berührten meine Finger. »Du bist nicht allein, Martin.« Er hielt den rechten Arm fest und lehnte sich zurück.

Ich weiß nicht mehr, worüber wir noch sprachen. Jedenfalls sagte ich bald darauf, daß ich losmüßte, um noch ein Stück im Hellen zu fahren.

Mein Vater zupfte einen Zehner aus seiner Jackettasche, legte ihn auf den Tisch, griff nochmals in die Tasche und reichte mir ein dunkelgrünes Päckchen, das sich weich anfühlte. »Schau nur rein, wenn du willst.«

Ich versuchte, den Tesafilm sorgfältig abzuziehen, um das Geschenkpapier nicht zu zerreißen. »Das Muster habe ich entworfen«, sagte er, als ich die beiden Topflappen, hellblau mit einem weißen achtzackigen Stern in der Mitte, hochhielt. An beiden Aufhängern war ein Schildchen befestigt: Dr. Hans Reinhardt, Haus C, Zimmer 209. »So was braucht man doch«, sagte er. »Was Praktisches braucht man immer.«

Ich bedankte mich, und er bezahlte.

Dann half ich ihm in den Mantel. Er fragte, ob sein Schal richtig sitze. Ich zog ihn ein bißchen zur Mitte. Er hakte sich unter, und wir gingen los. Ein Kellner hielt den Kopf beim Diener einen Augenblick gesenkt. Wenn ich aufsah, trafen mich viele Blicke. Die Frauen machten sich sogar gegenseitig auf uns aufmerksam und lächelten. Ich versuchte, mich aufrecht zu halten. Die Kellnerin, die uns begrüßt hatte, öffnete die innere Tür. Zwei Frauen, die von draußen durch die

Schwingtür gekommen waren, hielten uns deren Flügel auf und warteten. Auch sie lächelten.

Sein Taxi stand bereits am Bordstein. Auf mein Nicken hin stieg der Fahrer aus.

»Machs gut, Martin«, sagte mein Vater. Ich spürte sein Kinn an meiner rechten Wange.

Die linke Hand an die Beifahrertür geklammert, ließ er sich rückwärts auf den Sitz fallen. Der Fahrer hob ihm die Füße an. Ich streckte den Arm aus, um zu winken, falls mein Vater sich umwenden sollte. Der Wagen bewegte sich schon, als er den Kopf drehte, allerdings nicht weit genug, um mich zu sehen.

Ich lief in die Richtung, aus der ich gekommen war, und blickte erst wieder auf, als ich sicher sein konnte, daß mich niemand mehr anlächeln würde. Ich ging in eine Telefonzelle, wählte die Nummer von Steuber und sagte ihm, daß alles geklappt hätte und ich vielleicht schon zwischen zehn und elf zurück wäre.

»Fabelhaft«, rief Steuber. »Wir warten! Die ganze Familie wartet auf Sie!«

»Also«, sagte ich.

»Gute Fahrt auch!« rief seine Frau in den Hörer.

»Gute Fahrt!« sagte Steuber.

»Danke«, sagte ich, preßte mein Ohr an die Muschel und lauschte auf die Stimmen im Hintergrund.

»Tschüß«, sagte Steuber und legte auf.

Ich wählte Dannys Nummer. Ich wollte Tino sprechen. Ich wollte ihm einfach nur »Hallo« sagen, hängte aber noch vor dem ersten Rufzeichen wieder ein. Ich konnte ihn genausogut morgen anrufen, zum Ortstarif. Ich ging zum Wagen und kam, ohne den Rückwärtsgang benutzen zu müssen, aus der Parklücke.

Heute weiß ich, daß die Erzählung meines Vaters eine richtige Saulus-Paulus-Fabel ist. Man kann das in der Apostelgeschichte im Neuen Testament nachlesen, wie einer vom Verfolger der Christen zu ihrem wichtigsten Missionar, zum Verkünder der Frohen Botschaft wird.

Die beiden Topflappen – denn auch damit hatte mein Vater recht – hängen gleich neben meinem Herd, so daß ich, wenn ich sie brauche, nur den Arm ausstrecken muß.

Kapitel 11 – Zwei Frauen, ein Kind, Terry, das Monstrum und der Elefant

Wie Edgar, Danny und Tino in eine gemeinsame Neubauwohnung mit Balkon ziehen. Der Duft von Bratwürsten. Große und kleine Katastrophen. Flecken auf Sessel und Kelim.

»Eddi, mein Gott! Dieses Monstrum!« hörte er Danny. Edgar richtete sich auf. Er hielt den grauen Ohrensessel wie einen riesigen Helm auf dem Kopf, die Stirn bis zu den Augenbrauen im Sitzpolster. Es war nur eine Frage des Gleichgewichts. Hörbar atmete er aus. Die Rückenlehne drückte gegen die Schulterblätter. Tino machte »Ohch!«

»Eddi, warum denn, heute doch nicht ...«

Dannys Füße bewegten sich vor seinen Schuhen auf dem weinroten Teppich. Edgar schien, sie berühre den Sessel. Er stellte sich vor, sie würde unter den Armlehnen hindurch zu ihm kommen, ihn mit beiden Händen an der Hüfte fassen. Sie würden sich küssen, ohne daß Tino es sähe – und dann langsam hin und her tanzen.

»Ganz schön stark, der Eddi«, sagte Danny und tätschelte die Vorderseite des Sessels. Als Antwort deutete Edgar zwei Hopser an, folgte ihr und duckte sich da, wo er die Lampe vermutete. Ohne anzustoßen, gelangte er durch den Türrahmen in den Flur. »Kratz mal da.« Seine rechte Fußspitze tippte an die linke Wade.

»Danke«, flüsterte Danny und öffnete ihm die Wohnungstür.

»Kratz doch mal!« sagte er, ohne sich von der Stelle zu rühren.

»Es zieht, Eddi, schnell, bitte, Eddi ...«

Er duckte sich wieder und machte einen großen Schritt über den Abtreter hinweg, auf dem schwarze Buchstaben halbkreisförmig das Wort »Welcome« bildeten.

Von oben kamen Schritte, eine Frau im knielangen Kleid. Edgar versuchte, von Schuhen und Waden auf ihr Alter zu schließen. Sein Gruß war unbeantwortet geblieben. Auf dem untersten Treppenabsatz zwängte sie sich an ihm vorbei und hielt die Haustür auf. Er sagte »Danke« und hörte wieder nichts.

Mit der Rechten tastete Edgar Hemd- und Hosentaschen nach dem Autoschlüssel ab. Er ging in die Hocke, neigte Schultern und Kopf, bis die vorderen Sesselbeine den Asphalt berührten. Unter der Lehne zog er sich zurück, richtete sich schnell auf, doch als er zufassen wollte, griff er ins Leere, fiel nach vorn und krachte mitsamt dem Sessel gegen das linke Rücklicht des Ford Transit.

Die Frau war verschwunden. Er rüttelte an der Lehne und gähnte. Es war schwül.

»Und wo war das?« fragte Tino, als Edgar ins Wohnzimmer kam.

»In Ahlbeck, an der Ostsee«, sagte Danny. »Na, Eddi? Wir sind beeindruckt. Ist noch Platz?«

Edgar nickte. »Der Schlüssel?«

»Und das?« rief Tino.

»Was denn, Pfötchen, auf dem Esel da?«

»Das hier!« Tino hielt das Fotoalbum hoch. »Na das!«

»Wart mal, Eddi, der Schlüssel – ich weiß es nicht, Pfötchen, wirklich nicht – in der Küche vielleicht?«

Vor dem Kühlschrank trat Edgar in eine Pfütze. Er breitete einen Lappen darüber aus und beobachtete, wie das Wasser

Inseln bildete und der Stoff in der Form von Sizilien am Boden kleben blieb. Er schlug die Lappenränder zur Mitte um und trug das nasse Knäuel zum Waschbecken. Ein paarmal machte er diesen Weg. Dann öffnete er die angelehnte Kühlschranktür. Aus dem Gefrierfach hing die schwarze Schlüsseltasche.

Im Wohnzimmer versuchte Edgar, nicht in Tinos Richtung zu sehen. »Soll ich was mitnehmen?«

»Das hier!« Danny tippte auf den Karton neben sich. »Und zwei Büchsen für Terry.«

»War wirklich ne prima Idee, wirklich«, sagte Edgar.

»Es ist *sein* Hund, Eddi. *Er* muß für seinen Hund entscheiden, was gut ist und was nicht. Terry gewöhnt sich an die neue Umgebung, und wir haben hier Ruhe. Ich finds ne gute Idee.« Danny kniete vor der Schrankwand, schüttelte eine alte Zeitung auf, zerriß eine Doppelseite, stopfte die geknüllte Hälfte in ein Bierglas und umwickelte es mit der anderen Hälfte von außen. Edgar zog ein Blatt mit der Schuhspitze heran. »Frust statt Lust. Masturbation unterm Lenkrad« stand über dem Foto eines umgekippten Lkws. Er hielt ihr den kurzen Text hin und lachte auf, als er glaubte, sie habe alles gelesen.

»Großer Gott«, sagte Danny. »Woher wolln die wissen, daß er beim Fahren ... na ja.«

»Was denn, Mummi?«

Edgar schlug die Seite um.

»Was denn?«

Danny sah vor sich hin.

»Ein Unfall«, sagte Edgar. An Dannys Hals erblühten rote Flecken.

»Ein Unfall im Zoo. Elefant Leo hat sich an die Wand gelehnt, und dazwischen stand sein Wärter.«

»Stimmt das, Mummi?«

»Warum glaubst du denn Eddi nicht?«

Edgar riß den Zoo-Artikel heraus und faltete ein Flugzeug.

Er zielte mit erhobenem Arm in Tinos Richtung. Das Flugzeug trudelte auf den Teppich. Beim zweiten Versuch landete es vor den Fotoalben.

»Haben sie den Elefanten erschossen?«

»Ach, Pfötchen! Er hat es doch nicht mit Absicht getan!«

»Und dann?«

»Der Pfleger wird im Krankenhaus gesund gemacht, bekommt Besuch von seiner Familie und den anderen Pflegern«, sagte Danny und verpackte ein Sektglas. »Und wenn er wieder auf Arbeit kommt, begrüßt ihn Elefant Leo mit einem Blumenstrauß im Rüssel.«

Mit dem Kinn an der Schulter, stieß Edgar ein Trompetengeräusch aus und schwenkte den rechten Arm.

»Neunzehnter März!« rief Danny dazwischen. »Die ist vom Freitag, Freitag, dem neunzehnten! Dann ist es am Donnerstag passiert, oder?« Sie sah zwischen Edgar und Tino hin und her. »Na, ihr beiden Männer, Donnerstag, achtzehnter März, na? Was war da? Wißt ihr doch, Pfötchen, Eddi?«

»Aah!« machte Edgar.

»Na, Pfötchen, weißt du nicht mehr – Südost, Südost, tara, tara – die neue Wohnung, sie ist da!«

»Während wir Bäume zählten, zerquetschte der Elefant seinen Wärter.«

»Eddi! Red doch keinen Stuß!«

»Mummi?«

»Ach, Pfötchen«, Danny schüttelte den Kopf, »doch nicht zerquetscht.« Sie drückte die aufgestellten Kartondeckel nach unten. Edgar sah ihr in den Ausschnitt.

»Schluß für heute«, sagte Danny, erhob sich und lief wieder voraus, um die Wohnungstür zu öffnen.

Edgar bremste. Der Wagen rollte in die Endhaltestelle der Stadtbusse und stoppte vor dem Kiosk im Blockhüttenstil. Die blonde Frau in der rotweißen Windjacke, die gerade die

Aufsteller von ›Bildzeitung‹ und ›Focus‹ zusammenklappte, winkte.

»Feierabend?« rief Edgar und kurbelte die Scheibe herunter.

»Schon längst. Is Betsy dabei?«

»Terry, er heißt Terry«, sagte Edgar und stieg aus. »Heute früh haben sie ihn nach Südost gebracht – zum Eingewöhnen. Is noch Torte da?«

»Gabs nich. Bei som Wetter kommt sowieso keine Ommi. Ich hab was für ...« Sie wies mit dem Kopf zum Lichtmast, an dem ein Stoffbeutel lehnte mit einem in Alufolie gewickelten Päckchen obenauf.

»Terry, ganz einfach ...«

»Für Terry-Eddi-Betsy oder wie der heißt!«

»Terry, weil er ein Foxterrier ist.« Am Kiosk rasselte die Jalousie herunter.

»Tag, Utchen«, sagte Edgar, als sie einstieg. »Heut hat Tino den Autoschlüssel im Eisfach versteckt.«

»Isser nich froh, wenn du weg bist?« Sie legte das Alupäckchen neben die Handbremse und umfaßte mit der Linken den Knauf des Schaltknüppels. Edgar ließ den Wagen an und trat auf die Kupplung. Sie legte den Gang ein. So fuhren sie los.

Mit der Rechten streichelte er ihren Nacken und schob seinen Daumen unter ihren Pullikragen. Sie roch nach Pommes und dem Sabatini-Parfüm, das er ihr letzte Woche geschenkt hatte.

»Morgen früh um sieben brauchen wir den Wagen, bis mittags. Dann könnt ihr ihn wieder haben.«

»Alles klar«, sagte Edgar, lehnte sich hinüber und flüsterte: »Utchen.«

»Und Tinko?«

»Er heißt Tino ... ohne K.«

»Ich nenn ihn Tinko.«

»Terror, den ganzen Tag schon. Gestern abend habe ich seinen Hund gestreichelt ... da hättest du Tino mal erleben solln. Eifersucht pur, der blanke Haß. Und sie mit ihrem ewig schlechten Gewissen erzählt ihm, daß sie ihn schon geliebt hat, als er noch im Bauch seiner Mutter war!«

»Wie nennt er dich eigentlich? Onkel?«

»Er spricht nicht mit mir.«

»Und sie?«

»Mummi.«

»Mami?«

»Mummi, nicht Mami. Sie ist seine Mummi.«

»Und warum will Mummi dann, daß ihr zusammenzieht? Der letzte große Versuch?«

»Na, jetzt, wo sie rausgeflogen ist – ist doch besser, wenns nur eine Miete gibt«, sagte Edgar. »Außerdem fast im Grünen.«

»Im Grünen! Daß du freiwillig nach Südost ziehst, aus so ner schönen Wohnung! Hastn schlechtes Gewissen oder liebst du sie wirklich, hm? Wegen der Locken? Du hastn schlechtes Gewissen, weil sie wegen dir gefeuert wurde.«

»›Spionage‹, hat Beyer unterstellt. Was gibts denn da schon für Geheimnisse? Danny war Redakteurin, die hatte mit den Anzeigen nichts zu tun.«

»Man läßt sich ja auch nicht mit einem von der Konkurrenz ein. Is doch logisch. Als nächster fliegst du bei deinem Käseblatt.«

»Nee«, sagte Edgar. »Ich nicht. Beyer war nur scharf auf Danny. Das ist alles. Und als er merkte, daß wir wieder zusammen sind ... Da hat er den großen Zampano gespielt.«

»Was?«

»Den großen Zampano, den dicken Max markiert.«

»Und Tinkos Vater?«

»Was weiß ich. Pit, sein Bruder, sagt, daß er nicht mit Kindern kann. Er weiß mit ihnen nichts anzufangen. Zumindest nicht, solange sie klein sind.«

»Son Kuddelmuddel bei euch.« Sie nahm die Hand vom

Schaltknüppel und holte eine Zigarettenschachtel aus dem Beutel zwischen ihren Knien. »Wenn son Knirps erst mal nen Knacks weg hat, kannste dich eigentlich nur noch in Sicherheit bringen.« Sie zündete sich die Zigarette an und blies ihm den Rauch auf den Schoß.

Hinter dem Stadtwald, an der Stelle, wo die Asphaltreste abgeladen wurden, bog Edgar nach rechts in einen Weg und hielt.

»Luft!« sagte er und schob die Seitentür auf. »Jetzt gibts ne Überraschung.«

»Was denn, das Monstrum da?« Sie stellte sich neben Edgar.

»Exotisch«, sagte er. »Oder romantisch, wie du willst.«

»Und der Gebetsteppich?«

»Der Kelim?«

»Dein fliegender Teppich.«

»Zu hart«, sagte Edgar. Als sie einstieg, roch er wieder die Pommes und das Parfüm. Er schloß die Seitentür hinter ihr, kletterte selbst durch die rechte Hecktür und zog sie von innen zu.

»Weißt du, ich stell mir manchmal vor, er wäre ein Mädchen oder einfach ein lieber Junge. Ich mag Kinder. Ich verlange ja nichts weiter als Fairneß, ein bißchen Gleichberechtigung. Wir machen nur das, was er will, und wenn nicht, können wir sowieso alles vergessen.«

»Sag ma, wie ich hier rumkomm.« Die Rückenlehne reichte ihr bis an die Schultern. Sie zerrte den roten Frotteering aus ihrem Haar und bückte sich. Auf den Kartons hinter ihr stand in blauen Buchstaben das Wort »Durst«.

Edgar rückte den Sessel nach rechts an eine Klappkiste und klopfte auf die linke Seitenlehne. »Na, hops!« Mit der Zigarette zwischen den Lippen, schon ohne Hose und Schuhe, kam sie angekrabbelt, ein Handtuch in der Rechten.

»Gibt immer Probleme«, sagte sie und öffnete den Reißverschluß ihrer rotweißen Windjacke.

»Was soll denn das?« fragte Edgar.

»Was?«

»Na das, der Lappen hier.«

»Wegen dem Monstrum. Wir haben gestern schon den Teppich ...«

»Auf mich nehmen sie auch keine Rücksicht«, sagte er, warf das Handtuch hinter den Sessel und streifte die Hose mitsamt der Unterhose herunter.

»Und nu?« fragte sie.

Edgar sank auf die Knie, breitete die Arme aus und preßte beide Hände auf ihren Hintern.

»Kalt«, sagte er lächelnd. »Schön kalt, mein Utchen.« Sie drückte die Zigarette gegen die Wagendecke und hielt den Daumen noch eine Weile auf der Kippe. Dann ließ sie sich in den Sessel zurückfallen.

Es nieselte, als Edgar die drei blauen Plasteeimer vom Parkfeld vor der Haustür einsammelte. Langsam setzte er den Ford zurück, bis die Räder an die Bordsteinkante stießen. Er öffnete die Hecktüren, griff nach den Seitenlehnen und hob den Sessel an. Und so, die Vorderkante gegen den Bauch gestemmt, die Arme angewinkelt, vor Anstrengung zitternd, hörte er das Bellen. Auf dem Fußweg ließ er den Sessel an den Schenkeln herunterrutschen.

»Aus, Terry, aus!« Der Hund stand mit den Vorderpfoten im leeren Blumenkasten. Einen Stock tiefer bewegten sich Gardinen. »Aus, Terry!« Edgar klopfte seine Taschen ab, ging zum Ford zurück, nahm das Alupäckchen und rannte ins Haus. Die Etagen erkannte er an den Blumenbänken und den Kalendern für die Hausordnung. In der zweiten, zwischen Baron und Hanisch, behinderte ihn nichts. Dafür standen eine Treppe höher, auf einem wackligen Bambusgestell, zwei Sansevierien und eine randvolle Gießkanne aus gehämmertem Messingblech. Die lange Tülle hatte er gestern mit der Schallplattenkiste gestreift. Das Wasser war im Treppenschacht bis in den Keller getropft.

Terry sprang an ihm hoch und jaulte. Edgar brach kleine Stücke von einer Bratwurst ab und warf sie über den Hund hinweg in den Vorraum. Auf der Schwelle zum Wohnzimmer blieb Edgar stehen.

»Bastard«, sagte er leise. »Dieser kleine Bastard.« Nur der Kelim lag noch zusammengerollt an der Wand. Die Kartons und Klappkisten mit Edgars Geschirr, seinen Diakästen, seinen Platten und Büchern stapelten sich auf dem Balkon. Die Windböen trieben den Regen bis an die Scheiben.

Auf das Geländer gestützt, beugte sich Edgar vor. Der leere Blumenkasten quietschte in der Halterung, als er dagegen boxte. Unten versperrte der graue Sessel den Fußweg.

Edgar gab dem Hund, der ihm nachgelaufen war und zu ihm aufsah, den Rest von der Bratwurst, trat schnell ins Zimmer zurück, schloß die Balkontür und kippte sie an. Er biß ein Stück von der nächsten Wurst ab, spuckte es in die Hand, holte aus, wartete, bis Terry den Kopf hob, und warf es durch den Türspalt hinaus. Der Hund schnappte danach wie bei einer Zirkusnummer, wieselte auf den Kartons und Kisten herum, geriet aber nie zu weit nach außen, obwohl die meisten Wurststücke drei Stockwerke tiefer auf den Rasen fielen.

Edgar zog die Wohnungstür hinter sich zu. Unten faltete er die Alufolie mit der restlichen Bratwurst auf, sammelte die verstreuten Brocken ein und legte alles zusammen ins Gras vor die Balkons.

»Komm, Terry, komm!« Der Hund bellte, verschwand, erschien über der Balkonbrüstung, die Vorderpfoten im Blumenkasten.

»Bei Fuß, Terry, bei Fuß, bei Fuß!« Edgar betonte jede Silbe wie Tino. Er wartete. Auf den anderen Balkons gab es Pflanzen, Sonnenschirme und Antennen. Der Regen wurde stärker. Ein kleiner Lastwagen raste hupend vorbei. »Terry!« brüllte Edgar.

Er ging zum Sessel, der durch die Nässe dunkler geworden war, und schleppte ihn ins Haus. Der Fleck am Rand der Sitzfläche fiel kaum noch auf. Leise stellte er ihn im Wohnzimmer ab.

Edgar sah, wie Terry auf den Kisten den Kopf nach vorn stieß, loskläffte und mit dem Schwanz wedelte, als hätte er unten etwas erkannt. Aufgeregt drehte sich der Hund um die eigene Achse.

Edgar faßte die Balkontür links und rechts am Rahmen, konzentrierte sich, schloß die Augen – und knallte sie zu. Terry stand immer noch auf den Kisten. Edgar hörte das Klingeln und gleich darauf, wie jemand aufschloß. Terry rutschte, auf den Hinterbeinen stehend, an der Türscheibe ab. Edgar ließ ihn rein.

»Eddi, Liebster! Du hast alles vergessen.« In jeder Hand hielt Danny eine Dose mit lila Etikett, die sie wie Hanteln anhob. »Das Hundefutter!«

Edgar tätschelte Terry die Seiten. »Naß – alles naß – naß!« Seine Stimme blieb ruhig, als spräche er mit dem Hund. Er ging auf den Balkon und kam mit einer gelbblauen Klappkiste herein. »Alles naß!« Edgar wich Danny aus, stellte die Kiste ab, machte kehrt.

»Entschuldige!« rief Danny und folgte ihm auf den Balkon. »Die ganze Woche hats nicht geregnet.«

»Ihr habt nur prima Ideen!«

»Wir ... wenn morgen die Möbel kommen, Eddi, ich ... Sonst gibts so ein Durcheinander, Eddi ...« Danny trat zur Seite, damit er vorbeikam, nahm selbst eine Klappkiste, lief damit hinter ihm her und schob sie auf die beiden anderen. Edgar war bereits wieder draußen.

»Da«, sagte er und blieb stehen. Terrys Krallen hatten nicht nur an den Buchrücken Spuren hinterlassen, sondern auch kleine schmutzige Löcher in die Seiten gedrückt. Danny schüttelte den Kopf. Edgar setzte sich in den nassen Sessel. Terry sprang auf seinen Schoß.

»Willst du Pizza?« fragte Danny. Sie hockte auf dem zusammengerollten Kelim. In ihrem linken Ärmel suchte sie nach einem Taschentuch.

Edgar lehnte sich vorsichtig zurück. »Wenn der Regen nachläßt, tragen wir den Rest rauf«, sagte er.

Danny schneuzte sich. »Morgen um die Zeit ist schon alles vorbei.«

»Übermorgen«, sagte er und streichelte den Hund. *»Meine* Möbel kommen übermorgen!« Unter Edgars Hand schloß Terry die Augen.

»Wir helfen dir doch, Eddi. Und Terry nehmen wir heut mit, ja, Eddi?« Sie stopfte das Taschentuch in die Hose. »Sag mal. Riechst du das?«

»Er ist naß.«

»Nein, nach Pommes oder so.«

»Ich hab ihm Bratwurst gekauft.«

»Oh, Mist, Mist! Das Schwein, schau mal, der Kelim! Er hat auf den Kelim gepißt.« Danny war aufgesprungen und rollte den Kelim aus.

»Er ist zu lang allein gewesen«, sagte Edgar ruhig. »Er hat das ganze Haus zusammengebellt.«

»Son Mist, son Mist!« Danny lief ins Bad und kam mit einem blauen Plasteeimer voll Wasser zurück. »Oder hat er gekotzt?« Edgars Unterarme und Hände lagen jetzt auf den Seitenstützen. In der Nähe wurde ein Fenster geschlossen. Im Hausflur stieg jemand herauf und blieb auf dem Treppenabsatz stehen.

»Eddi?« Danny hob den Kopf »Eddi?« Sie verharrte auf den Knien. »Mein Gott, spürst du das? Eddi!«

»Eine Wäscheschleuder«, sagte er. »Die über uns schleudern.«

»Eine Schleuder?« Danny wrang den Lappen aus, rubbelte über den Fleck und kratzte danach mit dem Daumennagel auf der feuchten Stelle herum. Die Tür der Nachbarwohnung fiel zu. Terry drückte mit den Vorderpfoten gegen Edgars Bauch. Wieder plätscherte es im Eimer.

»Was hast du eigentlich die ganze Zeit hier gemacht?« fragte Danny.

»Ich mußte Terry ausführen. Er hat das ganze Haus zusammengebellt«, sagte Edgar. Sein Hemd klebte feucht und kalt am Rücken. »Der Wärter ist tot.«

»Wie?« Danny sah auf. »Der Elefantenmensch?«

Edgar wich mit dem Kopf zurück, als Terry ihn am Hals leckte. »Das ging ganz schnell, noch in der Nacht oder so. Irgendwas hat Leo ihm zerquetscht. Man muß es noch im Sand gesehn haben, danach, als er schon weg war.«

»Schrecklich«, sagte Danny, beugte sich wieder nach vorn und betrachtete den Kelim. »Ich glaube, es ist Kotze.«

Edgar legte den Kopf zurück und schloß unter den Stupsern von Terrys Schnauze die Augen. Die Schleuder hatte aufgehört, und draußen fuhr gerade kein Auto vorbei, so daß er plötzlich nur noch das Kratzen ihres Daumennagels und den Regen hörte.

Kapitel 12 – Die Killer

Wie Pit Meurer und Edgar Körner im Vorzimmer vom »Möbelparadies« auf ihren Mitbewerber Christian Beyer treffen. Die Sekretärin, Marianne Schubert, bewirtet die Wartenden. Eile mit Weile macht Nerven wie Seile.

Es klopft. Im selben Moment betreten zwei junge Männer das Vorzimmer. Beide tragen Blazer, Krawatte und hellbraune Slipper. Ihre Bewegungen sind sportlich. Die Hände haben sie frei. In der Mitte des Raumes bleiben sie nebeneinander stehen. Über ihnen kreist ein Ventilator.

»Sie wünschen?« fragt die Sekretärin. Sie hat kurzes graues Haar und einen breiten Ehering.

»Wünschen?« Edgar verschränkt die Hände hinterm Rücken und wippt nach vorn. »Was wünschst du dir, Pit?«

»Ich weiß nicht. Eigentlich weiß ich nicht, was ich mir wünsche. Ein Hefeweizen vielleicht?«

»Mit Zitrone?«

»Mit Zitrone.« Pit nestelt an seiner Krawattennadel und sieht auf die Brille, die der Sekretärin an einer dünnen Silberkette über dem Busen hängt.

»Ich denke mal«, sagt Edgar und blickt nach links, »wir wünschen uns dasselbe wie der Herr, der da sitzt.«

Beyer, eine große weiße Tasse in den Händen, rührt sich nicht. »Wir sollten vor sechs kommen. Is gleich dreiviertel«, sagt Pit und nickt zur Uhr hin, die in der Schrankwand hinter der Sekretärin steht. »Is er da?«

»Es ist halb«, sagt sie, ohne sich umzudrehen, und deutet

auf die Stuhlreihe vor den Fenstern, durch die man in das Verkaufszelt blickt. Mit beiden Händen setzt sie sich die Brille auf, überfliegt das Blatt zu ihrer Rechten, schiebt es ein Stück von sich und beginnt zu schreiben.

»Können Sie mir sagen, ob er da ist, oder ist das zuviel verlangt?«

»Es ist halb, Pit. Sie hat recht. Komm.«

»Ich möcht eine Antwort. Wir sind verabredet und pünktlich, überpünktlich. Da darf ich vielleicht fragen, Eddi, ob er da ist?«

»Hat er gesagt, wann er kommt?«

»Wenn Sie einen Termin haben.« Die Sekretärin blickt auf, ohne das Schreiben zu unterbrechen, fährt dann jedoch mit dem Handrücken über einen aufgeschlagenen Kalender. »Hier steht nichts.«

»Also ist er nicht da?« fragt Pit.

»Gibt es hier irgendwo Kaffee?« Eddi macht eine Bewegung zu Beyer hin. »Oder hat er sich den mitgebracht?«

»Frag ihn mal, wann seine Zeitung in der Druckerei sein muß. Frag mal. Das wird wieder elend eng. Und dann wird geschludert. Freitags ists immer eng bei Herrn Beyer.«

Die Sekretärin ist aufgestanden. Geschirr klappert. Beyer sitzt weiter reglos, als beobachte er durch die offenen Jalousien die Leute, die sich in den schmalen Gängen zwischen Sesseln, Tischen und Sitzecken aneinander vorbeizwängen. An der Kasse für Geschenkartikel hat sich eine Schlange gebildet. Die Verkäuferinnen tragen an ihren roten Kittelschürzen weiße Sticker: »Sie berät« – dann folgt in grünen Buchstaben »Frau« und der Nachname, bei Lehrlingen steht nur »Anna« drauf oder »Julia »oder »Susanne«.

»Kaffee komplett?«

»Zweimal Milch«, sagt Eddi und setzt sich Beyer gegenüber an die Fensterfront. »Na komm, Pit.«

»Eigentlich hab ich Knast, Eddi. Wenn man hier schon

nicht rauchen darf«, Pit deutete auf das Verbotsschild an der Tür, »möcht ich wenigstens was essen. Oder macht der Brandschutz ne Ausnahme?«

»Nein«, sagt die Sekretärin, die jetzt vor ihnen steht, »macht er nicht.«

Vorsichtig nehmen Edgar und Pit die vollen Tassen vom Tablett.

»Aber gegen den Ventilator hat er wohl nichts?« fragt Pit. »In so ner Kombüse, wegen Mindestabstand und so? Na trotzdem, danke und prosit!«

»Auf den Arbeitsschutz«, sagt Eddi. Die Sekretärin lehnt das Tablett an den Schreibtisch.

Pit hält seine Tasse mit einer Hand auf dem Knie fest. Er deutet zum Ventilator. »Frischer Wind tut allen gut. Konkurrenz belebt das Geschäft. Stimmts, Herr Beyer?«

»Mann, is der heiß!« Eddi stellt den Kaffee zwischen seine Füße auf den grauen Bodenbelag. »So lang kann keiner warten. Das ruiniert das Geschäft. Bei Ihnen nicht, Herr Beyer?«

»Er hat wieder die größte Tasse erwischt.«

»Eile mit Weile macht Nerven wie Seile. Wir haben zu viele Kunden, Pit, einfach zu viele.«

»Da redet noch keiner von Sonderaktionen.«

»Weißt du überhaupt, was Herr Beyer über dich sagt?«

»Spricht man über mich?«

»Er hat gesagt, Pit hätte ne Harke am Arsch.«

»Ne Harke?«

»Weil du alle Anzeigen abharkst. Wo du durchkommst, is nichts mehr zu holen, alles abgeharkt.«

»Ne Harke am Arsch?«

»Du putzt das nur so weg, hat er gesagt. Aber vorher hat er das mit der Harke gesagt.«

»Was solls, Eddi. Die Wahrheit is immer drastisch, oder?«

»Klar. Wo er recht hat, hat er recht, Pit. Wie du Holz-Schmidt abgeharkt hast. Der läßt sich von Mister Beyer zum

Abendessen einladen, dann aber – unterschreibt er bei dir, front page, damits auch alle mitkriegen.«

»Bröckelt ganz schön ab bei Beyers.«

»Nicht *alles* verraten, Pit.«

»Red ich zuviel?«

»Schließlich ist er Mitbewerber.«

»Und belebt das Geschäft, Eddi, wie wir.«

»Er nimmts aber persönlich.«

»Was mir noch aufgefallen is ...«

»Pit!«

»Ich wollt sagen, Magenta is nich rosa oder feuerwehrrot oder orange. Magenta is Magenta, hat uns gerade Herr Krawtcyk gesagt. Herr Krawtcyk vom Baumarkt Krawtcyk. Und wenn Herr Krawtcyk Magenta sagt, meint er Magenta. Der meint nich rosa oder feuerwehrrot oder orange. Wenn dann noch das Gelb verrutscht, is Herr Krawtcyk traurig, tieftraurig.«

»Du willst sagen, Pit, es ist nicht immer eine Frage des Preises, wenn wir jemanden trösten müssen?«

»Ich wollte sagen, daß entweder bei Beyers die Folien schusselig geklebt waren oder beim Transport verrutscht sind oder daß in der Druckerei schlampig gearbeitet wird. Und daß man sich dann nicht wundern muß. Da kann er Verträge machen noch und nöcher ... wollt ich sagen.«

»Ein ganzes Bündel guter Ratschläge ...«

»Fallen mir jede Menge ein.«

»Schluß, Pit! Ich wette, du hörst kein Danke, kein klitzekleines Danke. Oder, Herr Beyer? Wie siehts aus?«

»Wir sind doch keine Kritikaster. Alles helfende Kritik.«

»So, wie Sie es geschrieben haben, Herr Beyer. Man muß einem die Wahrheit wie nen Mantel hinhalten und nich wie nen Waschlappen um die Ohren haun. Deshalb ist er ja auch bei Entlassungen so mitfühlend, sagt Danny zumindest. Er kann sich da richtig in die Betroffenen hineinversetzen. Deshalb hab ich mir Ihr ›Wort zum Sonntag‹ auch ausgeschnitten. Das hat uns allen gefallen, nicht wahr, Pit?«

»Wußten Sie, Frau ...«

»Frau Schubert«, sagt Eddi. »Frau Marianne Schubert.«

»Wußten Sie, Frau Schubert, daß Herr Beyer selbst schreibt? – Hallo, ich red mit Ihnen!«

»Laß mal, Pit.«

»Hier sehen alle durch uns durch.«

»Willst du etwa sagen, er sieht durch?«

»Das nu nich grade.« Pit trinkt einen Schluck. »Ich hab Knast. Wenn ich aufhöre zu reden, krieg ich noch mehr Knast.«

»Dagegen sollten wir was tun. Das hast du dir verdient.«

»Wenns danach ginge ...«

»Ich bring dir was, weil Freitag is und weil du mit ner Harke am Arsch leben mußt. Und weil sich keiner bei dir bedankt.«

»Ach, Eddi! Du bist so gut zu mir.«

»Erzähl inzwischen ein paar Witze!« Edgar knöpft im Aufstehen den Blazer zu. »Damit hiern bißchen Stimmung is, wenn ich wiederkomm.«

Pit winkt ihm nach, nimmt noch einen Schluck und stellt die Tasse neben die andere auf den Boden. »Ich glaube«, sagt er und blickt kurz zur Sekretärin, »ich denke, daß wir das hier abkürzen sollten.« Er zieht ein Kuvert aus der Innentasche und fächelt sich damit, die Arme auf die Knie gestützt, Luft zu. »Ich werde Ihnen das jetzt geben.«

Die Sekretärin schiebt ihren linken Fuß hinter die Drehsäule des Stuhles. Daneben liegen ein eingedrückter Tetrapack Nesquick mit Strohhalm und die Hülle einer Bifiwurst.

»Er hat alle Zeit der Welt, um sich das durchzulesen«, fährt Pit fort. »Er soll sich viel Zeit nehmen, viel Ruhe, nichts überstürzen. Und Sie, Herr Geschäftsführer, haben dann auch mehr Zeit.«

Beyer lehnt sich zurück. Einen Moment treffen sich ihre Blicke. »Endgültig abgeharkt«, sagt Pit, zieht die Augenbrauen hoch, steht dann auf, geht zum Schreibtisch, das Kuvert auf beiden Handflächen. »Ist wie ein Scheck. Eine größere fünfstellige Zahl, würde ich sagen, die gespart werden kann, vielleicht auch mehr, bitte.«

»Nun legen Sies schon hin.« Die Sekretärin hat aufgehört zu schreiben. Sie sitzt kerzengerade da.

Pit reicht ihr das Kuvert und dreht sich um. »Und worüber reden wir jetzt, Mister Beyer?«

Von draußen stößt etwas gegen die Tür. »Chinapfanne oder Currywurst?«

»Für unsern Freund hast du nichts?«

»Ach! Darfst du jetzt Christian zu ihm sagen?«

Pit nimmt den Pappteller mit der Currywurst und beginnt zu essen. »Vorhin hat er mich mal angeschaut«, sagt er kauend.

»Wow!«

Die Sekretärin steckt das Kuvert in eine Mappe und geht mit ihr ins Chefzimmer. Die Tür läßt sie angelehnt.

»Wenn man das sieht, Pit, wie du reinhaust, wie du das wegputzt! Selbst wenn ich keinen Hunger hätte ...«

»Das Auge ißt mit.«

»Genau.«

»Ich hab ihm gesagt, daß er seine Zeit hier verschwendet, daß wir ihm Arbeit abnehmen und er völlig relaxed ins Wochenende gehen kann.«

»Während wir durchs Land harken, Pit.«

»Keiner soll sagen, wir hätten ihn nich gewarnt.«

»Genau. Wir spielen mit offenen Karten. Wir haben keine Geheimnisse.«

»Klar haben wir Geheimnisse!« Pit wischt mit dem Daumen unter der Nase entlang. »Dreißig Jahr, lockiges Haar, so stand sie vor ihm ... Kannst du mal hier ...« Sein abgespreizter kleiner Finger deutet auf die Seitentasche. Eddi zieht ein zerknülltes Papiertaschentuch hervor.

»Immer wenns schmeckt«, sagt Pit und schneuzt sich. Dann wischt er mit dem Brotrest durch die Currysoße, legt den Pappteller auf seine Tasse und schneuzt sich noch mal.

»Mister Beyer hat hier ne richtige Freundin gefunden. Aber Marianne kann jetzt auch nichts mehr machen.«

»Du kannst Marianne sagen, daß wir die Fliege machen, Mister Beyer.«

»Oder den Fisch, Pit. Eigentlich machen wir jetzt den Fisch.«

Beide stehen auf.

»Auf jeden Fall lassen wir euch allein.« Pit deutet einen Diener an. »Kommt die Dämmerung gelaufen, ist es schön, sich vollzusaufen. Schenk ihr ein Radio und tanzt ein bißchen rum, als Pausengymnastik.«

»Christian schaut uns nicht mal nach.«

»Was Christian wohl denken mag? So, wie er aussieht ...«

»Vielen Dank für den Kaffee, Frau Schubert!« ruft Eddi und nickt Pit zu.

»Vielen Dank, Frau Schubert! Und schönes Wochenende!«

»Wünsch ich auch«, sagt Eddi und tippt zum Gruß mit zwei Fingern an seinen Scheitel.

Im Chefzimmer klappen Schranktüren zu. Beyer geht auf und ab und bleibt vor der Jalousie stehen.

»Es ist sinnlos«, ruft er. »Zehn nach sechs.«

Die Sekretärin kommt herein, spannt ein weißes Blatt in die Maschine und drückt auf eine Taste. »Sie wären nicht der erste, den er vergißt.«

»Die Werbung funktioniert doch, finden Sie nicht?« Beyer beobachtet, wie das Papier eingezogen wird.

Sie stellt eine kleine Gießkanne ins Waschbecken. Als sie den Hahn aufdreht, trifft der Strahl genau in die Öffnung. Sie geht zum Philodendron und hebt die Einsätze der Hydrotöpfe an.

»Sie müssen durch die Steine gießen«, sagt Beyer. »Soll besser sein.«

Die Schreibmaschine hat aufgehört zu surren. Das Papier ist verschwunden.

»Ich dachte, die wärn gar nicht echt.« Beyer zeigt auf die Töpfe. »Efeu wird so perfekt nachgemacht – ohne die schwarzen Nadeln im Kasten käme keiner drauf«

Die Sekretärin füllt die Gießkanne erneut.

»Sagt Ihnen der Name Körner was?« fragt Beyer und geht zu seinem Stuhl zurück. Die Haarsträhne über seiner Stirn wippt unter dem Luftzug des Ventilators. »Wissen Sie, was Körner war, was der bis November neunundachtzig war, Edgar Körner?«

»Ich merk mir keine Namen.«

»Haben Sie nie Zeitung gelesen, früher? Wer den einstellt ... Man weiß doch, wer das ist! Intelligent und käuflich! Ich kenne den nur im Blauhemd.«

»Ich mach jetzt Schluß«, sagt sie, stellt die gefüllte Kanne zu den Hydrotöpfen, zieht eine Blattspitze zwischen den weißen Lamellen hervor und schließt die Jalousien.

»Nehmen wir die alte Anzeige?«

»Bloß nicht!«

Beyer versucht zu lachen.

»Sie hätten nicht hier sein dürfen, nicht am Dienstag. Liest bei Ihnen niemand Korrektur?« Die Sekretärin setzt sich an den Schreibtisch, klappt eine Unterschriftenmappe auf und legt das Blatt aus der Maschine ein. »Die Leute dachten, wir tricksen, um sie anzulocken.«

»Haben Sie ihm nicht gesagt, daß wir nichts berechnen?«

»Sie sind vielleicht gut – nichts berechnen. Wir müßten ... Wenn eine Abmahnung kommt, landet die sowieso bei Ihnen.«

»Hat er kein Telefon im Wagen?«

»Doch. Wenn Sie die Nummer wissen. Ich hab sie nicht.« Sie deckt die Maschine ab und zupft an der Hülle.

»Irgendwas müssen wir doch bringen?« Beyer bückt sich nach den beiden Tassen, auf denen die Pappteller liegen. »Ich wollte ihm zusätzlich fünf Prozent Rabatt anbieten, generell.«

»Wenn er heut nicht kommt, kommt er frühestens Donnerstag. Machen Sies doch schriftlich.« Sie verschließt den Stempelhalter im Schreibtisch.

»Ich hätts gern persönlich ... Rufen Sie mich an, wenn er kommt?« Beyer bleibt mit den Tassen vor dem Schreibtisch stehen.

»Ich muß jetzt los«, sagt sie und bückt sich nach den heruntergefallenen Papptellern.

»Entschuldigung, der Luftzug«, sagt Beyer und blickt zum Ventilator auf. »Können Sie mich nicht anrufen, generell mein ich, nächste Woche, wenn er kommt?«

»Ich bin nicht mehr hier. Dieses Jahr nicht mehr. Ich weiß überhaupt nicht, ob ich wiederkomme.«

»Ich versteh nicht. Hat er Ihnen ...«

»Ich komm unters Messer.« Sie wirft die Pappteller in den Papierkorb.

»Darf ich?« Behutsam stellt Beyer die beiden Tassen ins Becken.

Sie dreht den Wasserhahn auf. Mit der Scheuerfläche des Glitzi-Schwamms fährt sie über Rand und Henkel.

»Ich werde ihm schreiben, daß wir nicht genau wußten, was wir tun sollten, und deshalb die Anzeige wiederholen, korrigiert wiederholen. Hier ist noch ein Tablett.« Er bückt sich.

»Dahin.« Mit einem Nicken weist sie auf die Tischecke vor ihm. »Geben Sie mir Ihre Tasse.« Beyer räumt den Klebebandabreißer, Büroklammern, einen orangefarbenen Markierstift und einen grünen Radiergummi in der Form eines VW-Käfers auf den Rand der Schreibunterlage, damit das Ta-

blett Platz hat. Dann trägt er seine Tasse zum Waschbecken.
»Soll ich abtrocknen?«

»Sie können den Ventilator ausschalten – hinter Ihnen.«

»Ja«, sagt Beyer, »ich werde ihm schreiben. Ich denke, so machen wirs.« Er schaltet den Ventilator aus, setzt sich, zieht den Aktenkoffer unter seinem Stuhl hervor, legt ihn auf die Knie und nimmt Kuli und Block heraus. Leicht vorgebeugt, beginnt er zu schreiben.

Während die Sekretärin abtrocknet und die Tassen auf das Tablett stellt, beobachtet sie ihn. Die Finger seiner Linken liegen nebeneinander an der Kante des Koffers, der Daumen drückt das Papier fest. Zügig schreibt er Zeile um Zeile. Auf einmal hält seine rechte Hand inne. Beyers Blick geht zur Decke.

Obwohl Marianne Schubert genau hinsieht, könnte sie nicht sagen, ob er die letzten Drehungen des Ventilators überhaupt bemerkt. Sie ist nur überrascht, wie jung Beyer plötzlich wirkt, fast wie ein Student, der bald eine Brille braucht, aber noch alles vor sich hat, noch ein ganzes Leben.

Kapitel 13 – Du kannst jetzt

Marianne Schubert erzählt von Hanni. Schwierigkeiten beim Einschlafen, Vorwürfe und Lockrufe. Durch eine wichtige Erkenntnis gerät Marianne Schubert in gute Stimmung.

»Ich dacht erst, der Pfiff käm von einem Mann, der eine Katze lockt, ungefähr so –« Hanni hebt den Kopf und pfeift und versuchts gleich noch mal, mit langem Hals und vorgestreckter Brust. »Ja«, sagt sie, »ungefähr so, ein Erkennungszeichen eben, nichts Besonderes erst mal.« Sie nippt an ihrem Wein. Ihre Silberreifen fallen klirrend vom Handgelenk auf den Unterarm zurück. »Ich lag wach, hörte das Pfeifen und setzte die Leberflecken auf Detlefs Rücken zu Sternbildern zusammen. Rund ums Hotel – eigentlich war es kein Hotel, kein richtiges. Arbeiterwohnheim würden wir sagen. Aber die sagen Hotel – vier Betten in einem Raum. Draußen der Krach von Ventilatoren und Kühlanlagen, dazu die Autos und Leute, die sich stritten oder lachten, alles keine Deutschen – und die Straßenlampe genau vor unserm Fenster. Und das schlimmste, wie gesagt, dieses ständige Buu-bububuu-bubububum unter uns.« Hannis Handkante klopft den Rhythmus in die Luft: »Buububububuu-bubububum.« Sie schiebt das Glas von sich und steckt sich eine Zigarette an.

»Auf Detlefs linkem Schulterblatt ist der große Bär und daneben, an der Wirbelsäule, Cassiopeia. Der kleine Wagen hängt mit dem Vorderrad direkt über der Arschspalte. Muß immer ein bißchen schummeln, damits aufgeht. Entweder ist die Deichsel zu kurz, nämlich das Chi vom Orion, oder zu lang. Wenn ich nicht zuerst ins Bad komme und dann im Bett auf Detlef warte, schläft er schon. Es war so warm, und neben ihm konnte ich mich nicht bewegen.« Hanni saugt an ihrer Zigarette und bläst den Rauch unter den Lampenschirm. »Ich überlegte gerade, mich in das Nachbarbett zu legen, Handtuch übers Kopfkissen und auf die Decke. Werd mich ja nicht anstecken, dachte ich – alles Deutsche, alle von uns, natürlich, werden bezahlt wie Türken, na ja, mit den anderen kann der Wachdienst gar nicht reden. Jedenfalls dieser Pfiff dann und plötzlich: ›Tschuktschuhuchukschukuk!‹« Wieder reckt Hanni den Hals: »Tschuktschuhuchuk...« Sie bricht ab und krächzt ein drittes Mal los. Sie hat ziemlich viel getrunken und tut, als wären wir hier allein, als hätten wir die Wohnung oder ein ganzes Haus für uns. Alle drei Kerzen sind heruntergebrannt.

»Aber so klang es natürlich nicht«, sagt Hanni und legt die flache Hand auf ihren Ausschnitt, »sondern kehlig und singend zugleich, eine Buschsprache, nichts, was sich einfach nachahmen läßt. Wo ist er denn hin?«

Sich umsehend, hält sie die Zigarette senkrecht über der Untertasse mit ihrem angebissenen Brötchen. Ich gehe zum Waschbecken und trockne den Aschenbecher ab. »Danke«, sagt sie, als ich ihn ihr hinschiebe. »Ich war überrascht, total überrascht, daß es eine Frauenstimme war, einfach wunderschön. Das hab ich noch gar nicht erwähnt, Mariannchen, eine Alt-Stimme, so gelassen, ganz ohne Anstrengung. Dann wieder nur Krach, Buu-bububuu-bububumbum.«

»Das Bad ist frei«, sage ich, als Dieter an der Küchentür vorbeischlurft. Hanni hört es nicht. Das Korridorlicht geht aus.

»Ich lag also auf einem fremden Bett. Die Decke unter mir war angenehm kühl. Alles, was ich hörte, war dieses Buu-bububuu-bububumbum.«

»Entschuldige mal kurz«, sage ich und stehe auf.

»Ja klar«, sagt Hanni, lächelt und bläst mir den Rauch entgegen.

»Dieter«, sage ich und schließe die Schlafzimmertür hinter mir.

Er zeigt auf den Wecker. »Weißt du, wie spät es ist? Nach eins, hier, nach eins!« Sein Kopf ist ganz rot, als schrie er. »Diese Trulla quasselt und quasselt und quarzt uns die Bude voll. Sie hat uns den ganzen Sonntag versaut, ausgerechnet diesen Sonntag«, sagt er. »Du hast nicht mal deine Tasche gepackt!«

»Ich weiß«, sage ich und setze mich aufs Bett. »Wahrscheinlich braucht sie jemanden.«

»Wollte sie vielleicht mal wissen, wies *dir* geht? Oder ist die Sekretärin eines Möbelhauses für sie nicht von Interesse?«

»Sie hat nach Conni gefragt.«

»Nach Conni! Und was hast du gesagt?«

»Nicht so laut ...«

»Diese Trulla! Weil sie Direktorin ist, kann sie sich alles herausnehmen, oder was denkt die sich? Kann die überhaupt denken?«

»Hanni ist keine Direktorin mehr. Sie ist weg vom Museum.«

»Wie? Entlassen?«

»Sie ist nicht mehr am Museum.«

»Stasi? War sie etwa auch ... ?«

»Du hast doch gesagt, daß sie hierbleiben soll.«

»Ich dacht, dann haut sie ab, dann merkt sie, daß wir ins Bett wolln! Hat sies gestanden, daß sie Stasi war?«

»Was soll denn das. Du siehst sie zum ersten Mal.«

»Na eben! Aber sie nennt mich taktvollerweise Zeus, diese Trulla! Ich hätte sie vor die Tür setzen solln und basta! Und ihr verbieten, dich Mariannchen zu nennen.«

»Du warst sehr nett zu ihr«, sage ich.

»Sie ist deine Freundin.« Dieter legt sich auf den Rücken, die Arme unterm Kopf verschränkt.

»Du hast sie angestarrt«, sage ich.
»Marianne«, sagt er, »bitte.«
»Stimmt aber!« sage ich.
»Blödsinn«, sagt er. »Wer sich am Tisch schminkt, so vor aller Welt ...«
»Darum geht es gar nicht«, sage ich.
»Aha«, macht Dieter.
»Sie weiß ja nicht, wohin ich morgen fahre«, sage ich.
»Natürlich weiß sie es. Als sie den blöden Witz mit dem Knoten in der Brust machte. Danach hab ich ihr gesagt, daß sie ihre Witze steckenlassen kann. Natürlich weiß sie Bescheid!«
»Als ich draußen war?« frage ich. »Da hast dus ihr gesagt?«
»Ja«, sagt er.
Wir schweigen. Dann frage ich, was er Hanni erzählt hat.
»Daß du morgen nach Berlin ins Krankenhaus mußt, unters Messer, und daß er ne Koryphäe ist, der dich unter ›Forschung‹ laufen hat, damit unsere Kassen bezahlen«, sagt er und sieht mich an. »Ist das etwa falsch?«
»Und dann hast du vorgeschlagen, daß sie hier übernachten soll, sich ausschlafen, hast du gesagt.«
»Ja«, sagt Dieter, »ich dachte, dann geht sie.«
Ich stehe auf. Er will mich festhalten. »Was denn nu schon wieder?« ruft er und haut auf die Decke. Ich dreh mich nicht um, mache das Licht aus und gehe zurück in die Küche.
Hanni hat sich nachgeschenkt. »Bist du müde?« fragt sie. Ich nehme ein neues Geschirrtuch aus dem Schrank.
»Das tat richtig weh, hämmerte im Ohr: Buu-bububuububububumbum.« Hanni schiebt ihre gespreizten Finger auf den Fuß des Glases. »Ich hab sogar das Fenster geschlossen, was ich nie tue, weil ich Kopfschmerzen kriege, spätestens morgens. Da kams sozusagen direkt unter meinem Kopfkissen heraus, Buububububuu-bubububumbum. Die Pausen, die es gab, waren zu kurz, um ein Band zurückzuspulen, und zu

lang für eine CD. Das war eigentlich das schlimmste, daß ich in den Pausen die Schläge mitzählte. Sie setzten aus, zweieinhalbmal setzten sie aus, und stiegen, als man das erste Mal hoffte, es sei vorüber, beim bubububumbum wieder ein, primitives Zeugs, ohne jede Raffinesse. Setz dich doch her, Mariannchen.«

Ich bleibe an der Spüle stehen und trockne die guten Gläser und das Besteck ab. Hanni stochert mit der Kippe im Aschenbecher herum. Ihre dickeren Armreifen pochen dabei auf den Tisch.

»Ich wurde hysterisch«, sagt sie. »Ich fands ungeheuerlich, daß mir jemand direkt aufs Ohr schlagen durfte, heißt ja Trommelfell, zum Drauftrommeln. Und wieso sich niemand aufregte. Ich hab Detlef wachgerüttelt. Sonst hört er immer alles, den Wecker, das Telefon, sonst weckt er mich, wenn er wütend ist über seine Schlaflosigkeit, damit ich ihn beruhige. Vor nichts hat er mehr Angst als vor der Schlaflosigkeit. ›Es ist unerträglich‹, sagte ich, ›unerträglich.‹ Angeblich hörte er nichts, hob nur den Kopf ein bißchen und fragte: ›Was denn?‹ einfach nur: ›Was denn?‹ und drehte sich rum. ›Das Trommeln‹, sagte ich. ›Hörst du nichts?‹ Und er: ›Is doch ganz leise.‹ – ›Es hämmert unterm Kissen‹, sagte ich. ›Es hämmert in meinen Ohren, es tut schrecklich weh!‹ Ich wollte, daß er irgendwas unternimmt! ›Mein Gott‹, sagte ich, ›da muß man doch was tun. Was ist das für ein Hotel‹, sagte ich, ›was ist das für ein Hotel und was für ein Wachdienst, die das einfach so hinnehmen?‹«

Hanni trinkt und zündet sich eine neue Zigarette an. »›Es gibt zwei Möglichkeiten‹, sagte Detlef.« Hanni wedelt mit dem Streichholz. »›Zwei Möglichkeiten‹, sagte Detlef. ›Entweder du überhörst das und konzentrierst dich auf etwas anderes, oder‹, er hat beim Sprechen nicht mal die Augen geöffnet, ›oder du läßt es durch dich hindurch und wirst es von allein los.‹ – ›Oder du stehst endlich auf und machst damit

Schluß!‹ sagte ich. ›Das ist so laut, daß es mir die Fußsohlen massiert.‹ – ›Quatsch‹, sagte er. Später behauptete er, er hätte ›Schatz‹ und nicht ›Quatsch‹ gesagt. ›Quatsch‹, sagte er, ›die lachen uns nur aus.‹ Für ihn war das überhaupt kein Problem. Er wollte mich ins Bett ziehen. Ich dacht, ich werd verrückt. Ich stellte mir das vor wie Lichtgeschwindigkeit. So wie das Licht von den Sternen. Die gibt es nicht mehr, aber für uns sind sie gerade erst aufgetaucht, und jemand gilt als Entdecker und nennt sie nach seiner Frau oder Geliebten. Dabei gibts den Stern gar nicht mehr, die sind schon futsch, nichts weiter als Licht. Kennst du so was?« Sie starrt mich an. »Ich hab jetzt den Faden verloren«, sagt sie.

»Sterne, das Gewummre unter dir, Detlef«, sage ich und breite das Wischtuch über die Heizung.

»Manchmal kams mir vor, als müßte ich geschlafen haben. Ich stellte mich ans Fenster und weinte. Und dann hielt ich mir die Ohren zu. Es war einfach da. Und wenn Buu-bubu-buu-bubububum pausierte, holte ichs vor, dann grub ich es sozusagen unter uns aus. Mariannchen, ich dachte, ich werd verrückt.« Hanni schüttelt den Kopf. Ich stelle die guten Gläser aufs Tablett. Ich frage, ob sie mir mal die Tür aufmachen kann. Sofort steht sie auf. Ich trage das Tablett ins Wohnzimmer, wo ich ihr auf der Couch das Bett gemacht habe. Sie wartet in der Küche auf mich.

»Ich konnt ja nicht allein runtergehen, als einzige Frau da. Schien ja nur mich zu stören.« Sie hebt den Aschenbecher hoch, während ich den Tisch abwische. »Letzte Nacht dachte ich noch, daß vielleicht alles wieder zwischen Detlef und mir gutgehen könnte, wenn nur das Bu-bububuu-bubububum aufhören würde. Ich wollt von ihm nur die Wahrheit, und dann würden wir ja sehen. Ich dachte, wir machen uns in Frankfurt ein schönes Wochenende, und er zeigt mir die Stadt. Einmal sollte es wenigstens noch schön sein zwischen uns – totales Wunschdenken natürlich.« Sie streift die letzten

Tropfen aus der Weinflasche am Rand ihres Glases ab. »Außerdem ist da alles voller Nutten und Leuten, die an der Nadel hängen. Unvorstellbar. Kannst richtig zusehn, wie sies machen, die Süchtigen, mein ich.«

Sie versucht, den Korken auf die Flasche zu stecken, und dreht ihn immer wieder.

»Dann ists passiert, Mariannchen«, sagt sie, legt den Korken weg und ergreift meine Hände. »Ich weinte, Mariannchen, aber plötzlich saß mir der Lockruf in der Kehle. Ich beherrschte den Ruf. Es war, als würde ich mich endlich wieder an eine uralte Melodie erinnern«, sagt sie bedeutungsvoll. »Ich stieß den Ruf aus, leise, gelassen, und fühlte im selben Augenblick, im ganzen Körper spürte ichs, wie alles ruhig Wurde, die Müdigkeit aufhörte zu brennen und mild wurde und mich beduselte. Plötzlich war ich ganz eins mit mir, eins wie noch nie. Ich besaß diesen Lockruf, den man nicht aufschreiben kann, den man hören muß. Als hätte ich durchgehalten und wäre dafür belohnt worden, verstehst du? Vielleicht war ich ja nur deshalb nach Frankfurt gekommen, um diesen Lockruf zu lernen.«

Ich ziehe meine Hände zurück. Hanni bleibt mit ausgestreckten Armen sitzen.

»Als mich Detlef heute morgen weckte«, sagt sie, »war ich hundemüde. Aber ich lächelte. Er ging ins Bad, und ich stellte mich ans Fenster. Ich bereitete mich darauf vor, schloß die Augen – nichts. Als hätte man ihn mir während des Schlafs gestohlen, aus der Kehle gerissen, als hätte ihn jemand gelöscht. Ich sah auf das Fliegenfenster, erkannte nichts dahinter, nur dieses Drahtzeugs. Ich war so down, Mariannchen. Detlef berührte mich an der Schulter und küßte meinen Nacken. Ich fing an zu heulen. In dem Moment wußte ich, daß alles umsonst gewesen war, daß sich Detlef für mich erledigt hatte. Kannst du dir das vorstellen?«

Hanni blickt auf. Sie dreht ihr leeres Glas. Sie erwartet etwas von mir. Aber ich kann das nicht, nicht so wie sie, einfach weglaufen und anderen solche Geschichten erzählen. Wir haben uns drei oder vier Jahre nicht gesehen. Wir kennen uns vom Frauenturnen. Sie war die jüngste. Aber besucht haben wir uns nie, nur danach zusammengesessen und bißchen was genippt.

Ich stehe vom Tisch auf. Ich will einen Schluck Wasser trinken. Hanni streift die Silberreifen ab und öffnet das Armband ihrer Uhr.

»Mariannchen«, sagt sie und kommt zu mir. Sie streckt die Arme aus. Sie will mir um den Hals fallen. Ich ergreife ihre Hände und drücke sie an meine Schultern. Auch das will ich natürlich nicht. Ich will überhaupt nicht berührt werden.

Ich frage, ob sie Sehnsucht nach Detlef hat. Sie schüttelt den Kopf. Ich lasse ihre Hände los. Sie hält meine Schultern weiter fest. Ich versuche, ihrem Atem auszuweichen. »Du bist verspannt«, sagt sie. Ihre Finger massieren mich ein bißchen. Aus der Nähe wirkt ihre Oberlippe verwaschen. Überhaupt erscheint mir ihr Gesicht nicht mehr schön.

»Du kannst jetzt«, sage ich, und als sie mich mit krauser Stirn anschaut, füge ich hinzu: »Das Bad ist frei.«

Ich schließe die Küchentür und öffne das Fenster. Ich leere den Aschenbecher und wasche ihn aus, sonst hilft alles Lüften nichts. Selbst am Brötchen, dort, wo sie abgebissen hat, klebt Lippenstift. Ich schmeiße es zusammen mit dem Korken weg, spüle Glas und Flasche aus und beginne, den Tisch fürs Frühstück zu decken. Armreifen und Uhr lege ich zwischen Eierbecher und Untertasse.

Aus dem Bad höre ich ihre komischen Rufe. Ich bin mir nicht sicher, ob sie wirklich so laut sind oder ob es mir nur so vorkommt. Ich trockne den Aschenbecher ab. Ich schiebe ihn neben die Armbanduhr und wasche mir die Hände und lasse noch eine Weile Wasser darüber laufen. Die leere Weinflasche lege ich in den Korb aufs Altpapier und ziehe die Fernsehbeilage von letzter Woche heraus. Am Tisch lese ich das Wochenhoroskop: »Jungfrau 22.8. – 21.9. Man braucht Sie mal wieder. Wenn Sie sich in die Lage eines notleidenden Mitmenschen versetzen, fällt Ihnen sicher eine wirksame Hilfe ein.« Dann Dieters: »Skorpion 23.10. – 21.11. Eine Entscheidung bereitet Ihnen Kopfzerbrechen. Warten Sie die Entwicklung ab, und vertreiben Sie sich die Zeit mit schönen Dingen!« »Lippenstift schützt vor Krebs. Frauen erkranken seltener an Lippenkrebs als Männer. Grund: Frauen tragen Lippenstift und schützen sich so tagsüber vor den UV-Strahlen. Die Farbstoffe der Schminke wirken wie Blocker.«

Ich bekomme Hannis dicken Armreif nicht über die Hand. Nur ein paar von den dünneren. Das Datum an ihrer Uhr ist erst zur Hälfte sichtbar.

Ich schütte Wasser für sechs Tassen in die Maschine, lasse aber die Klappe offen, zur Erinnerung, damit es morgens keine Überschwemmung gibt. Die Filterpackung ist leer. Ich drücke sie flach und stecke sie zwischen die Zeitungen. Wir haben nur noch eine geschlossene mit zu großen Filtern – Größe 4 statt 3 –, deren Anblick in der Ecke hinter den Back- und Puddingpulvern mir schon vertraut ist. Ich öffne die Packung.

Der Filter, von dem ich einen schmalen Streifen abgeschnitten habe, paßt auf Anhieb in den Aufsatz unserer Kaffeemaschine. Nach seinem Muster stutze ich die anderen zurecht. Ich weiß nicht, warum ich das nicht längst gemacht habe. Ich hole die leere Packung wieder hervor, drücke sie auf, fülle die Filterschnipsel hinein und stopfe sie zwischen die Zeitungen zurück. Ich nehme den Wecker mit dem großen Zifferblatt in die Hand, halte ihn mir vor die Augen, um die Bewegung des Minutenzeigers zu sehen. Als mir kalt wird, stehe ich auf und gehe zum Fenster. Es sind keine Sterne zu sehen. Auch kein Mond. Ich schließe die Fensterflügel langsam. Mir fällt wieder ein, daß ich etwas trinken wollte. Als ich ein Glas aus dem Küchenschrank nehme, sage ich mir, daß früher oder später schließlich alle sterben müssen. In diesem Augenblick kommt mir das wie eine große wunderbare Erkenntnis vor.

Ich trinke Wasser, kratze noch das Wachs vom Kerzenständer, schneide die Stummel aus den Halterungen und setze neue Kerzen ein. Ich bin plötzlich nicht mehr müde und habe sogar Lust, das Radio einzuschalten und Musik zu hören, einfach schöne Musik. Aber ich lasse es lieber. Ich will nichts riskieren. Ich will mir diese Stimmung bewahren, wenigstens noch ein paar Minuten.

Kapitel 14 – Spiegel

Was sich Barbara und Frank Holitzschek zu sagen haben. Eine Szene im Badezimmer. Der Politiker reagiert nicht und wundert sich dann. Den Schuh auf der Flucht verloren.

Mit der Stirn berührt Frank die Badtür. »Alles okay?« fragt er. Seine Stimme klingt dumpf. Er legt die Hand auf die Klinke. »Darf ich?« Trotz des Kaugummis erinnert ihn sein Atem an das Abendessen, Sahnegeschnetzeltes, davor Zwiebelsuppe, zum Nachtisch Tiramisu. Außer Bier hat er nichts getrunken. Gegen zwölf sind sie aus dem Ratskeller gekommen. Jetzt ist es eins.

»Barbara?« Seine Finger trippeln auf dem Türrahmen. »Alles okay?«

Er fährt zurück, als sie aufschließt, wartet und öffnet dann selbst. »Darf ich?«

Sie steht im Hemd vor dem Spiegel und tupft mit einem Wattepad über die linke Augenbraue. Ihr Rock liegt auf dem Klodeckel, Bluse und Strumpfhose davor auf den Fliesen. Sie preßt die Watte auf eine Flasche, dreht diese kurz um und wendet ihren Kopf zur anderen Seite. Als sie den Arm hebt, sieht er die verklebten Härchen ihrer Achselhöhle.

»Babs«, sagt er und küßt sie aufs Haar. »Tuts noch weh?« Im Spiegel hat ihr Gesicht einen anderen Ausdruck.

»Was passiert eigentlich, wenn ich behaupte, du hättest mich geschlagen, richtig verprügelt? Was passiert da?«

Sein Gesicht entspannt sich. Er lächelt. »Das wärs wohl. Dann bin ich geliefert.«

»Glaub nicht«, sagt sie und beugt sich wieder vor. »Du behauptest das Gegenteil, und alle werden bezeugen, daß wir ein harmonisches Paar sind. Dann bin ich wieder die Böse, das hysterische geldgierige Weibsbild. Ist doch so.« Sie stopft den kleinen Watteklumpen hinter den Wasserhahn. »Dafür heben sie nicht mal deine Immunität auf.«

»Trotzdem«, sagt er und küßt sie wieder, »irgendwas bleibt immer an einem hängen.«

»Und wenn ich schwanger gewesen wär?« Sie blickt ihn im Spiegel an.

Er schiebt ihren Pferdeschwanz zur Seite und küßt sie auf den Nacken. Seine Fingerspitzen berühren ihre Schulterblätter. »Es tut mir so leid«, sagt er und schließt die Augen.

»Es muß dir nicht leid tun«, sagt sie.

»Trotzdem«, sagt er und legt die Hände um ihren Bauch. »Ich hätte eher schalten müssen, viel eher. Aber das konnte ja keiner ahnen!«

»Frank«, sagt sie. Er fährt unter ihr Hemd. Er schiebt es schnell höher und betrachtet im Spiegel seine Finger auf ihren Brüsten. Barbara versucht, ihren Lidschatten abzuwischen. »Das konnte keiner ahnen«, sagt sie. An der Augenbraue hängt Watte. Sie sagt: »Wie sollte man das ahnen.«

Er küßt ihre Schulter.

Sie dreht den linken Arm und betrachtet ihren aufgeschrammten Ellbogen. »Findest du auch, daß ich handlich bin, Frank? Bin ich handlich?«

»Quatsch«, sagt er.

»Ich frag nur. Kleine Frauen sind doch handlich, oder? Sags mir. Bin ich handlich?« Er läßt sie los. Barbara streift mit einer Hand ihr Hemd herunter.

»Wie sollte man das ahnen!« wiederholt sie, sammelt die Watte auf dem Beckenrand zusammen und tritt auf das Pedal des kleinen Abfalleimers. Ein Klümpchen fällt daneben. Frank bückt sich danach. Er spuckt seinen Kaugummi in die Hand, drückt ihn in die feuchte Watte und wirft beides in den Eimer. »Vierzehn-, fünfzehnjährige Schulkinder«, sagt er und richtet sich auf. »Dreimal sitzengeblieben, arme Schweine, jeder für sich genommen.«

»Keiner von euch hat sich gerührt, Frank, als sie damit anfingen. Keiner.« Sie dreht den Wasserhahn auf und hält den angewinkelten Arm darunter.

»Das soll man nicht machen«, sagt er. »Das reinigt sich von selbst.«

»Fünf Männer«, sagt sie. »Von fünf Männern bekommt keiner den Arsch hoch. Weißt du, was mich wundert?«

»Okay«, sagt er. »Das ist *deine* Sicht. Aber *ich* glaube, daß es richtig war.«

»Weißt du, was mich wundert? Daß ihr nicht die Kellnerin beauftragt habt...«

»Die wollten provozieren, nichts als provozieren.«

»Na Gott sei Dank sind wir nicht drauf reingefallen, Frank, ganz prima gemacht. Und deinen Freund Orlando ... wollten sie den auch nur provozieren? Haben sie ihm deshalb das Messer in den Rücken gesteckt?«

»Ach, komm!«

»Eine halbe Stunde lang haben sie ihre Parolen verkündet. Und ihr saßt da...«

»Und du hast dich vollaufen lassen...«

»Ihr habt dagesessen in euren bayrischen Trachten und habt Kaugummi gekatscht. Und als Hanni gesagt hat, daß sie hier nicht länger bleiben will, habt ihr gesagt, ist gut, und wolltet zahlen.«

»Nach zehn Minuten war die Polizei da und hat sie rausgesetzt. Vielleicht wars ne Viertelstunde...« Er zieht ihr Handtuch auf der Trockenstange straff.

»Und draußen haben sie auf uns gewartet.«

»Denkst du, die hätten auf mich gehört? Wenn ich sie eigenhändig rausgeschmissen hätte, dann wäre das natürlich nicht passiert. Ist das deine Logik? Soll ich mich in Nahkampf ausbilden lassen?« Sie wäscht sich das Gesicht.

Er sagt: »Nicht jeder Kindskopf, der sich wichtig macht, ist ein Nazi! Willst du sie alle in den Knast stecken?«

»Was sagst du?«

»Tu nicht so«, sagt er.

»Frank«, sagt sie. Ihre Hände umfassen den Waschbeckenrand. Von Kinn und Nasenspitze tropft Wasser. »Ich habe immer noch Achtung vor dir...«

»Und? Was hätte ich tun solln? Kannst du mir das sagen?«

»Weißt du, wie sie deine Frau genannt haben? Hast du weggehört, als sie mir gesagt haben, wie sie mich behandeln wollen, Frank, deine handliche Frau be-han-deln?«

»Hör auf, Babs...«

»Ich hab mir nur die Highlights gemerkt.«

»Schrei doch nicht so! Ich habs ja auch gehört.«

»Dann ist ja gut. Wenn dus auch gehört hast... Ich dachte eben nur, du hättest es nicht gehört. Mir war so. Hab mich wieder mal getäuscht. Bitte entschuldige meine Ungerechtigkeit.«

»Soll ich mich rumprügeln?« Frank tritt ein Stück zurück. »Zwei von denen hätte ich geschafft, vielleicht drei. Aber das waren zehn oder mehr. Die hätten mich zusammengeschlagen, und dann...«

»Dann?« fragt sie, das nasse Gesicht über dem Becken. Sie tastet nach dem Handtuch. »Sprich weiter, Frank. Dich zusammengeschlagen, und dann? Was dann?«

»Willst du das? Daß sie mich zusammenschlagen?« Er lehnt sich an die Wand und verschränkt die Arme. Ihr Schlüpfer ist ein Stück nach unten gerutscht.

»Dafür sind wir gerannt wie die Hasen, Frank. Wie die Hasen. Und als ich hinflog, hast du sogar gewartet. Dafür habe ich mich noch gar nicht bedankt. Ich bin wirklich ungerecht. Du hast ja auf mich gewartet, ein paar Schritte weiter, und mir

Ratschläge erteilt!« Sie hängt das Handtuch wieder über die Halterung. »Hast du dich noch nie geprügelt, Frank? Nach einer Woche wärst du wieder aus dem Krankenhaus heraus, spätestens. Ich hätte dich jeden Tag besucht und sogar bekocht. Weißt du, was du bist?«

»Du bist bescheuert«, sagt er und sieht an ihren Beinen hinab. »Ich muß ja nur vor die Tür gehen. Da kann ich das alles noch nachholen.«

»Genau«, sagt sie, löst den Pferdeschwanz und beginnt, den Kopf zur Seite geneigt, ihr Haar zu bürsten. »Darum wollte ich dich bitten. Wenigstens meinen Schuh kannst du mir holen. Das sind nur ein paar Riemchen, aber die haben immerhin zweihundert Mark gekostet.«

»Babs«, sagt er.

»Ja? Ich hör dir zu, Frank.«

»Denkst du, ich fühl mich wohl?«

»Nein, das denke ich nicht. Wie kommst du darauf?«

»Wie komme ich wohl darauf!« Er verfolgt im Spiegel, wie sie die Haare aus der Bürste entfernt. »Du kannst ja von mir denken, was du willst«, sagt er und steckt die Hände in die Hosentaschen. »Wir hätten ein Taxi nehmen sollen. Aber sonst?«

»Eure schöne Demokratie geht nicht an denen zugrunde. An denen nicht.«

»Eure Demokratie! Sehr originell, Babs! Das kann ich jeden Tag zum Frühstück lesen. Es kotzt mich an!«

»He, ich bin nicht schwerhörig.« Sie öffnet die flache ovale Dose mit dem Lidschatten.

»Natürlich nicht. Schwerhörig bist du nicht, nur betrunken. Ist dir wieder phantastisch gelungen.« Er knöpft sein Hemd auf.

»Du hast mir noch nicht geantwortet, Frank.« Sie tuscht sich die Wimpern.

»Was habe ich nicht?«

»Auf meine Frage geantwortet.« Mit dem kleinen Finger

betupft sie die äußeren Augenwinkel. Er hängt sein Hemd an den Regler des Heizkörpers und öffnet die Gürtelschnalle.

»Holst du mir nun meinen Schuh oder nicht? Ich frag ja nur.« Sie klappt die Dose zu.

Er läßt seine Hose herunterfallen. »Darf ich mal vorbei?«

»Frank«, sagt sie und zeichnet die Lippenränder nach. »Das heißt also ... das kann ja wohl nur heißen ... daß du nicht bereit bist, mir meinen Schuh zu holen. Ist es so?«

Frank wirft die Socken in den Wäschekorb, legt die Hose darüber und setzt sich auf den Wannenrand. Aus der Handbrause läßt er sich kaltes Wasser über die Füße laufen. Barbara zieht ihren Schlüpfer hoch, geht aus dem Bad und schließt die Schlafzimmertür hinter sich.

Frank breitet ein kleines Handtuch vor dem Waschbecken aus. Auf beide Zahnbürsten drückt er Pasta aus der roten Elmex-Tube, füllt ein Glas mit warmem Wasser, legt ihre Bürste darüber und beginnt, sich die Zähne zu putzen. »Beauty Cosmetic – Pads Naturelle«, liest er dabei auf der Packung, die neben dem Becken hängt. »Doppelkissen aus hautfreundlicher, blütenzarter reiner Baumwolle, mehrlagig, flusenfrei.«

Barbara klopft und öffnet gleich darauf die Tür. »Gibst du mir das mal?« Sie zeigt auf den Klodeckel. Er behält die Zahnbürste im Mund und reicht ihr die Sachen einzeln.

»Die ist auch hin«, sagt sie, schmeißt die Strumpfhose unters Becken und zieht die Bluse über.

»Was denn?« sagt er, den Mund voll Zahncreme. Sie steigt in den Rock. »Was machst du denn?«

Barbara schließt den Reißverschluß. Frank beugt sich zum Wasserhahn und spült sich den Mund. Er rückt zur Seite, damit sie ihr Gesicht im Spiegel betrachten kann.

»Was ist denn bloß los?« fragt er und richtet sich neben ihr auf. »Ich halt ne Menge aus«, sagt sie. »Aber mich verkriechen ... Frag mich nur, wofür ich überhaupt noch nen Mann habe.«

Im Vorraum fährt sie, auf den Garderobentisch gestützt, in ihre Pumps und durchsucht ihre Handtasche.

»Zieh dir lieber noch ne Strickjacke an«, sagt er.

»Wo ist mein Schlüssel?«

»Steckt.«

»Du hast nicht mal überlegt, ob du gehst, Frank?«

»Nein«, sagt er, »hab ich nicht.«

Er folgt ihr zur Tür. Sie schließt auf. Er reißt sie an der Schulter zurück, bevor sie die Klinke herunterdrücken kann. An den Oberarmen zerrt er Barbara durch den Vorraum, faßt sie um den Bauch und schleudert sie herum. Jetzt steht Frank vor der Tür. »Babs«, sagt er. »Nicht mit mir.«

»Das würde auch keiner glauben«, sagt sie. »Oder? Würde man mir das glauben? So ein energischer Mann! Und wie er auf einmal durchgreifen kann. Hut ab, sag ich da nur, Hut ab!« Sie zupft an ihrer Bluse. »Komm, Frank, laß mich raus. Oder willst du die ganze Nacht hier rumstehen, hm?« Sie macht einen Schritt nach vorn. »Komm! Überleg nicht so lange. Ich hole nur schnell meinen Schuh, und dann gehen wir gleich in die Heia. Du hast morgen einen anstrengenden Tag.«

»Warum machst du das?« fragt er.

»Das hab ich dir die ganze Zeit erklärt«, sagt sie und wechselt das Standbein. »Also. Wie lange spielen wir hier noch, hm?«

Es klingelt. Es klingelt zweimal kurz und einmal lang und nach einer Pause, in der sie sich ansehen, noch einmal kurz. Er macht ihr Zeichen, daß sie zurückgehen soll. »Babs«, flüstert er. »Babs!« Er schiebt sich an ihr vorbei ins Bad. Er schaltet das Licht aus und tritt ans Fenster. Lautlos öffnet er es und lehnt sich hinaus. Die Lampe über der Haustür erlischt. Nach einer Weile ruft er: »Hallo?« Im selben Moment hört er die Wohnungstür. Im Licht, das aus dem Vorraum kommt, erblickt er eine Gestalt im Spiegel, aufrecht, im Unterhemd, eine Hand am Fenstergriff. Er beobachtet das Gesicht und wartet, daß sich etwas verändert. An den Beinen spürt er einen Luftzug.

»Fränki«, ruft sie und wirft die Wohnungstür zu. »Komm raus! Jemand hat ihn gebracht. Er lag hier, hier auf der Schwelle. Komm, ab in die Heia!« Ohne die Schuhe wieder auszuziehen, läuft sie ins Schlafzimmer.

Er sieht, daß er noch immer aufrecht dasteht, die linke Hand am Fenstergriff. Und dann sieht er, wie das Fenster langsam geschlossen wird.

Kapitel 15 – Big Mac und Big Bang

Wie Dieter Schubert und Peter Bertram über zwei Frauen reden. Karpfenjagd – ein neuer Sport. Schwierigkeiten mit dem Objekt des Erfolgs und seiner Dokumentation. Stiche in der Herzgegend. Nebel und Morgensonne.

»Big Mac!« schrie Bertram, preßte den riesigen Karpfen an sich, stieg, bei jedem Schritt neuen Halt suchend, die Uferböschung hinauf und blieb erst stehen, als ihn das Blitzlicht traf. »Gigantisch!« rief er, schob den Fisch höher und faßte schnell nach.

»So was!« rief Schubert. »Blockiert, irgendwas blockiert!« Die Hinterflosse schlug hin und her. »Zerquetsch ihn nicht, Großer Karpfenmann!« Es blitzte wieder. Bertrams Finger drückten sich in den Fischleib. Schubert kam ihm entgegen, deutete aber nach ein paar Schritten hinter sich über die Schulter. »Die Waage ...«, rief er und machte kehrt.

Vor dem Zelt setzte sich Bertram im Schneidersitz ins Gras. Mit der Linken hielt er den Spiegelkarpfen unter der Vorderflosse, mit der Rechten da, wo der weißliche Hängebauch aufhörte und der Schwanz begann. Die unterste Flosse schlug gegen Bertrams verschmierte Schuhspitzen.

»Achtung!« sagte Schubert und ging in die Hocke.

Bertram lächelte. »Diesmal aber, Dieter!« Er ballte eine Faust. »Das sind fünfzig, jede Wette!« Sein Kinn berührte die Rückenflosse.

»Bleib!« sagte Schubert. »Guut«, sagte er, »sehr gut.«

Bertram, den Fisch an der Brust, rutschte auf den Knien

vorwärts und legte ihn vorsichtig auf die umgebaute Personenwaage. »Einundfünfzig vier!« rief er. »Mensch, halt still, Kerl, einundfünfzig fünf!«

»Mein Gott«, sagte Schubert.

Bertram faßte den sich windenden Karpfen unterm Maul. »Die Waage ist einfach zu klein, viel zu klein für solche Kaventsmänner! Einundfünfzig sechs, einundfünfzig Komma sechs!«

»Mein lieber Scholli«, sagte Schubert, beugte sich tiefer, bis Anzeige und Fisch den Bildausschnitt füllten, und ließ es blitzen.

»Dem haben unsre Boilies geschmeckt«, sagte Bertram und breitete das Maßband zwischen den Armen aus. »Besser als Smarties. Vierundneunzig. Hast du?«

»Sekunde«, sagte Schubert. Sie mußten warten, bis sich das Blitzlicht wieder aufgeladen hatte. Aus einer großen Fantaflasche goß er Wasser über den Fisch.

Bertram hielt das Maßband an die Rückenflosse und spannte es über den Bauch. »Achtundvierzig.«

»Glänzt wie Insektenflügel«, sagte Schubert. Er brachte den Apparat ins Zelt und kam mit einer Tube zurück.

»Big Mac«, flüsterte er und tätschelte ihn. »So ein Wanst und kaum Schuppen. Daß der sich überhaupt noch rührn kann.« Vorsichtig fuhr er ihm ins Maul und verstrich »Klinik«-Wundsalbe über der Stelle, wo der Karbonhaken gesessen hatte. »Heile, heile Katzenschwanz«, sang Schubert. »Wir sollten noch ein Foto machen, das hat er verdient.« Er wischte seine Hand im Gras ab.

Bertram leerte die Fantaflasche über den Kiemen. »Laß mich mal.« Er hob den Karpfen auf und stieg die Böschung hinab. Am Kanal ging er noch ein Stück abwärts, watete ins Wasser und ließ den Karpfen frei.

»Ahoi, Big Mac!« rief Schubert von oben und tutete wie die Bläser von ›Yellow Submarine‹. »Siehst du ihn?«

Bertram, die Hände ins Kreuz gestützt, sah über die glatte braune Wasseroberfläche und in den Nebel. Dann inspizierte er die anderen Angeln. Schubert lief parallel zu ihm auf der Böschung, machte ein paar Kniebeugen, ließ die Arme kreisen und startete danach einen langsamen Dauerlauf zum nächsten Strommast. Etwa auf halber Strecke kehrte er wieder um.

»Na, Großer Karpfenmann«, keuchte er, »wie fühlt man sich?« Seine Unterlippe glänzte.

Bertram ging zum Zelt und trank aus einer Feldflasche. Er hielt sie Schubert hin. Der schüttelte den Kopf und begann mit Rumpfkreisen.

»Beim nächsten bist du dran«, sagte Bertram und zog sich aus. »Dann kannst du dir deine Gymnastikfaxen sparen. Du bist ja völlig aus dem Häuschen, Dieter – neue Laufschuhe und Jogginganzug...« In Badelatschen und Unterhose schlappte er zu der Leine, die sie zwischen Zelt und Strommast gespannt hatten, warf Hemd, Socken und Khakihose darüber. Die nassen Schuhe stellte er an den Eingang und durchsuchte dann seinen Rucksack.

Schubert schüttelte Arme und Beine aus. »Von wegen drei Tage anfüttern«, sagte er. »Am zweiten denken die schon nichts Böses mehr.«

Bertram zog einen Pullover über und balancierte, frische Socken in den Händen, auf einem Bein.

»He, Großer Karpfenmann! Wie spät ists denn?« fragte Schubert und begann mit Atemübungen.

Bertram trat mit dem nackten Fuß ins Gras, wischte die Zehen am anderen Bein ab und streifte eine Socke über. Dann schlüpfte er ins Zelt. »Du hättest zu deiner Manka fahren sollen, aber nicht hierher!« rief er von drinnen.

»Was ist denn los? Ich bin putzmunter«, sagte Schubert und schlug den Zelteingang zurück. »Hast du Hunger, Peter?«

»Ich denk, du hast ne ganze Packung gekauft«, sagte Bertram. »Du wolltest ne Packung Filme kaufen.«

»Hab ich doch.« Schubert kroch auf seine Matte.

»Das war fast ne Stunde. Fast ne Stunde hab ich mit dem gekämpft ohne ein einziges Foto, nur weil du hier pennst.«

»Hättest was sagen müssen.« Schubert ordnete seinen Schlafsack. »Bin ja kein Sportreporter.«

»Dich interessiert nur noch deine ... Das hier interessiert dich gar nicht mehr. Nicht so viel.« Zwischen Daumen und Zeigefinger blieb ein knapper Zentimeter.

»Doch«, sagte Schubert.

»Red nicht. Du hast nur noch dieses Weib im Kopf und deinen Jagdschein als politisch Verfolgter. Ist so.«

»Wenn ich nicht wollte, wär ich ja nicht hier. Aber wie du ausgesehen hast ...«, Schubert lachte, »wie du geglotzt hast, als die Bißanzeige piepte.« Er zog den Reißverschluß hoch. »Du hast Alaaarm gebrüllt, richtig laut!«

»Wie an der Grenze«, sagte Bertram.

»Hats da auch gepiept?«

Bertram schniefte und verschränkte die Arme unterm Kopf. »Da hatten wir alles, Hasen, Füchse, Rehe, Hirsche, Wildschweine, Dachse – alles.«

»Und ich hatte das hier«, sagte Schubert und tippte auf sein Glasauge.

»Mich wundert nur, daß die Viecher das nicht kapiert haben. Die sahen doch, was passierte, wies die andern zerriß. Wittern doch sonst alles, sogar Erdbeben.«

»Haben sie dich deshalb entlassen?«

»Was?«

»Du warst doch irgendwas Hohes?«

»Wenn die einen holten, gabs jedesmal nen Stern drauf, na und? Kann ich was dafür? Die andern warn bei der Kampfgruppe.«

»Weshalb dann?«

»Ich denke, wir angeln hier, Zeus.«

Schubert lachte und tippte noch mal auf das Glasauge. »Dem letzten, der mich Zeus genannt hat, ist das nicht bekommen.« Er stieß mit der Hand gegen das Zeltdach. Es tröpfelte. »Ganz und gar nicht.«

»Du bist kindisch.« Bertram griff nach Schuberts Hand.

»Ja«, sagte Schubert, »alt und kindisch.«

»Und sentimental.«

»Was du willst. In meinen Akten stehst du jedenfalls nicht. Du solltest dich überhaupt mehr freuen, wenigstens beim Angeln.«

Bertram ließ Schuberts Hand los. »Eine Nutte«, sagte er, »die dich abzockt. Das macht dich glücklich, ja?«

»Sie ist ...«

»Eine ... ein Hürchen, noch jünger als eure Conni.«

Schubert stieß wieder gegen das Dach.

»Zeus«, sagte Bertram und drehte sich um. Er zog am Schlafsack, bis sein Rücken bedeckt war. »Wundert sich Marianne nicht, daß du so oft nach Berlin kommst – ?« Bertram fuhr auf.

»Da war nichts«, sagte Schubert nach einer Welle. Er summte wieder ein paar Takte von ›Yellow Submarine‹. Von der anderen Uferseite hörte man Autohupen. »Komm, Peter«, sagte er. »Wir kennen uns doch.« Er strich sich das Haar zurück. »Vielleicht ist das alles gar nicht so schlecht für uns.«

Bertram lachte hell. »Du hast sie nicht mehr alle!«

»Du redest«, sagte Schubert, »als wärst du ein alter Mann. Statt dir eine zu suchen, schwitzt du solchen Schweinekram aus, den keiner drucken will.«

»Ach, jetzt ist das plötzlich Schweinekram?«

»Ich meine, du solltest dir einfach eine Frau suchen.«

»Jetzt ist das Schweinekram?«

»Mensch, Peter. Bleib friedlich ...«

»Ich frag doch nur, ob das, was ich schreibe, jetzt plötzlich Schweinekram sein soll. Ich erinnere mich da an ganz andere Sachen, an wahre Begeisterung, oder nicht?«

»Du mußt doch zugeben, daß das ...«

»Na?«

»Nicht ganz normal ist.«

»Nicht ganz normal?« Bertram stützte sich im Liegen auf seinen Ellbogen. »Und warum wolltest du mir dann meinen Schweinekram abkaufen? Warum hast du dir Kopien gemacht? Warum hast du gesagt, daß du beim Lesen einen Steifen kriegst. Gehts sonst nicht mehr?«

»Quatsch«, sagte Schubert.

»Vielleicht ist es Zeus, der hier nicht mehr ganz normal ist? Warum bezahlst du denn dein Hürchen, wenn sies angeblich gar nicht verlangt?«

»Das ists mir wert«, sagte Schubert.

»Soll ich dir sagen, warums dir was wert ist, warum du sie bezahlen mußt?«

»Ich will klare Verhältnisse, nichts weiter. Sie dort, ich hier, und dann treffen wir uns. Sie kriegt ihr Geld, und dann trennen wir uns.«

»Deine Phantasie möcht ich haben«, sagte Bertram. »Erstens will die Kleine was verdienen, zweitens verlangst du was von ihr, ein paar Delikatessen, so, wie ich dich kenne, oder etwa nicht, Zeus?«

Der Wind drückte gegen das Zeltdach. Bertram hob wieder den Kopf.

»Was du immer denkst, Peter«, sagte Schubert.

»Was soll ich denn sonst von dir denken, von einem, der Schweinekram liest?«

»Mensch, Peter!«

Im nächsten Moment fuhren beide hoch.

»Los!« schrie Bertram. Die Bißanzeige der äußeren Angel piepte.

Wenig später folgte Schubert dem Fisch schon flußaufwärts Richtung Kraftwerk.

»Laß Leine, der zieht ab! He, he, hee!« rief Bertram und klatschte. Er hörte die Schnur von der Rolle surren. Bis auf das Knistern in der Stromleitung und die Geräusche einzelner Autos auf der anderen Uferseite war es still. Als er sich umdrehte, lief Schubert bereits auf ihn zu.

»Was ist denn los? Ich renn bis zum Kraftwerk ... Mensch, Dieter«, rief Bertram, »ich will Strudel sehen, große Strudel! Nen ordentlichen Drill!«

Im selben Moment zuckte die Kohlefaserrute, als wäre sie lebendig geworden. Schubert streckte beide Arme vor, und die Schnur surrte wieder aus.

»Ein ganz Ausgebuffter!«

Bertram holte den Kescher. Schubert hockte mit ausgestreckten Armen am Ufer, die Spitze der Angelrute fast im Wasser. Er holte Schnur ein.

»Das kann nicht sein! So leicht kommt keiner. Oder is er weg?« Schubert kam aus der Hocke und ließ sich weiter flußabwärts ziehen. Es war nicht mehr so kalt. Langsam wurde das andere Ufer sichtbar, die Leitplanken und die Scheinwerfer der Autos.

Plötzlich straffte sich die Schnur, die Rutenspitze dippte ins Wasser. Schubert preßte die Lippen zusammen. An Stirn und Schläfe traten Adern hervor, auch die Sehnen unterm Kinn.

»Das is doch was!« rief Bertram. »Das isses, Fight muß sein! Du mußt ihn taufen!«

Schubert atmete schwer und krümmte sich vor Anstrengung.

»Das ist das Schönste, ihn zu spüren, die Kraft, Dieter! Wie nennst du ihn?«

»Big Ben«, preßte Schubert hervor und versuchte, in kleinen Schritten vom Ufer wegzukommen. Der Karpfen schoß hin und her, aber Schubert drillte ihn, und das Federn der Rute gab dem heftigen Zerren nach.

»Big Ben gibts schon. Nenn ihn Big Bang«, rief Bertram, ohne die Augen vom Wasser zu lassen. »Big Bang is doch gut, oder nicht? Also Big Bang.«

Der Karpfen erschien an der Oberfläche. »Hei!« rief Schubert. »Mensch, Dieter!« schrie Bertram. »Fertig zur Landung. Mach dich fertig!«

Es schien, als hätte der Fisch seinen Widerstand aufgegeben. Kleine Wellen schwappten ans Ufer.

Schubert schleppte den Karpfen hinauf. Er versuchte, sich mit dem Unterarm eine Haarsträhne von der feuchten Stirn zu wischen, kam dabei aber mit der Nase an den Fisch. »Bäh«, sagte er. Es blitzte.

»Was denn?« fragte Bertram, »was machst du denn für ein Gesicht?«

Schubert gab keine Antwort. Der Karpfen fiel klatschend auf die Waage. »Einundfünfzig Komma fünf, Komma sechs«, sagte Schubert und trat zur Seite, um Bertram Platz zu machen. Er beobachtete, wie der sich über die Anzeige beugte, den Fisch ein Stück anhob, darunter sah und ihn wieder hinlegte.

»Einundfünfzig Komma fünf«, sagte Bertram. »Das gibts doch nicht. Einundfünfzig Komma sechs.«

Sie standen nebeneinander und sahen auf den Karpfen. Bertram machte einen Schritt vor: »Einundfünfzig Komma fünf. So blöd kann der Kerl doch nicht sein. Das gibts ja gar nicht, Big Mac!«

»Irgendwie is mir beschissen«, sagte Schubert. »Der stinkt so.«

»Quatsch doch nicht«, sagte Bertram. »Komm, brings hinter dich.« Er breitete das Bandmaß über dem Fisch aus. »Vierundneunzig. Kannst du nicht wenigstens mal fotografieren? Achtundvierzig. Was ist denn bloß los?« Bertram nahm die

Wundsalbe. »Wir haben das Wasser vergessen.« Er zeigte auf die Kiemen. Dann fuhr er mit dem Finger ins Karpfenmaul.

Schubert massierte sein Herz. In der linken Hand hielt er den Fotoapparat.

»Das glaubt dir keiner, Dieter, wirklich. Wer das Foto sieht, wird denken, du hast ihn dir ausgeborgt, von mir ausgeborgt.«

»Oder umgekehrt.«

»Wieso?«

»Der Apparat hat ja nicht mal ne Datumsanzeige.« Schubert verzog das Gesicht und wandte sich ab. »So ne Scheiße«, preßte er hervor.

»Du meinst ...«

Schubert kauerte nieder.

»Was denn? Wasn los, Dieter? Is dir schlecht?«

Schubert streckte sich im Gras aus. »Ich muß mich mal langmachen«, sagte er und drehte sich auf den Rücken. »Das sticht so.«

»Was?« Bertram zog den Karpfen zur Seite. »Was denn?«

»Wird gleich«, sagte Schubert. Er biß sich auf die Unterlippe. Seine Hand fuhr unter dem Hemd hin und her. »Schaff ihn weg, Peter, bitte. Der stinkt so.«

Bertram lief mit dem Fisch die Böschung hinab. Ein paarmal stolperte er, fing sich aber immer wieder.

Bis zu den Knien im Wasser, ließ er den Karpfen fallen, der vor ihm auf den Grund sank. Bertram stieß ihn mit den Zehen an. Er beugte sich vor, richtete sich aber gleich wieder auf. »Dieter!« schrie Bertram. Er sah nur das Zelt mit der gespannten Leine und seinen nassen Sachen. »Zeus!«

Flußabwärts kam die Sonne durch den Nebel. Die Farben der Autos am anderen Ufer ließen sich jetzt unterscheiden.

»He! Bergsteiger!« rief Bertram. »Bergsteiger!« Plötzlich bückte er sich und schob den Karpfen mit beiden Händen wie ein kleines Boot vorwärts. Schlick und Steine an den

Füßen, spürte er das Wasser um seine Hüften wie einen Griff und schrie laut auf.

Die Strömung erfaßte den Fisch. Bertram machte kehrt und strebte mit ausgebreiteten Armen zum Ufer. Als er die letzten Meter an Land watete und sich umdrehte, glaubte er, den weißen Karpfenbauch noch einmal zwischen den Lichtreflexen der Morgensonne zu sehen.

Bertram rieb die Hände am Pullover trocken, schlurfte über die Kieselsteine zu den Angeln – seine Badeschuhe quatschten leise – und von da die Böschung hinauf.

Lange kniete er neben Schubert im Gras. Es gelang ihm schließlich, dessen Kopf auf seinem Schoß zu betten, ihm das Auge und den Mund zu schließen. Auf der Unterlippe waren die Eindrücke der oberen Zahnreihe sichtbar.

»Mensch, Zeus!« sagte Bertram. Mit einer Hand streichelte er ihm immer wieder Stirn und Wange, mit der anderen bedeckte er das Glasauge.

Kapitel 16 – Büchsen

Wie sich Schwesternschülerin Jenny und Patientin Marianne Schubert nahe dem Berliner Virchow-Klinikum treffen und über einen toten Mann sprechen. Maik, ein junger Kellner, bedient sie. Jennys Zigarette bleibt im Aschenbecher liegen. Vergängliche und ewige Werte.

»Warum erzählen Sie mir das?«

»Ich dachte, wenn Sie es wissen ...«

»Ich glaube Ihnen nicht.«

»Ist Ihre Sache«, sagte Jenny.

Sie saßen nebeneinander an der Bar. Der junge Kellner hinter dem Tresen hatte ihnen Kaffee gemacht, für Jenny noch einen Gin Tonic, und dann die Stühle von den Tischen genommen. Durch einen Vorhang war er nach hinten verschwunden und tauchte nur ab und zu wieder auf, um den Aschenbecher zu leeren. Er hatte dichtes rotblondes Haar, wirkte blaß und niedergeschlagen oder einfach nur übermüdet. Das Licht drang kaum durch die Fenster, weil vor dem Haus ein Gerüst stand, von dem lange Planen herabhingen. Es war gegen neun morgens.

»Dabei müßten Sie es doch wissen«, sagte Jenny.

»Was?«

»Daß es stimmt, was ich sage.«

»Nein.«

»Er hat gesagt, daß zwischen Ihnen ...«

»Hörn Sie ...«

»Nichts mehr lief.« Jenny drückte die halbgerauchte Zigarette aus. »Deshalb hab ichs doch erzählt, damit Sie sich keine Gedanken machen, daß es an Ihnen ...«

»Ich will – das alles nicht mehr. Ich habe nie über so etwas gesprochen. Mit niemandem. Das geht doch keinen was an. Sie sind anmaßend.«

Jenny trank. »Entschuldigung«, sagte sie. Im Glas blieben Eisstücke zurück. »Ich dachte eben ...«

»Sie phantasieren sich da ein Zeug zusammen ...«

»Warum haben Sie mich dann angerufen? Sie hätten den Brief in den Kasten werfen können und fertig.«

Die Frau schloß für einen Moment die Augen und blickte dann über die Schulter in den leeren Raum.

»Die Polizei hat mir seine Sachen gegeben, ad eins.« Sie stellte ihren rechten Daumen auf. »Ad zwei, ich hab den Brief in seiner Reisetasche gefunden, nicht frankiert. Ich kannte keine Jenny Ritter in Berlin. Die Adresse sagte mir nichts. Ich hab das Telefonbuch genommen und Sie angerufen.«

»Sie wollten wissen, wer Jenny Ritter ist.«

»Nein.« Die Frau sah auf ihre Fingernägel. »Ich wollte nicht, daß ein Verstorbener Briefe verschickt.«

»Aber danach ...«

»Über so etwas spricht man nicht am Telefon. Das müßten Sie wissen, als Krankenschwester. Ich wollte Ihnen mitteilen, was mit meinem Mann passiert ist.«

»Kam Ihnen meine Stimme nicht bekannt vor?«

»Und wenn schon. Wer ahnt denn so was? Außerdem kannte ich Ihren Nachnamen nicht.«

»Sind Sie kein bißchen neugierig, was drinsteht?« Jenny zog den grauen Briefumschlag aus ihrer Lederjacke und legte ihn zwischen die Kaffeetassen. »Ich hätte es wissen wolln. Ich will immer die Wahrheit wissen.« Sie zündete sich eine Zigarette an und blies das Streichholz aus.

»Ich will das nicht mehr«, sagte die Frau und sah zur Seite, als der Kellner erschien.

»Noch einen«, sagte Jenny und schob ihr leeres Glas vor.
»Und Sie?« fragte er. »Kaffee?«
»Nein, danke. Oder ein Wasser, ohne was, Leitungswasser, geht das?«
»Na aber«, sagte der Kellner. Für einen Moment hellte sich sein Gesicht auf. Sie schwiegen, bis er den Gin Tonic vor Jenny gestellt hatte und mit einem Glas nach hinten gegangen war.
»Was wissen Sie denn noch von mir?« fragte die Frau leise.
»Ihren Vornamen ... Marianne.«
»Gefiel Ihnen das, ein Mann mit Glasauge? Ich könnte mir vorstellen, daß Sie ... wenn Sie wollten.«
»Dieter wäre mir nicht aufgefallen – was ist?«
»Nichts. Er wäre Ihnen nicht aufgefallen ...«
»Er hat sich fast einen abgebrochen, wie er sich über drei Stühle ans Fenster schob, statt einen Stuhl zurückzuziehn. Er stand gleich wieder auf, wegen dem Mantel. Den knautschte er auf seinem Schoß zusammen, und als die Speisekarte kam, wußte er nicht, wohin damit. Dauernd rutschte er rum – ne Menge überflüssiger Bewegungen, verstehn Sie? Außerdem sprach er zu leise, und die Kellnerin mußte nachfragen. Er aß vorsichtig und starrte auf seinen Teller, damit sich unsere Blicke nicht trafen. Als er fertig war, bezahlte er am Tresen und lief davon.«
»Bitte«, sagte der Kellner. »Ist nicht eiskalt, nur kalt.« Er sprach mit einem schwäbischen Einschlag.
»Danke«, sagte die Frau.
»Sonst nichts?«
»Sehr liebenswürdig.« Sie suchte in ihrer Handtasche. Der Kellner blieb unschlüssig stehen, wechselte den Aschenbecher und wandte sich ab.
Jenny umfaßte ihre Ellbogen. »Am nächsten Mittwoch trafen wir uns wieder. Ich dachte, er kommt öfter her, und er dachte, ich sitze immer hier. Er lud mich ein. Es war alles Zufall.« Jenny drehte das linke Handgelenk, bis ihre Uhr gegen

das Ginglas stieß. »Wenn ich mir ne Zigarette genommen hab, ging sein Feuerzeug an. Hab ich weitergesprochen, gings aus, und er hat auf die nächste Gelegenheit gewartet. Und daß er mir in die Jacke half und die Tür aufhielt ... Als ich merkte, worauf es hinausläuft, sagte ich, daß ich in Ostberlin, in Friedrichshain, aufgewachsen bin.«

»Worauf was hinausläuft?«

»Er dachte, weil wir hier im Westen sitzen, müssen auch alle aus dem Westen sein. Deswegen hab ichs erwähnt. Aber entweder wußte er nicht, wo Friedrichshain ist oder ...«

»Er hat Berlin nicht gemocht. Wir waren nie hier, nicht mal in Sanssouci. Dresden gefiel ihm besser, italienischer Barock. Da hatte er auch die Berge, Elbsandsteingebirge. Wird er Ihnen ja erzählt haben, daß er Bergsteiger ist.« Sie zog das Glas zu sich heran und ließ eine Aspirintablette aus der Verpackung ins Wasser fallen.

»Ich fands ja auch nicht wichtig«, sagte Jenny. Sie kratzte sich gleichzeitig an beiden Unterarmen. »Wir haben was getrunken, und plötzlich bietet er mir dreihundert an. Er will nichts weiter, sagte er, als neben mir liegen und so wieder aufwachen.«

Beide Frauen beobachteten die Aspirintablette, die sich am Glasboden wie eine Flunder bewegte.

»Er wußte, daß ich Krankenschwester werde.«

»Karbolmäuschen nannten wir die früher. Im Krankenhaus rochen alle danach.«

»Ich sagte, ich werde Krankenschwester. Aber er lächelte, als würde ers nicht glauben.«

»Hat er offensichtlich auch nicht. Waren Sie nicht beleidigt? Wieso haben Sie nicht abgelehnt?«

»Ja«, sagte Jenny, »hätte ich.« Sie betrachtete den Vorhang, sah zum Regal mit den Grappaflaschen und der verspiegelten Rückwand und dann auf das Glas, in dem die Tablette herumtorkelte und sich dabei fast senkrecht aufstellte.

»Er gefiel Ihnen?«

»Als er merkte, daß ich überlegte, kam er mit fünfhundert. Ich hatte keine Angst.«

»Beim letzten Mal aber...«

»Das hatte mit Angst nichts zu tun.« Jennys Hand tastete nach dem Gin Tonic.

»Darüber wollen Sie nicht reden?«

»Hab ich doch. Sie glauben mir ja nicht.«

»Sie sagten nur, daß er brutal gewesen wär.«

Jenny nippte an ihrem Glas. »Pervers, nicht brutal.«

»Bitte?«

»Na pervers.«

»Was hat er ... was ist denn passiert?«

»Wie Brausepulver«, sagte Jenny und wies mit dem Kinn auf die Tablette. »Das einzige, was ich danach wollte – ich wollte sein Gesicht sehen. Wenn er Sie besuchen kommt, wenn wir uns auf Station begegnen oder wenn ich die Tür zu Ihrem Zimmer öffne und er an Ihrem Bett sitzt, wenn ich frage, ob Sie Wurst oder Käse zum Abendbrot nehmen. Sein Gesicht wollte ich sehen.«

»Sie wollten ihn erpressen?«

»Ich hab mir vorgestellt, was ihm durch den Kopf gehen könnte.«

»Und?«

»Panik.«

»Sie wünschten sich ...«

»Daß er in Panik gerät, ja.«

Die Frau nickte, und dann schüttelte sie den Kopf. »Das Karbolmäuschen als ... na ja.«

»Das bin ich nicht. Und das wissen Sie auch.«

»Sie nehmen Geld.«

»Das war zufällig. Er wollte es so. Warum glauben Sie mir nicht?«

»Sie waren fünfmal zusammen, nach Ihren eigenen Worten. Also haben Sie fünfmal kassiert.«

»Nein«, sagte Jenny, »das letzte Mal nicht.«

»Sie haben Geld genommen.«

»Damit hat es nichts zu tun. Sie müssen mich nicht beleidigen.«

Die Tablette schwamm an der Oberfläche. Einzelne Stücke lösten sich ab und trieben zum Rand. Aus dem Glas sprühte es auf den Briefumschlag.

»Ja, und nun ist er Ihnen entwischt. Es ist beim Angeln passiert. Als man ihn fand, war es zu spät.«

»Ich weiß«, sagte Jenny. »Sie haben uns auf Station informiert. Er hat viel erzählt, vom Angeln. Er hat ja andauernd erzählt. Erzählen konnte er.«

»Er war Lehrer.«

»Er wollte mir den ganzen Osten erklären.«

»Er war verbittert.«

»Ich weiß, wegen des Auges, weil man ihm das Glasauge nie ordentlich eingesetzt hat.«

»Was?«

»Na ja natürlich. Die DDR haßte er, weil sie nie ein ordentliches Auge zustande brachten, zumindest nicht bei ihm.«

»Wegen des Auges?«

»Und dem Spitznamen dazu.«

»Das ist kurz nach dem Krieg gewesen. Sie hatten Munition gefunden ... Deswegen hat er doch nicht ...«

»Ich kenne seine Geschichten, alle, von der Abendschule, vom Zeichenzirkel, Studium und wie sie ihn rausgeschmissen haben .«

»Wegen nichts und wieder nichts!«

»Ja doch, und daß er in die Braunkohle mußte, zur Bewährung, und warum sie ihn jetzt nicht mehr als Lehrer wollten oder zumindest nicht gleich und wie Ihre Tochter benachteiligt wurde und daß Conni trotzdem als erste erkannte, wie alles kommen wird, und diese Büchsengeschichten und der ganze Kram.«

»Was für Büchsen denn nun wieder?« Die Frau hielt das Glas mit der aufgelösten Tablette in der Hand.

»Er hat das so genannt, wegen dem Büchsenaltar... Wenn Dieter hier übernachtete, in der Wohnung Ihres Neffen, Liselotte-Hermann-Straße, mit dem Büchsenaltar im Wohnzimmer. Mein Bruder war genauso. So eine Büchse war das Größte. Dafür hat er alles getauscht, sogar Geld.«

»Leere Bierbüchsen?«

»Na ja klar. Haben Sie nie darüber gesprochen? Er hat in den Papierkörben in Michendorf rumgestöbert. Deshalb kann er sich nicht davon trennen. Keine Büchse ohne Story. Jetzt ist es alles Schrott. Jetzt gibts die an jedem Kiosk. Das hat er selbst gesagt. Aber so richtig eingesickert ists bei ihm offenbar nie.«

»Bei meinem Mann?«

»Bei dem vielleicht auch nicht.«

»Über so etwas haben Sie gesprochen?«

»Die ganze Nacht. Einmal sagte er: ›Schau mal, ist das nicht wunderbar?‹ Draußen wurde es hell. Wir hatten überhaupt nicht geschlafen. Er hat meine Hände genommen und sie ganz vorsichtig abgeküßt, immer einen Kuß hier, einen Kuß da, bis zu den Fingerspitzen. Plötzlich mußte ich gähnen. Ich spürte richtig, wie sich mein Mund weiter und weiter öffnete, aber ich konnte nichts dagegen tun. Und dabei hat er mir in den Mund gesehen. Die ganze Zeit. Ich konnt ja nicht die Hand davornehmen, er hielt sie fest. Ich entschuldigte mich, und er sagte: ›Das kannst du ruhig öfter machen‹ und küßte mir weiter die Hände. Ihm gefiel überhaupt alles an mir.«

»Warum erzählen Sie mir das?«

»Damit Sie mir glauben. Damit Sie sehn, daß ich nicht mit so was rechnen konnte. Vielleicht hätte ichs wissen müssen, wenn einer immer nur erzählt und erzählt und nichts weiter. Das kann ja nicht gutgehn.«

»Manchmal ist bei ihm einfach die Sicherung durchgebrannt«, sagte die Frau.

Jenny lachte. Sie nahm ihr Glas, setzte es aber wieder ab. »Ich meine nur ... Warum lachen Sie denn?«

»Wie Sie das sagen ...«

»Was?«

Jenny schüttelte den Kopf.

»Wenn er Ihnen so viel erzählt hat – was wolln Sie denn noch?«

»Sie verstehen nicht.« Jenny legte ihr eine Hand auf den Unterarm. »In der U-Bahn saß uns eine Türkin gegenüber, zwanzig vielleicht, mit fünf oder sechs Einkaufstaschen bepackt. Sie hatte riesige Hände, solche Schaufeln. Daraus hat Dieter das Schicksal einer Arbeitssklavin gemacht, konnte sich überhaupt nicht mehr beruhigen. Das war total typisch.«

»Sie sind mit ihm U-Bahn gefahren?«

»Ja, wieso?«

In dem leeren Glas war von der Tablette ein schmaler weißer Ring am Rand zurückgeblieben.

»Passen Sie auf!« sagte die Frau. »Da! Die fällt gleich runter.«

Jenny nahm die Zigarette vom Rand des Aschenbechers und drückte sie aus. »Tut es noch weh hier?« Jenny wies mit dem Daumen auf ihre Brust.

»Ich muß um zehn da sein, Bestrahlung. Ich muß los.«

»Ja«, sagte Jenny und nickte. »Wir müssen uns ja nicht verabschieden.« Sie lehnte sich zur Seite. »Ich tret mir immer die Fersen runter.« Ihre Finger angelten nach den Schuhen, und ihr Kopf berührte die Schulter der Frau. Selbst als Jennys Wange sich gegen ihre Hüfte preßte, blieb sie gerade sitzen und bewegte sich nicht.

»Sind gute Schuhe«, sagte Jenny, als sie wieder auftauchte. »Aber ich tret alles runter, pure Faulheit. Laufen Sie?«

»Die paar Schritte.«

Jenny nickte. »Ist Ihnen besser – mit der Aspirin?«

»Mein Gott«, sagte die Frau und schob sich seitlich vom

Hocker. »Das ist nichts für mich.« Sie mußte sich kurz auf Jennys Oberschenkel abstützen. »Sie verlieren da gleich einen Knopf ... da, ganz oben.«

»Danke«, sagte Jenny, als sie einander gegenüberstanden.

»Sie sollten nicht so viel rauchen«, sagte die Frau. »Am besten gar nicht.«

Jenny nickte wieder und sah ihr nach, bis die Tür zufiel.

»Und?« fragte der Kellner, der plötzlich dastand. »Fühlst du dich jetzt besser?« Er wischte über die Theke, hob den Aschenbecher hoch und stellte ihn an derselben Stelle wieder ab. Jenny setzte sich auf ihren Platz.

»Ich versteh nicht, was das sollte? Hats dir was gebracht?« Er beugte den Oberkörper vor und senkte den Kopf, um ihr Gesicht zu sehen. »He, Jenny, ich rede mit dir. Sie hat dir nichts geglaubt. Was soll der Scheiß?« Er sah zu, wie sie eine Zigarette aus der Packung klopfte, und gab ihr schnell Feuer.

»Du hast gedacht, ich erzähl es«, sagte Jenny und blies den Rauch zur Seite. »Du hast dich nicht vom Vorhang weggerührt, weil du nichts verpassen wolltest.«

»Du spinnst«, sagte der Kellner. »Hast du sie wenigstens eingeladen?«

»Weißt du, wie man das nennt, Maiki? Ich nenn das einen Spanner.« Jenny legte die Zigarette auf den Rand des Aschenbechers, riß den grauen Briefumschlag auf und sah hinein.

»Dieser Job ist einfach nichts für dich«, sagte der Kellner. »Das hab ich dir gleich gesagt. Das ist nichts für dich.«

»Das ist nicht mein Job«, sagte sie.

»Du spinnst wirklich«, sagte er, ohne sie anzusehen. Sein Gesicht war gerötet, Stirn und Nasenspitze glänzten. »Entweder hältst du es aus, oder du läßt es. Dann ist es nicht mehr dein Job, capito? Und warum setzt du dich hierher, an die Bar, wenn du nicht willst, daß ichs höre?« Er stellte einen neuen Gin Tonic vor sie hin. »Sie hätte lieber unten gesessen, ganz normal an einem Tisch, in ihrem Zustand.«

Jenny zählte die Scheine von einer Hand in die andere. »Willst du wissen, was er gemacht hat?«

Der Kellner drehte den leeren Briefumschlag auf der Theke herum. »Ist das seine Handschrift?«

»Wahrscheinlich. Wahrscheinlich ist es seine.« Jenny gähnte und zählte die Scheine zum zweiten Mal. »Du willst es also nicht wissen, Maiki?«

»Sehr großzügig«, sagte der Kellner. »Fünfhundert? Dafür hättest du warten können, bis sie ihn unter der Erde hat, zumindest so lange hättest du warten können.«

Jenny steckte das Geld ein. »Ich brauche neue Schuhe«, sagte sie und gähnte wieder.

»Mein Gott, Jenny! Das kanns doch nicht sein!« rief der Kellner. »Ich kauf dir zwanzig Paar, so viel du willst!« Er wischte die Hände am Geschirrtuch ab. »Bist du müde?«

»Nein«, sagte sie. »Wird nur überhaupt nicht hell hier.«

»Soll ich noch mal Kaffee machen?«

»Nein«, sagte Jenny und stupste mit der Fingerkuppe gegen die Zigarette, bis der Filter nicht mehr über den Rand des Aschenbechers stand. »Ich bin okay. Ich fühl mich wirklich gut.« Vorsichtig führte sie das volle Glas zum Mund und begann zu trinken, und der Kellner, die Hände in die Hüften gestemmt, sah ihr dabei zu.

Kapitel 17 – Schulden

Christian Beyer erzählt von einem Sommerurlaub in New York mit Hanni, seiner neuen Freundin. Ein unerwarteter Besuch. Männer, Geld und Wasser.

Nach fünf Tagen in der Stadt haben wir außer der Freiheitsstatue, dem World Trade Center und dem Museum of Natural History noch nichts besichtigt. Vormittags um elf, zeigt das Fernsehen, liegt die Temperatur bereits bei 101 Grad Fahrenheit, nach der Umrechnungsformel im Baedeker entspricht das 38,33 Periode Grad Celsius. Alles ist warm und feucht, sogar die Klobrille, und die Bücher wellen sich.

Die Klimaanlage funktioniert nicht. Sie steckt im linken Fenster, genau über unserem Doppelbett. Sie sieht aus wie die Rückseite eines alten Fernsehers, bringt uns aber 25 Prozent Nachlaß für dieses Apartment ein, das Alberto, einem spanischen Architekten, gehört. Die linke Wand ist bis zur Decke mit Spiegeln verkleidet. Deshalb können wir uns auf dem Weg ins Bad oder zur Wohnungstür, um den großen Tisch herum und an der Kochnische vorbei, ständig beobachten.

Hanni liegt auf dem Bauch, den Kopf abgewandt. Mit der rechten Hand hält sie ihr Haar über dem Nacken fest. Ihr Po und ein dünner Streifen unter den Schulterblättern sind weiß. Beide Kopfkissen im Rücken, habe ich aus dem ›Geo‹-Heft vorgelesen – über die Juden in Crown Heights.

»Schläfst du?« frage ich.

Hannis Kopf bewegt sich, und dann sagt sie: »Nein.«

Wir träumen beide komisches Zeug. Letzte Nacht war es mehr ein Gefühl, eine Situation: Die Unterlage, mein Bett, ist eine asiatische Hafenstadt am Abend oder in der Nacht, mit vielen Lichtern. Alles unter mir ist lebendig, egal, wohin ich meinen Kopf lege, immer ist darunter wieder Leben, es wimmelt von Stimmen und Mitteilungen, die zum Teil an mich gerichtet sind. Ich wurde den Traum nicht mal los, als ich aufs Klo ging. Ich beruhigte mich erst morgens, als wäre auch das Bett unter mir endlich eingeschlafen.

»Soll ich das Fenster öffnen?« frage ich. Hannis Kopf bewegt sich. »Heißt das nein?«

»Nein«, sagt sie, den Mund halb auf dem Laken. Nacht für Nacht, wenn die Kehrmaschine vorbeikommt, geht die Alarmanlage irgendeines Wagens los. Ich kenne die Abfolge der Signale und die knapp zwei Sekunden Ruhe, bevor alles wieder von vorn beginnt. Außerdem scheppert manchmal die Feuerleiter. Der Wasserbehälter auf dem Dach gegenüber ist undicht. Das hört sich wie Schritte an. Morgens prasseln Tropfen auf die Klimaanlage. Wahrscheinlich gießt jemand über uns Blumen. Wegen der Fliegengaze vor dem Fenster kann man sich nicht hinauslehnen.

»Möchtest du was trinken?« frage ich.

»Lies weiter«, sagt sie.

»Ich bin fertig«, sage ich. »Soll ich Tee kochen?«

»Ich will keinen Tee. Gestern hast du alles weggekippt.«

»Nicht alles«, sage ich.

»Dann eben nicht alles«, sagt Hanni, wendet den Kopf und sieht mich an. »Warum hast du nichts gesagt, als es passiert ist?«

»Mir ist das ziemlich unangenehm«, sage ich und blättere im ›Geo‹-Heft. »Irgendwie fühlt man sich unvollständig, wie amputiert.«

»Mein Gott! Man könnte ja sonstwas denken!« ruft sie, dreht sich auf den Rücken und setzt sich auf. »Ist es so schlimm für dich? Eine Woche mal keinen Streß, und du willst von Wasser und Brot leben!«

»Ja«, sage ich. »Man fühlt sich preisgegeben.«

»Das ist dein Problem«, sagt Hanni. Sie wickelt ihr Haar um eine Hand und angelt mit der anderen neben dem Bett nach der Spange. Die untere Hälfte ihrer Brust ist weiß. »Entschuldige«, sagt sie. »Das ist wirklich dein Problem. Mir jedenfalls haben sie nicht die Kreditkarte gesperrt! Ich habe noch ein paar Ersparnisse. Und so lange möchte ich mit dir schön ausgehen und mit so einer langgezogenen Limousine vorfahren. Und ich möchte im Restaurant Kellner, die einem die Speisekarte erklären, und Kerzen auf dem Tisch. Und Aussicht. Und außerdem will ich Helikopter fliegen und in die Met. Und dich leiste ich mir auch noch. Und italienisches Mineralwasser.«

Hanni ist aufgestanden. Sie kauert vor dem Kühlschrank, hält die Tür mit dem Ellbogen auf und trinkt. Sie trinkt in einem Zug und hebt die Flasche immer höher, bis ich das hellblaue Etikett sehen kann. Sie läßt die Tür zufallen und stellt die leere Flasche auf den Boden zu den anderen. »Und dann ...« Hannis Blick streift mich. »Ich will mal wieder glücklich sein. Sag nichts, bitte. Ich weiß, du bist keine Maschine. Ich wollts nur mal sagen. Sagen darf ichs doch.« Sie nimmt ihren Strohhut vom Tisch und betrachtet sich in der Spiegelwand. »Außerdem ists hier gar nicht so teuer, wie es aussieht. Dafür ist es Manhattan!« Mit beiden Händen zieht sie an der Krempe. »Und?« Sie fährt in ihre Sandalen und schaut mich an. »Noch Einwände, Mister Universum?«

»Du hast doch auch kein Geld«, sage ich.

»Ich werde dir eine Fliege kaufen. Eine Fliege und vielleicht noch einen Smoking. Das war doch spottbillig und echtes Designerzeug.« Sie zieht Albertos Baseballschläger unter dem Fernsehtisch hervor, stellt ihn auf ihren rechten Fuß und drückt den Handrücken der Linken gegen die Hüfte. »Wie hieß der Knabe? Donatello?«

»Komm her«, sage ich. Wo sie gelegen hat, ist ein feuchter Abdruck von ihrem Bauch.

»Donatello«, sagt sie und wechselt das Standbein. »Fehlen nur noch die Socken.«

»Wir gehen überallhin, wohin du willst«, sage ich, »wenn du …«

»Er hatte lange Haare und so einen süßen *belly…«* Hanni drückt den Bauch vor. »So. Nicht wie du, aber so.«

Als ich aufstehe, schüttelt sie den Kopf. »Ich muß mal«, sagt sie und gibt mir den Baseballschläger. »Rein geschäftlich, Pipi.«

Sie schlappt in ihren Sandalen eilig zur Toilette. Den Hut behält sie auf. In dem hohen Fenster gegenüber steht ein weißer Plastestuhl mit fächerartiger Lehne und einer Staude grüner Bananen auf dem Sitz. Ich schiebe den Schläger wieder unter den Fernseher und lege mich quer übers Bett. Ich höre, wie ihr Strahl auf das Wasser im Klobecken trifft. Die Tür ist angelehnt.

Vor eins oder zwei kommen wir selten los. Wenn es zu schlimm wird, verziehen wir uns in ein Geschäft. Abends kühlt es nicht ab. Die Hitze steckt im Asphalt, im Stein. Die Subway-Stationen sind die Hölle. Und überall riecht es. Ich höre die Klospülung und nach einer Pause die Dusche.

Kennengelernt habe ich Hanni, als wir jemanden für Tips im Umgang mit Haustieren suchten und überhaupt mit Kenntnissen über alles Staunenswerte aus der Fauna. Wöchentlich schreibt uns Hanni einen Zweispalter. Mal über Katzen, mal über Regenwürmer, mal über Zugvögel oder Spinnen. Ich sagte ihr, daß ich nach New York will, und sie sagte: »Ich auch.«

Als es klopft, stellt sie die Dusche ab. Einen Moment lang ist es überall still. Beim zweiten Klopfen ziehe ich meine Turnhose an, gehe nach vorn und sehe ins Bad. Hanni steht eingeseift in der kleinen Wanne und kneift die Augen zusammen. »Mach zu«, flüstert sie. Ich behalte die Klinke der Badezimmertür in der Hand, als wollte ich Hanni nicht herauslassen, und warte.

»Sir? Excuse me, Sir?« Eine hohe klare Männerstimme. »I'm Robert Vanderbilt from Palmer Real Estate, Sir, would you please open the door, please?« Der Spion ist verschraubt. »Mister«, ruft er, »Mister ... Beyer. I have to take some photos of Mr. Sullivans apartment, Sir. I'll pass my card under the door, okay, Sir?«

Die Visitenkarte von Robert D. Vanderbilt erscheint vor meinen Zehen.

»Sir, would you please open the door, please?«

Ich bekomme die Kette an der Wohnungstür nicht los, weil sich die kleine Metallspule auf der Schiene verkantet. Man muß sie langsam und gleichmäßig bewegen. Bei dem geringsten Fehler sitzt sie fest und muß zurückgeschoben werden. Ich versuche es wieder und schließlich ein drittes Mal. Ich denke, daß nur ich dieses Geräusch hören kann, das durch die Reibung von Metall auf Metall entsteht. Dann lasse ich Robert D. Vanderbilt herein.

»Was zum Teufel habt ihr gemacht?« Hanni blinzelt. Sie reißt ein T-Shirt aus dem Koffer. Das Handtuch hält sie um die Hüfte gespannt, Daumen und Zeigefinger als Spange. Ein kleineres hat sie wie einen Turban um den Kopf geschlungen. »Was war denn los?«

»Robert D. Vanderbilt«, sage ich. »Er verkauft das Zimmer für Alberto.«

»Was macht der?« Sie setzt sich aufs Bett. Ihre Augen sind gerötet.

»Er versucht, das Apartment zu verkaufen«, sage ich.

»Und das glaubst du?« Ihr fällt das Handtuch vom Schoß. Sie zieht es wieder über die Schenkel.

»Er hat seine Visitenkarte unter der Tür durchgeschoben«,

sage ich. Ich spüre den Schweiß auf meinem Rücken und unter den Armen, selbst an den Füßen.

»Warum hast du nicht angerufen und gefragt, ob er das darf, ob du das darfst? Was weißt du denn, was Alberto mit seiner Wohnung macht und was das für ein Kerl war!«

»Was ist denn los?« sage ich und setze mich. »Das war ein freundlicher Mann, der sich um das Apartment kümmert. Nichts weiter.«

»Wir sind hier in New York, und du machst einem wildfremden Menschen die Tür auf – und mich läßt du da drin stehen, als würde es mich überhaupt nicht geben. Ihr unterhaltet euch und ...« Sie schließt die Augen und drückt sich mit den Fingerkuppen auf die Lider.

»Hanni«, sage ich.

»... oder mal fragen, ob ich was brauche.« Sie zieht das Handtuch vom Kopf und wirft es hinter sich. »Nur mal fragen ...« Sie streift ihr T-Shirt über und sieht sich suchend um. Ihr Schlüpfer liegt vor dem Fußende des Betts. »Du hättest wenigstens mal klopfen können und fragen, ob alles okay ist.«

»Was sollte denn sein?«

»Was wohl! Alles liegt hier rum, Geld, Wäsche, deine Socken ... Wenigstens bis ich angezogen bin, hättest du warten können.«

»Mr. Vanderbilt ist weg«, sage ich.

»Bei dir ist immer gleich alles weg und vorbei. Und wenn er wiederkommt? Wenn er spioniert hat? Wenn er nur deshalb hier gewesen ist?«

»Dann hat er nichts gefunden«, sage ich.

»Mein Gott«, sagt sie und blickt kurz zur Decke auf. Dann starrt sie mich an. »Wenigstens jetzt könntest du mal anrufen.«

»Alberto hat ihn geschickt. Woher soll er sonst meinen Namen wissen? Das hast du doch gehört!«

»Woher weißt du immer alles so genau – ›Alberto hat ihn geschickt‹? Und wenn nicht? Warum hat er das Bad nicht fotografiert? Wenn mich eine Wohnung interessiert, will ich wissen, wie das Bad aussieht.« Sie stopft sich beide Kopfkissen hinter den Rücken und zieht die Knie an. »Du könntest ihn ja nicht mal beschreiben! Diese Frage stellt sich jedes Kind. Nur der Herr Geschäftsführer nicht.«

Vom Tisch bringe ich ihr die Visitenkarte und das Polaroid. Sie rubbelt sich das Haar mit dem Handtuch ab.

»Schau ihn dir nur an«, sage ich und wähle Albertos Nummer.

»Was denn«, ruft sie.

»Das hat er vergessen. Oder er konnts nicht gebrauchen«, sage ich. »Mit den Spiegeln ist er nicht klargekommen.«

»Wie? Du hast einen Chinesen hier rumknipsen lassen? Nein, is nich wahr?«

»Das hat er gleich gesagt, noch als er draußen stand, daß er das machen will. Das muß er doch! Wenn er verkaufen will, muß er doch was zeigen können!« Hanni hält das Polaroid jetzt mit beiden Händen. Bei Alberto ist besetzt. Ich gehe zum Kühlschrank. Ich stelle eine neue Flasche Pellegrino auf den Tisch, hole zwei Gläser und eine Flasche Apfelsaft. »Außer daß er ein Chinese ist, wenn er einer ist, fällt dir nichts auf?« frage ich.

»Du hast vergessen, den Bauch einzuziehen.«

»Er trägt einen dunklen Anzug mit weißem Hemd und blauer Krawatte«, sage ich und reiche ihr ein volles Glas.

»Aber klar. Ihr habt euch gut unterhalten, seid einander nähergekommen. Danke. Nur schade, daß er wieder weg is, nich?«

Ich stelle die Flaschen in den Kühlschrank. Im Gehen trinke ich einen Schluck und setze mich vors Telefon.

»Er ist zwei Jahre in Texas gewesen. Jetzt wird dort das Wasser knapp.«

»In Texas? Was macht ein Chinese in Texas?«

»Warum nicht«, sage ich und wähle wieder die Nummer. »Dort brennen sie sogar die Kakteen ab, damit die Tiere was zu fressen haben. Die Leute borgen sich die Heiligen in der Kirche aus und tragen sie über ihre Felder, um ihnen zu zeigen, wie schlimm es steht. Die Viecher haben schon Totenschädel, und alle Farmer sind ruiniert.«

»Hör mal«, sagt sie. »Glaubst du, daß ein Chinese in Texas Farmer wird?«

»Das habe ich nicht behauptet. Ich sage nur, daß er aus Texas weg ist und daß er zwei Jahre dort war und daß die Dürre die Farmer ruiniert. Wenn das Land vertrocknet, verkaufen sich auch Immobilien schlechter. So eine Dürre ist wenigstens eine klare Sache.«

»Was für eine Sache?«

»Eine klare Sache«, sage ich. »Dafür kann keiner was. Dir kann keiner Vorwürfe machen. Es trifft dich, oder es trifft dich nicht. Da wirft dir keiner vor, daß du keine Ahnung hast oder ein Versager bist. Alle Wut entlädt sich auf den lieben Gott, wenn überhaupt, oder auf eine Madonna oder was die da haben. Aber irgendwie ist das doch eine saubere Sache.«

»Hat er das gesagt?«

»Er hat fotografiert und die ganze Zeit erzählt. Es war schwer, wegen der Spiegel. Man bekommt ein völlig falsches Bild von dem Raum, von den Maßen. Ich wußte gar nicht, wohin ich mich verdrücken sollte. Überall war ich im Bild.«

Hanni und ich trinken gleichzeitig die Gläser aus. Meine Schenkel kleben am Stuhl, meine Unterarme am Wachstuch.

»Hat er dich herumgescheucht?«

»Ach, nichts hat er. Nur gewartet. Dann wußte ich, ich bin fehl am Platz. Die sind höflicher als wir. Ich glaube, er ist wegen Schulden abgehauen.«

»Wegen Schulden?«

»Es klang so.« Den Hörer zwischen Ohr und Schulter geklemmt, wähle ich zum dritten Mal. Hanni hat auf einem Knie das Polaroid liegen, auf dem anderen die Visitenkarte.

»Was heißt eigentlich das D vor Vanderbilt? Ding oder Dong oder Dung? Nicht Dung. Vielleicht Dschin?«

»Oder Detlef«, sage ich. Wir sehen uns an. »Wahrscheinlich verkauft Alberto nur, weil er Schulden hat. Sie gehen nicht unter 220.000 Dollar. Sicher wirds mehr. Damit sanieren sie sich.«

»Hast du nicht gesagt, der Chinese hat Schulden?«

»Erst hat er wohl geglaubt, mit den Schulden leben zu können, hat er jedenfalls gesagt. Wenn mal eine Mahnung ins Haus flatterte, hat er sie einfach zerrissen. Aber plötzlich, eines schönen Tages, hat er schon beim Aufwachen an alle Mahnungen denken müssen. Und am nächsten Morgen wieder und am dritten Tag auch. Er konnte sich nicht mehr dagegen wehren. Sein erster Gedanke waren immer die Schulden. Vor allem, wenn er allein war. Er bekam einfach das Geld nicht zusammen. Und da ist er getürmt.«

»Von wem sprichst du eigentlich? Von dem Chinesen?«

»Jeder Betriebsprüfer kostet den Steuerzahler im Jahr sechzigtausend Mark. Und weißt du, wieviel so ein Bursche reinbringt? Eins Komma vier Millionen Mark. Das mußt du dir mal vorstellen. Einskommaviermillionen!«

Hanni fächelt sich mit dem Polaroid Luft zu. Ich warte, bis die Frauenstimme von Albertos Anrufbeantworter zu Ende gesprochen hat, und lege auf.

»Heh! Sag doch was«, ruft Hanni. »Er nimmt sowieso nie ab.« Ich sehe aus dem Fenster zu den grünen Bananen hinüber und wähle noch mal.

»Der Chinese hat erzählt, daß er wegen der Trockenheit aus Texas weg ist und jetzt hier in New York für Alberto das Apartment verkauft? Ist das so richtig?« fragt Hanni. »Und damit sanieren sich beide? Ich glaube, du hast da was falsch verstanden oder durcheinandergebracht. Oder der Typ war wirklich ein Gangster mit einer ganz blöden Story.« Sie blickt kurz auf das Bild und fächelt dann weiter. »Oder er meinte mit Wasser einfach nur Geld.«

»Wieso Geld?«

»Ja, vielleicht. Vielleicht gibts hier dieselbe Redensart wie bei uns, daß einem das Wasser bis zum Hals steht. Oder man hat ihm den Hahn abgedreht, deinem Mister Ding Dang Dong?«

»Wir können ihn ja mal anrufen.« Ich warte auf den Piepton nach der Frauenstimme. Dann sage ich, daß Robert Vanderbilt hier gewesen ist und die ganze Wohnung fotografiert hat und daß wir hoffen, daß das okay war.

»Bist du jetzt zufrieden?« Ich greife nach dem Glas, aber es ist leer.

»Das war ja wohl das mindeste«, sagt sie. »Wirklich.«

»Vanderbilt ist ein sehr freundlicher, nett aussehender Mann«, sage ich und gehe wieder zum Kühlschrank. »Er hat uns nichts getan, nicht das geringste.«

»Wenn du meinst«, sagt Hanni.

»Wenn ich eine Frau wäre«, sage ich, »hätte er bei mir echte Chancen.«

»Aber du nicht bei ihm«, sagt Hanni, ohne den Blick von dem Polaroid auf ihrem Knie zu lassen. »Donatello vielleicht, wäre doch möglich? D wie Donatello.«

Aus den Augenwinkeln sehe ich mein Spiegelbild. Ich sollte Hanni fragen, warum sie gesagt hat, daß ich die Badezimmertür zumachen soll, wenn sie nicht wollte, daß jemand hereinkommt. Schließlich hätte sie auch sagen können, mach nicht auf. Aber vielleicht ist es ja eine Art Luxus, sich über solche Lappalien zu streiten.

Hanni hat die Kissen aufgeschüttelt und sich ausgestreckt. Das Polaroid liegt jetzt neben ihr. Sie zieht ihr T-Shirt straff. Es reicht ihr bis an die Schenkel. Einen Arm über dem Kopf, fährt sie mit der anderen Hand in den kurzen Ärmel und wischt sich den Schweiß von der Stirn. Dabei rutscht ihr das T-Shirt wieder nach oben.

»Christian?« sagt sie.

»Ja«, sage ich.

»Schon gut«, sagt sie. »Ich wollte nur hören, ob du da bist.«

»Gleich«, sage ich, stelle mein Glas in die Spüle und gehe ins Bad. Ihr Hut liegt auf dem Klodeckel. Ich weiß nicht, wohin mit ihm, und setze ihn auf. Ich drücke die Spülung, damit Hanni nicht hört, wie es plätschert.

Dann drehe ich mit beiden Händen an der Duscharmatur und halte den Kopf schräg zur Seite, damit der Hut nicht naß wird. Das Wasser kommt hier immer noch warm und kalt aus der Brause, ganz wie man will. Ich trinke es sogar.

Kapitel 18 – Der Morgen nach dem Abend

Frank Holitzschek erzählt von einem Morgen Ende Februar. Barbara und die jüngste Entwicklung ihres Alptraums. Franks Aufmunterungsversuche. Enrico Friedrich, Lydia und Fotos.

Ich erwache von Barbaras Gerede. Sie liegt auf dem Rücken, einen Unterarm über der Stirn. Es wird schon hell. Barbara hatte wieder ihren Alptraum. Vielleicht habe ich geblinzelt, ohne es zu merken, oder mich umgedreht, weshalb sie dachte, ich sei wach. Oder sie hat einfach angefangen zu sprechen. Nach diesem Traum muß sie das immer. Wenn ich nicht da bin, ruft sie mich an, egal, wo. Es geht etwa so: Sie sitzt im Auto am Steuer und überholt eine Radfahrerin, und als Barbara wieder nach rechts blinkt und in den Rückspiegel schaut, ist die Radfahrerin weg. Barbara denkt sich nichts dabei, bis im nächsten Ort an der Ampel ein schreiender Mann mit blutigen Händen nach ihr greift und sie aus dem Wagen zerrt. Seine Arme rudern durch die Luft und schlagen auf sie ein. Barbara sieht sich neben dem Auspuff liegen. Sie versucht, den Kopf zu heben, nicht aus Neugier oder aus Angst, sondern damit der Mann besser zuschlagen kann. Sie will den Tag von vorn beginnen, sie will, daß alles nicht wahr ist. »Bitte, bitte«, wimmert Barbara in ihrem Traum, »es soll ein Traum sein, nur ein Traum«, obwohl sie genau weiß, daß es kein Traum ist und der Tag sich natürlich nicht neu beginnen läßt. Alles bleibt, wie es ist. Und der Mann schreit: »Mord!« und: »Mörderin!« Barbara wird fotografiert, von Passanten, von der Polizei, aus vorbeifahrenden Wagen. Sie sieht ihr

Fahndungsfoto plakatgroß an einer Litfaßsäule und muß darunter bis zur Verhaftung warten.

Ich habe das schon so oft gehört – ein Wunder, daß ich nicht selbst davon träume. Wenn ich Kreuze vor Bäumen am Straßenrand sehe oder Kränze an einem Laternenpfahl, denke ich an Barbaras Alptraum.

Sie winkelt auch den anderen Arm an und legt ihn über die Augen. Ich schiebe mich näher heran und zieh mit den Lippen an den Härchen ihrer rechten Achselhöhle. Auf der Zunge spüre ich scharf ihr Deo. Wir sind spät ins Bett gekommen, was wir uns beide eigentlich nicht mehr leisten können, zumindest nicht an Wochentagen.

»Und du hast behauptet, das macht nichts, so was passiert halt«, sagt Barbara. Ich sehe nur ihre Nasenspitze und den Mund, der ein klein wenig offenbleibt. Sie räuspert sich leise.

»Wenn wir uns beeilen, hast du gesagt, merkt es niemand, wir müssen uns nur beeilen. Ich sollte mich auf den Gepäckträger deines Fahrrads setzen. So hast du auf mich eingeredet, ohne dich auch nur einmal um die –«, sie zieht ihre Lippen ein, »ohne dich um die Leiche zu kümmern.«

»Und was ist mit dem Mann, der dich schlägt? Wo ist der?« Ich sehe den Pulsschlag an ihrer Halsader.

»Ich weiß nicht«, sagt Barbara. »Er ist da, irgendwo. Er weiß alles.« Sie klingt völlig resigniert.

Ich schiebe die Zunge über die Zähne, um den bitteren Geschmack ihres Deos loszuwerden. »Kommst du im Traum mit mir?« Ich küsse ihre rechte Brust. Als Barbara nicht antwortet, sage ich: »Es ist unangenehm, in den Alpträumen seiner Frau aufzutreten. Das ist kein Vorwurf«, füge ich hinzu, weil sie in dieser Stimmung keinen Sinn für Humor hat. »Vielleicht bedeute ich auch Hilfe. Wär das nicht möglich?« Sie schweigt und scheint auch nicht zu merken, daß ich ihr über die Rippen streichle, die Hüfte hinab zum Oberschenkel.

»Wenn du im Krankenhaus liegst«, sagt sie, »vielleicht von Kopf bis Fuß in Gips, und die Decke anstarrst, und weißt, du hast jemanden umgebracht...«

»Du fährst doch gar nicht mehr«, sage ich. »Schon zwei Jahre nicht.« Seit Barbara einen Dachs überfahren hat, ist sie durch nichts und von niemandem zu bewegen, sich wieder hinters Lenkrad zu setzen. Diese Weigerung kompliziert unser Leben. Bis Dösen braucht sie anderthalb Stunden, wenn sie den Bus nicht verpaßt. Mich ärgert, daß Barbara ihre Augen verdeckt. Das bedeutet nie etwas Gutes. Sie steigert sich immer in diesen Traum hinein.

»Du hast einen Dachs überfahren«, sage ich, »einen Dachs! Vielleicht hast du ihn auch nur gestreift, und er hat sich erholt und ist mittlerweile Großvater!«

»Wenn du meinst«, sagt Barbara. »Wenn du das sagst, wird es schon so sein.«

Ich streichle die Innenseite ihres Oberarms entlang, umkreise den Ellbogen, und dann weiter bis zum Handgelenk, wo meine Hand zum anderen Arm überwechselt und ziemlich schnell in einem Bogen in ihrer linken Achselhöhle landet, mein Unterarm streift über ihre Brust. Ich fahre tiefer hinab und gelange an den Knien auf meine Seite zurück.

Barbara sagt: »Du liegst da, stierst an die Decke, die Zeit vergeht nicht oder so langsam, daß es nicht der Rede wert ist, und dabei ist die Zeit der einzige Unterschied, der dir noch einfällt, das einzige, was Leben und Tod noch voneinander trennt.«

»Du hast geträumt, und jetzt bist du aufgewacht«, sage ich, lege den Kopf auf ihre rechte Brust und umfahre die linke mit einem Finger.

»Wenn ich einmal nicht aufwachen kann, wenn es sich einmal herausstellt, daß es kein Traum ist?« Ich spüre die Resonanz ihres Körpers, wenn sie redet. Sie fragt: »Was machst du dann mit mir?«

»Dann heirate ich dich noch mal«, sage ich. »Oder was soll ich deiner Meinung nach tun?«

Ich lehne mich, Bauch an Bauch mit Barbara, über sie hinweg zum Wecker. Die Decke rutscht abwärts. Den Wecker in der Hand, komme ich wieder nach oben, ziehe die Decke zurecht und lege mich auf den Rücken. Mit der Schläfe stoße ich an ihren Ellbogen. Ich will sie bitten, ihren Arm wegzunehmen. Ich will ihn wegschieben. Mich ärgert Barbaras Rücksichtslosigkeit. Aber ich sage nichts und rücke weiter auf meine Seite hinüber.

Wenn wir jetzt aufstünden, wäre es ein normaler Morgen mit Duschen und Brötchen zum Frühstück. Unsere Schlafzimmertür ist geschlossen. Sonst könnte ich hören, wie Orlando den Bäckerbeutel draußen an die Wohnungstür hängt. Ich stelle den Wecker auf sieben und behalte ihn in der Hand. Das sind immerhin zwanzig Minuten. Wenn wir uns dann beeilen, müßten wirs noch schaffen.

Sie sagt: »Bevor du merkst, daß du nicht aufwachst, denkst du, vielleicht könnte ich jemand ganz anderes sein, daß es nur ein Irrtum ist, daß *ich* gerade in *dieser* Rolle stecke. Aber dann merkst du, du kannst nicht aufwachen, du kommst nicht heraus aus diesem Körper.«

»Babs«, sage ich, »was erzählst du denn da?«

So schlimm war es noch nie. Die Risse an unserer Decke laufen parallel wie Tapetenränder, sind aber zackig. In den Unebenheiten des weißen Anstrichs entstehen Muster, einmal Strich-Punkt-Gesichter, dann gedrechselte Säulen oder Stahlfedern, und daraus wächst eine in sich verdrehte Blume mit großer Blüte, langen geknickten Blättern und kurzem Stiel, die gleiche wie in den Sprenkeln der Tapete. Die Blume schraubt sich heraus, es kann auch eine Putte sein, eine lockige, dralle Putte – mit zum Schrei verzerrtem Mund.

»Ich stehe jetzt auf«, sage ich. »Wir müssen einfach früher ins Bett.« Gestern abend haben wir einen alten Freund von

Barbara, Enrico Friedrich, besucht. Barbara wollte, daß ich Enrico eine Stelle als Redenschreiber verschaffe, damit er wieder auf die Beine kommt. Ist aber nicht dran zu denken. Ein Suffkopp und Quatscher, ein Möchtegern-Dichter, der sogar auf Wände und Tapeten schreibt, damit er keine seiner kostbaren Ideen vergißt.

»Woher kanntest du seine Frau, diese Lydia?« frage ich.

»Das ist nicht seine Frau«, sagt Barbara nach einer Weile.

»Aber sie wohnt bei ihm.«

»Nein«, sagt Barbara. »Wir haben uns nur mal gesehn, zufällig, im Naturkundemuseum.«

»Und warum habt ihr euch gestritten?«

»Wer sagt, daß wir uns gestritten haben?«

»Das lag in der Luft. Als ich auf der Toilette war, habt ihr euch in die Haare bekommen.«

»Du mußts ja wissen, wenn du auf der Toilette warst ...«

»Ich verstehe nicht«, sage ich, »wie es diese Frau bei Enrico aushält. So, wie er sich benimmt und wie er aussieht, grenzt das an ein Wunder.«

»Gibt Schlimmeres«, sagt Barbara.

Sie hat Enrico immer verteidigt. Bei ihr ist an allem die Gesellschaft schuld. Zweimal haben wir ihn schon zusammen besucht. Zweimal habe ich mir die Fotos anschauen müssen, Enrico und Barbara auf einer Seebrücke an der Ostsee. Ich hasse diese Posen. Deshalb gibt es von Barbara und mir kaum Fotos, außer ein paar von der Hochzeit und dann die offiziellen. Das läßt sich nicht vermeiden.

Ich will auch gar nicht wissen, ob und was zwischen Enrico und ihr früher gewesen ist. Ich kann nur nicht Barbara zuliebe einen Säufer als Redenschreiber einstellen. Verschaffe ihm ein neues Negativerlebnis und blamiere mich bis auf die Knochen. »Weißt du, was Enricos Problem ist?« sage ich. »Daß er keine Probleme mehr findet, über die er seine Romane oder Gedichte schreiben könnte, keine wirklichen.

Auf der ganzen Welt beneiden sie uns, beneiden uns um die Probleme, die wir haben. Die würden doch alle mit uns tauschen. Damit kommt einer wie Enrico nicht klar. Der will leiden.«

Früher, wenn wir von einem Besuch nach Hause zurückkamen, fielen Barbara und ich einander um den Hals, sobald wir wieder alleine waren. Früher sagten wir uns manchmal, daß es uns gutgeht, daß wir gar nicht wissen, wie gut, und daß wir gesund sind und großes Glück haben. Wenn ich nachts aufwachte und Barbara nicht hörte, tastete ich nach ihr oder machte Licht. Ich war sogar mal auf Enrico eifersüchtig. Gestern ist Barbara die Eifersüchtige gewesen. Wahrscheinlich braucht sie deshalb heute diesen Zuspruch.

Ich möchte etwas erzählen, was sie auf andere Gedanken bringt. Mir fällt nur nichts ein zu unserer Situation. Ich sehe zur Decke, wo aus der Putte wieder eine Stahlfeder geworden ist. Ich versuche, im Putz die Weltkarte zu erkennen, da, wo die rauhen Stellen sind. Indien liegt Florida gegenüber, nicht maßstabsgerecht, aber deutlich, und darunter Skandinavien und in der Ostsee Australien.

»Erinnerst du dich an Candelaria?« frage ich. »An das Echo der Schiffssirene, das von den Bergterrassen immer leiser zurückkam? Und wie ich jeden Morgen glaubte, es sei regnerisch. Dabei verdeckte nur der Berg die Sonne. Und abends wußte man nicht, wo das Meer aufhört und der Himmel anfängt, alles silbergrau, ohne Unterschied.«

»Das hieß nicht Candelaria«, sagt Barbara.

»Wie dann?« frage ich. Als sie nicht reagiert, sage ich: »Ich bin mir sicher, daß der Ort, wo wir gewohnt haben, Candelaria hieß.«

Über die einfachsten Sachen geraten wir in Streit. Letzte Woche hatte ich mein Strumpffach aufgeräumt. Barbara glaubte, daß ich dabei eine von ihren neuen Relaxsocken weggeschmissen hätte. Ich habe keine einzelne Socke weggeschmissen, sondern nur Paare, sagte ich, diejenigen, die ich seit Jahren nicht mehr benutze, die eingelaufen, häßlich oder durchgewaschen sind. Das ist ja gerade der Witz an den Relaxsocken, unterbrach sie mich, daß die alt aussehen, obwohl sie neu sind. Fünfzehn Mark kostet ein Paar. Ich fragte, was überhaupt eine Relaxsocke ist. Sie antwortete, wie ich denn behaupten kann, ich hätte keine weggeschmissen, wenn ich gar nicht weiß, wovon ich spreche. Ich wiederholte, daß ich Socken nur paarweise weggeschmissen habe und allein aufgrund der Schuhgröße darauf gekommen wäre, daß es nicht meine Socken sein können. Auf dem Fensterbrett im Bad fand ich den Zettel: »Relaxsocken – OHNE (dann kleiner) GUMMIFÄDEN, ANGENEHMER SITZ, Textiles Vertrauen, Schadstoffgeprüfte Textilien, nach Öko-Tex Standard 100«. Am nächsten Tag wollte ich ihr sagen, daß es, wenn sie die Socke nicht finden kann, ja tatsächlich nur die Möglichkeit gibt, daß ich es gewesen bin, obwohl ich mir das kaum erklären kann, denn dann hätte sie ja ihre Socken zu meinen gepackt haben müssen. Schließlich räumt sie ja immer die Wäsche in den Schrank. Barbara sagte, daß die Socke wieder da ist. Als ich sie fragte, warum sie mir das nicht eher mitgeteilt hat, blickte sie mich ungläubig an, als könnte sie nicht verstehen, wie ich auf solch eine Frage komme, obwohl ihr Gesicht auch bedeuten konnte: »Ich habe es dir ja gesagt, du hast nur wieder nicht hingehört.« Das macht mindestens die Hälfte unserer Mißverständnisse aus, daß sie sagt, ich hätte nicht hingehört, ich aber schwören kann, daß wir nicht darüber gesprochen haben. Ich bin doch nicht taub!

Der Wecker geht los. Ich schalte ihn aus. Das einzige Geräusch ist nun das eines Hubschraubers. Schließlich sage ich: »Babs, wir müssen aufstehen.«

»Frank«, sagt sie. Ihr rechter Ellbogen zeigt auf mich. »Wenn es einmal kein Traum ist, wenn man einmal nicht mehr aufwachen kann und in wenigen Stunden alt geworden ist und spürt, daß man genug gelebt hat und schließlich auch genug gewartet hat und nicht noch weiter warten will und ans Fenster tritt und hinausschaut und es einem dann egal ist, ob man etwas sieht oder nicht, ob es Tag ist oder Nacht, und man weiß, daß es keinen Unterschied mehr gibt, keinen, dann hat man das einzige Wunder erlebt, auf das man noch hoffen konnte. Dann kann man springen.«

»Es ist sieben«, sage ich. »Wir müssen los, Babs, hörst du?« Ich setze mich auf, rutsche bis ans Fußende, fahre in meine Hausschuhe und gehe zum Fenster. Der Kanal ist zugefroren. Blaue, gelbe und hellgrüne Plasteflaschen stecken im Eis, auch die tiefhängenden Zweige der Weiden. Die Straße am anderen Ufer ist gesperrt. Deshalb sieht man keine Autos. Die Maklerin sagte, man mietet sich nicht nur in eine Wohnung ein, sondern in ein anderes Leben: die Nachbarn, der Verkehr, die Sicht.

Ich drücke die Stirn an die Scheibe, um die Straße vor dem Haus zu sehen. Sie ist leer. Nur zwei Elstern hüpfen mir gegenüber in der Kastanie von Zweig zu Zweig. Ich versuche, mich zu konzentrieren, und gehe die nächsten Tage durch. Am Sonnabend ist Theaterball, und am Sonntag kommt Barbaras Vater mit seiner neuen Freundin zum Kaffeetrinken.

»Entweder meldest du dich krank, oder du stehst jetzt auf«, sage ich. »Ich lasse dir Wasser ein, ja?« Barbara antwortet nicht. Wahrscheinlich hat sie es gar nicht gehört.

»Bleibst du bei mir?« fragt sie.

»Ich muß nach Erfurt«, sage ich.

»Das meine ich nicht«, sagt sie. »Würdest du in jedem Fall bei mir bleiben?«

»Babs«, sage ich. »Was soll ich denn sonst machen?«

»Wer wählt dich dann noch, mit so einer Frau?«

»Mein Gott«, sage ich, »was ist denn los? Du bist wach, wach!«

»Schrei nicht«, sagt Barbara. Sie breitet die Arme aus. Der linke reicht über die Bettkante hinweg, und die Fingerspitzen der herabhängenden Hand berühren den Teppichboden. Endlich kann ich ihre Augen sehen. Barbara hebt den Kopf, blickt mich an und läßt sich wieder zurücksinken. Ich weiß nicht, was ich sagen soll, damit sie aufsteht und ins Bad geht. Ich weiß nicht einmal, was ich selbst als nächstes tun soll. Die Elstern fliegen weg. Erst die eine, dann die andere. Eine Weile wippen die Zweige noch, auf denen sie gesessen haben. Dann rührt sich nichts mehr, wie auf einer Fotografie.

Kapitel 19 – Ein Wunder

Wie Enrico Friedrich eine Flasche Martini geschenkt bekommt. Er erzählt Patrick vom plötzlichen Erscheinen und Verschwinden Lydias. Dabei trinkt er sich selbst unter den Tisch. Patrick schweigt und stellt ihm zum Schluß eine Gretchenfrage.

»Irgendwoher müssen sich die Frauen gekannt haben«, sagte Enrico, wickelte den Martini aus, strich über das Geschenkpapier, faltete es schief zusammen und zog die unterste Schublade mit den Einkaufstüten auf. »Du hast Frank hundertmal fotografiert. Natürlich kennst du ihn.« Das Papier stieß gegen die obere Kante. Enrico stopfte es tiefer hinein und schob die Schublade zu. »Vor der Landtagswahl ist er über den Markt spaziert und hat Rosen verteilt. Das Rauchen hat er sich abgewöhnt, aber vom Kaugummi kommt er nicht los.« Enricos Hand rutschte am Schraubverschluß ab. Er nahm ein Geschirrtuch. »Knack«, sagte er und öffnete die Flasche. »Ein herrlicher Laut. Eis?«

»Nein«, sagte Patrick. Er las die Notate, mit denen die ganze Tapete bekritzelt war, und eckte mit der Stuhllehne am Kühlschrank an. Enrico goß beide Gläser halbvoll.

»Lydia redete von irgendwelchen Vögeln, die nur fünfzig Stunden von Alaska nach Hawaii brauchen. Ich muß da mal ran.« Enrico zeigte auf den Kühlschrank. »Ich dachte erst, Barbara ist Mitglied im Freundeskreis, was früher Kulturbund war oder Urania oder so was. Die sammelten Spitzmäuse, tote Spitzmäuse. Weiß der Geier, was die nachweisen wollten.«

Patrick rückte wieder zurück.

»Ist schon Gewohnheit«, sagte Enrico vom Waschbecken her. Er schlug den Eisbehälter gegen den inneren Rand und stülpte ihn auf seinem Handteller um. »Nie mehr als zwei allerdings.« Die meisten Würfel fielen auf das benutzte Geschirr.

Enrico sammelte sie heraus, häufte alle auf einen Teller, über den er die Hand hielt, bis er ihn in der Mitte des Holztisches abgesetzt hatte. »Mein ganzes Geschirr hier hab ich von meiner Oma geerbt.«

Patrick füllte sein Glas mit Mineralwasser auf. »Prost«, sagte er.

»Prost«, sagte Enrico und nahm sich Eiswürfel.

»Und das hier?« fragte Patrick.

»Eine Doppelpackung schwarze Strumpfhosen, eine Durozahnbürste, eine Nagelschere, eine Nagelfeile, vier Tempotaschentücher, ein benutzter Fahrschein und zwei Mark und fünf Pfennig.« Enrico schnippte mit dem Fingernagel gegen den Glaspokal zwischen ihnen. »Mehr hat sie nicht vergessen.« Enrico sah an Patrick vorbei auf das Haus gegenüber, wo in zwei Fenstern Licht angegangen war.

»Frank wollte auf das Du anstoßen und hat gesagt, daß er Frank heißt. Vielleicht hat er gedacht, weil er in Erfurt im Parlament sitzt, traut sich Lydia nicht. Cheers noch mal, Alter. Stoß an!«

Patrick streckte den Arm aus.

»Er hat ihr in den Ärmel geschaut. Immer wenn sie was rüberreichte, hat er ihr in den Ärmel geschielt. Sie hatte das Schwarze an, das mit den weiten ...« Er beschrieb einen Viertelkreis unter seiner Achselhöhle. »Und später, als er aufs Klo ging, hat er gesagt: ›An der is ja alles Bein.‹ Geflüstert hat er das.« Enrico drehte sich zur Tür. »Na los, Kitty, komm, na was denn? Jetzt sitzt er wieder da und guckt. Ich nenn ihn – na also! Nu hock dich hin. Ich nenn ihn Kitty! Wenn er schläft, schnarcht er. Dafür schnurrt er nicht.« Er kraulte den aschroten Kater unterm Kinn. »Merkst du was davon, daß die Tage länger werden?«

Patrick schüttelte den Kopf. Seine Zunge fuhr hinter den geschlossenen Lippen über die Zähne. Er betrachtete wieder die Tapete mit den Kritzeleien. Enrico schenkte sich erneut ein und hielt die Flasche hoch. Patrick prostete ihm mit seinem halbvollen Glas zu.

»Na dann«, sagte Enrico. »Das mußt du dir mal vorstellen. Erst steht Lydia da und krempelt hier alles um, dann ruft Frank an und bietet mir diese Stelle an. Ich soll nur schreiben, was ich denke, persönlich eben. Darauf kommt es an, hat er gesagt. Na, Kitty!«

Enrico bewegte seine Nase hin und her. »Wir haben den Eskimogruß gelernt.« Der Kater schnupperte und wich zurück.

»Ich frag ihn, was die Sache abwirft, vor Lydia und Babs frag ich, damit das klar bleibt. Er sagts mir. Und da sag ich: Siehste, bin doch ein richtiger Mann, kann richtig Geld verdienen. Und da hat mir Lydia einen Kuß gegeben.«

Sobald das Streicheln aufhörte, drückte sich der Kater gegen die Hand in seinem Nacken oder streckte eine Pfote nach Enricos Arm aus.

»So, wie Lydia dastand, ist sie auch wieder weg. Stand da mit dem Koffer, diesem grünen Ding, das auf eurem Schlafzimmerschrank lag. Wir wollten uns die Miete teilen, einstweilen. Das wars schon. Ich hab Tee gekocht. Sie kaufte größere Töpfe für die Pflanzen, den Zerstäuber und die Palme. Ich sage Palme, aber die hat noch nen richtigen Namen. Und für den Stengel da mußt ich extra in den Keller und Tapetenleiste holen, als Stütze zum Dranfestbinden. Sie wußte, wieviel Wasser welche braucht und wie oft. Jeden zweiten Tag drehte sie die Töpfe. Soll ich Licht machen?« Enrico küßte den Kater zwischen die Ohren. »Stell dir vor, Alter, Lydia wär ans Telefon gegangen. Muß ja deshalb nich anders komm. Aber wenn *sie* drangewesen wär. Ich weiß nich, aber was hätteste gesagt?« Enrico lachte und trank sein Glas aus.

»Das wär noch besser gewesen. Ich mein ja nur, das hat nichts mit dir zu tun, ich mein nur die Situation! Stell dir mal die Situation vor! Völlig absurd. Entschuldige, Alter, aber ich kann doch nichts dafür!« Mit einer Hand schraubte er die Flasche auf und hob sie hoch. »Oder findest du, daß ich was dafür kann? Willste nich?« Enrico schenkte sich ein. Der Kater lag jetzt unbeweglich in seinem linken Arm. »War richtig schön hier, reinste Harmonie. Wegen der klappernden Wohnungstür kam einer und dann der Klempner. Und die Heizung entlüftet. Ging alles auf einmal. Ich schreib, Lydia liest, Kitty läßt ne Pfote von der Lehne hängn und schnarcht. In der Küche duftets nach Kuchen. Muß ich dir ja nicht erzähln, das reine Wunder, dacht ich. Und soll ich dir noch was sagen? Nich krumm nehm, Alter. Lydia war die erste, überhaupt die erste, die es gut fand, was ich mache. Ich hab lang drauf gewartet, daß jemand mal sagt, das is gut oder schlecht. Kein Vorwurf, Alter, ich mein nur. Ich braucht mal jemand, der sagt: Finde ich gut, was du schreibst.« Enrico wischte mit der flachen Hand über die beschriebene Tapete. »Alles Ideen«, sagte er. »Und als Frank und Babs kamen – irgendwoher müssen sich die Frauen gekannt haben. Die beiden kommen viel rum, weil Frank noch als junger Parlamentarier durchgeht, Nachwuchs sozusagen, und für junge Parlamentarier haben die ein spezielles Programm, bis Australien geht das. Ich hab ihn gefragt, was das eigentlich soll. Er denkt, daß es ihm was bringt, daß es die Sicht verändert, wenn man sich das Ganze mal von der andern Seite anschaut, wegen Asien und Japan, was weiß ich. Er hat alles mögliche erzählt. Er denkt immer, ich kann daraus was machen, Storys oder so was, wie sich das Frank eben so vorstellt.« Enrico fuhr mit dem Daumennagel die senkrechte Riffelung seines Glases entlang, drehte es bis zum nächsten Schliff und wiederholte die Bewegung.

»In Australien hat einer von den jungen Parlamentariern beim Essen sein Inlay verschluckt, Zahninlay. Der ist dann drei Tage nicht aufs Klo, weil er sich gefürchtet hat, in der Kacke rumzurührn wegen des Inlays. Und dann mußte er mal unterwegs, irgendwo, wo nur rote Erde war und son paar Grasbüschel. Er hat den Bus weggeschickt. Und als sie ihn wieder abholten, rührte der tatsächlich in seinem Zeug rum. Lauter solche Sachen erzählt Frank. Vom Klassenlehrer, der vor der Weihnachtsfeier den Engeln die Flügel abbrach, weil er Materialist war und Engel als Provokation der Vernunft empfand. Irgendwoher müssen sich die Frauen gekannt habn. Haben sich nämlich gestritten, als Frank aufm Klo war. Die dachten, ich merks nich. Hab auf Eifersucht getippt. Wars aber nich. Lydia sagte, daß sie Babs verstehen kann, sagte natürlich nicht Babs, sagte Dr. Holitzschek, blieb immer schön beim Sie. Lydia sagte, daß sie Babs verstehen kann, daß sie aber nich behaupten soll, sie hätt einen Dachs gesucht, einen Dachs bestimmt nich. Aber wenn man schon jemanden totgefahren hat, wenn sowieso nichts mehr zu rettn ist, muß man sich ja nich auch noch selbst das Leben ruiniern. Lydia sagte, daß sie Babs versteht. Und dann hat Babs angefangn zu schrein, daß Lydia lügt.« Enrico kicherte. »Lydia lügt, Lüdilü. Und als Frank reinkam, war alles wieder gut, Lüdalü. Sagten beide nichts. Soll ich Licht machen? Wasn los? Bist du sauer, Alter?«

Enrico sah Patrick an, der von seinem Martini nippte, und schenkte sich nach.

»Manchmal schaut man doch einer hinterher, weil man die Beine gesehn hat oders Profil oders Haar. Aber wenn sie sich rumdreht und spricht ... An Lydia, an ihr kann man alles anschaun, je länger, desto besser. Sag doch mal was! Jeder tät sich freun, wenn so eine plötzlich dasteht, oder nich?« Er trank ohne Eis und Wasser sein Glas leer. »Kann mir vorstelln, wies dir geht, Alter. Aber auf mich mußt du nich sauer sein. Komm schon! Lydia is von dir weggelaufen. Und zu mir is sie gekomm. Is doch richtig. Ich frag nur, ob das richtig is, daß sie von dir weg is und zu mir. Sollst nur antwortn.« Enrico schob den Kopf weiter vor. »Stimmt oder stimmt nicht, ja oder nein?«

Enrico setzte das leere Glas an die Lippen, kippte es langsam höher, bis ein paar Tropfen in seinen weitgeöffneten Mund rannen.

»Du denkst, ich muß trinken. Wenn ich nüscht trink, is nüscht los, hm? Wenn ich was muß, dann muß ich schreiben, Alter, und wenn ich gewollt hätt, wär sie geblieben.« Er umschloß mit beiden Händen sein Glas und verzog die Mundwinkel. »Soll ich dir sagen, warum sie weg is? Ich weiß es, sehr genau weiß ich das.«

Der Kater drehte sich auf seinem Schoß. Enrico neigte sich vor, bis er ihn mit der Nase zwischen den Ohren berührte.

»Sie hats nich mitbekomm, das Wunder, das isses, das Problem.« Der Kater sprang von Enricos Schoß herunter und blieb neben der angelehnten Tür sitzen. Enrico verschränkte die Arme auf dem Tisch und sah von einem Ellbogen zum anderen. »Sie hats einfach nich mitbekomm.« Er preßte die Lippen zusammen und schüttelte langsam den Kopf. »Ich hatte die Flasche nich weggeräumt. Die stand unterm Handtuchhalter. Hab das Bad gewischt und ›Meister Proper‹ in den Eimer gekippt. Ich wollt die Flasche leer haben, dacht nich, daß noch viel drin is. Ich hab sie vergessen. Siehste auch nich, wenn du vorm Waschbecken stehst, siehste die Flasche nich, die Handtücher hängen davor.«

»Versteh kein Wort«, sagte Patrick und ließ den Martinirest in seinem Glas kreisen.

»Geputzt haben wir, wegen Frank, Lydia die Küche und ich das Bad. Vom Waschbecken aus, wenn man dasteht und sich wäscht, dann sieht man die Flasche nicht.«

Patrick rückte heran.

»Das interessiert dich, Alter, stimmts?« Enrico schenkte

nach. »Ich stand im Bad vorm Waschbecken. Da war alles weg von ihr, Zahnbürste, Creme, Spray. Lydia hat noch gebadet. Nach dem Baden hat sie alles eingepackt, das nasse Handtuch auch. Ich hab nur gefragt, ob das jetzt sein muß, ob sie mitten in der Nacht weg muß. Sie hat aufgeschrieben, wann und wie ich die Blumen gießen muß, und die Schlüssel auf den Zettel gelegt, hat den Kühlschrank aufgemacht: Hier sind die Paprika, süße Rollmöpse... tsss.« Enrico kicherte. Seine Spucke zischelte an den Zähnen. »Süße ohne Haut – tsss. Ich hab mir Wasser über die Hände laufen lassen, zur Beruhigung, während sie am Türrahmen lehnte. Hab den Wasserhahn zugedreht und mir die Hände abgetrocknet, langsam, langsam und ordentlich, wien Chirurg. Ich muß nich trinken. Wenn ich nich will, muß ich nich. Und als ichs über die Stange schob, neben das andre Handtuch, hab ich mich konzentriert, und trotzdem wars nich symmetrisch, fiel genau auf ›Meister Proper‹ drauf und riß ihn um. Und dann Alter, isses passiert.« Enrico gähnte. »Jetzt hörste zu, wien Lux.« Mit beiden Händen zeichnete er große Zacken über die Ohren. »War seltsam, was ganz Ungewöhnliches. Würd nich mal Copperfield schaffen, nich immer schaffen, weils Glückssache is.« Enrico trank. »Ich bück mich, hebs auf, das Handtuch heb ich auf, Alter, und ›Meister Proper‹ steht mit auf. Irgendwie ziehts den mit hoch, kippelt noch, ich halt still. Langsam, senkrecht heb ich das Handtuch höher, ziehs weg wie vom Zauberzylinder. ›Meister Proper‹ kippelt nich mehr. Ich wollt was sagen, irgendwas Hoffnungsvolles, weil das ein gutes Zeichen war, für Lydia und mich, ein Wunder eben, das alles in andres Licht rückt.« Enrico nahm wieder das Glas und fuhr mit dem Daumennagel die Riffelungen entlang. ›Hast du das gesehn?‹ frag ich sie. Aber da kommt keine Antwort, ein Luftzug nur, die Klinke bewegt sich, leise, wie sie immer Türen schließt, dann die Haustür, schnapp, und wie sie aufm Fußweg läuft. Dann hör ich das Knistern. Hatte ich noch nie gehört. Der

Schaum taute, der Schaum, der nicht mit abgeflossen war, der taute, wie man so sagt, weißt schon. Konnte wohl nie genug Schaum sein bei ihr. Mußt aber genau hinsehn, wenn die Bläschen zerspringen. Jeden Augenblick platzen hundert Bläschen, knister, knister, knister«, sagte Enrico. »Das ist das letzte, was ich von Lydia gehört habe.« Er trank sein Glas aus und setzte es hart auf dem Tisch ab.

Als er den Kopf wieder hob, erkannte er nur die Rundung von Patricks linker Schulter und den Ansatz des Arms, der sich vor den erleuchteten Fenstern von gegenüber und dem grellen Licht der Straßenlampe abzeichnete. Er sah die Silhouette der Pflanzen, die Tapetenleiste im Blumentopf und rechts davon, im Profil, den Zerstäuber.

Er versuchte, die Dinge auf dem Tisch zu unterscheiden: Lydias Glaspokal erschien ihm wie ein Eisbecher, in dem die Zahnbürste der lange Plastelöffel war, und die Riffelung seines Glases in der Hand ein Zahnrad oder Glücksrad und sein Daumen das Häkchen. Die Zeilen an der Tapete verdrehten sich ineinander zu dicken Seilen, zu labyrinthisch ausgelegten Strängen.

Enrico bemerkte, daß es mit einem Mal dunkler geworden war. Doch nur deshalb, dachte er, weil sich Patrick zwischen mich und das Fenster gestellt hat, weil er sich vor mir aufbaut, sich breitmacht. Diese Folgerung bewies ihm, daß sein Verstand noch präzise arbeitete und er spielerisch Zusammenhänge herstellen und über alles schreiben konnte, worüber er nur wollte. Er sah den Kater neben seinem Stuhl, der unentwegt eine Pfote leckte und sich mit ihr über den Kopf fuhr. Das wollte er auch beschreiben, wie ein Kater sich putzt, und jemanden, der sich ins Licht stellt und zu dem gesagt wird: Geh ein Stückchen zur Seite, du verdeckst mir die Sonne. Enrico kicherte lautlos. Er tastete seine Taschen nach einem Stift ab. Er brauchte nur Stift und Papier. Er wollte über alles schreiben, über die ganze Welt. Tritt zur Seite, würde er schreiben, mehr will ich nicht. Wenn ich nicht so kichern müßte, dachte Enrico, könnte ich schreiben: Geh mir aus der Sonne. Wenn ich Stift und Papier hätte, könnte ich jetzt schreiben. Enrico hörte seinen eigenen Namen, und er hörte den Namen Lydia. Das Glücksrad unter seinem Daumennagel verschwand. Wenn noch Platz an der Tapete wäre ... Er wußte nicht, was für eine Frage die Worte ergaben, die ihm jemand immer wieder ins Ohr schrie, und ob es der Duft von Rasierwasser war oder einfach nur Atem, der sein Gesicht berührte. Natürlich hab ich mit Lydia geschlafen. Jeder muß irgendwann einmal schlafen, auch Lydia, auch ich, ohne Schlaf stirbt man doch, dachte er, aber ich muß auch schreiben, vor allem muß ich schreiben. Und selbst als Enrico diesen Schmerz im Nacken spürte und seine Stirn auf den Tisch stieß, selbst da konnte er nicht aufhören, die Welt zu beschreiben. Er konnte einfach nicht aufhören zu schreiben.

Kapitel 20 – Kinder

Edgar Körner erzählt von einer Fahrt mit Danny über ein Stück alte Autobahn. Die Frau am Steuer, oder wenn beide gerne fahren. Wahre und erfundene Geschichten. Wirkliche Liebe kann warten.

Danny hat das Lenkrad nicht wieder losgelassen. Sie saß von Anfang bis Ende am Steuer, und selbst beim Tanken machte sie nur ein paar Kniebeugen neben der offenen Fahrertür. In der Vorwoche hatte sie sich die Haare ganz kurz schneiden lassen, ohne zu fragen, was ich davon halte. Sie war gereizt, weil sie keine Arbeit fand und wegen Tino, der von Tag zu Tag schwieriger wurde und zum Abschied einen Wutanfall bekommen und nach ihr getreten hatte. Nicht mal zwei Wochen lang wollte er bei seinem Vater bleiben. Meine ganzen Ersparnisse waren für die neue Ikea-Küche draufgegangen. Mit Ach und Krach wurstelten wir uns jeden Monat so durch. Trotzdem wollte sie nicht auf ihren alten Plymouth mit Fahrersitzbank und Büchsenhalter verzichten, auf ihren »Jimmy jr.« – im Gegensatz zu »Jimmy«, dem alten Skoda.

Danny fuhr nicht schlecht, vielleicht etwas hochtourig. Aber als Beifahrer wird mir meist übel. Und dieses Stück alte Autobahn war die Hölle, jede Platte ein Stoß, die reinste Folter. Ich sah es wie im Lehrfilm: Die Räder knallen auf die teerverschmierte Plattenkante, der Stoß setzt sich fort bis in den Sitz und dann in die Wirbelsäule. Am schlimmsten trifft es die Halswirbel, die schmerzen am meisten. Und gleich kommt von den Hinterrädern der nächste Hieb, ein paar

Nerven werden gequetscht, und am Ende ist man drei Zentimeter kürzer. Außerdem nahm Danny weiter die Pille, obwohl klar war, daß wir ein eignes Kind wollten. Mit 34 oder 35 würde sie immer noch nicht zu den älteren zählen, hatte sie gesagt. Und ich hatte geantwortet: »Wenn du meinst, Danny.« Was sollte ich da fragen, wenn sies noch mal aufschob. Gründe gibt es immer, das war nicht der Punkt. Danny begann aber wieder damit, daß es wohl das Beste wäre, wenn wir es überhaupt bleibenließen. »Wer weiß, Eddi, ob wir uns in zwei Jahren noch lieben?«

Später hatte sie geweint und sich entschuldigt, und ich hatte sie in die Arme genommen und gefragt: »Wofür denn?«

Sie las einfach zu viel psychologisches Zeug. Erst wars die Miller und dann C. G. Jung. Ständig kam sie mit einem neuen Beispiel, einem, das nun wirklich schlüssig sei. Ich sagte ihr, daß sie mit solchem Hokuspokus nur ihre Zeit verplempere. Da hilft aber kein Reden, darauf muß sie von selbst kommen.

Gerade beugte ich mich vor – einen Moment glaubte ich nämlich, ein Flugzeug begleite uns links, es war aber nur verschmierter Dreck an ihrer Scheibe –, als sie fragte: »Kennst du das Neueste von Lucas?«

Lucas ist ihr Patenkind, einer der Zwillinge von Tom und Billi. Der andere Zwilling heißt Max. Lucas hatte seinen Teddy ans Bett genagelt, und Billi hatte ihn geohrfeigt – zum ersten Mal. Am nächsten Tag griff sich Lucas den Wellensittich. Aber der entwischte, und nun haben sie Zettel gemalt und im Dorf an Bäume gezwackt, wer Herbert, den gelbgrünen Wellensittich, gesehen hätte. Billi hat den Kindern noch mal die Geschichte von Jesus erklärt, und Tom baute mit ihnen ein Vogelhäuschen, in das sie ihren Vorrat an Nägeln klopften.

Weil Danny überhaupt nicht lächelte, erwartete ich, daß sie gleich wieder etwas von C. G. Jung oder der Miller anbringen würde. Ich sagte, daß ich das mit dem Vogelhäuschen gut fände.

Sie drückte auf den Zigarettenanzünder und erklärte mir, wie wichtig gerade die ersten Jahre für das Kind seien, denn was hier mißlinge, könne später nur mit riesigem Aufwand ausgebügelt werden – wenn überhaupt. Und viele, die ihr Leben als Lehrer aufrieben, hätten es besser, wenn mehr Eltern einfach bessere Eltern wären. Ich fragte, wen sie damit meine. Ihr ginge es nur darum, alles ganz bewußt zu machen, sollten wir einmal ein Kind haben. Ich streichelte sie dort, wo ihre kurze Hose aufhörte. Danny legte ihre Hand auf meine. Dann sagte sie, daß an Tino viel gesündigt worden sei.

»Weil sie ihn nach Strich und Faden verwöhnt haben«, sagte ich.

»Nein«, sagte sie, »deshalb nicht.« Aber wir sprachen nicht weiter darüber.

Obwohl Danny vom Gas ging, wurden die Stöße plötzlich schlimmer. Man war ihnen völlig ausgeliefert. Ein kleiner Apfel rollte von irgendwoher zwischen meine Füße – als ich ihn aufhob, fühlte er sich an wie ein Bratapfel, schrumplig und warm –, dann fielen die Wagenpapiere unter der Blende hervor. Ich sagte, daß sie diesen Trödelheini vor uns endlich überholen und sich danach links halten solle. Aber auf der linken Bahn stauten sich dann dicht hinter uns die Wagen und blinkten. Wir mußten zurück auf die kaputte Spur. Ich legte den Bratapfel in die Vertiefung, wo eigentlich die Cola-Dose für den Beifahrer hineingehört.

Danny fingerte an der Schachtel Lucky Strike herum, hielt sie sich an den Mund und erwischte eine Zigarette mit den Lippen. Den Filter zwischen den Zähnen, fragte sie dann, ob ich auch eine wolle, und kurbelte die Scheibe ein Stück herunter.

»Mir ist nicht besonders«, sagte ich.

»Wir haben aber auch einen Tag erwischt!« sagte sie und fuhr mit dem Daumen unter dem Sicherheitsgurt entlang, dehnte ihn und ließ ihn zurückschnipsen. Ich glaube, daß sie in diesem Moment nicht daran dachte, wie gern ich das sah. Ich betrachtete ihre rechte Hand, in der sie die Zigarette hielt. Die Adern auf dem Handrücken waren zu sehen, aber nicht zu deutlich, und die blonden Härchen am Unterarm bemerkte man immer erst, wenn Danny richtig braun wurde.

Ich bat sie noch mal, sich möglichst oft links zu halten und an der nächsten Tankstelle heranzufahren. Wir wurden langsamer, und mir kam es vor, als wären wir die einzigen, die nie überholten. Vor einer Tankstelle lohnt das natürlich auch nicht. Danny drückte die Zigarette aus, kurbelte die Scheibe ganz herunter und ließ die linke Hand zum Fenster heraushängen, als wollte sie ihre Fingernägel im Außenspiegel betrachten.

Eigentlich hätte es jetzt ein schöner Urlaub werden können. Die Platten mußten ja irgendwann aufhören, und außerdem käme bald unsere Ausfahrt. Ich glaubte, nach der Tankstelle würde ich am Steuer sitzen, und wenn ich selbst fahre, wird mir auch nicht übel. Danny würde dann an mich heranrutschen, ihre Ledersandalen abstreifen, die Zehen gegen die Frontscheibe drücken und ihr linkes Bein anwinkeln, damit ich es streichle. Ich hoffte, daß sie im September oder Oktober wieder eine Arbeit finden würde. Ich sagte noch, bevor wir die Stoßdämpfer wechseln lassen, sollten wir uns wirklich ein anderes Auto zulegen.

Aber dann konnte ich nur zusehen, wie Danny an der Tankstelle vorbeifuhr. Wir fuhren vorbei, und sie sagte, daß man bei den deutschen Wagen immer noch den Swimmingpool für die Arbeiter mitbezahle, die französischen und italienischen würden nichts taugen und ein japanischer sei stillos. Sie ging ganz plötzlich vom Gas, so daß es einen Ruck gab und gleich noch einen, als sie herunterschaltete.

»›Swimmingpool‹ verbinde ich eher mit Amerika«, sagte ich. Es ärgerte mich, wie sie die Unterlippe vorschob und ihre Fantabüchse so steil ansetzte, als wäre kaum was drin. Sie wischte sich mit dem Handrücken über den Mund, drückte die Büchse an den Hals, rollte sie übers Dekolleté und hielt sie dann an die Schultern.

»Das ändert nichts.« Danny sprach betont lässig, und ich dachte, daß man als Beifahrer immer in einer blöden Situation ist und daß es auch für das Auto nicht gut war, wenn sie so abrupt schaltete. Außerdem blinkte sie viel zu lange, und die nächste Tankstelle war offensichtlich vierundsechzig Kilometer entfernt. Die Frontscheibe, von zerplatzten Insekten besprenkelt, brauchte eine Wäsche, mir war schlecht und die rechte Spur katastrophal. Ich wollte irgendwas tun, irgendwas sagen, sie aber keinesfalls fragen, ob es ihr vielleicht was ausmachte, mich ans Steuer zu lassen. Der Spaß war ohnehin futsch.

So ungefähr muß man sich die Situation vorstellen, in der ich die Dummheit beging, ihr etwas zu erzählen, das sie provozieren mußte. Und wenn sie dann wieder mit C. G. Jungs ›Synchronizität und Akausalität‹ käme, wollte ich ein für allemal klarstellen, daß ich das für Schwachsinn hielt und mich weigern würde, diesem Blödsinn weiter zuzuhören. Statt dessen wollte ich ihr raten, sich mit Musik zu beschäftigen. Das war immerhin was Reelles. Oder mit Astronomie.

»Hab ich dir schon von der Zugfahrt erzählt?« fragte ich. Daran, wie sie »nein« sagte, merkte ich, daß sie sich wunderte, denn die Fahrt lag bald eine Woche zurück. Jedenfalls begann ich, von einem Jungen und einem Mädchen zu erzählen, die im Zug den Gang auf und ab rannten. Sie gehörten zu zwei Frauen, die ihnen Plüschtiere – einen Pinguin und einen riesigen Frosch – auf die freie Bank schräg vor mir legten und dann auf ihre Plätze am anderen Ende des Wagens zurückkehrten.

Ich mußte nur an Toms und Billis Zwillinge denken und wie es bei ihnen zuging, um das Ganze auch richtig ausschmücken zu können.

»Die Kinder haben die ganze Zeit herumgekreischt«, sagte ich. »Ein Mann mit Glatze und hoher Stimme versuchte, sie zu beruhigen. Seine Frau hat geschlafen oder tat jedenfalls so. Kurz darauf verließen beide den Wagen. Andere folgten, als die Kinder begannen, mit dem Deckel eines Abfallkastens zu klappern. Ein dicklicher Alter, der noch sitzen geblieben war, schimpfte. Erst hörten die Kinder auf, aber dann tobten sie weiter, und der Alte sah kopfschüttelnd den Gang entlang zu den Frauen.«

»Wie alt waren sie?« fragte Danny, und ich sagte, daß ich das bei Kindern immer schwer schätzen könnte, Erstkläßler vielleicht.

»Ich meine die Mütter«, sagte Danny.

»Mitte Zwanzig«, sagte ich und schwieg eine Weile.

Wir holperten hinter einem riesigen Kipper her, dessen Auspuffqualm uns einnebelte.

»Schließlich spielten die Kinder ›sich anfallen‹, so nannten sie das«, erzählte ich weiter. »Das Mädchen mußte den Gang entlanggehen, der Junge sprang sie von hinten an und riß sie nieder. Sie tauschten die Rollen, und als wieder der Junge dran war, ging der Alte dazwischen. Der Junge erklärte, daß er später zur Armee will, um seine Feinde zu erwürgen. Solches Zeug hat er dahergeredet, und der Alte schimpfte, daß er bei der Armee keineswegs machen könne, was er wolle, ganz im Gegenteil, daß gerade bei der Armee Ordnung herrscht. Er hielt den Jungen am Arm fest und schüttelte ihn. Und dann hörte ich den Alten, wie er fragte: ›Was willst du denn in Jugoslawien?‹«

Hier machte ich wieder eine Pause. Danny blickte kurz herüber, zum ersten Mal während der ganzen Fahrt.

»Was er denn dort will, fragte der Alte, und der Kleine wiederholte: ›Meine Feinde erwürgen!‹«

»Und?« fragte Danny.

»Der Alte hat ihn losgelassen.«

»Und du?« Danny hatte den Kipper überholt und fuhr auf die rechte Spur zurück, wo es noch immer holperte, obwohl wir höchstens achtzig fuhren.

Als ich begriff, was ihr durch den Kopf ging, sagte ich: »Der Junge war sechs oder sieben ...«

»Und darf alles ...?«

»Danny ...«, sagte ich und wußte nicht weiter. Sie gab der Sache eine ganz andere Wendung.

»Unglaublich«, flüsterte sie, atmete langsam aus und ließ die Luft durch die Zähne zischeln. Ich drehte die Rückenlehne meines Sitzes hoch, nur um irgend etwas zu tun. »Der Junge hat doch gar nicht unrecht, so ist es doch«, sagte ich. »Und solange da keiner was unternimmt, geht das Abschlachten weiter, bis alles ethnisch sauber und rein ist. Da kann man doch nicht einfach zuschauen.« Lang und breit erklärte ich ihr, wie ich darüber dächte, und ich fand, daß es vernünftig klang. Ich wollte sie noch bitten, anzuhalten oder nach links zu fahren, weil mir kotzübel war, aber ein Wagen nach dem anderen überholte uns. Und dann kam auch die Ausfahrt.

Danny fuhr jetzt sehr flott. Ich legte ihr die Hand aufs Knie und fragte, ob sie eine Zigarette wolle. Sie rührte sich nicht. Auf meinem Handrücken war die Brandblase, die ich mir beim Aufbacken der Brötchen geholt hatte, nur noch ein roter Punkt. Irgendwann würde Danny wohl ihre Hand auf meine legen. Segelflieger schraubten sich über den Feldern hoch.

Das letzte Schöne, woran ich mich erinnere, war, daß ich plötzlich auf die glänzende Innensohle ihrer Ledersandale blickte und dann ihren nackten Fuß mit den lackierten Nägeln auf dem Gaspedal sah. Für einen Moment glaubte ich, dies sei die Erklärung, warum wir jetzt so schnell vorankämen.

Als wir dann wieder anfingen zu sprechen, haben wir uns nur noch gestritten. Sie sagte, daß sie mich gar nicht wiedererkenne, daß sie gar nicht glauben könne, daß so etwas aus meinem Mund komme. Sie sei völlig fassungslos. Ich dachte, sie würde gleich losweinen. Aber sie wurde giftig: »Kann ich das noch mal hören?« fragte sie. Ich sagte, daß sie es sich zu leicht mache, viel zu leicht. Danny sah stur geradeaus. Sie habe lange genug so gedacht wie ich. Das sei ja der große Irrtum. »89 hättest du nie so gesprochen, nie!« Sie löste immer wieder eine Hand vom Lenkrad und griff neu zu, wie Geräteturner oder Gewichtheber, und wiederholte, daß sie nicht glauben könne, daß ich es sei, der so daherrede.

Wir tankten, und Danny machte Kniebeugen, während ich den Rest erledigte. Beim Abendbrot lasen wir Zeitung oder starrten auf das Stück Butter zwischen uns. Am nächsten Morgen fuhr sie nach Hause.

Ich blieb die vierzehn Tage allein im Bungalow am Scharmützelsee. Das Geld hätten wir sowieso nicht wiederbekommen. Nach dem Aufstehen machte ich sofort mein Bett und wusch auch immer gleich ab, um erst gar keine Unordnung aufkommen zu lassen. Nur zum Baden verließ ich das kleine Grundstück. Ich kaufte sogar zweimal Blumen, weil ich im Küchenschrank eine Vase gefunden hatte.

Ich versuchte, mir über meine Beziehung zu Danny und Tino klarzuwerden. Aber das, was mir einfiel, wußte ich schon lange. Ich fand, daß es normal sei, wenn man ein eignes Kind wolle. Das hieß doch nicht, daß ich mich nicht um Tino kümmern würde. Ich dachte bis zum letzten Tag, Danny würde mich wenigstens abholen.

Fürs erste waren sie samt Terry zu Tinos Vater gezogen, zu ihrem Schwager, wenn man so will. Eine Zeitlang hoffte ich, Danny würde sich an meinem Geburtstag melden. Schließlich hatte sie noch eine Menge Sachen in der Wohnung, den Walkman, ein paar Bücher, ihre Callas-CD, das graue Monstrum – ihren Lieblingssessel – und überhaupt alles, was wir zusammen gekauft hatten, das Küchenservice, die Bastmatten, die beiden Stehlampen, die Liegestühle für den Balkon. Ich konnte sie ja nicht anrufen und sagen: »Hallo Danny! Heute ist mein Geburtstag. Willst du mir nicht gratulieren?«

Ich war wütend auf Billi und Tom, weil ich mir ständig vorstellte, wie sie ihr zugeraten hatten, sich von mir zu trennen. Ein halbes Jahr später, Ende Januar, wurde ich entlassen. Keiner bei der Zeitung hatte erwartet, daß es mich treffen würde. Nur ich hatte gewußt, daß sie in allererster Linie mich meinten, als sie davon sprachen, wettbewerbsfähig zu werden. Alle Entlassungen, selbst die eines schlechten Außendienstmitarbeiters wie mir, geschahen nicht nur im Interesse der Mehrheit der Belegschaft, sondern in dem der ganzen Volkswirtschaft, das heißt letztlich auch in meinem eigenen.

Genau dieses Puzzlestück fehlte mir noch, um das Jammerbild, das ich seit dem Auszug von Danny bot, zu vervollständigen. Es geschah so folgerichtig, daß ich mir die Mühe mit dem Arbeitsgericht ersparte.

Anfangs fand ichs nicht mal schlecht, daß die Klinkenputzerei vorbei war. Ich hatte auch die höhnischen Visagen satt, die mich von früher kannten. Nur wegen Pit tat es mir leid. Mit ihm zusammen hatte es manchmal auch Spaß gemacht.

Ich wollte die Zeit nutzen und begann, Störigs ›Kleine Weltgeschichte der Philosophie‹ zu lesen, versackte jedoch schon vor Platon. Dann nahm ich mir den ›Mann ohne Eigenschaften‹ vor – die vier blauen Bände der »ex libris«-Ausgabe standen schon seit Ewigkeiten da – und verlor nach achtzig Seiten die Lust. Ich schloß mit dem Fitneßstudio einen Halbjahresvertrag für 449,- DM ab und ging nach der zweiten Woche nicht mehr hin. Selbst mein tägliches Pensum in ›Langenscheidts Grundwortschatz Englisch‹, das Büchlein lag an meinem Bett, ließ ich bleiben. Mir fiel nichts mehr ein, worüber ich hätte reden sollen. Rückblickend weiß ich eigentlich nicht, was ich während des Dreivierteljahrs gemacht habe, außer daß ich einen neuen Staubsauger kaufte und mich dann und wann mit Utchen traf. Irgend etwas bekam ich einfach nicht in den Griff, ohne zu wissen, was.

Ich dachte, ich sei der einzige, der merkte, daß sich die Erde dreht. Keiner verstand, was ich da redete. Dabei hatte ich lange über diese Formulierung nachgedacht. Die Erde dreht sich, und man kann nur warten, daß sie sich weiterdreht und sich dadurch die Perspektive ändert, so daß man die Dinge eben auch mal wieder anders sieht. Bis endlich dieses kosmische Fenster erscheint, das man braucht, um die Rakete starten zu können. Doch irgendwie sah ich immer nur dasselbe.

Plötzlich aber hatte ich wieder einen Job und das auf eine ganz normale Bewerbung hin, die man vergißt, sobald man sie abgeschickt hat. »Friedrich Schulze, Berlin-Mariendorf, Internationale Spedition« – in Crimmitschau und in Guteborn bei Meerane haben die neue Filialen. Zweimal die Woche bin ich jetzt in Frankreich mit Altenburger Essig und Senf für die Lidl-Märkte. Dabei bleibt mir genügend Zeit, von Danny zu träumen, von einer Danny, die sich nicht die Haare abgeschnitten hat.

Sie lebt jetzt mit einem früheren Kollegen zusammen, einem Fotografen von Beyers Zeitung, dem die Frau weggelaufen ist. Ich habe ihn mal bei Tom und Billi gesehn. Er paßt nicht zu Danny.

Wahrscheinlich mußte alles so kommen. Ich möchte nur, daß Danny irgendwann merkt, daß niemand ihren Platz eingenommen hat, daß ich sie wirklich liebe, sie und keine andere, auch wenn ich manchmal denke, daß ich gar nicht wüßte, was wir unternehmen, worüber wir reden sollten. Ich jedenfalls halte es nicht für unnatürlich, eine einzige Person und sonst niemanden zu lieben, auch wenn man nicht mit dieser Person zusammenlebt, sie nicht einmal trifft.

Vor ein paar Wochen sah ich ihren Jimmy jr. auf dem Parkdeck von Kaufland. Niemand war da, und ich hab reingeschaut. Nichts hatte sich verändert. Es war so, als würde ich gleich einsteigen. Nur der Apfel lag nicht mehr drin.

Ich stellte mir vor, *ich* hätte am Steuer gesessen und nicht diese Geschichte mit den beiden Kindern erfunden ... Danny wäre zu mir herübergerutscht, hätte den Kopf an meine Schulter gelegt, ihre Sandalen abgestreift, die Fersen ganz rechts auf dem Armaturenbrett. Ihr Haar wäre über meinen Arm gefallen, und ihre lackierten Zehen hätten sich an die Scheibe gepreßt. Sie wäre eingeschlafen, so fertig, wie sie war. Und am Abend hätte ich den Wagen bis ans Seeufer gefahren, sie auf die Augen geküßt und geflüstert: He, Danny, schau mal, wo wir sind.

Kapitel 21 – Nadeln

Wie Martin Meurer in seiner neuen Wohnung den ersten Besucher empfängt. Ein Mann für Fadila. Fische in Flasche und Schüssel. Lebensläufe. Die Säuberung eines Balkondachs. Auf wen wartest du?

»Veni, vidi, vici«, sagt Tahir, wirft den Kopf zurück und lacht. Er bleibt auf der letzten Treppenstufe stehen und reicht Martin, der mit dem Rücken die Wohnungstür offenhält, eine Anderthalbliterflasche Bonaqua-Mineralwasser.

»Wo kommst du denn her? Umzug war vor einer Woche.«

»Schau mal«, sagt Tahir.

»Ach! Zwei? Noch einer!« Durch den Spalt zwischen den blauen Etiketten betrachtet Martin die Fische.

»Wenn du die in das Flasche läßt, werden die sehr groß. Nobody knows, wie die hineinkommen.«

Tahir trägt ein ausgewaschenes Hemd mit einem kleinen Krokodil auf der Brust, schwarze Hosen, die an den Taschenrändern glänzen, abgeschabte Halbschuhe und über dem Arm ein Jackett.

»Geradeaus, Tahir, immer geradeaus.« Martin schließt die Tür. »Gefällts dir?«

»Gib mal«, sagt Tahir. Mit der Flasche tritt er an die Schrankwand, schiebt die Matchbox-Autos und die Steine zurück und zieht ein Flaschenschiff nach vorn. »Wenn sie größer werden, mußt du das so tun.«

»Mußt du *die* … *die* Flasche, Tahir. Die-der-der-*die*. Flasche ist weiblich.«

Tahir legt sie quer ins Fach. Ihr blauer Verschluß berührt den Korken der anderen.

»Wie soll ich die denn füttern?«

Tahir dreht sich herum und läßt den Zeigefinger über den linken Handrücken hüpfen. »Wie heißt das?«

»Ja«, sagt Martin, »Flöhe, aber bis Montag? Hat die Zoohandlung...«

Beide schrecken zusammen. Langsam rollt die Flasche vom unteren Aufsatz der Schrankwand und fällt fast lautlos auf den Teppich.

»Nichts kaputt«, sagt Tahir und bückt sich. »Nichts kaputt.«

Martin, in Strümpfen und kurzen, über den Knien abgeschnittenen Jeans, steht auf dem Zeitungspapier neben seinen Turnschuhen, streicht einen Flachpinsel am Fensterbrett ab und wäscht ihn in einem halbvollen Glas aus, wobei er die Borsten auf den Grund drückt.

»Ich hätte dich gebrauchen können«, sagt er. »Wollte euch bekannt machen, Steuber und dich. Der hat ganz andere Möglichkeiten, ganz andere!«

Tahir schlenkert die Flasche zwischen zwei Fingern. »Ich mußte Schach spielen«, sagt er.

»Hier hättest du mehr verdient als fünfzehn Mark – oder wieviel gibts fürs Schachspielen jetzt? Mein Bruder, Pit, war auch da, der einzige, von dem dir was passen könnte.«

»Was ist das?« fragt Tahir.

»Terpentinersatz.«

»Nein. Tick-tick-tick. Ein clock?«

»Schrecklich, nicht? Wie ein Zeitzünder, wie ne Bombe. Ich dachte, du bist der Elektriker.«

»Ich bin nicht Elektriker.«

»Nicht du! Ich warte auf den Elektriker, der mir das machen soll, und ich dachte...«

»Jaja«, sagt Tahir und nickt.

»Brummt wie ne ganze Trafostation.« Martin summt und versucht, den Ton zu treffen. »Und dazu dieses Geticke. Wenn das neue Technik sein soll ... Wenn sies nicht machen, zahlen wir nicht, no money, ganz einfach.« Martin trocknet den Pinsel an einer zerrissenen Unterhose ab. »Das hier ist nur die Hausmeisterwohnung. Müßtest mal sehn, wies bei denen unten aussieht. Echt Jugendstil, zwei Etagen, einsame Pracht. War alles mal Kindergarten, total runtergewirtschaftet. Und hier im Dach der Hausmeister, separater Aufgang.«

Tahir wirft das Jackett über die Schulter, einen Finger im Aufhänger, und folgt ihm in den Flur.

»Für Tino, falls er mal kommt. Die Tür ist auch gestrichen.« Martin drückt mit den Fingerspitzen auf die Klinke. Die Gardine klemmt im Fenster. »Bißchen klein, aber ganz okay.« Er öffnet das Fenster, ordnet die Gardine, kommt heraus und stößt die gegenüberliegende Tür auf.

»Hier schlaf ich. Gibts nichts zu sehn. Steuber redet ja nicht drüber, aber unter ner Million für seine beiden Etagen ist er bestimmt nicht weggekommen. Die Fenstergriffe, alles aufgearbeitet, schön, nich? Steuber hatte immer Angst, daß der Alte, der Hausmeister, daß der alles mal in die Luft sprengt. Der hat niemanden bei sich reingelassen. Was denkst du, wies hier vor sechs Wochen aussah. Du machst dir keine Vorstellung. Hier mußt du reinschauen.« Im Badezimmer klappt Martin den Toilettendeckel herunter. »Die Wanne ging nicht größer, aber Hauptsache ne Wanne. Drück da mal drauf, extra Licht. Und der Spiegel! Ich hab die Angebote eingeholt und ihm die Rechnungen in den Kasten geworfen. Mich bezahlt er auch noch. Jetzt das Beste. Machst du zu?«

In der Küche öffnet Martin die Balkontür bis zum Anschlag und schiebt den Holzkeil mit dem Fuß nach. »Wenn das hier mal fertig ist ... Balkon mit Wohnung sozusagen, bitte sehr, der

Herr.« Er nimmt Tahir die Flasche ab. »Damit du sie niemandem auf den Kopf wirfst«, sagt er und stellt sie auf den Tisch.

Martin muß alle drei durchsichtigen Plasteschüsseln aus dem Schrank nehmen, um an die größte heranzukommen. Er schwenkt sie mit kaltem Wasser aus, schüttet es weg und dreht dann den Bonaqua-Verschluß auf. »Krach machen hier nur die Vögel«, ruft er. »Kiefern sind in der Gegend ganz selten. Das Moos auch, die Kiefern und das Moos.« Martin hält die Schüssel schräg wie ein Bierglas. Das Wasser rinnt am Rand herab. Langsam hebt er die Flasche höher.

»Ich dachte, Fadila ist bei dir vielleicht.« Tahir bleibt in der Balkontür stehen.

»Fadila? Sie ist doch deine Verlobte.« Martin senkt die Flasche. »Ich kenn sie ja gar nicht. Woher soll sie wissen ...«

»Ich sag viel über dich.« Tahir wirft den Kopf zurück und lacht. »Wir sagen viel von euch, Mensch.«

»Von dir, falls du mich meinst. Du, deiner, dir, dich.« Martin schüttelt einen Fisch aus der Flasche und schraubt sie zu. »Hier gibts Pfand drauf, 35 Pfennig.«

»Wir sprechen von Fadila und dich – warum nicht?« Tahir hängt das Jackett über die Stuhllehne. Aus seiner Brieftasche nimmt er ein Farbfoto, wischt mit der Hand über die Tischplatte und legt es vor Martin.

Eine junge Frau, barfuß, in ausgewaschenen Jeans, Flanellhemd und einer Prinz-Eisenherz-Frisur lehnt an einer verputzten Wand. Fadila hat auffallende Wangenknochen und blickt ernst.

»Sieht sie ähnlich?«

»Wem?«

»Ich frag dich, Mensch.«

»Nach Frisur und Größe«, sagt Martin, »Mireille Mathieu.«

»Juliette Binoche. Sie muß nicht schminken, um gut zu sehen.«

»Um gut *aus*zusehen.«

»Siehst du? So klein sind sie, so!« Tahir deutet eine Spanne von etwa zehn Zentimetern an. »Na, so!« Wie Zeiger bewegen sich seine Finger auseinander. »Mehr nicht.«

Fadila hat ihren rechten Fuß auf den linken gestellt, das Knie angewinkelt.

»Winzige Schuhchen, wie Juliette Binoche.«

»Hat die kleine Schuhe?«

»Weiß nicht.« Tahir lacht.

»Ich denk, Fadila ist in Berlin?«

Tahir betrachtet das Foto. »Wir wohnen Leipziger Straße. Die Mutter in Berlin.«

»Das letzte Mal wars aber andersrum.« Martin öffnet eine Schranktür. »Und dein Vater?«

Tahir lacht auf.

»Ist er auch hier?«

»Geschlachtet.«

»*Dein* Vater? Wie denn?«

Tahir lacht, setzt die Faust auf den Nabel, zieht sie hinauf zum Kinn und sagt: »Aufgeschlitzt.«

»Ich meinte ... Ich wollte nicht ... entschuldige.« Martin schiebt eine Packung Knäckebrot, Glocken-Nudeln und eine Tüte Beerenmüsli beiseite. »Wo ist das gewesen?«

»In Hospital, in Brčko.«

»Wir gehn dann was essen, ja, Tahir? Oder willst du jetzt was?« Martin zeigt ihm ein Päckchen, auf dem ein Schokoladenpudding abgebildet ist, übergossen mit gelber Soße. »Ohne Kochen!«

Tahir schüttelt den Kopf.

»Du bist eingeladen. Du bist mein erster Besuch. Wir gehn dann, ja?«

»Ja«, sagt Tahir.

»Hast du Hunger?«

»Ja.«

»Wenn alles hier fertig ist, gibts ne Eröffnungsparty. Da bringst du dann Fadila mit, ja? Ob das geht, Basilikum?« Martin tippt von unten gegen die Tüte.

Tahir stößt gegen ein Tischbein, das Wasser schwappt bis zum Rand. »Warum nicht Fadila heiraten – warum nicht?« fragt er.

Die beiden orangefarbenen Fische berühren mit ihren Mäulern den Schüsselgrund. Der Blaue schwimmt langsam umher. Martin verrührt das Basilikum. »Du suchst Fadila also gar nicht?« sagt er und blickt auf.

»Ich suche Fadila. Fadila ...« Tahir schnappt mit der Linken nach einer Mücke. Langsam zieht er die Fingerkuppen über den Handteller.

»Nichts«, sagt Martin.

Tahir spreizt die Finger und deutet auf den Fleck zwischen Mittel- und Ringfinger. Er schnippt die Mücke in die Schüssel. »Ich denke, ihr seid verlobt? Du hast gesagt, ihr seid verlobt, und jetzt fragst du mich, ob ich sie heiraten will!« Martin stellt die Basilikumtüte in den Küchenschrank. »Glaubst du denn wirklich, daß sie heute kommt, daß Fadila hierherkommt?«

»Ich glaube«, sagt Tahir.

»Woher hast du die eigentlich, die Fische?«

Tahir legt das Foto in seine Brieftasche. »Jemand hat Aquarium zerschlagen, großer Streit zwischen allen. Jeder nahm, die noch ...« Er bewegt seine Finger.

»... die noch lebten, noch zappelten?«

»Ja, zappelten.«

»Ein Aquarium zerschlagen?«

»Ja.« Tahir steckt die Brieftasche ins Jackett. Ein paar Krümel Basilikum kleben am Schüsselrand.

»Mich macht dieses Geticke verrückt, dieser Sicherungskasten. Oder spinn ich nur, Tahir? Wie spät ist es denn?« Martin zeigt auf sein Handgelenk.

Tahir umfaßt sein linkes Handgelenk und dreht das Uhrenarmband, bis das Zifferblatt zu sehen ist. Der Sekundenzeiger zuckt hin und her.

»Du brauchst ne neue Batterie«, sagt Martin. »Die braucht ne Batterie. Hilfst du mir mal da draußen? Allein is mir das zu gefährlich. Ich muß das Dach überm Balkon kehren.«

»Bist du der?« Tahir nimmt ein Foto vom Brotkasten.

»Erkennst du mich? Ganz rechts, der in der Hocke, mit zwanzig.« Martin kommt um den Tisch herum. »Der da. Hab ich beim Umzug gefunden. Und der«, er tippt drauf, »der hat das Foto bei mir vergessen, Dimitrios, ein Grieche.« Martin zieht zwei Flaschen Clausthaler aus dem Kühlschrank. »Uns kannst du alle miteinander vergessen, alle da auf dem Foto. Aus niemandem is was geworden.«

»Was ist nicht geworden?«

»Kunstwissenschaftler, Kunsthistoriker. Trinkst du Clausthaler? Vor drei oder vier Jahren stand der plötzlich da, Dimitrios, ohne Voranmeldung, ohne Anruf. Es klingelte, ich öffnete, und er zog den Kopf zwischen die Schultern. So lächelt er immer, so mit eingezogenem Kopf.« Martin ahmt es nach. »Er hatte nen riesigen Koffer dabei, und auf dem Treppenabsatz standen Umhängetaschen, zwei dicke Dinger.« In jeder Hand ein Clausthaler, zeichnet Martin große Kreise vor Tahirs Gesicht und hält ihm eine Flasche hin. »Unsere Seminargruppe bei der Apfelernte. Dimitrios hatte Fingerkuppen wie ein Gitarrenspieler oder Geiger, solche Wülste. Er knaupelt.« Martin beißt auf seine Fingernägel. »Knaupeln, verstehst du? Er sprach englisch, spanisch, französisch, italienisch und nach einem Jahr Herder-Institut in Leipzig auch deutsch. Griechisch sowieso. Und wie es sich für Kommunisten gehört – sein Vater war auf Makronisos gewesen, Häftling –, auch russisch. 88, zum Diplom, hatten wir uns das letzte Mal gesehen. Damals wollte er heiraten, eine Dänin, und mit ihr nach Hause, zurück nach Athen. Er wollte hier im Museum die Frühitaliener sehen, Guido da Siena, den Botticelli und so.

Und dann bat er um ein Glas Wasser. Früher hätte er ein halbes Glas verlangt. Prost, Tahir.«

»Warum?«

»Prost. Weil er leiden wollte, für den Kommunismus, für die Wissenschaft, für...« Martin trank. »Für alles einfach. Koffer und Taschen waren vollgestopft mit Material, wie er das nannte. Er sagte, daß er revolutionäre Genossen instruiere, überall, wo es sie gibt. Hier kannte er niemanden außer mir. Ich habe ihm gesagt, daß ich eine Revolution in Deutschland weder für wahrscheinlich noch für wünschenswert halte. Da hat er wieder gelitten und gesagt: ›Zu viele denken so, aber das ist nicht richtig.‹ Am nächsten Tag gingen wir ins Museum, dann zum Bahnhof. Wir haben uns mit dem Koffer abgewechselt. Hätte auch ne Bombe drin sein können. Hab nie wieder was von ihm gehört. Schmeckt dir das nicht?«

»Und der?«

»Unser Spitzel. Der tauchte zwei Wochen nach der Beerdigung von Andrea, von meiner Frau, hier auf, um sich zu erkundigen, wies mir geht. In Leipzig hatten wir nicht mehr miteinander geredet. Ich weiß bis heut nicht, warum ich ihn hier hab übernachten lassen. Nicht hier, in der alten Wohnung am Lerchenberg. Damals hab ich mich aufgeregt, weil er nicht mal das Bett abgezogen hat. Gewaschen hat er sich auch nicht. Eigentlich war ich sauer auf mich, weil ich ihn bedient hab. Ich bin einfach nicht schlagfertig. Ich wollt ihn nie mehr sehn, nie mehr. Und falls doch, wollt ich mich vor ihn hinstellen und sagen: Hier ist nur Platz für einen von uns beiden. Das hab ich geübt, um vorbereitet zu sein.« Martin trank aus der Flasche.

»Hast du?«

»Der ist längst weg aus Leipzig.«

»Martin ist jetzt Jesus Christus und liebt alle.«

»Und Tahir fastet für Allah und stinkt aus dem Mund.«

»Hab ich gestunken?«

»Ja. Ich hab dir sogar ein Fisherman's Friend angeboten, in

der Mitfahrzentrale. Das war nur für die Luft.« Er bewegt die Hand vor dem Mund und zeigt dann auf seinen Bauch. »Nicht dafür. Willst du lieber Mineralwasser?«

»Und der hier?«

»Der hat seine Stelle verloren und angefangen zu trinken, oder er hat sie verloren, eben weil er trank. Geschieden war er schon vorher. Vor einem Jahr haben wir uns in Berlin getroffen. Er hatte sich nicht verändert, ich meine, er sagte nichts anderes als früher, und er las auch nichts anderes als sonst. Nur soff er jetzt täglich. ›Berlin is arschkalt‹, hat er immer gesagt, ›arschkalt.‹ Eine Redewendung, kalte Atmosphäre. Sie haben das Haus saniert, in dem er wohnte, Knaackstraße, Hinterhaus. Alles neu, auch die Leitungen. Im Fußboden sind überall Löcher gewesen, große Löcher. Und betrunken, wie er war, ist er gestürzt und eine Etage tiefer gefallen und erfroren. Die andern Mieter waren längst raus. Mit uns kannst du wirklich keinen Staat machen.« Martin geht zum Waschbecken und spült seine Flasche aus. »Die neben mir hat ihre Habilitation geschmissen, unsere Prinzessin. Sie aß sogar im Wohnheim mit Stoffserviette. Die neuen Professoren haben ihre eigenen Leute mitgebracht. Sie ist jetzt Reiseleiterin in Erfurt. Und die Schöne, die Dunkle, die ist geschieden und hat zwei Kinder und lebt mit ihrer Mutter irgendwo bei Templin. Von den andern hat man auch nichts gehört. Komm, quäl dich nicht.« Martin nimmt ihm das Clausthaler ab und preßt den Kronkorken drauf. »Denen hier schmeckts auch nicht«, sagt er, über die Schüssel gebeugt. »Müssen sich erst mal an die neue Umgebung gewöhnen.«

Martin holt seine Turnschuhe. Wieder in der Küche, setzt er sich auf einen Hocker, zieht an der Schuhzunge und lockert die Schnürsenkel.

»Unter den Professoren und Dozenten gabs welche, denen damals wirklich an uns, zumindest an der Sache lag, die was retten und weitergeben wollten. Griechenland und Hildesheim kannten die auch nur von Fotos.« Martin winkelt das Bein an, die Ferse auf der Hockerkante, und bindet eine Doppelschleife. »Für die tuts mir echt leid, daß aus uns nichts geworden ist. I feel sorry for them. Verstehst du?«

Tahir legt das Foto zurück auf den Brotkasten.

»Hilfst du mir jetzt?« Martin geht mit dem Hocker voran auf den Balkon. Er zeigt nach oben. »Das ist Wellplaste oder wie das heißt. Da kannst du durchgucken, wenns sauber ist. Hier liegt der Dreck in den Vertiefungen. Zweige, Nadeln und Dreck. Das schneit von den Kiefern da runter. Wenn ich seh, was Steuber jede Woche vom Moos sammelt – das Moos da ist sein größter Stolz. Und hier hat seit Jahren keiner mehr was gemacht. Du mußt mich halten, nur halten.« Martin rüttelt am Geländer, an dem noch die Halterungen für die Blumenkästen hängen, und schiebt den Hocker heran. »Hier hältst du mich.« Er faßt an seinen Gürtel. »Am besten mit beiden Händen, so. Zuerst das hier...« Hinter dem Eimer mit den Wäscheklammern zieht er eine Spielzeugschaufel und einen Handfeger hervor. »Zuerst das und dann das.«

Martin schlägt mit der flachen Hand gegen die Träger der Dachkonstruktion. »Die kommen als nächstes dran. Richtig weggefressen.« Mit dem Daumennagel kratzt er an einem weißen Farbrest. »Kanns losgehn?«

Tahir lacht. Martin kniet sich auf den Hocker und richtet sich langsam auf. Die Hände hangeln den Eckträger empor. Er macht einen Schritt aufs Geländer. »Halt fest, Tahir!«

Martin zieht das andere Bein nach. »Tahir! Los doch, festhalten!« Martin dreht sich gebückt und sehr langsam auf dem Geländer herum.

»Was ist denn? Die Schaufel!«

»Es regnet«, sagt Tahir.

»Die Schaufel!« Martin nimmt den Stiel zwischen die Zähne und streckt den Kopf übers Dach.

»Das ist ein Acker! Alles zusammengebacken! Schau mal!

Ne richtige Dreckbahn!« Mit einem dumpfen Geräusch schlägt der erste Schwung im Garten auf. »Ein richtiger Acker!«

Tahir verfolgt Martins Bewegungen. Er sieht auf das Spiel der Wadenmuskeln und auf die Turnschuhe, die langsam über das Geländer wandern.

»Es regnet«, sagt Tahir.

Martin stellt sich auf die Zehenspitzen. »Ich laß es Dreck und Nadeln regnen. Wirst sehn, wie hell das noch wird. Das ist das I-Tüpfelchen aufs Ganze.« Seine rechte Hand erscheint wieder unter dem Dach und greift mehrmals ins Leere. »Besen!«

Tahir drückt ihm den Stiel in die Hand.

Nach einer Weile erscheint Martins Kopf unter dem Dach. Sein Haar ist naß, an Kinn und Nase klebt Dreck. Er springt von der Brüstung auf den Balkon. »Na? Is doch was andres. Hab nich alles erwischt, hm?« Er klopft mit der Spielzeugschaufel von unten gegen das Dach. »Jetzt kannst du hier die Nadeln zählen, jede einzelne, die drauffällt!«

»Sehr laut jetzt«, sagt Tahir.

»Nur bei Regen«, sagt Martin und fährt sich mit dem Ärmel von der Stirn über die Nase zum Kinn. »Regen aufm Dach hör ich gern. Schau mal ins Wohnzimmer, wegen der Fenster, obs reinregnet, verstehst du?«

Als Tahir zurückkommt, kauert Martin an der Wand. Im Garten wirft jemand Kinderspielzeug zwischen die Bäume. Eine Frauenstimme ruft mehrmals laut: »Alles verdreckt! Das ganze Spielzeug ist verdreckt!«

Dann erscheint Thomas Steuber. Er läuft vorsichtig über das Moos und sammelt das Spielzeug auf. In einer Hand trägt er einen Traktor mit drei Rädern und einen Kipper. Mit der anderen klaubt er verschiedene Sandformen zusammen, wobei ihm jedesmal das rechte Hinterrad des Traktors gegen den Knöchel schlägt. Die Frauenstimme ist wieder zu hören. Plötzlich dreht sich Steuber um.

»Doch nicht aufs Moos!« brüllt er und hebt die ausgestreckten Arme. Eine rote Sandform fällt herunter. Sein Hemd klebt an den Schultern. Er bückt sich und versucht, mit einem Finger die Sandform wieder aufzuheben. Er versucht es mehrmals. Es gelingt ihm nicht. Er richtet sich auf, holt aus und schleudert den Traktor auf die Verandatreppe, dann den Kipper. Er schmeißt alle anderen Sachen hinterher, greift sich die Sandform und wirft sie über den Zaun.

»Der ist verrückt«, sagt Tahir. »Total verrückt.«

Martin blinzelt aus der Hocke hinauf zum Dach, auf das, alle anderen Geräusche übertönend, der Regen klopft. Eine Kiefernnadel zuckt zur Seite, ein Stück nur, und wieder zurück, hin und her springt die Kiefernnadel unterm Regen, und gleich daneben eine andere Nadel und noch eine und noch eine. Hin und her springen sie.

»Mein Gott!« sagt Martin. »Siehst du das?«

Das Dach ist übersät von Nadeln. Es wimmelt an hin und her zuckenden Nadeln.

»Siehst du das nicht? Tick-tack, tick-tack.« Martin bewegt seinen Zeigefinger.

»Ja«, sagt Tahir, »zuckt wie Fischlein.« Er lehnt sich an den Türrahmen. »Wann kommen Elektriker? Wartest du?«

»Nein«, sagt Martin nach einer Weile. »Wir können jetzt gehn.« Und dann schiebt er sich, den Rücken an der Wand, wieder langsam nach oben.

Kapitel 22 – Vorbei ist vorbei

Ein Gespräch im Parkkrankenhaus Dösen. Wie Renate und Martin Meurer die kurze Geschichte des Ernst Meurer erzählen. Dr. Barbara Holitzschek schreibt mit. Was aus der Liebe wird. Eine verunglückte Ehefrau und eine verliebte Tramperin.

»Wieso denn?« fragte Renate Meurer, atmete ein, als wolle sie weitersprechen, hielt die Luft an – ihre aneinandergelegten Hände steckten zwischen den Knien. »Nein, nicht überrascht. Ich hab es sogar erwartet. Dafür muß man kein Hellseher sein, das nun wirklich nicht. Nur...« Sie sah zur Seite. »Na ja«, sagte sie. »Ist schon komisch, daß erst was passieren muß, bevor sich jemand rührt. Daß solche Gesetze ...«

»Ich weiß«, sagte Dr. Holitzschek. »Aber wir müssen uns daran halten. Und außerdem ... Wie wollen Sie es anders machen?«

Martin lächelte. »Das Kind muß in den Brunnen fallen, damit es jemand herausholen kann.«

»Na ja«, sagte Renate Meurer. »Das haben wir ja nun gelernt.«

Sie bog die Schultern zurück und blieb gerade sitzen. »Ich wußt nur nicht, *was* er anstellen würde, aber daß da was kommt, das war so sicher wies Amen in der Kirche.« Sie trank einen Schluck Mineralwasser und stellte das Glas auf dem Schreibtisch vor ihr ab. »Jetzt find ichs direkt logisch. Etwas völlig Idiotisches mußte es sein, nichts, was wirklich mit ihm zu tun hat. Was anderes paßt nicht ins Schema, in die Ordnung, was weiß ich, in die Gesetze. Sonst reagiert eben keiner. Nur deshalb bin ich froh, daß Ernst diesen Blödsinn gemacht hat. Und daß niemandem was passiert ist. Er war ein guter Mann.«

»Er *war* ein guter Mann?« fragte Martin.

»War er wirklich!«

»Du sagst, er *war* ein guter Mann. Ernst lebt.«

»Natürlich lebt er. Aber ich kann doch trotzdem sagen, daß Ernst ein guter Mann gewesen ist. Was ist daran wieder so Schreckliches?«

»Nichts«, sagte Martin.

»Ein ›guter Mensch‹, wie die Russen sagen. Gefällt dir das besser? Martin ist neuerdings unzufrieden mit mir.«

Ohne sich abzuwenden, nahm Dr. Holitzschek ihre Strickjacke von der Stuhllehne und zog sie über den kurzärmeligen Arztkittel, der ihr ein oder zwei Nummern zu groß war.

»Mit siebenundzwanzig habe ich zum zweiten Mal geheiratet«, sagte Renate Meuer. »Ernst mochte Kinder sehr. Martin war acht und Pit sechs. Mehr Kinder wollte ich nicht. Das hat er akzeptiert, obwohl sein Sohn aus erster Ehe nicht mehr lebte. Nur eine Bedingung hatte Ernst, daß wir keine Verbindung zu meinem ersten Mann haben. Wenn uns Hans schrieb, schickten wirs zurück, auch Pakete. Ich fand, daß ich das Ernst schuldig war. Er durfte keine Westkontakte haben.«

»Ihr erster Mann ist ...«

»Er dachte«, sagte Martin, »wenn er erst mal drüben ist, kommen wir nach.«

»Wer wegbleibt, hat sich auch gegen die Kinder entschieden, war immer Ernsts Meinung. Anfangs dacht ich, Ernst will mich nur, weil er den Auftrag dazu hat, damit wir nicht rübergehen. Aber ich wollt nicht weg. Er hat mir gefallen. Und ganz unrecht hatte er ja nicht.«

»Womit nicht unrecht?« fragte Martin.

»Du weißt schon, wie ich das meine. Mußt nicht wieder...« Sie sah auf die Tischplatte vor sich. »Geld ist manchmal schlimmer als Partei. An solchen wie Ernst hat es bestimmt nicht gelegen. Und wenn du was ändern willst, hat er gesagt, dann kannst du dich nicht raushalten, dann mußt du in die Partei. Hätte ja auch richtig sein können ... Darf ich das nicht sagen?«

»Ihre Mutter...«

»Ja doch«, sagte Martin. »Ich mein doch nicht, entschuldige, aber...«

»Als Schulleiter ist man halt keine Privatperson. Das ist nirgendwo so. Da gibt es eben Dinge, die man durchsetzen muß, auch wenn es einem nicht paßt.«

»Bestreitet doch niemand«, sagte Martin und wandte sich an Dr. Holitzschek. »Was meinten Sie vorhin damit, daß er jetzt erst mal ... Haben Sie ihn – ruhiggestellt?«

»Wir haben bisher nichts gemacht. Er wurde letzte Nacht so eingeliefert.« Sie zog an ihrer Strickjacke.

»Und was glauben Sie ...«

»Ich kann noch nichts sagen.«

»Aber...«

»Gar nichts. Das geht jetzt erst mal über den Amtsarzt und das Amtsgericht. Und dann werden wir sehen. Ich weiß nur, daß er kein Einzelfall ist. Das ist alles.«

»Er wird hier bleiben?«

»Ein paar Tage, sicher.«

»Tage?« fragte Renate Meurer.

»Und dann? Kann man ...« Martin verstummte, als sie den Kopf schüttelte. »Verstehe«, sagte er.

»Ist doch alles klar«, sagte Renate Meurer. »Wir sollten uns nichts vormachen. Ich weiß doch, was mit ihm los ist. Das macht es ja so schwer. Das ist das schlimmste, daß ich genau weiß, wies bei ihm drin aussieht, hier drin. Das weiß ich genau.«

»Entschuldigung«, sagte Dr. Holitzschek, als es klopfte,

und öffnete die angelehnte Tür. Sie sprach leise und nickte dabei. Ihr Pferdeschwanz, den drei Samtringe im gleichen Abstand voneinander zusammenhielten, pendelte auf ihrem Rücken.

»Wie findest dus?« flüsterte Renate Meurer.

»Wenigstens renoviert«, sagte Martin.

»Ja, alles tip top.«

»Entschuldigung«, sagte Dr. Holitzschek und setzte sich. »Ich hab Sie unterbrochen ...«

»Ich habs miterlebt, Stück für Stück.« Renate Meurer zeichnete ein paar Stufen in die Luft. »Tag für Tag. Ich dachte nur, es hört irgendwann auf.« Ihre Hand fiel herab. »Die anderen habens doch auch geschafft.«

»Sie haben ihn vors Loch geschoben«, sagte Martin. »Das hat er immer mit sich machen lassen. Er hat nie nein gesagt, wenn sie was wollten.«

»Nein gesagt hat er, Martin. So wars nicht. Wenn er nicht nein gesagt hätte ...«

»Aber er hat sich vors Loch schieben lassen, immer wieder.«

»Als es 89 losging, bekam er den Auftrag, einen Leserbrief zu schreiben«, sagte Renate Meurer.

»Und Genosse Meurer schrieb«, sagte Martin.

»Nur was er dachte. Er schrieb von Ungarn 56 und von Prag 68 und daß Demonstrationen nichts ändern und Provokateure nicht mit Milde rechnen dürften. Als die dann auch hier rumliefen mit ihren Kerzen und Sprüchen, gabs ein Plakat: ›Keine Milde für Meurer‹. Und dann erschien in der Zeitung ausgerechnet ein Foto, auf dem das Plakat zu sehen war. Ich hatte Angst. Ich hab ihn bewundert, daß er am nächsten Tag in die Schule ist. Ich dachte, irgendwann stehn sie bei uns vor der Tür. Als Martin fragte, ob ich mit nach Leipzig käme, daß ich es mir wenigstens mal anschauen sollte, hat Ernst ihn rausgeschmissen, Hausverbot sozusagen. Und was macht Martin, was machen er und Pit? Schenken uns eine Busreise nach Italien. Im Februar 90 sind wir illegal nach Italien.«

»Zum zwanzigsten Hochzeitstag, fünf Tage Venedig, Florenz, Assisi«, sagte Martin. »Damit sie mal auf andere Gedanken kommen.«

»Und?« fragte Dr. Holitzschek, als sie nicht weitersprachen.

»Das mußt du erzählen, Mutter.«

»Ohne Italienreise, ohne Leserbrief wärs anders gekommen. Wenigstens denk ich das manchmal. Er hat mal einen Lehrer entlassen, weil ein Schüler ›Ex oriente Bolschewismus‹ auf sein Hausaufgabenheft geschrieben hatte. Dem Lehrer warfen sie vor, daß er davon wußte – im selben Heft war nämlich die Einladung zum letzten Elternabend von ihm abgezeichnet. Achtundsiebzig ist das gewesen, so etwa. Die CDU hatte in Dresden einen Parteitag, und auf ihrem Plakat stand: ›Ex oriente lux‹ oder ›pax‹, is ja egal. Da mußte Ernst handeln, Auftrag von oben, von ganz oben! Er war nie ein Scharfmacher. Und ausgerechnet dieser Schubert fährt mit.«

»Zeus?« fragte Dr. Holitzschek und kniff ein Auge zu.

Renate Meurer nickte.

»Ach«, sagte Dr. Holitzschek. »Ist der nicht vor ein, zwei Jahren gestorben?«

»Ihm hat die Sache damals nicht mal geschadet. Er fand ...«

»Wieso nicht geschadet, Mutter? Drei Jahre in der Braunkohle. Bewährung in der Volkswirtschaft!«

»Andere machen das ihr Leben lang ... Danach ist er ans Museum, Museumspädagogik. Das hat er immer gewollt, hast du selbst gesagt. Er und Martin kennen sich.«

»Ich sah ihn ab und zu. Er war ja überall, bei jeder Eröffnung. Hier kennt doch jeder jeden.«

»Entschuldigung, aber mit Zeus, mit Herrn Schubert, was ist da passiert?«

Renate Meurer schüttelte den Kopf.

»Vor Assisi«, sagte Martin, »hatte der Bus eine Panne. Da ist Zeus ausgerastet. Giotto war für ihn das Größte. Und dann ist Assisi zum Greifen nah, und er muß kehrtmachen. Er ist durchgedreht, Kulturschock würde ich sagen. Gibts doch, oder? DDR-Mentalität, als käme er nie wieder in seinem Leben dorthin.«

»Er hat Ernst runtergeputzt, nach Strich und Faden, vor allen. Es war so sinnlos.« Renate Meurer rieb vorsichtig ihr rechtes entzündetes Ohrläppchen. »Am schlimmsten aber war, daß Tino, sein Enkel, ihn abgelehnt hat. Ernst war ein völlig vernarrter Opa. Tino ist schwierig, ganz schwierig.«

»Mein Sohn«, sagte Martin.

»Tinos Mutter ist verunglückt, Oktober 92. Und seither – seither redet Tino nur mit Kindern, mit Kindern und mit seiner Tante. Auf andere reagiert er nicht, nicht mal auf Martin. Wenn er jetzt in die Schule kommt – das kann heiter werden.«

»Mit dem Fahrrad? Ist sie ... ist Ihre Frau mit dem Fahrrad ...?«

»Erinnern Sie sich?« fragte Renate Meurer. »Es stand in der Zeitung, Fahrerflucht.«

»Sie hatte gerade erst Radfahren gelernt«, sagte Martin. »Martin macht sich nämlich Vorwürfe ...«

»Mutter ...«

»... bei Genickbruch ist man doch auf der Stelle tot! Aber er macht sich Gedanken, daß man sie hätte retten ...«

»Wenn es bei Ihrer Frau Genickbruch war. Da ist man auf der Stelle tot, von einem Moment auf den anderen.«

»Siehst du, auf der Stelle.«

»Wenn Sie sich da Gedanken machen ...«, sagte Dr. Holitzschek und drehte an einem Knopf ihrer Jacke. Dann drückte sie sich den Kittelausschnitt mit einer Hand an die Brust, lehnte sich über den Tisch, nahm die randlose Brille von einer

Zeitschrift, setzte sie auf, schlug eine Seite in dem Ringhefter vor ihr um und begann zu schreiben.

»Martin hat Tino einen Hund geschenkt, einen Foxterrier«, sagte Renate Meurer. »Ernst dachte, wir wollten den Jungen gegen ihn aufhetzen und hätten nur deshalb einen Hund gekauft, weil er eine Allergie hat, gegen Hundehaare.«

Dr. Holitzschek schrieb.

»Erzähl doch mal der Reihe nach, Mutter. Das war alles viel später!«

»Die Zeitung hat ihn ausgeschmiert«, sagte Renate Meurer. »Da steckte Zeus dahinter, ganz sicher. Die haben die Geschichte mit Zeus aufgewärmt, aber so, als hätte es keine Partei gegeben, als hätte Ernst sich alles selbst ausgedacht und entschieden. Das erschien 90, in der Woche vor Ostern. Dann gabs eine Untersuchungskommission, vor die er mußte. Da drin saßen die größten Ganoven. Einer nach dem andern mußte zurücktreten. Anonyme Briefe kamen. Das schlimmste waren die Solidaritätserklärungen, auch anonym.«

»Er hat einen Fehler gemacht«, sagte Martin. »Er hat nämlich selbst gekündigt. Nach dem Artikel hat er seine Kündigung geschrieben und gehofft – vermute ich –, daß jemand was dagegen unternimmt, daß jemand sagt, wie es wirklich gewesen ist. Natürlich hat sich keiner gerührt, auch klar. Ernst hat für einen Augenblick die Beherrschung verloren. Wenn er die Vertrauensfrage gestellt hätte – damit wäre er durchgekommen, bin ich mir ziemlich sicher. Dann aber dachten alle, daß er Stasi war. Warum sollte einer sonst zurücktreten, freiwillig. Rums, saß er da, arbeitslos, und jeder hat einen Bogen um ihn gemacht. Und aus der Partei ist er ausgetreten, weil die ihren Mund auch nicht aufgemacht haben. Völlig logisch, daß die sich nicht selbst anklagen. Er hätte nur warten müssen. Der neue Kreisschulrat, der hätte ihn rausgehauen, und wenn nicht, hätt er Ernst in Vorruhestand geschickt. Ernst hat sich das alles selbst vermasselt.«

»Das stimmt überhaupt nicht, Martin. Du weißt doch selbst, was nach dem Artikel los war. Dir hat man doch auch Prügel angedroht. Wieso erzählst du denn so was? Die haben Ernst nach Strich und Faden fertiggemacht, freigegeben zum Abschuß. Da hat niemand eingegriffen. Alle haben geschwiegen.«

»Hat er sich gewehrt? Hat Ihr Mann irgendwas unternommen?«

»Was sollte er denn unternehmen. Das ging so schnell, und plötzlich war Schluß. Plötzlich interessierte das keinen mehr. Hauptsache, Geld und Arbeit und Wohnung und EC-Karte und daß man sich auskennt mit Gesetzen und Formularen. Was anderes interessiert nicht, nicht die Bohne. Das gab ihm den Rest. Das und Tino.« Renate Meurer putzte sich die Nase.

»Möchten Sie noch einen Schluck Wasser?« fragte Dr. Holitzschek. »Und Sie?« Ohne den Kuli aus der Hand zu legen, schraubte sie mit der Linken den Verschluß auf und füllte beide Gläser abwechselnd, bis die Flasche leer war.

»Danke«, sagte Renate Meurer. »Ich hab nach meiner Entlassung aus der Textima bei einem gearbeitet, der ist bis zum Ende ... ich sag lieber nicht, was er war, ein Apparatschik eben – und nun hat er ein Steuer- und Buchhaltungsbüro, nicht allein, aber er ist der Chef. Der ist intelligent und hat sich reingekniet, aber richtig, so nach der Devise: Kleinvieh macht auch Mist. Der Neugebauer hat nur gefeixt, als sie von Seilschaft redeten, weil er mich genommen hatte – denn eigentlich bin ich ja Statistikerin. Der hat mich eingestellt und gefeixt, bis Ernst begann, ihn zu erpressen. Ernst verfertigte ein Schreiben über sich selbst, über Neugebauer und ein paar andere, er kannte ja alle. Alle sollten unterschreiben, und ein Exemplar an jede Zeitung. Ich erfuhr es von Neugebauer. Ich verstand erst gar nicht, was Neugebauer von mir wollte, was ich überhaupt verhindern sollte. Peinlich nur, daß er uns sein Wochenendhaus im Harz angeboten hatte, für den ganzen Sommer, kostenlos. Ich fand das nett. Ich dachte, da kommt Ernst mal raus. Er saß ja nur zu Hause rum. Wenn ich da war, hing er mir am Rockzipfel. Wir sind zusammen hingefahren, ich mußte zurück – am nächsten Tag stand er wieder vor der Tür, maulte rum und spielte den Beleidigten, als hätte ich ihn abschieben wollen. Danach hat er unseren Garten gekündigt, der lief auf seinen Namen. Wir sollten die Natur sich selbst überlassen, hat er gesagt. Ich heulte, wegen der Erdbeeren, eine Oase ist das gewesen. Spätestens da hab ich kapiert, daß er einen Knacks hat. Ich dachte nur, Zeit heilt alles.«

»Ich muß Sie mal unterbrechen«, sagte Dr. Holitzschek. »Die Zeitungen haben damals nichts gebracht?«

»Was denn? Wenn der letzte FDJ-Chef reich wird, weil er Aufträge für Baufirmen vermittelt, der kennt halt Tod und Teufel. Alles erfolgreiche Unternehmer, die Arbeitsplätze schaffen und Anzeigen bringen. Warum solln die Zeitungen den Mund aufreißen? Vorbei ist vorbei!« sagte Renate Meurer. »Neugebauer wollte wissen, ob ich gegen eine Kündigung aus betriebswirtschaftlichen Gründen klagen würde. So bekam ich wenigstens gleich Arbeitslosengeld. Ernst begrüßte mich zu Hause mit Sekt. Da wollte ich mich scheiden lassen. Nach zwei Monaten fand ich was Neues, bei Stuttgart. Ernst nannte mich Verräterin. Er meinte das nicht politisch. Er rief täglich an, zweimal, dreimal – sechshundert, siebenhundert Mark pro Monat, völlig verrückt. Dabei hätte er Arbeit bekommen können. Die ›Schülerhilfe‹ wollte ihn. Sein Unterricht ist immer gut gewesen, da gibts nichts, hat auch nie jemand was anderes behauptet. Aber Bewerbungen schreiben war unter seiner Würde. Überhaupt hatte ers plötzlich mit Würde und Stolz. Alle Formulare vom Sozialamt habe ich ausgefüllt. Jedes Jahr neu. Die machen einen nackig, kann ich

Ihnen sagen, absolut nackig. Die wollten sogar wissen, was sein Vater verdient – der ist doch im Krieg geblieben. Den hat er nie gesehn! Am Ende wissen die mehr als die Stasi.«

»Mutter«, sagte Martin. »Nur weil sie jetzt im selben Haus sitzen wie die früher...«

»Na, das kommt ja dazu. Sitzen auch noch in der Stasivilla. Und dann seine Krankheiten, Rheuma, Ohrensausen, Fieber. Als er vom Arzt kam, sah er mich nur an, waidwund sozusagen. Krebs, dachte ich, irgend so was. Kein Wunder, daß es ihn zerfressen hat. Und da sagt Ernst: ›Gesund. Nicht mal was mit der Lunge.‹ Er war beleidigt, als ich ihn zum Psychiater schicken wollte.« Renate Meurer blickte auf das Papiertaschentuch zwischen ihren Händen.

»Wir spielen Schach miteinander«, sagte Martin, »einmal pro Woche. Er will nur Schach spielen, sonst nichts.«

»Keine Gespräche?«

»Belangloses. Ich will bei ihm an nichts rühren und er bei mir, obwohls da nichts gibt. Nur als ich mich taufen ließ. Für ihn war das wie CDU oder so, als würde ich überlaufen – zu den ›Siegern der Geschichte‹.«

»Sie haben ihn gar nichts gefragt?«

»Wonach gefragt?«

»Was hat er denn verbrochen?« fragte Renate Meurer. »Im Treppenhaus vom Arbeitsamt, wo sie das Netz aufgespannt haben – da liegt ein roter Schal drin, damits auch wirklich jeder sieht und gar nicht erst versucht –, da sind wir uns mal in die Arme gelaufen, der Schubert und er – ich hab Ernst oft begleitet, als er noch zum Arbeitsamt mußte. Aufs Sozialamt geht er überhaupt nicht allein. Da muß ich sowieso immer mit.«

»Ihr Mann hat Herrn Schubert angesprochen?«

»War ja nicht möglich. Schubert ist weggelaufen. Der wollte als ›politisch Verfolgter‹ anerkannt werden mit Titel und Urkunde. Wußten wir ja nicht. Der wollte gar nicht mehr reden. War schon komisch, wen man da alles traf. Ich denk immer an das Treppenhaus, wenn ich was vom sozialen Netz höre.«

»Von der Hängematte«, sagte Martin.

»Anschließend sind wir zu ›Volkstädt‹ zum Kaffeetrinken, Erdbeerschnitte oder grünen Stachelbeerkuchen mit Baiser. ›Volkstädt‹ war der einzige Luxus. Danach gings immer gleich zurück. Und trotzdem hat Ernst wieder angefangen, einen Terminkalender zu führen. Alles wollte er um Monate voraus wissen. Ich habe mich mit ihm wie mit einem Kind hingesetzt, das mir seinen Stundenplan erklären will. Wenn ich ihn was fragte, hat er erst seinen Terminkalender geholt und nachgesehen. ›Paßt‹, sagte er dann und trug Uhrzeit, Adresse, Vor- und Familiennamen ein, selbst wenn er zu Martin ging. Ich hab Ernst mal gefragt, ob es nicht auch nach 89 etwas gäbe, woran er sich gern erinnert. Er schaute mich an und sagte: ›Ich hab mich noch nie an etwas gern erinnert, was ich allein erlebt hab‹ – als gäbe es die Kinder und mich, als gäbe es uns alle überhaupt nicht.«

»Interessiert ihn etwas im Fernsehen? Liest er, geht er spazieren? Oder was macht er?«

»Früher hat er den Kindern immer Fallada vorgelesen, die ›Geschichten aus der Murkelei‹ oder ›Fridolin, der freche Dachs‹. Ich hab ihm zwei Wellensittiche zum Geburtstag geschenkt. Er wollte ihnen Sprechen beibringen. Wahrscheinlich sind sie schon zu alt dafür. Er nimmt das persönlich. Absolut alles nimmt er persönlich. Einmal gingen die Tulpen nicht auf, die ich mitgebracht hatte. Da hab ich heimlich neue gekauft, weil er sonst denkt, das liegt an ihm. Und pingelig ist er geworden. Kaum war das Abendbrot zu Ende, deckte er den Tisch fürs Frühstück, und wehe, ich wusch danach ein Glas, das ich benutzt hatte, nicht gleich ab. Und seine Kaugeräusche... Er schnurpste und schniefte. Das ist früher nicht so gewesen. Und dann die Sanierung. Wahrscheinlich hat ihm die Sanierung den Rest gegeben. Wir verhängten alles mit Laken. Sah aus wie in Lenins Arbeitszimmer. Ernst hat noch Witze gemacht. In den ersten Tagen stand er nur im Weg rum. Als aber die Zeit um war, die sie veranschlagt hatten, begann er sich zu beschweren. Ernst verlangte, daß die Handwerker die Schuhe ausziehen, wischte alle fünf Minuten hinter ihnen her und öffnete schließlich nicht einmal mehr die Wohnungstür. Sie hatten den nächsten Aufgang bereits fertig, da fehlten bei uns noch drei Fenster. Ich mußte Urlaub nehmen, damit sie in unsere Wohnung konnten. Und als das vorbei war, behauptete er, die Leute, die nach der Sanierung eingezogen wären, liefen über unseren Abtreter. Er lauerte hinterm Spion und riß die Tür auf, wenn jemand vorbeiging. Die Kinder warfen Müll und tote Mäuse durchs Fenster oder auf den Balkon, die hatten Angst vor ihm.«

Das Telefon klingelte. Dr. Holitzschek sagte mehrmals: »Ja« und »Ist gut« und nach dem Auflegen: »Entschuldigung«.

»Die über uns sind nicht böswillig«, sagte Renate Meurer, »nur den ganzen Tag zu Hause, junge Leute eben. Sie haben mich sogar reingebeten. Die Musik war nicht laut. Die Bässe machens. Wenn man bei uns die Hände auf den Eßtisch legt, dann spürt mans. Ernst hockt den ganzen Tag in seiner Höhle und reagiert wie ein Tier, das man reizt. Irgendwann greifts an. Ich versteh das. Da muß man kein Hellseher sein.«

»Ich kenne nur den Polizeibericht«, sagte Dr. Holitzschek. »Sie haben die Wohnung gestürmt. Fünf Mann mit kugelsicheren Westen und all das, regelrecht gestürmt.«

»Nur weil sie eine Gaspistole nicht von einer richtigen unterscheiden können«, sagte Martin.

»Hat Sie niemand angerufen?«

»Danach«, sagte er.

»Und Sie?«

Renate Meurer schüttelte den Kopf.

»Die Polizei hat Sie nicht angerufen?«

»Nein«, sagte Renate Meurer.

»Was steht da drin, in dem Bericht?« fragte Martin.

»Er hat im Treppenhaus einen Schuß aus der Gaspistole abgefeuert, gedroht, sich seine Ruhe notfalls mit Gewalt zu verschaffen, und sich verkrochen«, sagte Dr. Holitzschek. »Zum Glück hat er keinen Widerstand geleistet.«

»Ich kann doch wegen ihm nicht alles aufgeben. Ich muß noch mindestens sieben Jahre arbeiten, vielleicht sogar zwölf. Wenn ich aus Stuttgart zurückkäme, würde ich Ernst recht geben. Ich kann doch nicht wegen ihm kündigen. Das ist es, was er will. Er muß merken, daß es so nicht geht. Niemand benimmt sich wie er, niemand. Ich bin seine Frau, keine Kindergärtnerin. Wenn er das nicht endlich kapiert, laß ich mich scheiden.«

»Sie sagten, Frau Meurer, daß Sie ihn verstehn?«

»Natürlich, ja. Ich versteh ihn, gerade deshalb. Aber es muß doch weitergehn.«

»Das heißt«, sagte Dr. Holitzschek, »wenn er entlassen wird ...«

»Wann?« fragte Renate Meurer.

»... dann wird er wochentags alleine wohnen, zunächst einmal?«

Renate Meurer starrte wieder auf ihr Taschentuch und schwieg.

»Gut«, sagte Dr. Holitzschek.

»Er kann zu mir«, sagte Martin.

»Nein, Martin. Das ist dumm. Das wär wirklich dumm. Damit hilfst du ihm nicht. Du mußt dich um Arbeit kümmern. Du kannst nicht zu Hause hocken und auf Ernst aufpassen. Außerdem wird ers gar nicht wollen, und Tino kommt dann überhaupt nicht mehr.«

»Viele wohnen allein«, sagte Dr. Holitzschek. »Das heißt ja nicht, daß sich niemand kümmert. Er wird nicht allein gelassen.«

»Ich hab doch nur gesagt, daß Ernst bei mir wohnen kann, wenn er will.«

»Gut«, sagte Dr. Holitzschek und schrieb.

»Martin ...«

»Hier ist alles drin«, sagte er und zeigte auf die Tasche. »Waschzeug, Wäsche, Bademantel, Brieftasche und so.«

»Keine Gürtel, Scheren, Feilen, Taschenmesser, kein Rasierzeug?«

»Liegt er allein?« fragte Renate Meurer.

»Nein.«

»Er muß gar nicht wissen, daß ich hier war. Die Blumen sind von Martin.« Das Telefon klingelte. »Sie sagen ihm nicht, daß ich hiergewesen bin?«

»Wenn Sie nicht wollen.«

»Und wann kann man ihn sprechen?« fragte Martin. Er legte das Necessaire und den Rasierapparat auf den Tisch.

»Morgen, übermorgen vielleicht. Aber vorher noch mal anrufen.«

Martin nickte. Er knüllte das Blumenpapier, das neben seinem Stuhl lag, zusammen. Das Telefon klingelte weiter.

Als weder Martin noch Renate Meurer aufstanden, sagte Dr. Holitzschek: »Also gut« und erhob sich. Sie zog einen Vorhang, der ein Waschbecken verdeckte, zur Seite, wusch sich die Hände, trocknete sie lange ab und tupfte sich etwas Parfüm hinter die Ohrläppchen.

Auf dem Bodenbelag des Flurs quietschten Martins Sohlen. Die Schritte der beiden Frauen waren nicht zu hören. Um die kleinen Tische saßen Patienten, normal gekleidet, in Haus- oder Turnschuhen. Dazwischen ein Pfleger im Kittel, der ›Mensch ärgere dich nicht‹ mitspielte. Dr. Holitzschek schob die Stationstür mit der Schulter auf und blieb davor stehen.

»Bis bald«, sagte sie und ließ die beiden an sich vorbeigehen.

»Danke«, sagte Renate Meurer und hielt ihr die Hand hin. Dr. Holitzschek nahm erst ihre, dann Martins. »Ich muß da hoch«, sagte sie. Die Hände in den Kitteltaschen, eilte sie hinauf. Auf den Steinstufen hallten ihre Absätze. Die Stationstür schloß sich mit einem leisen Klacken.

»Du hättest das nicht sagen sollen, Martin, das mit den Siegern der Geschichte. Ihr Mann sitzt doch im Landtag...«

Nebeneinander liefen sie durch den Park des Krankenhauses in Richtung Haupteingang.

»Entweder sind die Leute hier jung oder alt«, sagte Renate Meurer. »Dazwischen is nix, oder?«

»Deine Wellensittiche quatschen den ganzen Tag«, sagte Martin. »›Guten Morgen, Renate‹ – ›Guten Appetit, Renate‹.«

»Wirklich?«

»Guten Tag, gute Nacht, gut geträumt? Was machen wir heut? Renate, Renate, Renate. Den ganzen Tag geht das so.«

»Komisch«, sagte sie und blieb stehen. »Und sonst?« Sie nahm aus ihrem Portemonnaie einen rubinroten Ohrring und befestigte ihn an ihrem entzündeten Ohrläppchen.

»Mußt dich einhörn«, sagte Martin, der das Blumenpapier auf Eigröße zusammengepreßt hatte. Eine Frau mit schwarzrot karierter Tasche kam ihnen entgegen.

»Der nächste Bus fährt erst Viertel sechs, mußt nicht rennen«, sagte Martin. Er warf den Papierklumpen hoch und fing ihn mit der anderen Hand auf.

»Verachtest du mich?« fragte sie, ohne ihn anzusehen. »Du bist so streng geworden – deshalb?« Sie zupfte an einer Haarsträhne.

»Weil du sie färbst?«

»Weil ich der Holitzschek nichts gesagt habe ... wegen ... Der Ohrring ist von ihm.«

»Steht dir aber. Wie heißt denn der große Unbekannte?«

»Wer? – Hubertus.«

»Willst du dich wirklich scheiden lassen?«

»Ich denk immer, ich mach was falsch. Ich werd unsicher, wenn du mich so beobachtest. Findest du mich lächerlich?«

»Renn doch nicht. Der Bus kommt erst in vierzig Minuten.«

»Martin?« Sie hakte sich bei ihm unter und versuchte, ihren Schritt seinem anzupassen. »Ich muß dich mal was fragen, Martin.« Sie sah zu ihm auf. »Bist du – homosexuell? Lach doch nicht! Ich werde ja wohl mal fragen dürfen. Warum suchst du dir dann keine Frau? Du bist der einzige Mann, den ich kenne, der überhaupt keine Anstalten macht, und Danny...«

»Danny?«

»Ich dachte wirklich, als sie von diesem Edgar weglief ... das war nur, um bei dir einziehen zu können, da bin ich mir ganz sicher. Deshalb hat sie sich auch die Haare abgeschnitten, weil sie dachte, daß dir das besser gefällt. Und die in ihrem dünnen Kittel, die Holitzschek. Die hat dir auch Augen gemacht. Hast du gemerkt, als ich das mit Andreas Unfall sagte, wie rot sie wurde, und ihre Augen, hast du das nicht gesehn? Ist doch unnormal, jemand wie du ... Pit ist da anders.« Martin lachte. Sie drückte seinen Arm an sich. »Pit versucht es jedenfalls. Du machst so gar keine Anstalten. Dabei gibts nichts Schöneres, als verliebt zu sein, absolut nichts!«

»Ich weiß«, sagte Martin.

»Findest du mich albern? Ich vertrage das Metall von diesem Ohrring nicht. Die Liebe ist eine Himmelsmacht, sagt er immer. Das liegt doch auf deiner Linie, hm?«

»Wer... Ach so...«

»Laß Ernst wo er ist, Martin. Du weißt nicht, was du dir aufhalst. Wer will dich dann noch? Sich freiwillig so einen Klotz ans Bein binden! Lach doch nicht dauernd!« Sie umklammerte seinen angewinkelten Arm. »Soll er in Tinos Zimmer oder wohin? Wir sind kein Familienclan, keine Steinzeitgroßfamilie.« Sie lehnte ihren Kopf an Martins Schulter.

»Vielleicht heirate ich ja bald«, sagte er, als sie durch die Pforte gingen.

»Ist das ein Witz?«

»Nee. Wir können uns dorthin setzen.« Martin zeigte auf die überdachte Haltestelle gegenüber der Einfahrt. Sie überquerten die Straße.

»Na ja«, sagte Renate Meurer und zog ihn weiter.

»Wohin denn noch?« fragte er.

Sie ließ ihn los. Er blieb an der Haltestelle stehen. Sie trat auf die Straße zurück. »Ich denk, der Bus kommt erst ...«

»Mutter!« rief Martin, als sie mit ausgestrecktem Arm zu winken begann. Der Wagen, ein roter viertüriger Audi, bremste ab, beschleunigte dann wieder und raste vorbei.

»Laß doch! Wir warten!« Martin bückte sich nach dem Papierklumpen, der ihm vor die Füße gefallen war.

»Wolln wir wetten?« rief Renate Meurer, ohne sich nach ihrem Sohn umzusehen. »Jede Wette, daß der jetzt anhält?« Sie ging langsam weiter, schwenkte ihren Arm, fixierte einen heranpreschenden dunkelblauen Wagen und flüsterte: »Bitte, bitte!«

Kapitel 23 – Sendeschluß

Wie Christian Beyer beteuert, daß Hanni seine Pläne mißverstanden hat. Plötzlich ist alles ganz anders. Ein gequälter Unternehmer und ein korrupter Beamter. Nur weil die Belege fehlen. Augen zu – vielleicht macht es ja Spaß. Eine Zugfahrt in stiller Nacht.

»Es ist nicht wahr«, sagte Beyer. »Es ist einfach nicht wahr, Hanni, bitte!« Er warf seinen Mantel auf die Couch.

»Komm, Hanni, hör auf zu weinen. Es gibt überhaupt keinen Grund, absolut keinen Grund.« Er zog das Jackett aus und drehte sich nach ihr um. Sie war in ihrem schwarzen Cape an der Wohnzimmertür stehengeblieben, die Füße dicht nebeneinander, eine Hand vor dem Mund.

»Ich kann dir nur sagen, daß es nicht wahr ist, daß du mich völlig falsch verstanden hast. Das ist alles. Schluß, aus.«

Ihre Handtasche hing noch immer in der linken Armbeuge.

»Es ist nicht wahr! Wie oft soll ich das noch sagen! *Ich* müßte empört sein, *ich* bin der, der hier ein Faß aufmachen müßte, weil *du* mir *das* unterstellst. So rum. Warum glaubst du mir nicht?«

Obwohl Hanni die Hand auf den Mund preßte, wurde ihr Weinen lauter. Sie machte ein paar Schritte rückwärts, drehte sich um, die Tasche fiel auf den Läufer im Vorraum. Sie rannte ins Bad, stieß die Tür zu und schloß ab.

Beyer hörte das Wasser, das gleich darauf ins Waschbecken rauschte, und die Klospülung. Er hob die Handtasche auf, schob das Telefon und die kleine Lampe auf dem Beistelltisch zur Seite und legte sie darauf ab.

Er holte Zigaretten und Streichhölzer aus seinem Jackett. Bevor er sich setzte, hakte er einen Finger in den Aschenbecher und zog ihn über den Glastisch zur Couch heran.

Beyer fragte sich, welche Krawatte er trug. Manchmal fehlte ihm die Erinnerung an einen Namen oder an einen Tag der Vorwoche. Als hätte an seiner Stelle ein anderer im Chefzimmer der Zeitung gesessen. Seine Finger tasteten nach dem Knoten, fuhren den Stoff entlang bis zur Spitze und hoben sie an. Eigentlich mochte er die blaue mit den gelben Würfeln nicht. Doch schließlich konnte er nicht jeden Tag dieselbe tragen.

Er dachte an Hanni, an ihr zitterndes Kinn und an ihren Aufschrei, der wie ein Seufzer begonnen hatte, wie ein Stöhnen. Er klopfte gegen den Boden der Marlboro-Lights-Packung. Das Streichholz hielt er weit oben gefaßt. Die Ellbogen auf die Knie gestützt, begann er zu rauchen.

Beyer nahm die Fernbedienung. Dow Jones und DAX stiegen wieder. Für jeden Dollar müßte er jetzt fast 40 Pfennig mehr zahlen als noch während der New-York-Reise. Er drückte die Zigarette in eine Kerbe des Aschenbechers und stand auf. Vor der Badezimmertür hockte er sich hin und blickte durchs Schlüsselloch. Außer einem hellen Fleck war nichts zu sehen, nichts, was sich davor bewegt hätte.

»Hanni«, rief er. »Hanni?« Das Wasser schoß weiter ins Becken. Sie mußte den Hahn ganz aufgedreht haben. Er wartete mit gesenktem Kopf und kehrte dann zur Couch zurück. Er nahm noch einen Zug von der Zigarette, drückte sie aus und sank zurück, die Arme ausgebreitet, den Hinterkopf auf der Oberkante der Lehne. Die Kälte des Lederbezugs an seinem Nacken ließ ihn frösteln. Sogar an den Schenkeln spürte er eine Gänsehaut.

Beyer sah die Zimmerdecke und die Souvenirs auf dem

obersten Brett der Schrankwand. Lange betrachtete er die bauchige Holzflasche, die er in Plowdiw gekauft hatte, und versuchte, die geschnitzten Blütenblattmuster durch Zirkelschwünge zu rekonstruieren. Daneben stand ein blauweißer rumänischer Krug, der eigentlich in die Küche gehört hätte, aber dort nicht auf den Hängeschrank paßte. Der Messingleuchter war ihm nach dem Tod der Nachbarin von deren Kindern überreicht worden – als Dank für nächtliche Fahrten zur Bereitschaftsapotheke. Die sieben roten Kerzen hatte er schon halb heruntergebrannt und mit einer Staubschicht bedeckt übernommen. Weiter rechts folgten eine weiße Kugelvase, über deren Rand ein winziger bunter Lampion hing, ein Glaskrug mit Bleiaufsatz und -deckel und schließlich der rechte Lautsprecher. Beyer schloß die Augen. Er streifte mit der rechten Ferse den linken Schuh ab, wollte auch aus dem rechten fahren, hatte aber Angst, seine Socke am Absatz zu beschmutzen.

Beyer schreckte auf. Die Badtür wurde aufgeschlossen. Er wußte nicht, wie lange es schon still gewesen war. Hanni trug ihr Cape überm Arm. An zwei Fingern hingen die Schuhe. Neben der Garderobe klappte sie mit dem Daumen den unteren Kasten auf und stellte das Paar hinein. Dann richtete sie lange ihr Cape auf dem Bügel.

»Hanni«, sagte Beyer. Er stand genau auf der Schwelle der Wohnzimmertür, die Fernbedienung noch in der Hand. Nur die Zehen des linken Fußes bewegten sich in der blauen Socke. Hanni kam auf ihn zu und blieb vor ihm stehen. Er nahm sie in die Arme.

»Schatz«, flüsterte er, »liebster, liebster Schatz.« Sie lehnte sich an ihn, daß er einen Schritt zurückgehen mußte. Der Fernseher war ausgeschaltet.

»Warum solln wir eigentlich verschont bleiben?« fragte Hanni dann. »Wir sind eben verschont geblieben, das ist alles, einfach Glück, absolutes ...«

Er preßte sie an sich.

»Eigentlich sind wir Glückskinder«, sagte Hanni, als sie wieder sprechen konnte. »Wir dachten nur, so was gibts nicht mehr, zumindest nicht bei uns, das ist ausgestorben, wie der Feudalismus eben. Wir sind einfach nur verschont geblieben.«

»Komm«, sagte Beyer und küßte ihre Stirn. Er ging zur Couch. Die Fernbedienung fiel auf den Teppich.

»Komm.« Er faßte Hanni an den Handgelenken. Sie ließ sich seitlich auf seinen Schoß ziehen.

»Es wäre Wahnsinn, es nicht zu machen. Es steht in keinem Verhältnis.« Sie umschlang seinen Hals.

»Red doch nicht«, sagte er.

»Ich weiß nicht, warum ich mich so aufrege. Du machst den Fernseher an und kannst jeden Abend so eine Geschichte sehen. Wirklich. Vielleicht nicht jeden Abend, aber so gut wie.«

»Was erzählst du denn da?« Beyer blickte auf Hannis weiß lackierte Fußnägel. Von dem mittleren Zeh ihres rechten Fußes aus zog sich eine Laufmasche über den Spann.

»Es gab mal einen herrlichen Film darüber, einen amerikanischen, noch zu tiefer DDR-Zeit. Junge Leute, Studenten, die mit Schweinebäuchen spekulierten. Das lief natürlich erst mal schief, und er mußte Taxi fahren. Sie war zu Hause und dachte, daß sie auch was tun muß. Deshalb hat sie damit angefangen. Der Gag war, daß er einen Freier zu ihr fuhr und dachte, na ja, seh ich halt mal bei mir zu Hause rein. Das war der absolute Gag. Zum Schluß aber waren die Schweinebäuche doch der richtige Tip. Eine tolle Komödie.« Sie lehnte sich zur Seite und zog an der Kordel der Tischlampe. »Weißt du, woran ich immer denken muß, wenn es mir schlecht geht? Als wir vor Weihnachten in der Kaufhalle waren und da eine Amsel auf dem Gemüse saß. Da kamen doch diese Kerle mit dem Kescher und wollten sie fangen.« Sie fuhr ihm mit gespreizten Fingern durchs Haar, so daß es sich aufstellte. »Ich dachte, warum macht niemand was? Die werden die arme Amsel jagen, bis sie vor Panik und Erschöpfung stirbt! Wir haben den Einkaufswagen stehenlassen, und du bist ins Zimmer vom Chef. Und der wußte überhaupt nicht, was da läuft. Und als er dich gefragt hat, was er machen soll, hast du gesagt: Licht aus, Türen auf und am Eingang Licht an, so einfach.«

»Aber getan hat er nichts.« Beyer strich ihr eine Haarsträhne hinters Ohr.

»Ich kenne niemanden, der wegen eines Vogels beim Chef einer Kaufhalle anklopfen würde. Dafür liebe ich dich. Und wenn ich mir vorstelle, daß jetzt deine ganze Arbeit umsonst gewesen sein soll. Du weißt doch gar nicht mehr, wie das ist, zu Hause sitzen und sich einen gemütlichen Abend machen.«

»Das wird jetzt anders, Hanni. Glaub mir. Ich sag das nicht einfach so dahin.«

»Weißt du, was ich mir noch gedacht habe? Wer Macht hat, der erpreßt eben. Dem kommt das ganz normal vor.«

Er hielt die Haarsträhne hinter ihrem Ohr fest. Mit der anderen Hand fuhr er ihr über den Unterschenkel.

Hanni legte ihm die Krawatte über die Schulter und drückte nacheinander mit dem Mittelfinger auf seine Hemdknöpfe. »Er gibt seinen Krakel. Wenn er den gegeben hat, ist er weg, nicht? Dann hat sich das erledigt. Dann ist Schluß, ein für allemal. Oder?«

»Nun vergiß das endlich, Hanni ...«

»Und er ist allein. Er ist doch allein?«

»Natürlich.«

»Und nur er muß unterschreiben?«

»Nur er.«

»Siehst du! Dann haben wir ihn. Eigentlich haben dann *wir* ihn ...«

»Hanni! Es ist nicht meine Schuld. Wenn er nicht noch an die 91er Abrechnung gegangen wäre. Jetzt dürfte er das schon gar nicht mehr. Ich hab mich halt auf die Leute verlassen. Ich hab doch keine Ahnung von Buchhaltung, verstehst du? Und es ist auch nichts passiert, nichts Ungesetzliches, keine Unterschlagung. Das glaubt nur niemand. In dem Chaos glaubt mir niemand, daß alles in Ordnung ist, weil die Belege fehlen. Die Beweise sind einfach weg, sonst nichts.«

»Ich weiß doch«, sagte sie. »Du mußt dich nicht rechtfertigen.«

»Es ist einfach meine Unfähigkeit, Hanni. Ich hätte damit nicht anfangen solln. Das ist mein Fehler, daß ich damit angefangen habe. Ich hätte mich nie auf so ein Unternehmen einlassen dürfen. Ich hab ihm auch Geld angeboten.«

»Spieler müssen spielen«, sagte sie. »Ich seh doch, was du alles für mich machst. Du machst ja alles nur für uns. Ohne dich ...«

»Hanni«, sagte er und lehnte sich zurück. Beyer spürte, daß er feuchte Augen bekam.

»Komm«, sagte sie. »Du hast mir das mal erklärt. Du hast gesagt, du fühlst dich wie eine Fliege, eine Fliege zwischen Fenster und Gardine. Damals hielt ich das für einen komischen Vergleich. Du sagtest, daß die Fliege nur durch Zufall gerettet wird, durch etwas, was gegen ihre Logik geht, denn ihre Logik besagt, daß sie da durch die Scheibe kommt. Und damit hört sie nicht auf, bis sie tot ist. Erinnerst du dich?«

»Ja«, sagte er. »Es hört nicht auf, und alle können dir dabei zusehen.«

»Ich wollte eine Fliege verscheuchen und wunderte mich, daß sie sich nicht rührt. Ich weiß nicht, warum tote Fliegen immer auf dem Rücken liegen. Die lag auf dem Bauch, das heißt, sie stand und stützte sich noch auf den Rüssel. Und dann hast du den Vergleich gebracht.«

»Ich möchte mit dir wegfliegen, Hanni, irgendwohin, wo es warm ist. Wenigstens eine Woche. Machen wir das?« Er richtete sich auf.

»Wann kommt er denn?«

»Er ist da. Seit Montag ist er wieder da – bis Freitag, im Parkhotel, Zimmer 212.«

»Und wann sollen wir fliegen?«

»Morgen, am Freitag, am Sonnabend, last minute, was wir bekommen!«

»Am Sonnabend?«

»Wenn du willst.« Er streichelte ihren Nacken.

»Ja«, sagte Hanni. »Wenn es vorbei ist. Ich werde einfach die Augen zumachen und an dich denken.« Sie setzte sich gerade.

»Vielleicht macht es ja auch Spaß – wenn ich dabei an dich denke.« Sie lächelte und rutschte von seinem Schoß. »Zimmer 212?«

»Ja«, sagte er, »Parkhotel.«

»Und wie heißt er?«

»Zimmer 212.«

»Ich komm gleich«, sagte sie, zog wieder an der Kordel der Tischlampe und ging zurück ins Bad.

Beyer bückte sich, fuhr aus dem rechten Schuh und hob die Fernbedienung auf. Ohne Ton sah er einer Blaskapelle zu. Die Männer trugen grüne Dreiviertelhosen. Das Publikum saß an langen Tischen und prostete mit Biergläsern in die vorüberfahrende Kamera. Zwei großäugige Frauen lächelten einander beim Singen an.

Beyer ging zum Schrank, griff die Weinbrandflasche mit Daumen und Zeigefinger und angelte sich mit dem kleinen Finger ein Cognacglas. Im Gehen schenkte er sich ein, kippte den Weinbrand hinunter und atmete laut aus. Er holte ein zweites Glas und goß beide halb voll. Danach trug er seine Schuhe und den Mantel zur Garderobe.

Als er wieder ins Wohnzimmer trat, lockerte er die Krawatte, streifte sie über den Kopf ab. Er zog die Hose aus und legte sie, an den Bügelfalten gefaßt, über den Stuhl. Die Socken verbarg er hinter den Hosenbeinen. Hemd und Unterhemd hing er über die Lehne.

Beyer blickte kurz auf seine Unterhose und zog sie aus. Mit dem rechten Fuß warf er sie zu sich empor wie einen Ball beim Jonglieren und versteckte sie zwischen Hemd und Unterhemd. Er löschte das Licht im Wohnzimmer und legte seine Armbanduhr auf den Tisch.

Die Kälte des Lederbezugs erregte ihn. Er betrachtete sein Glied in dem wechselnden Licht, das vom Fernseher kam, und betastete vorsichtig seine Hoden.

Beyer probierte die Kanäle durch, landete wieder bei der Volksmusik und begann von neuem. Im MDR war ein Fußballspiel in Schwarzweiß. Er schaltete den Ton ein, beobachtete, wie sich die grünen Lautstärkestriche vermehrten, hörte aber nichts. Er nahm sich eine Zigarette, die er dann jedoch mit einer weit ausholenden Bewegung über den Glastisch rollen ließ.

»Roland Ducke«, sagte jemand sehr laut. »Heute wieder unermüdlich.« Beyer hörte jetzt auch die Hintergrundgeräusche des Stadions. Die Hosen der Spieler waren sehr kurz und eng, die Zuschauer im Dunkeln fast nicht zu sehen. »Ja, liebe Sportsfreunde zu Hause. Wir nähern uns hier im Zentralstadion dem Ende der ersten Halbzeit.« Beyer erkannte die Stimme von Heinz-Florian Oertel. »DDR – England 0:0« wurde in weißen Buchstaben am unteren Rand eingeblendet. Beyer nahm die Decke, in die sich Hanni abends beim Fernsehen einhüllte, vom Sessel, schüttelte sie auf und zog sie sich im Liegen über die Schulter.

Das Telefon klingelte. Beyer kniete auf der Couch, in der Linken einen Zipfel der Decke, in der Rechten den Hörer. »Beyer, guten Abend«, sagte er mechanisch. Im Hintergrund hörte er Gitarrenmusik. Er sagte noch »Hallo?«, dann wurde wieder aufgelegt. Er hatte fast zwei Stunden geschlafen.

Auf dem Bildschirm beugte sich Jürgen Frohriep über einen Schreibtisch, die Arme weit ausgebreitet. Er blickte eine junge Frau an, die langsam den Kopf hob und etwas sagte.

Beyer machte Licht. Hannis Handtasche fehlte. Er lief nackt durch die Wohnung. Die große Bettdecke lag noch immer zurückgeschlagen, auf dem Kopfkissen das Nachthemd. Die Badezimmertür war angelehnt. Er sah überall nach, sogar in der Speisekammer.

Beyer leerte eines der Gläser. Seine Füße waren eiskalt. Er ging wieder die Programme durch. Er suchte nach dem Rieselbild, das früher immer nach Sendeschluß entstanden war und das ganze Zimmer erleuchtet hatte. Eine Weile sah er der Zugfahrt durch sommerliche Wiesen zu. Die Kamera mußte auf der Lok angebracht sein. Er wartete, ob irgend etwas geschah. Er schaltete weiter und landete erneut bei der Zugfahrt. Es ging weiter durch flaches Land, wenige Bäume, keine Häuser, auch keine Menschen. Das einzige Geräusch war eine Art Rumpeln, leise und dumpf, als würde eine große Trommel gedreht. Von der Lok war nichts zu sehn. Ein paar Holzschwellen lagen am Bahndamm.

Beyer leerte auch das zweite Glas und streckte sich, vom Fernseher abgewandt, unter der Decke aus. Wo er gelegen hatte, war es noch warm. Nur wenn er versuchte, sich ganz auf den Bauch oder den Rücken zu drehen, wurde es kalt. Er glaubte das Keuchen der Dampflok zu hören, das regelmäßige Schlagen der Räder, wenn Schiene auf Schiene stieß.

Plötzlich hatte Beyer den Wunsch, zu sehen, durch welche Landschaft der Zug gerade fuhr. Er wollte sich schon herumdrehen, um aus dem Fenster zu schauen, als ihm einfiel, daß es ja mitten in der Nacht, also stockdunkel war. Er mußte niesen, zog die Decke höher und wischte sich mit ihr über die Nase. Ab und zu bewegte er die Zehen ein wenig. Sonst aber hielt er sich ganz still.

Kapitel 24 – Vollmond

Pit Meurer erzählt vom Ende einer Betriebsparty. Peter Bertram und er sehen Hanni unter den Rock. Pläne für den Heimweg. Marianne Schubert tritt als Amazone auf. Die Geburt eines Ritters, der Beginn einer Liebe und der mißglückte Versuch, sich freizukaufen.

Kuzinski, dem das Anzeigenblatt gehört, für das ich arbeite, hatte im »Toscana« den Raum für Familienfeiern gemietet und sich wieder als DJ produziert. Seine Frau, die in einem weißen Wickelkleid mit Silberbesatz erschienen war, tanzte von Anfang an und meistens allein. Dabei machte sie ein Gesicht, als würde sie ein Gitarrensolo hinlegen, wiegte sich in den Hüften und zog ihre Arme mit schlangenhaften Bewegungen nach oben, um sich dann mit gespreizten Fingern durch die Haare zu fahren.

Wir konnten Kuzinskis Aufmunterungen schlecht ignorieren und übten mal wieder seinen Ententanz, den er schon im letzten Jahr mehrmals gespielt hatte. Die fünf Frauen aus dem Layout und vom Empfang machten drei Flaschen Küstennebel nieder, bestellten danach zwei Flaschen Batida de Coco und verschwanden damit.

Bertram war sehr spät gekommen und wurde als Nummer 13 durchs Mikrophon begrüßt. Als Kuzinski zur Polonaise rief und seine Frau, mit den Armen eine Dampflokomotive imitierend, im Kreis lief, zeigte er Charakter und verdrückte sich aufs Klo. Ich hatte nicht verstanden, warum Eddi gefeuert und Bertram, ein arbeitsloser Lehrer, eingestellt worden war. Die senkrechte Falte zwischen seinen Augenbrauen ließ ihn jederzeit konzentriert erscheinen. Kuzinski behandelte ihn wie ein rohes Ei.

Ich versuchte, mir einen anzutrinken, um es dann mit dem Schlafen zu probieren, trotz Vollmond. Je später, um so besser, dachte ich. Kuzinski hatte uns mehrmals todernst demonstriert, wie man Tequila richtig schluckt, und dabei ausgiebig an seinem Daumen geschmatzt. Später gab er jedem die Hand und ließ sich von seiner Frau nach Hause fahren.

Gegen halb eins waren nur noch Bertram und ich mit einer beinahe vollen Calvadosflasche zurückgeblieben, von der ich nicht wußte, wer sie bestellt hatte. Wir zogen nach vorn ins Restaurant, wo ich öfter zu Mittag aß. Nach einer halben Stunde gingen auch dort die letzten Gäste. Nur die Frau an dem Zweiertisch nahe der Küchentür blieb sitzen. Sie war schlank und elegant gekleidet, mit kurzem schwarzem Rock und Blazer. Die Arme aufgestützt, starrte sie in ein leeres Weinglas. Ihre Handtasche hing an der Stuhllehne.

Als Bertram von der Toilette zurückkam, ging er zu ihr hinüber, redete auf sie ein und zeigte zweimal zu mir. Sie hob kaum den Kopf.

»Die heult«, sagte er und rutschte neben mich, um sie besser im Auge zu haben. In einem großen, blauschimmernden Cognacglas servierte Franco ihr einen Grappa, kehrte mit dem leeren Weinglas auf dem Tablett zurück und zwinkerte uns zu.

Bertram machte ein paar Bemerkungen über Kuzinski und dessen Frau. Ich fragte ihn nach seiner Angelei, um das Thema zu wechseln. Bertram fuhr freitags mit dem Nachtzug los, um früh am Rhein oder am Neckar anzukommen oder am holländischen Twente-Kanal, an Stellen, wo Kraftwerke ihr Kühlwasser einleiten. Mitten im Erzählen fragte er: »Gefällt dir die Tussi?«

»Gut möglich«, sagte ich, worauf er nickte und weitersprach. Bertram erläuterte mir die Karpfenjagd, sprach von Boilies, Nahkampf und wilden Aktionen, vom Drill und von Strudeln und verstummte erst, als die Frau aufstand. Sie war vielleicht Mitte Dreißig. Sie stakste in ihren hochhackigen Schuhen zum Telefon – einiges mußte sie schon intus haben. Unter dem Blazer trug sie nur eine Seidenbluse.

Den Hörer in der Hand, warf sie Groschen ein, wählte und legte, ohne gesprochen zu haben, wieder auf. Vielleicht hatte sie sich verwählt. Das Geld jedenfalls war weg. Sie suchte noch mal ein paar Münzen aus einer kleinen Börse heraus. Und dabei passierte es: Ein Fünfziger oder ein Markstück fiel ihr herunter. Sie kümmerte sich nicht darum und wählte. Diesmal sprach sie, aber wegen der Musik – Franco liebt Gitarren über alles – und weil sie uns den Rücken zukehrte, war nichts zu verstehen. Nachdem sie den Hörer eingehängt hatte, bückte sie sich nach der Münze vor ihren Schuhen, ohne in die Hocke zu gehen.

»Wow«, sagte Bertram. Wir stierten auf ihren pinkfarbenen Slip. »Wow«, sagte er wieder, als sie sich aufrichtete. »Knusprig, was?«

Franco folgte ihr in einigem Abstand mit der Grappaflasche zum Tisch, wartete, bis sie sich gesetzt hatte, und füllte das bauchige Glas zu einem Viertel.

Mit einer Hand hielt sie Franco fest und bedeutete ihm mit Daumen und Zeigefinger der anderen, daß er mehr eingießen sollte. Er aber blieb bei seinem Maß. Sie stürzte den Grappa hinunter. Bevor er nachschenkte, zog er einen Strich auf dem Bierdeckel vor ihr.

»Die säuft wie ein Loch«, sagte Bertram, »wie ein Loch.«

Franco hielt die Flasche hoch und zog wieder einen Strich.

»Pit«, sagte Bertram. Dann begann er, mir seinen Plan zu erläutern. Er sprach sehr ruhig und sah mir unentwegt in die Augen. Obwohl ich weder antwortete noch nickte, erschien mir sein Vorhaben einleuchtend, zumindest irgendwie naheliegend. Zwischendurch sagte er immer wieder: »Wenns klappt, dann klappts, wenn nicht, dann eben nicht.« Er sagte: »Es ist Spaß, für alle drei, einfach nur Spaß, Pit, wirst sehn. Aber wenn du nicht willst ...« Er sagte: »Die trinkt nicht, die säuft. Die säuft wie ein Loch.«

Wir waren beide nicht mehr nüchtern. Ich hörte Betram reden und beobachtete Franco und die Frau, die einen pinkfarbenen Slip, einen winzigen pinkfarbenen Slip unter ihrem Rock trug. Bertram hielt die Hand über sein Glas, als ich ihm nachschenken wollte. Es war einfach eine dumme Situation.

»Finito«, sagte Franco. Die Frau drehte sich nach ihm um und erhob sich, das heißt, sie stemmte sich vom Tisch hoch. Die ersten Schritte machte sie halbwegs sicher, streifte dann einen Stuhl, rammte den daneben und blieb stehen. Sie sah sich um, zog an ihrem Rock und stakste weiter in Richtung Telefon.

»Siehst du die Lippen?« fragte Bertram. »Kräftige Lippen.« Er stülpte seinen Mund vor, als ahme er ein Karpfenmaul nach, und winkte ihr zu. »Schon daran«, sagte er, »wird sie sich nicht mehr erinnern.«

Sie legte den Hörer auf den Apparat und schob mehrere Markstücke in den Schlitz.

»Wir haben mal miteinander gesprochen«, sagte Bertram, »vor Jahren, als sie noch Chefin vom Naturkundemuseum war.«

»Und wenn sie ein Taxi bestellt?« fragte ich.

Bertram strahlte mich an. Die Falte zwischen seinen Augenbrauen glättete sich dadurch nicht. »Dann spielen *wir* eben Taxi.« Er legte die Hand auf meinen Unterarm und drückte ihn. »Weißt du, wie sies früher gemacht haben, im Krieg? Das Kleid übern Kopf und draufgesetzt, auf den Kopf.« Bevor er die Hand wegnahm, preßte er nochmals meinen Arm.

Sie wartete, den Hörer am Ohr, den linken Arm in die

Hüfte gestützt, und wandte sich ab, als sie zu sprechen begann. Es können nur wenige Worte gewesen sein. Im nächsten Moment haute sie den Hörer hin. Das restliche Kleingeld fiel in die Geldrückgabe.

Beim Gehen benutzte sie die Stuhllehnen als Geländer, verlor plötzlich die Kontrolle und sackte auf einen Platz, zwei Tische von ihrem entfernt, wo noch nicht abgeräumt war.

Franco schaltete die Musik aus. Er rechnete. Nur aus der Küche kamen Geräusche.

»Feierabend«, flüsterte Bertram und schob mir sein Glas zu. Ich teilte den restlichen Calvados auf. »Spendabel is Kuzinski ja«, sagte er, »muß man ihm lassen!«

Dann ging alles sehr schnell. Hanni legte den Kopf auf den Tisch. Franco kam mit Rechnung und Bierdeckel, redete weit vorgebeugt zu ihr und tippte sie an. Sie hob den Ellbogen, als wolle sie ihn abwehren.

»Franco!« rief Bertram, stand auf und zog sein Portemonnaie aus der Hosentasche.

In diesem Augenblick erschien Marianne Schubert. Ich hatte sie lange nicht gesehen.

»Schluß«, rief Franco, »geschlossen!«

Bertram setzte sich. Sie lief an unserem Tisch vorbei, grüßte Bertram mit »Hallo, Peter« und nickte mir zu.

»Ich zahle«, sagte sie zu Franco und ließ sich Rechnung und Bierdeckel geben.

»Jetzt is mir alles klar!« flüsterte Bertram. »Die Amazone und Beyers Hanni. Darauf mußt du erst mal kommen.«

»Von *unserm* Beyer?« fragte ich.

»Genau, seine Matratze und Marianne. Kapierst du jetzt, warum alles vom ›Möbelparadies‹ bei Beyer landet? Ich kannte den Mann von Marianne und dachte, daß ich über ihn und sie einen Fuß ins ›Paradies‹ reinkriegen müßte. Da sitzt richtig Geld! Aber bei so ner Beziehung, da kannst du dich auf den Kopf stellen.«

»Hast du sie oder nicht?« fragte Hanni laut. Was Marianne antwortete, konnte ich nicht verstehen.

»Du hast gesagt, du bekommst eine!« Hanni erschien plötzlich aufgeregt. »›In die Beine‹ mußt du sagen. Warum hast du ihr nicht gesagt ›in die Beine‹? So bist du!« rief sie. »Ins Herz oder in den Kopf! Genau so bist du!«

Marianne lief an uns vorbei.

»Grappa, Amaretto, Cognac?« fragte Franco. Sie reichte ihm den Kassenzettel und einen Fünfziger und lehnte sich, das Portemonnaie zwischen den gefalteten Händen, gegen den Bartresen.

Ich wußte nicht, warum wir noch blieben. Wir schwiegen, und die Flasche war auch leer. Wir hockten einfach nur noch da. Ich überlegte, das Restgeld aus dem Telefon zu nehmen und an ihren Tisch zu bringen.

Hannis Kopf sackte nach vorn. Sie erschrak dabei und warf ein Glas um. Es stieß gegen den Aschenbecher, rollte in einem Bogen zurück, fiel herunter und blieb auf dem Teppichboden liegen. Sie schob die Hände übereinander und bettete ihren Kopf darauf, die Ellbogen weit von sich.

»Soll ich helfen?« rief Bertram. Marianne zuckte mit den Schultern. Franco war schneller. Erst schien es, als bückte er sich nach dem Glas. Franco faßte Hanni jedoch in den Kniekehlen, fuhr unter ihrem linken Arm durch und – der Stuhl kippte gerade nach hinten – hob sie hoch. Marianne versuchte, Hannis herabhängenden Kopf zu stützen. Ich war aufgestanden, schaute unter ihrem Tisch nach, ob etwas liegengeblieben war, und nahm die Handtasche. Bertram trug ihren Mantel. Wir gingen alle hinaus.

Franco besaß offensichtlich Übung und bekam Hanni mühelos auf den Beifahrersitz, dessen Lehne zurückgelegt war. Behutsam breitete Bertram den Mantel über Hanni aus.

»Soll ich Ihnen helfen, nachher, beim Aussteigen?« fragte ich und gab Marianne die Handtasche.

»Müssen Sie auch nach Nord?«

»Ja«, sagte ich und überlegte, ob Bertram wissen könnte, daß ich log.

»Dann braucht ihr mich ja nicht mehr«, sagte er sofort und drückte mir fest die Hand. »Tschüssinski, Marianne«, rief er noch.

»Solln wir dich mitnehmen?« fragte sie.

»Wie denn?« rief Bertram und winkte noch einmal im Weggehen.

»Ciao, Franco«, sagte ich.

Marianne fuhr vorsichtig und in den Kurven sehr langsam. Es war einige Zeit her, daß ich mich auf eine Rückbank gezwängt hatte. Hannis Stirn rutschte immer näher an mein rechtes Knie heran. Ich beobachtete Marianne im Rückspiegel. Einmal trafen sich unsere Blicke, aber wir sagten nichts.

Mit Hanni auf den Armen blieb ich vor dem Eingang stehen, bis Marianne eine Parklücke gefunden hatte. Ich stellte mir vor, wie es aussieht, wenn man nachts ans Fenster geht, und da steht einer und trägt eine Frau mit sich herum. Ich wünschte mir, daß Hanni aufwacht, lächelt und weiterschläft.

Marianne, den Schlüssel in der Hand, Hannis Mantel über der Schulter, kämpfte gegen einen Hustenreiz an. »Schaffen Sie das, dritte Etage?«

Meine Arme wurden langsam gefühllos.

Mariannes Wohnung roch gut, ein bißchen wie früher die Intershop-Läden. Sie sammelte eine ›Burda‹, eine ›TV- Spielfilm‹ und ein grünes Bibliotheksbuch vom Sofa auf. Mit letzter Kraft ging ich in die Hocke und legte Hanni behutsam hin. Marianne sagte, daß ich die Schuhe ausziehen soll. »Ihr! Sie doch nicht!« zischte sie, als ich meine Schnürsenkel öffnete. Ich hielt Hannis Knöchel fest und bekam den ersten Schuh leicht von ihrer Ferse. Beim zweiten winkelte ich ihr Bein aus Versehen an, so daß ich wieder ihren Slip sah.

Marianne brachte eine Bettdecke, stopfte sie hinter Hannis

Schultern und an den Seiten fest und schlug sie auch um ihre Füße. Ich band mir die Schuhe wieder zu. Hanni atmete schwer, als würde sie gleich anfangen zu schnarchen. Zwischen ihren Lippen zerplatzte ein Bläschen.

Marianne stellte noch einen blauen Plasteeimer mit etwas Wasser neben das Kopfende, räusperte sich und sagte: »Na ja.«

Wir setzten uns in die Küche, wo die linke Wand mit Ansichtskarten bepflastert war. »Alle von meiner Tochter«, sagte Marianne. »Gestern hat Conni aus Caracas angerufen. Hätten Sie auf Anhieb gewußt, daß Caracas in Venezuela liegt?«

»Nein«, sagte ich.

»Ich glaube«, sagte sie, »Conni weiß manchmal selbst nicht mehr, wo sie gerade ist.«

Wir tranken Tee und dann Kaffee. Ich konnte ihr nicht sagen, wie lange Hanni schon im Restaurant gesessen hatte. »Sie hat sich vollaufen lassen und zweimal telefoniert«, sagte ich.

»Zweimal?« fragte Marianne. »Ich hab wachgelegen, und als ich mir ein Bier holen wollte, sah ich, daß der Anrufbeantworter blinkte. Dann bin ich los.«

»Alkohol ist das einzige, was bei Vollmond hilft«, sagte ich.

»Hätte mir einer prophezeit, daß Sie mal in meiner Küche sitzen werden ... Ihren Vater kenne ich auch .... den Genossen Meurer«, sagte sie. »Schuldirektor seines Zeichens.«

»Jetzt ist er in Dösen«, sagte ich.

»In Dösen? Ich selbst habe ihn nur zwei-, dreimal gesehn, früher«, sagte Marianne. »Aber glauben Sie mir, daß es niemanden gibt, über den hier mehr gesprochen wurde als über Ihren Vater, hier an diesem Tisch? Glauben Sie mir das?«

Ich nickte. Ich wollte ihr sagen, daß Ernst gar nicht mein richtiger Vater ist. Aber das hätte sie wahrscheinlich falsch verstanden.

Wir aßen Salzstangen zum Kaffee und sprachen dann über Ängste und daß sich viele Leute im Dunkeln nicht mehr auf die Straße trauen, was schon an Hysterie grenzt.

»Man muß sich ja nur mal die Wohnungstüren ansehen«, sagte ich, »was die jetzt alle für Schlösser haben.«

»Wenn ich abends noch allein im Möbelhaus bin«, begann sie, »krieg ich neuerdings auch Angst. Hatte ich wirklich lange nicht mehr. Wer Angst hat, der hat was zu verlieren. Also kanns mir gar nicht so schlecht gehen, wie ich immer annehme, sonst wärs mir ja egal. Wars auch ne Weile. Aber jetzt denk ich oft, gleich knallts, gleich kommen welche und räumen ab. Doch eine Pistole kriege ich deshalb noch lange nicht.« Sie unterdrückte ein Gähnen. »Die Psychologin, da ist immer eine Psychologin dabei, die hat gefragt, was ich mache, wenn jemand auf mich zukommt. Ich hab gesagt, schießen. Wohin, will sie wissen. Da sage ich, daß es nur zwei Stellen gibt, die sicher sind, ins Herz oder in den Kopf. Sie würden ja wirklich schießen, sagt sie. Natürlich, sag ich, was denken Sie denn? Sie sagt, daß ich das Ding nicht kriege, daß sie das nicht befürwortet, nicht befürworten darf, wegen der Richtlinien. Ich hab mich bedankt. War eine klare Auskunft.«

Marianne nahm die beiden letzten Salzstangen und hielt mir eine hin. Die andere verschwand langsam und stetig in ihrem Mund. Sie kaute gründlich, und dann fuhr sie sich mit der Zunge über die Zähne.

»Na sieh einer an!« rief sie. Hanni stand in der Tür und rieb sich mit der rechten Ferse über den Spann des anderen Fußes. Eine Gesichtshälfte war gerötet. »Haben wir dich geweckt?« fragte Marianne.

Hanni wollte etwas sagen, hielt sich aber den Unterarm vor den Mund. Schließlich hob sie den Kopf und sagte: »Hallo.«

»Hallo«, sagte ich und stand auf. Marianne stellte uns einander vor.

So habe ich Hanni kennengelernt. Drei Monate später

fragte sie mich, was ich vom Heiraten hielte. Das war das Beste, was mir bisher in meinem Leben passiert ist.

Meine Mutter geriet richtig aus dem Häuschen. Aber auch Ernst und Martin und Danny, ja selbst Sarah, Hannis Tochter, alle fanden uns okay.

Auf der Hochzeit trat Ernst plötzlich an Mariannes Tisch. Marianne und er tanzten miteinander, ohne ein Wort zu sagen. Als er sie wieder zu ihrem Platz zurückgebracht hatte, bedankte er sich mit einer Verbeugung. Danach ist sie gegangen. Sie hatte mir schon vorher das Du angeboten. Die ganzseitige Anzeige vom »Möbelparadies« erhielten jetzt wir. Ich überließ diesen Coup Bertram. Marianne ist deshalb richtig wütend geworden. Sie sagte, daß Bertram schon oft versucht habe, da heranzukommen, und daß es dumm von mir sei, unverzeihlich dumm, auf gut achthundert Mark monatliche Provision zu verzichten. Da hätte sie sich die ganze Arbeit sparen können. »Doch nicht für Bertram!« sagte sie.

Ich weiß, daß Marianne recht hat, auch wenn ich das nicht zugeben werde und natürlich nicht will, daß Hanni davon erfährt. Vor allem aber war mein Verzicht auf das Geld völlig überflüssig, ganz und gar sinnlos. Ich hätte wissen müssen, daß es nicht funktioniert, daß ich mich nicht freikaufen kann, daß es gar nicht um Bertram geht. Spätestens als ich Hanni wieder in ihrem pinkfarbenen Slip sah, hätte ich das wissen müssen.

Kapitel 25 – Mein Gott, ist die schön!

Wie Edgar Körner Geschichten erzählt und Jenny und Maik in ein Motel einlädt. Plötzlich will er auf und davon. Das gelingt nicht. Die Kellnerin wendet sich einem jungen Helden zu.

»Ich fotografierte vormittags an der Iglesia de San Cristobal. Davor saß ein schmuddliger Alter, der aufstand und davonlief, als er meinen Apparat sah. Mittags winkte mich derselbe Alte an der Calle de Sebastian in eine Parklücke. Ich gab ihm 300 Pesos. Als ich zwei Stunden später abfuhr, stand er wieder da, einen dünnen Stock in der Hand. Ich gab ihm, was ich an Kleingeld hatte. Am späten Nachmittag saß er in der Bar de Colonial am Tresen und trank Bier – oder was die Bier nennen. Als ich reinkam, spuckte er gerade auf den Boden, griff nach einer Serviette, schneuzte sich und schmiß sie runter.« Edgar warf seine Serviette neben den Tisch. »Genau so. Dann schniebte er in ne neue Serviette und – weg damit. Wir saßen uns direkt gegenüber, so ein hufeisenförmiger Tresen.« Edgar malte zwei rechte Winkel in die Luft. »Der Alte grüßte und rief etwas. Speichel klebte ihm in den Mundwinkeln, auch vorn, an den Lippen. Er schien die Entfernung zwischen uns abzuschätzen. Er rutschte vom Hocker, setzte sich Gott sei Dank aber wieder und trank weiter.« Edgar sah erst Jenny an, bis sie seinem Blick auswich, dann Maik. Der hatte noch das halbe Schnitzel auf dem Teller und rauchte. Edgar drehte seine Kaffeetasse am Henkel, wie man einen Uhrzeiger dreht.

»Na ja«, sagte er. »An der Stirnseite des Tresens, quasi zwischen uns, hockten zwei Männer, die Köpfe dicht beieinander. Plötzlich«, Edgar streckte den Oberkörper, »hielt einer von ihnen den Kellner fest. Er griff einfach nach hinten, ohne sich sonst zu bewegen, und erwischte ihn an der Hosentasche. Der Kellner war völlig perplex und wehrte sich erst nicht. Dann aber schrien sie sich an, beschimpften Nasenspitze an Nasenspitze einander. Der Mann kippte seinen Espresso über das Zuckerpäckchen auf seiner Untertasse, kam mit einem Arm in der Luft fuchtelnd zu mir herüber, bestellte einen neuen Espresso, winkte aber gleich darauf angewidert ab und schlug auf die Theke. In dem Augenblick roch ich den Alten. Der hob sein Glas, prostete mir zu und rief: ›Guten Morgen!‹« Edgar hielt die Tasse mit beiden Händen, als wollte er sich wärmen. »Von links und von rechts schob sich ein Kellner an ihn heran. Der Alte starrte in sein Bier, blickte auf, als besinne er sich jetzt, und rief: ›Guten Tag!‹ Die Kellner zischten ihn an, fixierten mich aus den Augenwinkeln und schlugen ihn dann auf den Hinterkopf, ganz schnell, einmal, zweimal, dreimal – ob mit der flachen Hand oder der Faust, weiß ich nicht. Obwohl bei jedem Hieb der Kopf des Alten nach vorn schoß, wehrte er sich nicht. Nur sein Glas hielt er fest.« Edgar stellte die leere Tasse ab und bückte sich nach seiner Serviette. »Möchtet ihr noch was?«

»Und dann?« fragte Jenny. Maik zündete sich eine Zigarette an.

»Er stank wirklich schrecklich«, sagte Edgar. »Ich trank aus und ging.«

»Und der Alte?« fragte sie.

»Den werden sie vor die Tür gesetzt haben.« Edgar betrachtete beide. Maik blickte nach draußen. Von hier aus war die Autobahn nicht zu sehen.

Edgar brach ein Stück Weißbrot ab und wischte die Tomatensoße vom Tellerrand.

»Warum erzählen Sie das?« fragte Maik, ohne Edgar anzublicken.

»Damit ich nicht einschlafe. Weil ihr den Mund nicht aufkriegt.«

»Falsch«, sagte Maik. »Weil ich Ihnen gesagt habe, daß ich hinterm Tresen arbeite und Kellner für Sie nicht zählen, deshalb.«

»Junge«, rief Edgar. »Ich denk, du bist Barkeeper!« Er knetete die Serviette zusammen und stopfte sie in die Tasse. Die Kellnerin blieb mit leeren Tellern auf dem Arm stehen.

»Alles okay, Britti«, sagte Edgar.

»Danke«, sagte Jenny, »war lecker.«

Als Maik nicht aufsah, ging die Kellnerin.

»Ich mag alte Leute«, sagte Jenny.

Edgar kaute und nickte dabei ausführlich.

»Bei denen sieht man richtig, wie es funktioniert. Du fragst sie was, und sie erzähln dir erst mal das eine. Du fragst wieder, und sie erzähln dir was andres. Und dann fragst du zum dritten Mal. Und das ists schließlich.«

»Willst du nicht gleich die richtige Antwort?« fragte Edgar.

»Nein. Ich frag, was weiß ich, nach der Sieben. Alte Leute erzählen dann über die Vier, und wenn ich noch mal frage, über die Sechs und dann über die Drei. Und wenn ichs aufgebe, sagen sie nur: vier plus sechs minus drei gleich sieben. Aber das ist kein guter Vergleich.«

»Doch«, sagte Edgar. »Verstehe, klar is das ein guter Vergleich.«

»Kennst du so was?«

»Ich weiß nicht, ob das dazugehört«, sagte Edgar. »Mir is im Kino mal was passiert. Wir kamen zu spät, gab nur noch erste Reihe. Wir sind im Dunkeln rein. Das ging los in Vogelperspektive, ein Flug über den Urwald. Ich schloß die Augen, damit mir nicht schwindlig wird. Dann hörte ich rechts neben mir ein tiefes Glucksen, ein wunderschönes Lachen.«

»Maiki, was ist denn?« fragte Jenny. Maik ließ das Feuerzeug in seine Brusttasche fallen und lehnte sich zurück.

»Ich bin auch müde«, sagte Edgar und rutschte mit dem Stuhl zurück, als wollte er aufstehen.

»Nein«, sagte Jenny, »ich möchte das hören, bitte.«

Edgar blickte zu Maik. »Also«, sagte er, »Kino, erste Reihe, das Lachen neben mir...«

»Ein wunderschönes Lachen«, sagte Jenny.

»Genau. Und immer an Stellen, die irgendwie besonders waren, wo sonst keiner lachte. Sie hatte die Beine übereinandergeschlagen und wippte mit dem rechten Fuß. Manchmal sah ich ihre Wade und den Knöchel. Ich habe zu ihr geschielt und auf das Glucksen gehört. Und dieser wippende Fuß, wie eine Einladung. Ich berührte ihren Ellbogen mit meinem, sie merkte es nicht mal. Ich dachte, ich müßte nur den Arm um sie legen, und sie würde sich an mich lehnen, als wäre das ganz selbstverständlich, als müßte es so sein. Und gleichzeitig wollte ich ihre Wade streicheln. Ich mußte mich beherrschen, wirklich beherrschen, wir saßen so eng beieinander. ›Mein Gott, ist die schön!‹ dachte ich immer wieder. Nach jedem Gluckser wollte ich sie küssen.«

»Und – hast du?«

»Ich bekam nicht heraus, wer neben ihr saß. Ein Mann – ja, aber ob er zu ihr gehörte, war unklar. Ich wußte nur eins, daß ich sie ansprechen würde, selbst wenn ich meine Freunde dafür stehenlassen müßte.«

»Sie war nicht allein?« fragte Jenny. Die Kellnerin stellte einen neuen Aschenbecher auf den Tisch. Maik drückte seine Zigarette aus.

»Nein«, sagte Edgar. »Sie war nicht allein. Sie war mit einer ganzen Gruppe da.« Er machte eine Pause.

»Was denn?«

Edgar schüttelte den Kopf. »Ich hatte es nicht sehen können. Sie war debil, die ganze Gruppe war debil.«

»Oh, Scheiße«, sagte Jenny.

»Ich hatte mich in eine Idiotin verliebt.«

»Gibts ja nich.«

»Ja«, sagte er. »Das schlimmste war, ich wollt sie trotzdem.«

»Was?«

»Ich hatte mich verliebt, es war schon passiert.« Edgar lehnte sich an, die Finger auf der Tischkante. Jenny lächelte. Maik hatte sein Feuerzeug wieder aus der Tasche gekramt und spielte damit.

Um sie herum saßen nur noch einzelne Fahrer oder Paare, die schweigend aßen. An den Tischen weiter vorn, zwischen Kasse und Eingang, wurde es laut.

»Wir sollten jetzt wirklich«, sagte Edgar und legte den Zimmerschlüssel zwischen Jenny und Maik. »Geht mal. Ich mach das hier noch.«

»Alles okay, Maiki?« Jenny nahm den Schlüssel und stand auf.

»Danke«, sagte sie.

Maik betrachtete den schweren Metallanhänger mit der aufgeprägten 7 in ihrer Hand. Ohne Edgar anzusehen, schob er seinen Stuhl zurück und folgte ihr.

»Wo hast du die Kinder her? Kann das weg?«

Edgar nickte. »Eigentlich sind es ja keine Kinder mehr«, sagte er. »Aber irgendwie schon, nicht?«

»Du hast ihm die Braut ausgespannt«, sagte die Kellnerin, »mit deinen Schauermärchen.«

»Britti«, sagte er, »komm.«

»Du siehst doch. Is ziemlich mies grad.«

»Ich will nichts von der Kleinen, das weißt du. Bring zwei Kaffee rüber und laß die Idioten da vorn.«

»Geht mich doch gar nichts an, Eddi. Du kannst machen, was du willst. Machst du ja auch.« Sie räumte ab und klaubte die Servietten zusammen.

»Die zwei sind wie Feuer und Wasser. Sie aus Ostberlin

und er aus Stuttgart. Weiß ich doch nicht, was fürn Zoff die miteinander haben. Tut dir der Kleine leid?«

»Willst du mir jetzt erklären«, sie drehte sich halb herum, »daß alle Jungs da durchmüssen?«

»Ich mag die beiden, ehrlich. Ich bin nur froh, daß ich nicht selbst mit Rucksack an der Straße stehn muß. Manchmal bin ich wirklich froh darüber.«

»Alles zusammen?«

»Nur zu.« Er sah ihr nach, wie sie an der Kasse vorbeiging, vor der automatischen Schwingtür langsamer wurde und in der Küche nach rechts bog. Er nahm einen Zahnstocher, zerbrach ihn, und dann zerbrach er noch mal die beiden Hälften. Seine Fingernägel waren sauber. Er beobachtete die Tische vor der Theke. Eine Frau hatte ihren Stuhl herumgedreht und sprach laut mit den Männern am Nachbartisch. Brit kam mit einer großen Kaffeetasse.

»Bist du sauer?« Edgar warf die Zahnstocherreste in den Aschenbecher. Brit stellte den Kaffee vor Edgar, fegte die Tischdecke ab und ließ die kleine Bürste in ihrer Schürzentasche verschwinden.

»Sie wollten durch Frankreich. Man hat ihnen das Geld geklaut, und jetzt sind sie blank, sagen sie zumindest.«

»Du schläfst in deiner Karre und bezahlst ihnen ein Zimmer?«

»Ist das so schlimm?«

»Zumindest unüblich.«

»Und weiter?«

»Bist eben großzügig, besonders wenn sich die jungen Damen bis in die Herzspitzen schauen lassen?«

»Britti«, sagte Edgar und legte einen Hunderter auf den Tisch.

»Sag ihnen morgen früh, daß alles okay ist, ja? Ich zahl das Frühstück.«

»Was denn?«

»Ich fahr bis Herleshausen, für alle Fälle, falls es dick wird morgen.«

»Darfst du denn?«

»Hab noch ne gute Stunde.«

»Die werden nicht zum Frühstück kommen, wenn sie kein Geld haben.«

»Ich will fahrn, Britti. Ist besser so, denk ich mal.«

»Ach herrje«, sagte sie.

»Was ›herrje‹?«

»Stell dich nicht so an. Außerdem hab ich keine Frühschicht, wie du siehst.«

»Ich bezahl das jetzt. Wenn sie nicht kommen, hab ich was gut. Ist das okay, Britti?«

»Und wenn sie klauen?«

»Hör mal.«

»Ich sag nur.«

»Die Lämmchen ...«

»Das sind keine Lämmchen, Eddi, beide nicht.«

»Reicht das?« Er tippte auf die beiden Scheine.

»Die Elektronik bockt.« Sie setzte sich ihm gegenüber, addierte die Bestellung und riß das Blatt vom Block.

»Was sind das für Typen da vorne?« fragte Edgar.

»Ziemlich mies heut«, sagte sie.

»Wie die Schweine.«

»Ja«, sagte sie und kramte in ihrem Portemonnaie. »Schweine aller Länder ...«

»Laß das so. Wenn die nicht auftauchen, hab ich was gut, ja?«

»Kindskopf«, sagte sie und schlenkerte den Rechnungsblock vor seiner Nase.

»Schmeiß doch das Gesocks da raus.«

»Wer denn, ich? Solang der Kaffee läuft ...«

»Wieso Kaffee? Die sind besoffen.«

Brit stellte die Essigflasche zurück in den Gewürzhalter. »Rasier dich mal wieder, Eddi.«

»Wenn dus willst«, rief er ihr nach. Dann öffnete er die beiden Plastetöpfchen mit Kaffeesahne, leerte sie und stopfte seine Brieftasche in die Weste.

Auf der Toilette wusch er sich lange das Gesicht. Im Spiegel sah er, wie ihm das Wasser übers Kinn lief. Beim Abtrocknen drehte er den Kopf hin und her.

Er schlürfte den Kaffee und beobachtete die beiden Männer, die sich wie Fußballer Brust an Brust gegenüberstanden und anschrien. Es war Deutsch, aber nicht zu verstehen. Im Eingang kehrte ein älteres Paar wieder um. Edgar tastete nach dem Wagenschlüssel und seiner Brieftasche. An den Fenstertischen entlang kam man noch unbehelligt nach draußen. Immer mehr Leute erhoben sich.

Edgar erkannte den Jungen an seinen dichten rotblonden Haaren und daran, wie er die Schulter drehte. Er zwängte sich zwischen die beiden Männer, als wollte er auf kürzestem Weg zu Edgar, kam aber nicht weiter. Er blieb zwischen ihnen stecken. Sein Rucksack und der Zimmerschlüssel fielen zu Boden.

Dann wichen die Männer zurück. Im Restaurant wurde es ruhiger. Langsam, sehr langsam hob Maik seine linke Hand. Er führte sie wie ein Buch vor die Augen und zwinkerte, als wäre es zu dunkel zum Lesen. Reglos betrachtete er seinen Handteller, von dem das Blut über den Unterarm zum Ellbogen rann und herabtropfte. Die Männer waren verschwunden.

Brit trat heran, faßte Maik an der Schulter, bückte sich und sah von unten in sein Gesicht. Die andere Kellnerin hob den Zimmerschlüssel auf. Zu zweit führten sie Maik an den nächsten Tisch und rückten ihm einen Stuhl zurecht. Eine Frau kam vom Tresen herüber. Das ältere Paar, das draußen gewartet hatte, stellte sich vor ihn. Ein Sanitätskasten wurde aus der Küche gebracht. Mehr und mehr Leute umringten Maik und redeten ihm zu, als müßte er beruhigt werden. Über ihre Köpfe hinweg sah Edgar das blasse Gesicht des Jungen.

»Du Idiot«, rief Edgar, nachdem er sich in das Innere des Kreises gedrängt hatte. »Du Vollidiot!« Maik rutschte tiefer, streckte die Beine aus und lächelte ihn an. Seine Hand wurde verbunden. Brit fuhr ihm immer wieder durchs Haar. Der Rucksack mit der aufgeschnürten Schlafmatte lag neben seinem Stuhl.

»Du bist wirklich ein Vollidiot!« sagte Edgar und tippte sich an die Stirn.

Maik tastete, ohne Edgar aus den Augen zu lassen, mit der unverbundenen Hand auf dem Tisch nach dem Zimmerschlüssel und warf ihn Edgar vor die Füße. Er lachte auf, laut und überraschend schrill, so daß Edgar zurückwich und der Schlüssel mit der 7 auf dem Metallanhänger nun genau in der Mitte zwischen ihnen lag.

Kapitel 26 – Blinking Baby

Berlin, ein Sonntagabend im August. Lydia erzählt von Jenny, Maik, Jan und Alex und ißt Milchreis. Ein alter Mann sitzt auf seinem Balkon. Die Signallampe steht auf dem Fensterbrett. Wer und was wohin gehört.

Der Milchreis ist noch lauwarm, als ich mir einen Teller voll nehme. In die Mitte drücke ich eine Kuhle und fülle sie mit den Mandarinenstückchen aus der Büchse. Der Saft sammelt sich als schmaler Ring am Tellerrand. Ich bestreue alles gleichmäßig mit Zucker und Zimt und halte den Löffel fast senkrecht, damit nichts überläuft.

Auf dem Fensterbrett hat die Signallampe aufgehört zu blinken. Sie reagiert sofort, wenn es heller oder dunkler wird. Ihr Glas ist gelblich, fast orange, darüber ein Metalltriangel als Anhänger. Auf dem gelben Gehäuse steht in schwarzer Schrift: SIGNALITE.

Das Küchenfenster geht auf den Hof hinaus. Links von mir, im Seitenflügel, sitzt der Alte immer noch auf seinem Balkon. Nachmittags sonnt er sich. Meist hört er dabei Mozart und Wagner, auch anderes, das mir bekannt vorkommt, von dem ich nur nicht weiß, was es ist. Wenn der Alte die Balkontür öffnet, erscheinen zuerst die zitternden Finger seiner linken Hand, mit denen er sich am Türrahmen festhält. Mit der Rechten stützt er sich auf einen Stock. Seine Füße und Unterschenkel sind rotblau geschwollen. Er geht, als stecke er in schrecklich schweren Stiefeln und prüfe mit jedem Schritt, ob der Boden auch standhält. Es dauert lange, bis der Alte sich gesetzt hat, die Hände auf dem Griff des Spazierstocks übereinandergelegt oder jede auf einem Schenkel. Etwa alle halbe Stunde verrückt er seinen Stuhl ein Stück entsprechend dem Sonnenstand. Gegen vier hat er sich ganz zu mir herumgedreht. Er trägt weiße Unterhosen unterm Bademantel und eine dunkle Brille. Die Haarsträhnen um seine Halbglatze reichen ihm bis zum Kragen. Beim Oboenkonzert ist er offenbar eingeschlafen. Jetzt ist es gleich sechs Uhr abends.

Bei dieser Hitze bin ich den ganzen Tag müde. Nachts liege ich wach. Nicht mal Durchzug hilft.

Heute früh kickten zwei Männer eine leere Büchse hin und her, ausgerechnet vor unserem Haus. Das war gegen fünf. Danach die Krähen, die sich unterhielten. Ich schwöre es, sie unterhielten sich wirklich. Zu guter Letzt ein Telefonläuten, irgendwo nebenan, die Fenster sind ja überall offen. Als ich endlich eingeschlafen war, klingelte Jan. Er kam aus dem »Tresor«. Die Klofrauen und Türsteher wollten morgens nach Hause. Wegen der Ferien gabs keine Doppelbesetzung. Da mußten sie Schluß machen. Jan wollte mir die Lampe vorführen, die er zusammen mit Alex von einer Baugrube in der Bötzowstraße geklaut hatte. Die ganze Nacht sind sie mit der Signallampe in ihrem Tanzbunker rumgesprungen. Was dann passiert ist, weiß ich nicht. Jan sagte nur, daß mit Alex alles kaputt und aus und vorbei sei und fragte schließlich, ob er bei mir wohnen könnte, nur für ein paar Tage. Aber damit fange ich gar nicht erst an.

Gegen elf standen Jenny und Maik da. Keine Woche sind sie in Frankreich gewesen. Maiks linke Hand war verbunden und steckte in einer Schlinge. Ich habe ihren Schlüssel. Sie teilen sich die Zweieinhalbzimmerwohnung eine Etage tiefer mit Alex und Jan.

Am Nachmittag kam dann Jenny allein. Vor einer halben Stunde ist sie verschwunden, und ich weiß nicht, ob ich wütend und verletzt sein soll oder ob ich es als Zeichen von

Hilflosigkeit, vielleicht sogar als Vertrautheit deuten kann. Früher hätte ich darüber gelacht.

Natürlich freue ich mich, daß sie mich besuchen. Theoretisch könnte ich ihre Mutter sein. Manchmal sind wir auch eine Art Familie. Sie merken nur nicht, wenn sie beginnen, anstrengend zu werden. Sie glauben, daß sie sich um mich kümmern müssen, weil ich einsam bin. Deshalb haben sie eine Kontaktanzeige für mich in die ›zitty‹ gesetzt. Seit sie Fotos von Patrick bei mir gesehen haben, wollen sie, daß ich ihm schreibe. Ich habe ihnen mehrmals erklärt, daß Patrick doch einer der Gründe gewesen ist, weshalb ich es in Altenburg nicht mehr ausgehalten habe. Der Abend mit der Holitzschek hat das Faß nur zum Überlaufen gebracht. Sie und ihr offenes Geheimnis. Außerdem war meine Flucht, wie ich immer sage, auch nur der erste Schritt, um Ordnung in mein Leben zu bringen. Und diese Ordnung werde ich nicht leichtfertig wieder aufgeben, selbst wenn Jenny und die drei Jungs so tun, als wäre Alleinsein das Schlimmste überhaupt. Ich dachte immer, bei den ganz Jungen ist das anders. Hinzu kommt, was aber für sie nicht zählt, daß Patrick wieder eine Frau und eine neue Arbeit gefunden hat.

Jenny jedenfalls hatte Hunger. Sie öffnete den Kühlschrank und rief: »Wann ißt du das alles?« Ihre Hand lag auf dem Rost des Faches, das sie gerade inspizierte.

»Ich kann dir Lasagne warm machen«, sagte ich. »Gemüselasagne von heute mittag.«

Aus dem Tiefkühlfach griff sie sich einen Beutel Nasi-goreng und drehte ihn mehrmals herum, bis sie die Zubereitungsempfehlung gefunden hatte. Die hellblaue ärmellose Bluse, die ich ausrangieren mußte, ist ihr zu groß. »Pfanne geht auch«, sagte Jenny. »Ißt du mit?«

»Warum denn keine Gemüselasagne?« fragte ich.

Da hielt Jenny schon eine Büchse hoch. »Mandarinen! Darf ich? Is noch eine da.« Sie stopfte das Nasi-goreng wieder ins Tiefkühlfach. »Meine Mutter stellt keine Konserven rein, weil das zuviel Strom verbraucht«, sagte sie, bückte sich und nahm ein Marmeladenglas heraus, um zu sehen, was dahinter stand. »Mmmh, Milchreis!« Mit beiden Händen hielt sie eine Packung Ravensberger Milchreis hoch. »Lüüüüdia – Bittebittebittebitte!« Die Gemüseschublade stand vor. Deshalb schloß die Kühlschranktür nicht.

»Hast du Zimt, Zucker und Zimt?« fragte sie.

»Jenny«, sagte ich, »der Kühlschrank.« Sie drückte die Tür einfach zu, nahm ein Obstmesser aus dem Besteckkasten, säbelte die Strichellinie der Milchreispackung entlang und riß dann den Zipfel ab. »Wo isn der Eimer?« fragte sie. Ich zeigte ihr den Beutel für den Verpackungsmüll unter der Spüle.

Als nächstes schrie sie: »Iiih, schau mal, der Apfel!« Er hatte einen großen braunen Fleck. Jenny wendete die anderen Äpfel und die Pampelmusen in dem Bastkörbchen. »Nur der«, sagte sie und halbierte ihn mit dem Brotmesser. »Das auch extra?« Ich zeigte ihr, wohin die Abfälle für die grüne Tonne kommen, und erzählte von Jan und Alex und der Signallampe.

»Wenn du noch drauf bist und es is Schluß, das is, als ob die Pumpe ausfällt«, erklärte mir Jenny. Sie meinte das Tanzen und das Zeug, das sie dazu schlucken, um high zu werden. »Die Lampe nervt wirklich«, sagte sie. »Ein ganz blödes Teil. Selbst wenn ich sie nicht seh, ich spür sie. Warum holn die so was nach Hause? Das macht mich alle.«

»Das ist jetzt Jans Baby«, sagte ich. »Zumindest solange er allein ist.«

»Na toll! Baby! Meins jedenfalls nicht«, sagte sie. »Erstens liegt er schon wieder mit Alex im Bett, und zweitens durft ich ja die Katze auch nicht behalten. Baby!« rief sie. »Auch noch Baby! Wenns dem Teil zu dunkel wird, fängts an zu blinken. Das nervt.« Sie schnitt den Apfel klein. Auf ihrer rechten Schulter, wo die Bluse verrutscht war, sah man einen weißen Streifen auf ihrer gebräunten Haut.

Ich fragte nach Maiks Hand. Jenny schniefte durch die Nase. »Er packt gerade seine Sachen. *Ich* hab ihm gesagt, daß er packen soll. Kann ich das mal anmachen?« Sie drehte am Radio. »Erst sagt er, daß ich mich nicht ums Geld kümmern muß. Und dann ist er nach fünf Tagen pleite. Ich war nur wütend, ständig Restaurants und Bars. Was isn das fürn Sender? Ich wollte Paris sehn! Wir gammelten zwei Tage in Reims auf Friedhöfen rum. Jetzt tut er so, als hätte *ich* sein ganzes Geld durchgebracht.« Sie schaltete das Radio wieder aus. »Maik ist irgendwo dazwischengeraten, da haben sich zwei gestritten, und er langt da rein, dusselig wie er ist, der Mister Wichtig.« Jenny hatte die Backröhre aufgeklappt und zog die Pfannen heraus. »Das warn ganz netter Typ, der uns mitgenommen hat«, sagte sie. »Maik wollt nach Stuttgart, zu seinen Eltern. Ich hab gesagt, kein Problem, kann er machen, aber ohne mich. Ich sagte, nicht mit nem Laster, Maik fragte den Fahrer trotzdem. Da stand was von Berlin dran, aber der fuhr nach Meerane, wenns das gibt. Ein Volvo voller spanischer Apfelsinen aus Frankreich. Eddi hat die ganze Zeit geredet. Wenn er aufhört zu reden, hat er gesagt, schläft er ein. Wir sollten ihn unterhalten, fünfzig Witze bis zum Hermsdorfer Kreuz. Maik wurde gleich pampig und meinte bloß, daß er doch sein Radio anmachen soll. Na ja«, sagte Jenny und stellte die mittelgroße Pfanne auf den Herd. »Am Kirchheimer Dreieck hat uns Eddi zum Essen eingeladen und wollte ne Übernachtung im Motel spendieren. Fand ich auch okay, zwei, die nichts haben, einzuladen. Ich hatt ihm vorher noch die Geschichte mit der Bademeisterin erzählt. Wir zwei verstanden uns.«

Ich wußte nicht, wovon sie sprach.

»Komm«, sagte sie, »natürlich kennst du die Schwimmhallen-Story.«

»Nein«, sagte ich.

»Kann man mal sehn, wie du zuhörst«, sagte Jenny und hielt den Feueranzünder ins Gas. »Das ist der Tag gewesen, bevor ich meinen ersten Ausweis bekam, April 89. Ich war mit ner Freundin im Schwimmbad. Wir wollten ins Wasser, da verlangt so ne Bademeisterin, daß wir uns wieder anziehn und verschwinden, wegen des Trainings, das beginnen soll. Ich hab meine Uhr rausgeholt – wir hatten mindestens noch zwanzig Minuten Zeit.« Jenny gab Butter in die Pfanne, bückte sich und drehte die Flamme größer.

»Ihr habt rumgetrödelt?«

»Wir hatten bezahlt. Außerdem war ja noch Zeit. Wir hatten die Badekappen schon auf. Plötzlich kam son ganzer Schwung von Leistungsschwimmerinnen rein, so hießen die doch. Die haben Fangeball mit uns gespielt, uns im Kreis rumgestoßen. Ich hab immer nur gedacht, nicht heulen, nicht heulen. Kein Aas hat das gekümmert. Wir sind dann trotzdem ins Wasser, mit aufgeschlagenen Knien. Als wir am Ausgang unsern Garderobenschlüssel abgaben, saß die Bademeisterin hinter ihrem Tisch und sagte auch noch ›Danke‹.« Jenny schwenkte die Pfanne mit der geschmolzenen Butter. »Da hab ich zum ersten Mal erlebt, wie das läuft mit den Erwachsenen und wie das ist, wenn sich eine nicht die Hände an dir dreckig machen möchte. Ich wollte das abends meiner Mutter erzählen. Als sie vor meinem Bett stand, wußte ich, daß ich ihr davon nichts sagen darf. Für sie wäre es viel schlimmer gewesen, viel schlimmer als für mich. Ich konnte ihr das nicht antun.«

Jenny warf die Apfelstücke in die Pfanne, schlenkerte dann im Gehen ihre heruntergetretenen Sandalen von den Füßen, zog mit den Zehen die Waage unterm Regal hervor, stellte sich drauf, trat wieder herunter und machte einen zweiten Versuch.

»Schau mal«, rief sie, »das kann nicht sein. Fünfzig Komma fünf. Ich bin doch kein Zentner!« Ihre Schulterblätter standen hervor wie kleine Flügel. »Einundfünfzig! Schau doch mal!« Sie machte mir Platz und beobachtete den Zeiger.

»Achtundsechzig«, sagte ich, »funktioniert.«

»Was? Du wiegst achtundsechzig?« Jenny sah an mir herab.

Ich schob die Waage unters Regal zurück und fragte noch mal nach Maiks Hand.

»Ich konnte das gar nicht richtig erzählen, weil Maik mich dauernd unterbrach«, sagte Jenny, stieg über ihre Sandalen, stellte eine Kompottschale und das Zimtpäckchen auf den Tisch und schob mir die Zuckerdose zu.

»Ständig quakte er dazwischen«, sagte sie, »bis Eddi ihn darum bat, mich doch mal in Ruhe reden zu lassen. Und als das nicht half, fuhr Eddi ihn an, daß er den Mund halten soll. Er hatte recht, Lydi, wirklich.« Jenny sah kurz zu mir. Ich bat sie, statt der Gabel einen Holzlöffel zu nehmen und die Flamme kleiner zu stellen.

»Als Maik und ich allein im Motelzimmer waren, Eddi saß noch im Restaurant, ist Maik auf mich los – warum ich diese Geschichte Eddi erzählt hätte und nicht vorher ihm. Auf so eine Idee mußt du erst mal kommen, ist total typisch für ihn. Außerdem pinkelt Maik beim Duschen.«

»Das machen alle Männer«, sagte ich.

»Maik redete nur Stuß: Er würde mich nicht daran hindern, wenn ich mir über Nacht was dazuverdienen will. So hat er geredet. Da war dann bei *mir* Schluß«, rief Jenny. »Ich hab ihm mal was erzählt«, sagte sie, »von einem, mit dem ich ab und zu zusammengewesen bin, bevor das zwischen Maik und mir lief. Der war schon älter, aber okay, sehr höflich und großzügig und völlig verknallt in mich. Alles, was ich machte, fand der toll. Er hat mir immer Geld zugesteckt, statt Geschenken. Irgendwie gings nicht bei ihm, und ich dachte, daß ihm vielleicht väterliche Gefühle dazwischengeraten, Schutzinstinkte oder so was. Dann aber hat er mir plötzlich ne schweinische Geschichte vorgelesen, irgendwas SM-mäßiges, total lächerlich, wenn nicht er das gewesen wär. Da brach bei mir alles zusammen, das ganze Bild, das ich von ihm hatte. Und das hab ich mal Maik erzählt, überflüssigerweise.

Seitdem denkt er, ich verheimliche ihm was, irgendwelche SM-Spiele oder was er sich ausspinnt in seinem Rinderwahnsinn. Nur weil der mir Geld gegeben hat. So ist eben Maik. Erst als sie ihn brachten, merkte ich, daß ich im Zimmer eingeschlossen war. Die eine Kellnerin hat uns ins Krankenhaus gefahren und wieder zurück. Die andere hatte inzwischen jemanden gefunden, der uns nach Berlin mitnahm. Der hat die ganze Fahrt über kein Wort gesagt und uns an der S-Bahn in Wannsee abgesetzt.«

Ich sagte ihr, daß sie sich etwas unter der Bluse anziehen soll, weil man sonst, wenn sie gestikuliert, alles sieht.

»Nicht da«, sagte ich, als Jenny ihr Kinn auf die Brust legte. »Hier, an den Ärmeln.«

»Unappetitlich?« fragte sie. »Die gehn so nach außen, schrecklich, nicht?« Plötzlich fiel sie mir um den Hals. Ich hatte gerade noch Zeit aufzustehen. Ich hielt Jenny fest und streichelte ihr übers Haar. Meine linke Schulter wurde feucht. Nur daran merkte ich, daß sie weinte. Genauso abrupt, wie sie sich auf mich gestürzt hatte, löste sich Jenny von mir.

Ich vermischte Zucker mit Zimt, deckte für uns beide den Tisch und fragte, was sie trinken möchte.

»Wie du«, sagte Jenny, verrührte den Milchreis mit den Apfelstücken und riß die Packung ganz auf. »Kühl servieren, mit Müsli«, las sie vor und stellte die Flamme wieder größer. Die Mandarinenbüchse in der Hand, suchte sie nach dem Öffner. Der Milchreis begann am Pfannenrand zu blubbern. »Kannst du mal?« fragte sie, gab mir Büchse und Öffner und rührte in der Pfanne.

Auf einmal sagte Jenny: »Wahrscheinlich hast du recht, vielleicht ists allein am besten.«

Als die Büchse offen war, klingelte es. »Für dich«, sagte ich und stand erst beim zweiten Klingeln auf.

Da ging Jenny hinaus. Ich hörte, wie sie die Tür öffnete. Aber sie sagte nichts. Dann wurde die Tür wieder geschlossen. Ich wartete. Ich rief nach Jenny, und schließlich sah ich nach. Ich war allein.

Ich nahm den Milchreis vom Herd, stellte mich an die Wohnungstür und wartete. Im Treppenhaus war auch niemand. Ich machte den Herd aus und ließ mir ein Bad ein. Das hilft immer. In der Wanne spielte ich mit der leeren Shampooflasche. Ich nahm sie zwischen die Füße und stellte sie auf den Rand, konzentrierte mich und stieß mit den Zehen dagegen, aber so, daß sie ins Wasser kippte. Das ist meine Art, Billard zu spielen, und gut für die Bauchmuskeln.

Als es wieder klingelte, rannte ich im Bademantel zur Tür. Auf dem Abtreter stand die Signallampe und blinkte. Ich beugte mich übers Geländer – nichts. Ich trug die Signallampe in die Küche und stellte sie aufs Fensterbrett, wo sie sofort aufhörte zu blinken.

Jetzt habe ich den ganzen Teller aufgegessen und weiß immer noch nicht, was ich von dieser Aktion halten soll. Ich nehme mir den Rest lauwarmen Milchreis. Die Pfanne, sie paßt nur schräg ins Becken, spüle ich gleich ab. Dann lasse ich die leere Milchreispackung voll Wasser laufen, um sie später besser auswaschen zu können. Danach esse ich weiter.

Weder im Innenhof noch in der Wohnung unter mir ist irgend etwas zu hören. Wenn die vier meine Kinder wären, würde ich mir Vorwürfe machen und denken, ich sei schuld, daß sie so rücksichtslos sind, so chaotisch. Oder ich würde mir einreden, es liege an der Wohngegend oder an irgendwelchen schwierigen Zeiten oder an der Hitze.

Der Alte schläft immer noch. Wenn er aufwacht, wird er sich wundern, wo der Tag hin ist. Eine perfekte Entschuldigung. Aber wahrscheinlich braucht er gar keine Entschuldigungen mehr. Im Frühjahr legte er immer grüne Bananen auf den Balkon. Mit dem gebogenen Griff seines Stockes zog er sie zu sich heran, betastete sie und schob sie wieder weg. Ein Zipfel seines Bademantels bewegt sich hin und her. Die Knochen werden ihm weh tun. Ich kann nicht mal im Bett schlafen, aber er macht selbst auf so einem Stuhl sein Nickerchen. Vor allem im Nacken und in den Schultern wird ers spüren und nachts wach liegen wie ich, Musik hören, sich über das Blinklicht wundern und sich fragen, was es zu bedeuten hat. Vielleicht wirkt es ja auch beruhigend. Mit geschlossenen Augen könnte es beruhigend wirken, wie früher das Ticken des Weckers. Da war ich elf und zwölf und dreizehn und habe meiner Mutter auch nichts gesagt, nicht nur weil ich Angst hatte, sondern weil ich glaubte, daß es für sie schlimmer wäre als für mich und daß ich ihr das nicht antun konnte. Dann aber hat sie sich aus ganz anderen Gründen von meinem Erzeuger scheiden lassen.

Wenn ich aufgegessen habe, werde ich Teller und Milchreispackung abwaschen. Vielleicht stelle ich SIGNALITE lieber in den Schrank zwischen die Wintersachen oder ins Bad und lasse das Licht an. Morgen früh muß ich den Verpackungsmüll nach unten tragen – montags wird die gelbe Tonne geleert. Ich werde Jennys Sandalen auf den Abtreter legen und SIGNALITE gleich dazu. Wenn Jan sein Baby nicht mehr will, jetzt, wo Alex wieder da ist, muß er es eben zurückschaffen, zur Baustelle in die Bötzowstraße. Das wäre überhaupt die Lösung und alles wieder an seinem Platz.

Kapitel 27 – Der falsche Mann

Wie Patrick Danny verläßt. Eine Szene im Wohnzimmer. Lydias Brief und ihre zusätzlichen Pfunde. Tino, Terry und das Monstrum.

Patrick sitzt in einem großen grauen Sessel vor dem kaputten Fernseher. Links von ihm ein Fenster, rechts ein Eßtisch und davor Danny auf einem Stuhl mit dem Rücken zu Patrick. Das Abendbrot für drei Personen ist noch nicht abgeräumt. Zwei der vier gelben Glaskugeln über dem Tisch leuchten, ein mattes Licht. Darunter brennt eine Kerze. Aus den angrenzenden Wohnungen hört man Fernsehgeräusche.

Danny hält eine Zigarette in die Kerze. Sie dreht sich zur Seite, den linken Unterarm über der Lehne, zieht die Beine an, die Fersen auf der Stuhlkante.

Patrick fährt in seine schwarzen Halbschuhe, lockert den Schnürsenkel des rechten, zieht daran, bis die Enden gleich lang sind, und bindet eine Doppelschleife. Dasselbe mit dem linken Schuh. Patrick fragt: »Schläft er?«

Danny zuckt mit den Schultern. Mit der rechten Hand umschließt sie nacheinander die Zehen beider Füße, als wäre ihr kalt. »Weißt du, was Billi zu mir gesagt hat? ›Er hat seine Arbeit verloren und sich eine neue gesucht. Ihm ist die Frau weggelaufen, und er hat eine neue gefunden. Was will er denn noch?‹ hat Billi gesagt.« Danny bläst den Rauch gegen die geschlossene Wohnzimmertür vor ihr. »In Kohren-Sahlis war es schön, nicht?«

»Sehr schön«, sagt Patrick.

»Man muß Tino manchmal zu seinem Glück zwingen. Kinder brauchen feste Bahnen, in denen sie sich bewegen können.«

»Wir hatten Glück mit dem Wetter.«

»Daß er auf deine Schultern gestiegen ist, Pat, das war doch mehr als ein Riß im Eis, findest du nicht? Und wie ihr gerudert seid, wie er auf dich gehört hat und sich angestrengt... Ein richtiges Wunder.« Sie kratzt sich am Schienbein und berührt für einen Moment mit dem Kinn die Knie. »Für ihn wird es schrecklich.«

Patrick faltet die Hände über dem Bauch. Gleich darauf legt er sie auf die Armlehnen zurück.

»Du mußt noch deinen Freund Enrico anrufen«, sagt Danny. »Ausgerechnet jetzt, wo ich mich an ihn gewöhne. Zwei Beutel dreckige Wäsche zum Kennenlernen, wirklich einmalig! Ich weiß bis heute nicht, was das für grünes Zeugs war. Als hätte er die Taschen voller Birkenblätter gehabt oder zerkrümeltem Rosenkohl. Und wie er dastand, in seinem fleckigen T-Shirt, mit offenem Mund, als müßte er gleich wieder kotzen. Ich dachte, ich höre nicht recht, als er wieder mit seinem Magenkrebs anfing. Für einen Schriftsteller hat er ziemlich wenig Phantasie, erschreckend wenig. Hast du ihm das mal gesagt? Und ob er wirklich so viel Ahnung von China und Schopenhauer hat... Man weiß nur selbst zuwenig. Wenigstens hat er mir die Brasilien-Story erspart.« Danny stellt die Füße auf die großen braunkarierten Pantoffeln vor ihrem Stuhl. »Man kann ihn ja nicht mal bitten, den Tisch zu decken. Irgendwas zerdeppert er immer, und das Besteck liegt herum wie Mikadostäbchen. Ich wundere mich über deine Geduld. Ich wundere mich wirklich. Nur weil er sagt, daß er nichts mit dieser Irren hatte? Und wenn er dich anlügt, wenn er nun doch mit ihr? Vielleicht wollte sie ja mit ihm schlafen?«

»Nein«, sagt Patrick und zieht die Lippen ein. »Ganz sicher nicht.«

»Was weißt du denn schon...« Danny reibt sich mit dem rechten Fuß am linken Knöchel und schlüpft in die Pantoffeln. »Terry hat wieder Flöhe.« Sie schlägt die Beine übereinander. Den rechten Pantoffel hält sie nur mit den Zehenspitzen. »Ich hab mich immer gefragt, wie kommt eine Frau dazu, von dir wegzulaufen – laß mich ausreden –, und dann noch zu so einem. Ich staune nur. Jedesmal wenn der hier aufkreuzt, frage ich mich, wieso...«

»Lydia...«

»Nicht! Bitte nicht, Pat. Nicht noch ihren Namen hier.«

»Ich wollte sagen, daß sie einen Grund hatte.« Er blickt kurz zu Danny hinüber.

»Pat.« Sie drückt die Zigarette auf einer Untertasse aus. »Da ist einer, der nach jedem zweiten Satz sagt, daß er Schluß macht. Das ist Herr Enrico Friedrich, Möchtegern-Schriftsteller. Dann setzt sich einer hin, hält ihm das Händchen und erklärt ihm, warum er das nicht machen soll. Das bist du. Woche für Woche muntert man ihn auf, erzählt ihm, was es alles Schönes im Leben gibt, versucht, ihm seine Angst zu nehmen. Er kann Wohngeld beantragen, er ist versichert, er kann sogar von Amts wegen eine neue Waschmaschine bekommen.« Danny hält die drei abgespreizten Finger hoch. »Er aber hat Spaß daran, alles, was man ihm vorschlägt, zu zerdeppern. Das ist sein Beruf und sein Hobby. Kein Mensch, kein Job, keine Freude, nichts, nichts, nichts. Ich finde das direkt beleidigend, zumindest für Anwesende. Und als Draufgabe kotzt er fremde Betten voll und heult sich die Seele aus dem Leib, weil er allein ist. Wenn schließlich jemand sagt, daß es vielleicht wirklich das beste sei, wenn er endlich mal macht, wovon er die ganze Zeit redet – mein Gott, ja, ist das denn ein Wunder? Außerdem hast du es nicht zu ihm gesagt. Du hast es ihr anvertraut. Na und? Du hast doch nicht behauptet, du würdest dich darüber freuen. Das ist ja absurd! Und von denen, die die ganze Zeit davon quatschen, macht es sowieso keiner. Das kommt ja noch dazu. Die es wirklich tun wolln, die sprechen nicht darüber. Oder lieg ich da falsch? Stimmt es nicht, Pat?«

»Meistens«, sagt er, ohne aufzusehen.

»Findest du nun, daß das ein Grund ist? Ist das ein Grund, jemanden, mit dem man jahrelang zusammenlebt, einfach sitzenzulassen, nur weil er über einen Bekannten sagt: Der wird nicht mehr? Wegen vier sehr berechtigter Worte? Und hat dabei nicht mal den Mumm, dir ins Gesicht zu sehn. Schmiert ihr ›adios‹ auf einen Zettel, aus und fertig? Du hattest doch recht! Heute mehr als damals! Der wird nicht mehr!« Sie greift mehrmals in ihre Locken und zieht sie hinter den Ohren nach unten. »Ich stelle nur Fragen, Pat, nichts weiter. Und was ich weiß, weiß ich von dir. Das hast du mir alles erzählt. Ich denke mir nichts aus! Oder das Theater wegen der Tschechin, der Putzfrau, weshalb Fräulein Schumacher das ganze Wochenende nicht schlafen konnte – Augenringe, als hättest du ihr Veilchen geschlagen. Ist es denn ein Verbrechen, jemanden für sich putzen zu lassen? Ich denk mir das nicht aus, Pat, und Menschen verändern sich nicht.« Danny streift die Haare an ihren Fingern ab. »Was hättest du denn damals gemacht, wenn du sie bei Enrico erwischt hättest, wenn sie noch dagewesen wäre? Ich habe dich nie danach gefragt. Und wieso konntest du annehmen, ein Kind hätte alle Probleme gelöst? Willst du von jeder gleich ein Kind? Wie die Tempelpaviane in Bangkok? Für die zählen auch nur die eigenen Gene.«

Patrick rutscht im Sessel nach vorn.

»Entschuldige!« sagt sie. »Entschuldige. Willst du gar nichts mehr essen? Den Salat hab ich völlig umsonst gemacht.«

Patrick bleibt auf der Sesselkante sitzen. Er sagt: »Ich rufe morgen den Monteur an.«

»Warum?«

»Weil der Fernseher kaputt ist.«

»Warum willst *du* den Monteur anrufen?«

»Danny...«

»Warum willst *du* den Monteur anrufen, frage ich? Warum kann ich das nicht machen?«

»Weil ich gesagt habe, daß ich es mache. Ich habe es Tino versprochen.«

»Und was sagst du dem Monteur dann? Daß er mich anrufen soll? Oder was sagst du ihm? Ich versteh dich nicht. Du denkst nicht nach. Das ist es vielleicht. Du denkst einfach nicht nach. Ich verlange ja nicht mal, daß du an uns denkst. Nur nachdenken sollst du. Das ist alles.«

Danny hält eine neue Zigarette in die Kerze. »Du sagst ja gar nichts? Jetzt ist wohl die Toleranz ausgebrochen?«

»Was soll ich denn sagen?«

»Na, deinen Spruch mit dem Seemann, der stirbt, wenn man einer Kerze ...«

»Ich denke, den kannst du nicht ausstehen?«

»Gibt Schlimmeres«, sagt sie. Während des Sprechens kommt Rauch aus ihrem Mund. »Weißt du, warum ich dich von Anfang an gemocht habe? Weil du am ersten Tag in der Redaktion gesagt hast: ›Du stehst wohl am liebsten so.‹«

Danny stellt den rechten Fuß hinter der linken Ferse auf die Spitze. Die Zigarette im Mund, drückt sie sich, auf Tisch und Stuhllehne gestützt, nach oben. »Oder so.« Sie führt die Fußspitze von vorn hinter die Ferse. »Stimmts? Fast alle Fotos sind so.«

Patrick nickt. Sie läßt sich wieder auf den Stuhl fallen.

»Ich dachte, endlich mal einer, der wirklich hinschaut, der weiß, daß eine Frau wie eine Frau behandelt werden möchte. Bei dem ich nicht mein Diplom über die Spüle hängen muß, damit er kapiert, daß ich auch noch was andres kann.« Ihr langer Daumennagel schnippt am Zigarettenfilter. »Weißt du, wann ich zum ersten Mal enttäuscht war von dir, so richtig enttäuscht? Als Beyer sagte, daß unsere Namen nicht erscheinen dürften, als das so schlimm war mit den Faschos und Punks.«

»Ist es doch noch.«

»Ich meine aber damals, als du überhaupt nicht dagegen protestiert hast. Da fühlte ich mich von dir verraten. Nicht nur von dir. Damals bin ich fast durchgedreht, weißt du noch, wegen der Krokodilsaugen? Und du hattest einfach nur Schiß.«

»Nicht um mich.«

»Ich weiß, da war sie gerade zu dir gezogen. Ich an ihrer Stelle hätte verlangt, daß dein Name erscheint. Hat sie sich nicht mal gewundert?«

»Nein.«

»Ich fand das mit uns beiden gut, weil wir uns kannten. Da ist man realistischer, nicht so hundert Prozent Erwartung, vielleicht nicht die ganz große Liebe, aber trotzdem. Man läßt es wachsen. Und wie du mit Tino umgehen kannst. Und daß wir nicht so sind wie die meisten, die denken, wenn sie Karriere machen, sind sie Silvester 99 nicht alleine.«

»Danny, ich möcht euch doch helfen. Ich schick Geld, für Tino.«

»Was denn jetzt wieder?«

»Es wird knapp, allein mit dem Jungen. Von Martin kommt ja nichts, nicht viel zumindest.«

»Du bist unglaublich, Pat, wirklich unglaublich. Soll ich Tino hundert Mark geben, wenn er nach dir fragt, oder zweihundert? Ich hätte sagen sollen, bitte zerreiß den Brief und wirf ihn weg, oder wir verbrennen ihn im Aschenbecher, in dem da, dem da oben.« Sie nickt zum Fernseher. »Was hättest du gemacht, wenn ich das von dir verlangt hätte? Was hättest du gemacht, wenn ich verlangt hätte, daß du den Brief ungelesen zerreißen und verbrennen sollst?« Nach einer Pause sagt sie: »Na?«

»Danny.«

»Ich meine, ich hätt ihn wegschmeißen können, ihn dir gar nicht erst zeigen. Oder er wäre verlorengegangen, irgendwo verschüttgegangen bei der Post? Ich hab den Absender gesehn. Da hat sie ja keine Hemmungen. Hast du darüber mal nachgedacht, was passiert wäre? Soll ichs dir sagen? Das muß ich doch nicht – oder? Wenn ich sage, daß du nicht nachdenkst, meine ich das auch. Du hast selbst gesagt, daß diese Frau krank ist – aber du wolltest unbedingt beweisen, daß man mit ihr leben, sie aufwecken kann, wie du dich so schön ausgedrückt hast, mit ihr Kinder haben und überhaupt ein wunderschönes Leben. Das war dein Ehrgeiz. Und du hast gesagt, daß du wußtest, daß sie nicht einfach zu haben ist. Mit sibirischen Bäumen hast du eure Beziehung verglichen, sibirische Bäume wachsen langsamer, aber normale Sägen zerbrechen daran – oder verwechsle ich da was? Ich hab mich nur die ganze Zeit gefragt, wieso erzählt er mir das? Vielleicht denken Männer ja so. Aber warum muß ich mir das anhören? Ich will das doch gar nicht wissen!« Danny klopft ein paarmal mit den Fingerknöcheln gegen ihren Kopf. »Ich merke mir halt alles so schrecklich gut. Alles ist hier drin, alles. Weißt du überhaupt noch, daß du eine Provinzliebe bist? Willst du wissen, was das heißt? Ich hab drüber nachgedacht. Das heißt schlicht und einfach: In Altenburg gabs nichts Bessres als dich. Du bist ihre Notlösung, ihr Notnagel gewesen. Man tut sich halt zusammen, weil man sonst überhaupt niemanden hat. So simpel ist das. Im großen Berlin aber, wo Lydia Schumacher die volle Auswahl hat, wärst du schon von vornherein nicht in Frage gekommen. Das hat sie dir damit sagen wollen. Merk ich mir alles. Und wie sie dir deinen ganzen Ehrgeiz ausgetrieben hat, weil sie dir gezeigt hat, wer du bist. Schritt für Schritt hat sie dein Bild demontiert und immer recht behalten und dich ›Maulhure‹ genannt, nicht mal im scharfen Tonfall, ganz beiläufig, als erwarte sie sowieso nichts anderes mehr von dir, hast du gesagt. Bis es auch dir endlich dämmerte, daß sie krank ist. Eine Frau, die seit fünf Jahren Kopfschmerzen hat ... Was gibts da noch groß zu reden. Diese Westtussis halten alle nichts aus ...«

»Sie ist doch keine ...«

»Na und? Benimmt sich aber so. Sie ist krank. Sogar Enrico ist noch draufgekommen. Seit die Frau von diesem Landtagshollidolli, diese Holitzschek, oder wie sie heißt, seit die ihm nen Wink gegeben hat, daß bei Fräulein Lydia Schumacher nicht alles ganz rundläuft, da hat es selbst bei ihm klick gemacht. Was glaubst du denn, warum sie von hier weg ist? Doch nur, weil sie vor der Holitzschek Angst hatte, weil sie der nichts vormachen konnte. Frag deinen Freund Enrico. Der hats begriffen. Die sah durch, die Holitzschek, die ist Psychiater. Hast du das alles vergessen?« Danny schenkt sich Tee nach. »Du auch?«

Patrick schüttelt den Kopf. Danny trinkt und setzt die Tasse wieder ab.

»Und trotzdem hab ich sie beneidet. Was du erzählt hast, das warn alles Liebeserklärungen, ganz simpel. Und weil an ihr ›alles Bein ist‹!«

»Danny!«

»Gefällt dir nicht? Es geht um drei bis vier Zentimeter längere Oberschenkel und zwei bis drei Zentimeter weniger Umfang. Das is es doch! Du hattest so viel Taktgefühl, mir zu sagen: An der is alles Bein! Weiß ich wenigstens, woran ich bin.«

»Tut mir leid, Danny.«

»Wofür entschuldigst du dich?«

»Es tut mir leid.«

»Was soll das heißen?«

»Daß es mir leid tut.«

»Ich verstehe nicht, was das soll! Ich frag dich nur, was das bedeutet?« Danny zieht die Untertasse bis an die Tischkante und drückt ihre Zigarette aus. »Kannst du mir das bitte noch erklären? Heißt es, daß du mich bis gestern mittag geliebt hast. Aber seit gestern mittag hältst du es nicht mehr aus, mit Tino und mit mir? Heißt es das?«

»Es heißt, daß es mir leid tut«, sagt Patrick. »Außerdem ist sie dick geworden.«

»Was?«

»Sie hat geschrieben, daß sie dicker geworden ist. Sie hat fast zehn Kilo ...«

»Zehn?«

»... zugenommen.«

»Du liebes bißchen, zwanzig Pfund? Seit wann liebst *du* fette Weiber? Dann hätt ich lieber rumfressen solln, statt zum Turnen und in die Sauna zu gehn? Wie mans macht, macht mans falsch – auch nichts Neues.«

»Du hast nichts falsch gemacht. Das hat überhaupt nichts mit dir ...«

»Nich noch was, Pat, hör auf, bitte ...«

»Vielleicht ist es Schicksal. Vielleicht ist sie einfach mein Schicksal«, sagt er.

Es bleibt still, bis Danny flüstert: »Bin ich blöd.« Sie drückt die Handballen gegen die Augen. »So einen liebe ich nun.«

Patrick sieht auf den Bildschirm, in dem sich das Wohnzimmer spiegelt. »Jetzt wird er schlafen«, sagt Patrick. Beide Schuhe auf den Absatz gestellt, klappt er mehrmals die Spitzen zusammen. »Ich rufe dich an, ja?« sagt er und steht auf, geht um den Sessel herum, greift nach dem Koffer und der schwarzen Reisetasche.

»Machs gut, Danny.« Er blickt auf die großen Pantoffeln und den Flohstich an ihrem Knöchel, auf ihre Handrücken und die ringlosen Finger mit den lackierten Nägeln. Beim Hinausgehen fährt der Reißverschluß seiner Tasche an dem geriffelten Glas der Türscheibe entlang. Dann hört man das Zuschnappen des Schlosses.

Danny bleibt sitzen. Plötzlich ruft eine Kinderstimme, jede Silbe betonend: »Mum-mi! Mum-mi!« Kurz darauf wird eine Tür aufgestoßen. Danny befeuchtet die Kuppe von Daumen und Zeigefinger mit Spucke und löscht die Kerze.

»Mum-mi«, ruft Tino, kommt herein und sieht sich um. Er trägt einen weißen Schlafanzug mit blauen Kringeln.

»Was ist denn los?« fragt Danny, wischt sich die Fingerkuppen am Ärmel ab und steht auf. Tino breitet die Arme aus. Sie hebt ihn hoch, schleppt ihn hinaus und knallt die Tür hinter sich zu. Bis auf die Fernsehgeräusche von nebenan ist nichts zu hören. Plötzlich erscheint, man weiß nicht, woher, ein Hund, ein Foxterrier, auf Dannys Stuhl und gelangt von da auf den Tisch.

Gierig macht er sich über die Reste des Abendbrots her. Man hört sein Schmatzen, das nur aussetzt, wenn er, den Kopf vorgestreckt, etwas hinunterschlingt. Bevor er weiterfrißt, leckt er sich das Maul und blickt zur Tür. Ab und zu kratzt er sich mit einer Hinterpfote am Hals. Nach ein paar Minuten verläßt er wieder den Tisch und springt auf den grauen monströsen Sessel, in dem er zu verschwinden scheint.

Kapitel 28 – Schnee und Schutt

Taxiunternehmer Raffael erzählt von den Scherereien mit einem Schriftsteller und einem Ofen. Enrico Friedrich hat seinen Vornamen geändert und will sich das Bein brechen. Böse Nachbarn. Wo man überall glücklich sein kann.

Es war schon nach zwölf, als Petra und ich vom Geburtstag ihres Bruders aus Leipzig kamen. Auf der Suche nach einer Parklücke fuhr ich am Sperlingsberg entlang, wo wir seit einem knappen Jahr wohnten. Zwischen den Sträuchern neben unserer Haustür glaubte ich, eine Gestalt im langen Mantel gesehen zu haben – mitten im August. Als wir einen Platz für den Wagen gefunden hatten und zum Haus zurückliefen, erblickte ich die Silhouette erneut – von der Statur her ein Mann.

»Erschrick nicht«, sagte ich und drückte Petras Arm an mich, »ein Exhibitionist.« Sie verstand nicht. »Ein Exhibitionist«, wiederholte ich und nahm den Schlüsselbund in die Hand. In unserem Aufgang brannte nirgendwo mehr Licht. Auch nicht in den Nachbareingängen.

»Guten Abend«, rief eine Männerstimme. »Sie will mal wieder nicht. Nichts ist ihr gut genug.« Die Gestalt machte einen Schritt auf uns zu und hob den Kopf. Einen Arm hielt sie ausgestreckt, als zeigte sie auf etwas vor ihren Füßen.

»Herr Friedrich?« fragte Petra.

»Manchmal gehts eins, zwei, fix«, sagte er. »Da macht sie ihr Geschäft. Aber heute. Wird gleich regnen.«

»Ach«, sagte Petra, »schau mal. So was hab ich ja noch nie

gesehen, Katze mit Leine.« Das Tier duckte sich vor uns ins Gras. Ihr Halsband hob sich hell ab.

»Ist praktisch«, sagte Friedrich. »Sie will nie raus. Sie erschrickt so schnell. Aber ich brauch ein bißchen Luft.«

Selbst auf zwei Meter Abstand roch ich seine Fahne, wahrscheinlich Wodka. Der Bademantel, rostbraun mit grauem Blütenblattmuster, verströmte außerdem einen medizinischen Geruch.

Petra hockte sich hin und bewegte die Finger. Die Katze drehte sich vor ihr zur Seite. »Wie heißt sie?«

»Kitty«, sagte er. »Eigentlich ist es ein Kater – oder war mal einer.«

»Ah ja?« Petra sah auf und fixierte dann Friedrichs vorgestelltes Bein. »Was haben Sie denn da gemacht?«

»Mehrfachbruch«, sagte er, raffte den Bademantel und klopfte gegen den Gips. »Zu leichte Knochen, höllisch!« Aus seinem Mund kam ein klackendes Geräusch. Seine lange Unterhose war über dem Gips abgeschnitten.

»Mein Gott!« sagte Petra.

»Der Ofen«, erklärte er. »Ich wollt ihn weghaben, das gute Stück, mit ner Sackkarre hab ichs versucht, bin abgerutscht und ...« Friedrich fuchtelte herum, hieb mit der Handkante aufs vergipste Schienbein und schnalzte. »So, wie er umgefallen ist, liegt er noch im Flur, das gute Stück.«

»Wir haben unsern behalten«, sagte Petra.

Friedrich grinste. »Wohl für alle Fälle ...«

»Für alle Fälle«, sagte ich. »Das einzige, was im Ernstfall funktioniert.« Friedrich zog einen Mundwinkel zur Seite und kaute auf der Unterlippe.

»Das ist gut«, sagte er, »wirklich gut.«

»Ihr Klingelschild«, fragte Petra, als spräche sie mit dem Kater. »Ich dachte ...«

»Heinrich ist einfach nur eingedeutscht. Ich wollts jetzt machen. Besser, man regelt das, bevors losgeht.«

»Bevors losgeht?« fragte ich.

Er musterte mich. »Die Karriere«, sagte er zögernd.

»Enrico klang doch gut«, sagte Petra und sah wieder auf. »Ich dachte schon, ein Verwandter von Ihnen wär eingezogen.«

Der Kater kümmerte sich nicht mehr um Petras ausgestreckten Arm mit den zappelnden Fingern.

»Nur eingedeutscht«, wiederholte Friedrich und kaute weiter auf der Unterlippe. Er scharrte mit seinem Gips über die Fußwegplatten, als wollte er etwas von der Sohle abstreifen.

»Haben Sie Schmerzen?« fragte ich.

»Bei den Modenamen weiß keiner, welche Sprache eigentlich dahintersteckt«, sagte Friedrich. »Mir geht es nur um die Sprache, sonst nichts.«

»Ah ja«, sagte Petra.

»Nein«, sagte er, »nichts Nationalistisches, überhaupt nicht.«

»Woran arbeiten Sie denn grad? So was wie die Buddenbrooks oder Hamlet?«

»Es ist besser, Sie lassen Kitty in Ruh. Es wird gleich regnen.« Petra erhob sich sofort.

»Ich verfolge mehreres gleichzeitig«, erklärte Friedrich. »Das treibt sich gegenseitig voran. Sie mögen es nur nicht, wenn man konsequent bleibt. Die Verlage mögen das nicht.«

Petra nickte. »Ich habe auch mal geschrieben.«

Eine Weile beobachteten wir den Kater, der durchs Gras stakste.

»Gute Nacht«, sagte Petra dann und reichte Friedrich die Hand.

»Gute Nacht!« sagte ich.

»Gleichfalls«, antwortete er.

Als wir uns hinlegten, begann es tatsächlich zu regnen. Ich fragte mich, ob Friedrich und sein Kater noch draußen waren, denn im Treppenhaus hatte ich nichts gehört.

Petra sagte, daß wir den kleinen Ofen auch abschaffen und den Kohlenkeller aufräumen sollten. Vor unserem Einzug hatte ich die ganze Wohnung renoviert und sie den Ofen noch unbedingt behalten wollen, weil wir die Kohlen mit übernommen hatten.

»Friedrich hat ja ganz schön einen geladen«, sagte ich.

»Hat er immer«, sagte Petra. »Nur wäscht er sich jetzt auch noch mit Franzbranntwein.«

»Genau! Franzbranntwein«, sagte ich und versuchte, seinen Schnalzlaut nachzuahmen.

Die Scherereien mit Friedrich, der nun nicht mehr Enrico hieß, begannen Ende September, an einem Mittwoch. Petra rief mich nachmittags gegen vier in der Taxizentrale an. Sie wollte, daß ich sofort nach Hause komme. Ich war allein und fragte, wie sie sich das vorstelle – die Telefone einfach unbesetzt zu lassen. Sie sagte, daß ihr das egal sei, daß sie keinen Schritt mehr vor die Tür gehe, und schmiß den Hörer hin. Seit mein Taxibetrieb besser lief, vor allem aber nach unserem Umzug aus Nord zum Sperlingsberg, waren solche Wortwechsel zwischen uns selten geworden. Auch von Scheidung war keine Rede mehr.

Als ich um sechs nach Hause kam, lag Petra im Schlafzimmer quer über unserm Bett. Ich verstand nur, daß jemand sie im Treppenhaus abgepaßt und gefragt hatte, ob sie ihm das Bein brechen könnte. Ich wußte nicht, von wem sie sprach.

»Friedrich!« schrie Petra, »Friedrich, von wem denn sonst?«

In solchen Situationen scheinen ihre Wangenknochen stärker hervorzutreten, und die Adern an ihren Schläfen werden sichtbar. Für einen Moment ähnelte sie dieser Bosnierin, von der auf der Lokalseite ein Foto erschienen war, weil sie sich im Asylantenheim aus dem Fenster gestürzt hatte.

Ich versuchte, Petra an mich zu drücken oder wenigstens ihre Hände festzuhalten. David, er war gerade sechzehn geworden, erschien im Korridor und ging in die Küche. Ich hörte, wie die Kühlschranktür zufiel. Ohne auch nur einmal zu uns herüberzublicken, kehrte er in sein Zimmer zurück. Mit dem Ellbogen zog er die Tür hinter sich zu. Wenigstens hatte er die Musik leise gestellt.

»Friedrich war stockbesoffen«, sagte Petra. »Wir stehen uns an der Tür gegenüber, und er fragt mich so was! Als Biologielehrerin wüßte ich doch …« Sie schluchzte auf, und ich küßte ihre zitternden Hände. »Müßte ich doch Bescheid wissen. Ich sollte ihm die Stelle zeigen, wo es am leichtesten knack macht. Er hat aber nicht knack gesagt, er hat das so mit der Zunge gemacht, widerlich!«

»So?« fragte ich und schnalzte.

»Ah!« rief Petra und krümmte sich vor Ekel. Im Wohnzimmer lotste ich sie zu einem Sessel und nahm ihre Hände zwischen meine.

»Der glaubt wohl, ich denke tatsächlich darüber nach …«

»Wieso will er das?« fragte ich und versuchte, meiner Stimme einen ruhigen und tiefen Klang zu geben.

»Das habe ich ihn auch gefragt«, sagte sie und hängte sich an meinen Hals, ihr Mund an meinem Ohr. »Aber er fing bloß wieder an, daß man das selbst schlecht hinkriegt und er sich anatomisch nicht auskennt. Stell dir das mal vor!«

Ich streichelte Petras Rücken. »Vielleicht will er nur weiter krank geschrieben werden«, sagte ich. »Er will Kasse machen und Romane schreiben.«

Ich versuchte, mich aus Petras Umklammerung zu lösen. Sie hielt mich fest. Ihre Schulter drückte mein Kinn hoch. »Ich darf mit niemandem reden, auch mit dir nicht«, sagte sie. Nach einer Pause flüsterte sie: »Morgen kommt er …« Sie zog die Nase hoch und hielt die Luft an. »Mein Gott!« stieß sie hervor. Es hörte sich an, als hätte sie Schnupfen.

Petra sagte, daß Friedrich jetzt einen Bart trage und noch aufgedunsener sei, allerdings ohne Gips, aber immer noch im Bademantel. »Und dieser Gestank!«

»Franzbranntwein?«

Sie nickte. »Und Schnaps.«

»Mach dir keine Sorgen«, sagte ich, als ich den Kopf wieder bewegen konnte. Wir tranken beide einen Cognac. Dann ging ich hinauf in die dritte Etage.

»Heinrich Friedrich« stand in Druckbuchstaben unter der Klingel. Nach dem ersten Kling-klong tat sich nichts. Nach dem zweiten setzte in der Nachbarswohnung ein Staubsauger ein, der mehrmals von innen gegen die Wohnungstür stieß. Eine halbe Stunde später stieg ich erneut die zwei Stockwerke hinauf und klopfte. Ich war mir nicht sicher, ob der Abtreter bereits beim ersten Mal gefehlt hatte. Hinter mir öffnete Frau Bodin und wischte die Schwelle. Wir nickten uns zu.

Gegen zehn Uhr abends setzte ich mich an unsere Wohnungstür, falls Friedrich mit dem Kater herunterkäme.

David fragte, ob ich Hilfe brauche. »Ein Invalidenschein – das wärs natürlich!« sagte er. »Was die sich einbilden!«

Ich fragte, wen er mit »die« meine. Er zeigte mit dem Daumen nach oben: »Na die Spinner alle, wie Friedrich und so.«

Petra lag im Bett und las. Ich hörte, wenn sie umblätterte. Auf einmal stand sie wie ein Kind vor mir und sagte: »Ich hab Angst.« Ich legte die Arme um ihre Taille und zog sie auf meinen Schoß. Ich hielt Petra fest, bis mir die Füße einschliefen.

Am nächsten Nachmittag holte ich sie an der Schule ab und fuhr sie nach Hause. Friedrichs Toilettenfenster war angekippt, aber er öffnete nicht. Auch die nächsten Wochen blieb er unsichtbar. Von der Hartung, die über uns wohnt, erfuhr ich, daß Friedrich dienstags und freitags mit einem Rollwägelchen zur Kaufhalle ginge. Jedesmal habe er Mühe, seinen Hamstersack voller Flaschen die Treppen heraufzuhieven.

An einem Sonnabend Mitte November zerlegte ich den kleinen Ofen – Kacheln, Schamottesteine, Abzugsrohr, Füße, Blech, Tür, Rost stapelte ich in unserem Keller und schüttete den Rest in den Container. Ich war gerade fertig mit Duschen, als es klingelte.

Friedrichs Gesicht war verquollen. Die Haare klebten ihm am Kopf und glänzten, als käme er gerade aus dem Regen. Durch den schwarzen Bart schimmerte blaß sein Kinn. Um den Hals trug er einen roten Schal und hielt einen großen gepolsterten Umschlag in beiden Händen.

»Ihre Frau wollte das lesen«, sagte er. Ich bedankte mich. Seine Brust und sein Bauch zeichneten sich unter dem Jogginganzug ab. Diesmal stank Friedrich nicht, zumindest roch ich nichts. Er nickte und drehte sich um. Seine nackten Füße steckten in Badelatschen. Die blauorange gestreiften Sohlen, die abwechselnd gegen seine Fersen klappten und auf den Stufen quietschten, wirkten wie Warnstreifen am Heck eines Lkws.

»Friedrich«, sagte Petra, ohne aufzusehen. Sie saß im Sessel, den Handstaubsauger zwischen den Knien.

Ich zog das Manuskript aus dem Umschlag. ›Schweigen‹ stand auf dem Deckblatt, darunter, etwas kleiner: Roman. Und dann, wieder etwas größer: Heinrich Friedrich.

Das war ein Zeug. Ich verstand nichts. Ich schlug sein Manuskript an verschiedenen Stellen auf. Ich begriff keinen Satz. Das heißt, ich fand kaum Sätze, nur aneinandergereihte Worte und dazwischen handschriftliche Korrekturen. Manchmal hatte Friedrich einen ganzen Absatz neu auf den Rand gekritzelt. Ich gab es Petra. Auf dem Umschlag war sein Name durchgestrichen. Unten links hatte er einen Aufkleber abgekratzt.

»Damit verbringt er nun seine Zeit«, sagte Petra.

Ich schaute noch mal in den Umschlag. Ich hatte nichts übersehen.

»Ich weiß es nicht«, antwortete Petra, als ich sie fragte, was sie gerade gelesen hätte. »Ich kanns nicht sagen, beim besten Willen nicht!«

Mir ging es genauso.

»Davon bekommt man richtig schlechte Laune«, sagte sie. »Man sollte ihm erklären, daß es so nicht geht.«

»Du denkst, er hat kein Talent? Vielleicht kann er ja auch was Schönes schreiben?«

»Glaub nicht«, sagte sie. »Ich hätte meine Sachen nicht wegschmeißen sollen. Die waren gar nicht mal übel, zumindest nicht unbegabt, hat man mir gesagt. Dir hätten sie bestimmt gefallen.«

Ich fragte, wie sie das meine.

»Sie waren spannend. Man wollte immer wissen, wie es weitergeht.«

In den folgenden Tagen war Friedrich ständig im Treppenhaus zu hören. Offensichtlich entrümpelte er seine Wohnung. Am Dienstag abend ging die Papiertonne, die mittags geleert worden war, nicht mehr zu. Auf einem leeren Ordner, der ganz oben lag, las ich: Enrico Friedrich – Die Gedichte. Auf einem anderen: Enrico Friedrich – Die Briefe. Dazu zerrissene Zeitungen, Broschüren, Kopien und handschriftliche Seiten – ›Die Katze geht nicht aus dem Licht‹, entzifferte ich eine Überschrift. Er zerlegte auch seinen Ofen. Petra beobachtete durch den Spion, wie er abends zwischen neun und zehn mit Eimern voller Schutt vorbeischnaufte. Sie sagte, daß er Platz schaffe für einen Neubeginn und daß sein Manuskript zur Zeit bei uns besser aufgehoben sei als in dem Chaos da oben. »Wenn ers braucht, wird er schon kommen.«

Am Sonnabend vor dem ersten Advent, gegen Mittag, als es passiert ist, wischte die Hartung gerade die Treppe. Sie behauptete später, Friedrich habe ihr bei seinem Sturz in die Augen geblickt. Ich saß in der Küche und las Zeitung. Das Geschrei der Hartung und der Widerhall des Holzgeländers schreckten mich auf. Brung – brung – brung hatte das Geländer gedröhnt. Man muß mal mit den Fäusten draufhauen, um eine Vorstellung davon zu bekommen.

Friedrich lag eine Treppe höher unterm Fenster, das Gesicht nach unten, das rechte Bein unnatürlich verdreht. Erst nach einer Weile bemerkte ich das Blut, das ihm aus Mund und Nase lief. Sein linkes Auge war geöffnet, das rechte nicht zu sehen. Niemand wollte Friedrich berühren.

Ich rief den Notdienst an. Sie wußten es bereits und trafen wenig später mit Sirene und Blaulicht ein. Nach zwanzig Minuten fuhren sie ohne Friedrich wieder davon. Wie er es angestellt hatte, anderthalb Etagen tief zu stürzen, war und ist mir rätselhaft. In dem schmalen Treppenhaus existiert praktisch kein Schacht. Noch dazu muß Friedrich sehr unglücklich mit dem Kopf aufgeschlagen sein.

Die Kripo versiegelte seine Wohnung. Jeder im Haus wurde befragt. Bei dieser Gelegenheit wurden wir das Manuskript samt Umschlag los.

Zuerst dachte ich, Friedrich habe wohl selbst gemerkt, daß niemand sein Zeug lesen wollte, und sich deshalb kopfüber die Treppe heruntergestürzt. Petra sagte jedoch, das sei noch lange kein Grund, sich umzubringen. Sie habe das Schreiben schließlich auch aufgegeben und sich eine andere Aufgabe gesucht. »Er wollte sich bestimmt nur ein Bein brechen«, sagte sie. »Auf Kosten von uns allen. Aber wer sich so ungeschickt anstellt...«

Bei der nächsten Müllabfuhr wurde der Container, in dem der Schutt von Friedrichs Ofen lag, nicht geleert, auch nicht in der folgenden Woche. Die Hartung sagte, daß er zu schwer sei, sie bekämen ihn nicht hoch, die Hydraulik schaffe es nicht.

Ein paar Tage später lag ein Brief ohne Marke in unserem Kasten. Alle hatten unterschrieben.

»Ich fasse es nicht«, rief Petra. »Ich fasse es einfach nicht.« Wir sollten uns um den Container kümmern, weil die Hausgemeinschaft nicht einsehe, warum sie die Entsorgung unseres Ofens bezahlen solle. Das sei hier nicht üblich. Dieser

Satz war eine deutliche Anspielung darauf, daß wir erst vor einem Jahr hier eingezogen waren.

»Zeig ihnen doch die Kacheln im Keller. Zeig sie ihnen doch!« rief Petra. »Es wird hier immer schlimmer, immer schlimmer und schlimmer!« Sie setzte sich gleich hin und begann einen Brief zu entwerfen. Ich wollte lieber von Tür zu Tür gehen und jedem einzeln erklären, daß es nicht unsere Kacheln waren, daß ich zwar ab und zu welche in den Container geschmissen hatte, aber fast alle noch im Keller gestapelt waren. Ich überlegte, wie es zu diesem Schreiben gekommen war, ob sie zusammengesessen hatten oder ob jemand herumgegangen war und wer als Initiator in Frage kam. Und wie man über uns sprach. Und daß sie jetzt, nachdem sie, ohne groß darüber nachzudenken, unterschrieben hatten, nicht anders konnten, als Argumente gegen uns zu finden, um sich zu rechtfertigen. Ich hörte, wie Petra ein Blatt nach dem anderen zerriß. Es war sinnlos.

Am nächsten Tag waren alle Müllcontainer, bis auf den mit Friedrichs Kacheln, mit einer Kette und einem Vorhängeschloß versehen. Anscheinend hatten nur wir keine Schlüssel. Am folgenden Mittwoch weckte mich Petra kurz vor sechs. Ich zog Turnschuhe an und den Overall, den ich beim Renovieren trage. Es schneite – der erste Schnee in diesem Jahr. Von draußen kam mir Herr Bodin entgegen – Ketten und Schlösser in den Händen. Offenbar betreute er den gesamten Block. Wir sahen uns an, ohne zu grüßen.

Ich wartete unter dem Vordach der Haustür und beobachtete, wie die beiden Müllmänner einen Container nach dem anderen in die Greifergabel schoben und einen Hebel nach unten zogen. Der Container wurde erst ein Stück angehoben und dann mit einer halben Drehung nach oben befördert, so daß er sich, die kleinen Räder gen Himmel, über dem Schlucker von selbst öffnete.

In meiner Vorstellung sah ich bereits Friedrichs Schutt-

Container in der Luft schweben, als tatsächlich die Hydraulik versagte. Sie bekamen ihn keinen Zentimeter vom Boden hoch. Sie versuchten es ein zweites Mal. Schließlich rollten sie ihn zurück und nahmen den letzten Container auf die Gabel.

Ich mußte schreien, damit sie mich in dem Lärm, den ihr Wagen machte, überhaupt hörten. Ich zog fünfzig Mark hervor, aber sie schüttelten den Kopf. Ich hielt ihnen den Schein weiter hin und sagte, daß sie das Geld doch nehmen sollten. Wir müßten uns was einfallen lassen. Sie trugen Wollmützen und gelbe Kapuzenanzüge. Sie sagten, daß sie weitermüßten. Ich gab ihnen noch mal fünfzig.

Sie halfen mir hinauf und reichten Spitzhacke und Schaufel nach. Die Kacheln waren angefroren. Ich drosch mit der Hacke drauflos. Was locker war, klaubte ich mit den Händen zusammen und schmiß es in den leeren Container, den sie mir herangeschoben hatten. Ich versuchte es mit der Schaufel. Das meiste rutschte von ihr wieder herunter, oder der Wind fegte es weg. Ich schrie den beiden Männern zu, sie sollten ihre Kapuzen über die Mütze schlagen, wegen des Drecks. Aber sie reagierten nicht und standen weiter mit dem Rücken zu mir und rauchten, und der Schnee fiel in die herabhängenden Kapuzen.

Ich hackte und wühlte und schaufelte und dachte, wenn ich unter dem ganzen Schutt hier den Kadaver des Katers fände, dann stimmte ja vielleicht die Selbstmordtheorie. Oder Friedrich hatte ihn vorher weggegeben. Vielleicht hatte die Polizei ihn auch einfach übersehen und in der Wohnung eingeschlossen. Eine Kachel fiel mir von der Schaufel und zerbrach auf der Straße. Die Männer sahen sich um. Jeder sammelte ein paar Scherben auf und warf sie in den leeren Container. Dann drehten sie sich wieder um und rauchten weiter, und ich sah wieder in ihre Kapuzen. Der Wagen machte weiter einen Höllenkrach. Der Motor allein konnte es nicht sein. Wahrscheinlich stampfte eine Presse den Müll zusammen. Wenn ich fertig war, wollte ich danach fragen.

Ich kam nur mühsam voran, aber immerhin bewegte ich etwas. Ich hatte die Sache sozusagen im Griff, und das beruhigte mich. Ja, ich fühlte mich sogar richtig gut da oben. Womöglich, weil ich ein Problem aus der Welt schaffte. Es war nur eine Frage der Zeit. Plötzlich erschien mir alles lösbar und leicht. Ich wurde fast übermütig, als gäbe es keinen Taxibetrieb und keine Schulden. Ich dachte nicht an Petra, die hinter der Wohnzimmergardine stand, und nicht an David, der schlief, und auch nicht an den unglücklichen Friedrich oder die miesen Nachbarn. Es war noch einmal so ein glücklicher Augenblick, in dem man glaubt, alles sei zu schaffen und man könne dann einfach seine Sachen packen und gehen, allein oder mit Orlando oder mit einer Frau, die aussah wie diese Bosnierin. Ich schnalzte, und es war das lauteste Klacken, daß ich je erzeugt hatte. Einer der Männer drehte sich sogar um. Ich lachte und brüllte, daß er endlich seine Kapuze aufsetzen sollte. Er wandte sich ab, und ich schaufelte weiter. Und dann hackte ich wieder drauflos. Doch sobald ich den Kopf hob, blickte ich direkt in die Kapuzen der beiden Müllfahrer. Ich konnte sehen, wie der Schnee sich darin sammelte und immer mehr wurde, immer und immer mehr.

Kapitel 29 – Fische

Jenny erzählt von einem neuen Job und Martin Meurer. Der Chef weist ein. Wo ist die Nordsee? Erst geht alles gut. Dann muß Jenny Überzeugungsarbeit leisten. Was passierte bei der Sintflut mit den Fischen? Zum Schluß erklingt Blasmusik.

In einer grünen Turnhose steht er zwischen zwei Stühlen und versucht, in den Taucheranzug zu steigen, in den mit den roten Streifen, den ich gestern anprobiert habe. Der mit den blauen Streifen liegt auf dem Tisch. Wir geben uns die Hand. Er sagt: »Martin Meurer«, und ich sage: »Jenny«.

»Der andere ist noch kleiner«, sagt er, »aber die Flossen sind gut.« Mit dem Rücken zu ihm, ziehe ich mich aus. Dabei reiße ich mir einen Jackenknopf ab. Ich fahre in den blaugestreiften Taucheranzug und zerre mir die Kapuze über. Weder Haare noch Ohren noch Hals sind zu sehen. Das macht mein Gesicht fast pausbäckig. Ich packe meine Sachen zusammen und warte, bis er endlich die Flossen anhat.

In der rechten Hand hält er seine Plastetüte, in der linken die Taucherbrille und den Schnorchel und läuft vorsichtig wie ein Storch über den Gang zu Kerndels Büro. Zweimal klopft er. Ich sage, daß er die Tür aufmachen soll. Wir setzen uns auf die beiden Stühle links an der Wand und warten.

»Ich sehe aus wie eine Nonne«, sage ich.

»Nein«, sagt er. »Wie diese Moderatorin im Raumanzug. Haben Sie das schon mal gemacht?«

»Was?« frage ich.

»Das hier. Sie waren so schnell fertig.«

»Ich war gestern da«, sage ich, »aber alleine lassen sie einen nicht.«

»Ganz schön warm«, sagt er.

»Ich hab kalte Füße«, sage ich.

»Kalte Füße habe ich auch«, sagt er. »Aber sonst –«

»Hallo, Jenny!« ruft Kerndel. »Na, wie gehts?«

Wir stehen auf. »Meurer«, stellt er sich vor und klemmt die Plastetüte zwischen die Knie. »Martin Meurer.«

Kerndel gibt ihm die Hand. Wir setzen uns wieder. Kerndel lehnt sich an den Schreibtisch, nimmt einen Zettel in die Hand und dreht ihn um. Er erzählt dasselbe wie gestern.

»Und dann stellt ihr die Frage: ›Wo ist die Nordsee?‹ oder: ›Können Sie uns sagen, wo hier die Nordsee ist?‹ oder ›Wie komme ich zur Nordsee?‹ Wie ihr wollt, aber Nordsee muß sein, klar?«

»Ja«, sage ich, »kein Problem.«

Kerndel sieht ihn an. »Klar?«

»Klar«, antwortet Martin, hebt die rechte Flosse und platscht auf den Teppich.

»Und immer gute Laune verbreiten«, sage ich.

»Aber feste!« sagt Kerndel, »sonst könnt ihr gleich zu Hause bleiben.« Er rückt ein Stück an der Tischkante weiter und beobachtet die eigene blasse Hand, die den Zettel wie einen Waschlappen auf seinem Schenkel vor- und zurückschiebt, das Imitat einer großen Eintrittskarte. Auf einem Stück, das durch eine perforierte Linie abgeteilt wird (»Hier abreißen – für Ihre Brieftasche«), ist ein Ausschnitt des Stadtplans abgebildet. Der rote schematisch gezeichnete Fisch markiert die Stelle, wo sich die beiden Filialen befinden. Den größten Teil der Karte nimmt das Foto einer hellbraunen, vom Wind geriffelten Wüste ein. Darüber steht in weißer Schrift auf blaulila Wolkenhimmel: »Wo ist die Nordsee?«

»Und wenn die Antwort ›nein‹ ist?«

»Aber wir!« sage ich. »Schulstraße 10a und Schulstraße 15!

Dürfen wir zu Fisch bitten? Mit Mai-Menü! Und dann überreichen wir den Zettel.«

»Den ›Flyer‹«, verbessert Kerndel. »Und bei: ›ja‹?« Kerndel blickt zu Martin.

»Wie kommen wir dahin?« sagt er und platscht wieder mit der Flosse.

»Jenny?« sagt Kerndel. »Auf ›ja‹?«

»Prima! Führen Sie uns hin?« sage ich.

»Ist das jetzt verstanden worden?« Kerndel starrt Martin an, bis er mit »ja« antwortet. Dann läßt er ihn das Mai-Menü aufsagen: »Gebackene Scholle mit Petersilienkartoffeln, gemischter Salat, Remouladensoße und Coca-Cola, 0,3 Liter. Statt 15,40 jetzt: 12,95!«

»Steht ja alles hier drauf«, sagt Kerndel. »Aber nicht ablesen. Das ist unter Niveau. Abgelesen wird nicht. Noch mal!«

»Gebackene Scholle mit Petersilienkartoffeln, grüner Salat und Remouladensoße, dazu eine große Cola, nur 12,95«, sage ich.

»Statt 15,40«, ergänzt Kerndel. »Gemischter Salat, Coca-Cola, 0,3 Liter. Setzt mal die Brillen auf. Und jetzt sprechen. Sprechen, sprechen, sprechen ...«

»Wie komme ich zur Nordsee?« frage ich. »Wissen Sie, wo die Nordsee ist?« Kerndel zeigt auf ihn.

»Wo geht es hier zur Nordsee? Ich will zur Nordsee! Da ist Meer los! Können Sie mir helfen?«

»Zu nasal, beide zu nasal, also ohne Brille«, sagt er. »Nein, nicht ab. Auf die Stirn damit! Die Brillen hoch!« Das Telefon klingelt und verstummt nach dem zweiten Mal. »Und das so, so.« Kerndel ist aufgestanden und zerrt ihm den Schnorchel nach unten. »Noch ein Stück! So! Und nie zu viele Flyer in die Hand, vier, fünf höchstens, keine Inflation, klar? So.«

Wir nicken.

»Und was geschah bei der Sintflut mit den Fischen?« fragt

Kerndel, klatscht in die Hände, legt mir den Arm um die Schulter und zieht mich an sich. »Dann schießt mal los.« Er geht um seinen Schreibtisch und nimmt den Hörer ab. »Alles Paloma!« ruft er uns nach.

Bei der Sekretärin stellen wir unsere Beutel in den Schrank und bekommen die blauen Umhängetaschen mit den Zetteln.

»Schaffen Sie das?« fragt sie mich. »Tausend in jeder.« Sie hält uns die Tür auf. »Dort lang, bitte.«

Vor dem Hinterausgang bleibt Martin stehen, sieht mich an und sagt: »Wir müssen jeden ansprechen, jede und jeden, von Anfang an, sonst wird das nichts. Einmal gekniffen...«

Vielleicht ist er mal Lehrer gewesen, denke ich. Ich hab die Tür noch gar nicht zu, da legt er schon los. Zwei Jungen, höchstens 14 oder 15, sehen ihn an. »Na, wißt ihrs denn nicht?« fragt er. Sie betrachten unsere Flossen und dann die Taschen. »Wir wollen zur Nordsee«, sage ich. Sie schütteln den Kopf. »Bitte. Da ist Meer los!« sagt er. »Na los«, sagt er. Endlich nehmen sie die Zettel.

Wir laufen in Richtung Fußgängerzone. Ich sage, daß wir solche Kinder auslassen können. »Pubertät«, sagt er und nickt.

Es klappt dann wirklich gut. Wir spielen uns schnell ein. Meistens beginne ich, er hakt nach: »Ja, zur Nordsee wollen wir!« »Genau, zur Nordsee«, sage ich oder: »Wissen Sie es wirklich nicht?« Und er: »Dann wollen wir es Ihnen mal verraten!« Nach einer kleinen Pause sprechen wir schließlich gemeinsam die Adresse. Die Leute lachen und nehmen ohne zu zögern den Zettel.

»Entschuldige«, sagt Martin plötzlich. »Das war blöd von mir.« Ich weiß nicht, was er meint. »Daß ich denen noch ›Guten Appetit‹ gewünscht habe.«

Ich sage, daß ich das nicht schlecht finde, und rufe jetzt, wenn ich mit dem Zettel dran bin, auch »Guten Appetit«. Manche antworten mit »Gleichfalls« oder »Ihnen auch«.

»Die sind ja richtig neugierig, geradezu froh, wenn wir sie ansprechen«, sagt er. »Regelrecht zutraulich!«

Stehen erst mal ein paar um uns herum, kommen die anderen von allein. Es gibt sogar Drängeleien, und wir verteilen nur noch an irgendwelche ausgestreckten Hände.

»Ob er uns beobachten läßt?« fragt er leise.

»Sicher«, sage ich.

»Ich habe versucht, so lebendig wie du zu klingen«, sagt Martin. »Aber überzeugt hats ihn nicht.«

»Du hast dauernd deine Flosse bewegt«, sage ich.

»Was?«

»Du hast ständig mit deiner Flosse herumgeplatscht, so hier –«

Ich mache es ihm vor. »Hast du das nicht gemerkt?«

Er schüttelt den Kopf. »Vielleicht war er deshalb so.«

»Der ist so«, sage ich. »Da läßt sich nichts mehr machen.«

Wo die Fußgängerzone auf den Schloßplatz trifft, spielt eine Blaskapelle vor einem weißen Zelt mit hoher Spitze. Es sieht orientalisch aus. Daneben wird ein Mann von Fernsehleuten interviewt. Er hat einen runden gelben Sticker am blauen Jackett: »Unser Rindfleisch – mit Sicherheit gut!« Die Musikanten tragen ebenfalls diese Sticker und auch die Frauen, die Steaks und Würste braten. Überall sehe ich jetzt Leute mit diesen Rindfleischstickern. Sie verteilen Zettel, die größer sind als unsere.

»Würdest du für die arbeiten?« fragt er.

»Ja«, sage ich. »Findest du denn unser Angebot so toll?«

»Ich weiß nicht«, sagt er. »Auf dem Foto wirkt die Scholle wie totpaniert, steinhart wahrscheinlich, und nur einsfünfundvierzig billiger. Obs das bringt?«

Als ich ihn frage, woher er kommt, sagt Martin nur, »aus dem Osten, aus Thüringen«. Er besucht seine Mutter hier.

»Kerndel«, sagt er, »hat überhaupt nicht mehr von der

Bezahlung gesprochen, von den hundertzwanzig pro Tag.«

»Daran müssen sie sich aber halten«, sage ich. »So stand es in der Anzeige.«

Er nickt. Plötzlich sagt er: »Bei Familien reicht eigentlich auch ein Zettel.«

Erst denke ich, er will witzig sein. »Für Freunde und Bekannte«, antworte ich.

»Auch richtig. Wenns so weitergeht, sind wir nachmittags fertig.«

Wir müssen noch in die Geschäfte der Fußgängerzone, aber selbst wenn wir niemanden ansprechen, bleiben Leute stehen und strecken die Hand aus. Die Kapelle spielt ohne Pause.

»Du hast das vorhin mit der Flosse erwähnt«, sagt er.

»Und?«

»Weißt du, daß du dauernd lächelst?«

»Du auch«, sage ich.

Nach einer Stunde etwa beginnt es zu nieseln. Die meisten Leute laufen dicht an den Schaufenstern, unter den Markisen entlang, von Vordach zu Vordach.

Während er draußen weitermacht, gehe ich in die Geschäfte. Eine Frau winkt mir zu und ruft: »Hallo, Fröschlein.«

Ich unterbreche keine Gespräche. Aber wenn sie mich ansehen oder sich nach mir umdrehen, frage ich leise, als hätte ich mich verirrt: »Entschuldigung, wissen Sie vielleicht, wo hier die Nordsee ist?« Einen Moment lang sind sie schockiert. Wenn sie dann loslachen, gebe ich ihnen den Zettel.

Als ich Martin nicht mehr vor dem Schaufenster sehe, gehe ich raus. Ich laufe ein Stück zurück, finde ihn aber nicht. Dafür liegen Nordseezettel herum. Er sitzt mit dem Rücken an eine Fahnenstange gelehnt und antwortet nicht. Sein linkes Auge ist geschwollen. Er blickt kurz auf und fragt, ob ich seinen Schnorchel irgendwo gesehen hätte. Ich versuche, ein paar von Kerndels Nordsee-Flyern einzusammeln, die auf den nassen Platten kleben, trete aber mit meinen Flossen immer wieder auf die Zettel, nach denen ich mich gerade bücken will.

»Hast du auch eine schlechte Erfahrung gemacht?« fragt Martin, als ich wieder vor ihm stehe.

»Nein«, sage ich, »warum?«

»Du guckst so.«

»Ganz schönes Veilchen«, sage ich.

»Hast du den Schnorchel?«

Ich suche weiter. Ich finde noch ein paar Zettel und kehre zu ihm zurück.

»Entschuldige«, sagt er, hebt den Schnorchel auf und tippt mit dem Mundstück auf seine linke Flosse. »Stand drauf, habs nicht gemerkt.«

»Soll ich dir Eiswürfel besorgen?«

»Weißt du, woran ich denken mußte? An diesen Spruch mit den Fischen und der Sintflut. Ich war gelähmt, wirklich gelähmt«, sagt er. »Zuerst hat der Typ nach unten geschaut, und dann hat er mich angestiert und seine Frau gefragt, ob sie mich kennt. Ich stand auf seinen Schuhen, mit den Flossenspitzen, nur ein bißchen. Ich habs gar nicht gespürt, und er kanns auch nicht gespürt haben. Seine Frau hat gesagt, daß sie mich *nicht* kennt. Ich glaube, ich bin sogar ein Stück geflogen.«

»Ist dir schlecht?«

»Dieser Spruch mit der Sintflut ist saublöd«, sagt er. »Ich hab nichts anderes gesagt als sonst. Dasselbe wie immer.«

»Wir müssen zu Kerndel«, sage ich. »Wegen der Versicherung. Das ist ein Unfall.«

»Ich geh da nicht mehr hin.« Er platscht mit der Flosse.

»Ich weiß, woran es lag«, sage ich und warte, daß er mich ansieht.

»Dem gefiel mein Dialekt nicht.«

»Er hat doch die Frau gefragt, ob sie dich kennt? Und als sie ›nein‹ sagte, hat er zugeschlagen?«

»Woher sollten wir uns denn kennen? Ich bin zum ersten Mal hier!«

»Er wollte nur wissen, ob du ein Promi bist«, sage ich. »Nur deshalb!«

Martin versteht nicht.

»Ein Promi macht so was vielleicht noch, mit versteckter Kamera oder wegen der verlorenen Saalwette«, erklär ich ihm. »Aber sonst niemand, niemand in deinem Alter. Der Typ hat sich verscheißert gefühlt. Das ist alles.«

Er sieht mich an, als hätte ich ihm eine Ohrfeige gegeben.

»Das ist natürlich unmöglich«, sage ich. »Ich mein ja nur, daß dieser Idiot so was gedacht haben muß. Du bist wirklich gut, du hast eine Ausstrahlung, die andere Leute fröhlich macht. Du hast wirklich gute Laune verbreitet, nicht nur dieses Zeug. Das muß dir erst mal jemand nachmachen. Außerdem hast du eine gute Figur.«

Er spuckt zwischen seine Flossen.

»Alle haben sich gefreut«, sage ich. »Wir müßten viel mehr Geld bekommen, nicht nur von Kerndel, auch vom Bürgermeister und von den Krankenkassen, wegen guter Laune.«

Martin sieht mich an. Sein linkes Auge ist schon zugeschwollen.

»Das war ein Ekel. Der hält Freundlichkeit einfach nicht für möglich«, sage ich.

»Es hat niemanden gekümmert«, sagt er und spuckt wieder. »Keiner hat sich gerührt.«

»Die waren überfordert«, sage ich. »Die Leute wußten doch gar nicht, was sie machen sollten, die begriffen gar nicht, was da vor sich ging. So was haben die bisher nicht erlebt. Mitten in der Fußgängerzone wird ein Froschmann verprügelt. Vielleicht dachten sie, daß es nicht weh tut, wenn man ganz in Gummi steckt, oder daß es dazugehört. Sie wollten sich nicht blamieren, falls es sich als Kunst oder Straßentheater herausstellt.«

Ich erzähle Martin von dem alten Mann, der auf seinem Balkon bei uns im Hinterhof gestorben ist, der mit den Bananen und der lauten Musik. Wir haben alle gedacht, er schläft. Und er saß da im Regen, die ganze Nacht durch.

»Die ganze Nacht?«

»Ja«, sage ich. »Es war ja dunkel. Erst als er am Morgen immer noch da war... Wir gehen jetzt zu Kerndel.«

Martin schließt die Augen, wie ich es mal bei einer Frau in der U-Bahn gesehen habe. Ganz ruhig schloß sie die Augen, ohne sich zu rühren, bis die Türen aufgingen. Martin schüttelt den Kopf.

»Doch«, sage ich, »wir müssen.«

Ich halte seine Taucherbrille und den Schnorchel, während er aufsteht. Die Umhängetasche ist schmutzig. Er zieht vorsichtig die Kapuze über den Kopf.

»Ich geh nicht mehr zu Kerndel«, sagt Martin. Er braucht lange, um sich die Taucherbrille aufzusetzen.

»Wohin denn dann?« frage ich.

»Weg«, sagt er, »möglichst weit.« Er spuckt wieder aus, nimmt sogar den Schnorchel in den Mund und klemmt ihn unter dem Brillenband fest. Zum Schluß hängt er sich die Tasche um.

Ich mache es wie er. Dann laufen wir los. Die Leute stehen unter den Markisen und Vordächern und warten, daß der Regen aufhört. Bis auf einen Radfahrer haben wir die Fußgängerzone für uns. Wir platschen durch die Pfützen. Einmal sehe ich, daß uns jemand zuwinkt und etwas ruft, irgendwas mit Nordsee natürlich. Man könnte sogar glauben, die Leute bilden ein Spalier für uns. Wir halten uns an der Hand, weil die Brille das Blickfeld einengt und man nie weiß, ob der andere wirklich noch neben einem geht. Die Kapelle spielt unter dem weißen Zelt weiter, lauter und schneller jetzt, eine Polka, denke ich. Aber eigentlich weiß ich gar nicht, was eine Polka ist. Vielleicht ist es ein Marsch oder so etwas. Wie auch immer, Martin und ich verfallen in Gleichschritt. Und selbst als wir die Fußgängerzone verlassen, ändert sich daran nichts.

Ich danke der *Stiftung Kulturfonds* für die großzügige Förderung dieser Arbeit.
Ebenso herzlichen Dank an den Kunstverein Röderhof für seine Unterstützung.

I. S.

Christa Wolf im dtv

»Grelle Töne sind Christa Wolfs Sache nie gewesen; nicht als Autorin, nicht als Zeitgenossin hat sie je zur Lautstärke geneigt, und doch hat sie nie Zweifel an ihrer Haltung gelassen.«
Heinrich Böll

Der geteilte Himmel
Erzählung
dtv 915

Unter den Linden
Erzählung
dtv 8386

Nachdenken über Christa T.
dtv 11834

Kassandra
Erzählung · dtv 11870

Voraussetzungen einer Erzählung: Kassandra
Frankfurter Poetik-Vorlesungen
dtv 11871

Kindheitsmuster
Roman · dtv 11927

Kein Ort. Nirgends
dtv 11928
Fiktive Begegnung zwischen Karoline von Günderrode und Heinrich von Kleist.

Was bleibt
Erzählung · dtv 11929

Störfall
Nachrichten eines Tages
dtv 11930

Im Dialog
dtv 11932

Sommerstück
dtv 12003

Auf dem Weg nach Tabou
Texte 1990–1994
dtv 12181

Medea. Stimmen
Roman
dtv 12444 und
dtv großdruck 25157

Gesammelte Erzählungen
dtv 12761

Die Dimension des Autors
Essays und Aufsätze, Reden und Gespräche 1959–1985
SL 61891

Christa Wolf, Gerhard Wolf
Till Eulenspiegel
dtv 11931